D1874934

Jean Valjean hat eine neunzehnjährige Strafe auf der Galeere verbüßt, weil er einen Laib Brot stahl. Auch nach seiner Entlassung ist er ein Gezeichneter, doch er kann sich in Montreuil-sur-Mer eine neue Existenz aufbauen, und niemand vermutet in dem ehrenwerten Bürgermeister einen ehemaligen Sträfling. Durch seine Initiativen prosperiert die Gemeinde, und Valjean unterstützt die Bedürftigen wie auch die Kirche in erheblichem Umfang.

Dieses neue Leben ist durch die Ankunft von Inspektor Javert, dem neuen Polizeipräfekten, bedroht, war doch Javert Aufseher auf eben jener Galeere, die Valjeans Leben so entscheidend mitprägte. Von nun an wird Javert nicht eher ruhen, bis er Valjean überführen kann, was ihm in den Revolutionswirren 1830 in Paris auch fast gelingt.

Leonore Fleischer schreibt seit über 30 Jahren Romane, die meistens sehr prominent verfilmt werden. Zu ihren Werken gehören Werke wie z. B. »Mary Shelley's Frankenstein«, »Shadowlands«, »A Star is Born«, »Rain Man« u. v. a. Sie arbeitete als Lektorin bei Publisher's Weekly, war Cheflektorin bei Warner Books und hatte eine eigene Kolumne im New York Magazine.

Auf der Grundlage des Drehbuchs von Rafael Yglesias schrieb sie den »Roman zum Film«.

Leonore Fleischer lebt im nördlichen Teil des Staates New York.

Rafael Yglesias schreibt Romane und Drehbücher wie z.B. »Fearless« (Regie: Peter Weir), »Der Tod und das Mädchen« (Regie Roman Polanski). In Deutschland erschien 1997 sein viel beachteter Roman »Dr. Nerudas Therapie gegen das Böse«, der von der 20th Century Fox verfilmt wird. Nach Victor Hugos groß angelegtem Roman »Les Misérables« schrieb er das Drehbuch, das Bille August als Grundlage für seinen neuen Film diente.

Rafael Yglesias lebt mit seiner Familie in New York City.

Les Misérables

Ein Roman von Leonore Fleischer

Nach dem Drehbuch von Rafael Yglesias
und dem Roman von Victor Hugo

Deutsch von Jürgen Fischer

Fischer Taschenbuch Verlag

Veröffentlicht im Fischer Taschenbuch Verlag GmbH,
Frankfurt am Main, Dezember 1998

Deutsche Erstausgabe
Die Originalausgabe erschien unter dem Titel ›Les Misérables‹
bei Mandalay Entertainment c/o Newmarket Communications,
New York, N.Y.
© Copyright tk. Mandalay Entertainment. All rights reserved
Für die deutsche Ausgabe:
© 1998, Fischer Taschenbuch Verlag GmbH, Frankfurt am Main
Für den Bildteil und das Umschlagmotiv:
© tk. Mandalay Entertainment. All rights reserved.
Satz: Fotosatz Otto Gutfreund, Darmstadt
Druck und Bindung: Clausen & Bosse, Leck
Printed in Germany
ISBN 3-596-14187-7

INHALT

I	Ein Fremder	7
II	Der Bischof	17
III	Ein Geschenk an Gott	26
IV	Javert	35
V	Fantine	45
VI	Fantine und Cosette	55
VII	Die Thénardiers	64
VIII	Geist, Herz und Seele	73
IX	Fauchelevent	83
X	Javerts Notizbuch	92
XI	Die Zählung	101
XII	Javert und Fantine	110
XIII	Valjean und Fantine	120
XIV	Arras	129
XV	Champmathieu vor Gericht	140
XVI	Fantines Tod	151
XVII	Die Jagd	161
XVIII	Valjean findet Cosette	170
XIX	Paris	181
XX	Das Petit-Picpus Kloster	192
XXI	Marius	202
XXII	Gavroche	213
XXIII	Cosette und Marius	224
XXIV	Javerts Mitteilung	235
XXV	Lamarques Begräbnis	247
XXVI	Auf die Barrikaden	258
XXVII	Javerts Gefangennahme	269
XXVIII	Die Kloaken von Paris	280
XXIX	Das Ende des Weges	291

I
EIN FREMDER

Die Nachtwinde von Herbst und Winter fegen mörderisch rauh über die Berge, die die nordfranzösische Stadt Digne umgeben. Sie wirbeln herab mit dem Versprechen von Schnee und Eis. Während der längeren Tage des Frühlings und des Sommers erwärmen die Sonnenstrahlen die Bergspitzen genug, um die Schneekappen auf ihren Gipfeln zu schmelzen. Bäche und Flüsse schießen von den Höhen herab, schieben Steine und Felsbrocken aus dem Weg. Die Feuchtigkeit dringt in die Felder; Frühlingsblumen verwandeln die Wiesen in farbenfrohe mittelalterliche Tapisserien. Schafe und Ziegen werden fett auf ihren hochgelegenen Weiden.

Der Sommer ist kurz und der Herbst kommt früh. Gegen Oktober bringen die kürzeren Tage frühe Dunkelheit, und mit der Dunkelheit kommt die harte Drohung des bevorstehenden rauhen Winters.

Mächtige Stapel von Feuerholz füllen die Schuppen hinter den Bauernhäusern. In Digne legen die wohlhabenderen Einwohner sich Vorräte an Kohle für ihre Öfen an; die weniger Wohlhabenden verbrennen den härteren, gröber brennenden grauen Koks.

Reiche wie Arme haben schon Tonkrüge mit Konserven, Getreide, Fleisch und Fisch in Küche und Keller eingelagert. Die Krüge der Gutbetuchten enthalten Kirschen, Birnen, Pflaumen, Beeren und andere Sommerfreuden, die häufig in köstlich würzigen Brandies schwimmen. Ihre Fässer sind bis zum Überlaufen gefüllt mit dem feinsten Weizen, köstlichem, gesalzenem Rindfleisch und Schweinefleisch, Kalbszungen und anderen schmackhaften Delikatessen.

Was die Armen betrifft, in ihren Tonkrügen lagern Steckrüben und Rote Bete, Kohlblätter, Nesselkerne und alles Eßbare, was man auf den herbstlichen Feldern auflesen kann. Ihre Fässer enthalten nur Hirse und Gerste, Lauch, Zwiebeln und Kartoffeln, und die Teile vom Schwein und Kalb, die die Reichen verschmähen – Herzen, Lippen, Ohren, Leber, Füße, Zitzen, alle Innereien, die als Winternahrung zu Preßkopf oder Schweinskopfsülze eingekocht werden können. Digne ist eine wohlhabende Stadt, und selbst die Armen müssen nicht hungern, obwohl die Bauern weit bescheidener speisen als Bürgermeister oder Kaufmann.

Inzwischen hat sich Digne vor dem Winter eingeschlossen, seine Türen doppelt verriegelt gegen die Winde und die Ritzen in den Mauern mit Stroh ausgestopft. Feuer lodern in den Häusern, und heißes Essen dampft auf ihren Tischen – alles zum Trotz gegen die eisigen Windstöße aus den Bergen, die die Nächte in eine gefrierende Hölle verwandeln.

Es war diese Stadt, die ein Fremder am späten Nachmittag kurz vor Einbruch der Dunkelheit im Oktober des Jahres 1815 betrat. Die Sonne war nirgends zu sehen, dank der schweren Regenwolken über den Bergen, und die Luft war kühl. Auf dem Rücken trug der Fremde einen alten, abgewetzten Tornister, und in seiner Hand hielt er einen großen Knotenstock, der ihm auf seiner Reise behilflich sein sollte. Er war ein ungewöhnlich großer Mann, langbeinig und breitschultrig. Neben ihm erschien ein mittelgroßer Mensch nicht größer als ein Kind. Seine Hände waren riesig, sehnig und rauh, und seine Beine und Schenkel waren muskulös unter seinen weiten Hosen, die über seinen Knien durchgescheuert waren. Er trug eine zerlumpte graue Jacke mit Kapuze, die nur sehr wenig die Kälte abhielt. An seinen Füßen trug er ein Paar alter genagelter Schuhe, die kaputt und zerschlissen waren.

Das Haar des Fremden war kurzgeschoren, sein Gesicht war verdeckt von einem abgenutzten, alten Hut, der tief über die Stirn gezogen war, sowie von einem kurzen, rauhen, dicht gewachsenen Bart, der seine Wangen und sein Kinn verhüllte. Unter seiner Kapuze hatten sich die Augen des Mannes gegen den Wind verengt. Diese Augen hatten einen Ausdruck, der sich zusammensetzte aus Wut und Bitterkeit. Sie mißtrauten der ganzen menschlichen Rasse und betrachteten andere Menschen mit Feindseligkeit und Abscheu.

Der Bursche war eigentlich zwischen fünfunddreißig und vierzig Jahre alt, aber sein Gesicht war so scharf von Wind und Wetter gezeichnet, daß man ihn fälschlich für viel älter halten konnte. Er ging langsam, die Beine zitterten vor Erschöpfung. Er war vier Tage lang über schlechte Straßen gelaufen, Straßen, die überhaupt keine Straßen waren, lediglich gefurchte Wagenspuren, aufgefüllt mit Steinen, über die der unachtsame Reisende stolperte. Er war erschöpft, hungrig und durstig. Vor allem aber war er steif vor Kälte. Seine geflickte und zerlumpte Kleidung war sehr alt und so abgewetzt, daß sie der Grausamkeit des Wetters kaum Widerstand leistete. Wie eine mitleiderregende Katze wollte auch er an der verschlossenen Küchentür heulen: Laßt mich herein! Laßt mich neben dem Feuer sitzen und mich wärmen!

Als er nach Digne kam, merkte der Mann, daß er so weit gelaufen war, wie das menschliche Fleisch es nur erlaubt. Er mußte sich unbedingt ausruhen, mußte essen, trinken, sich wärmen und schlafen. Morgen würde er wieder unterwegs sein, aber an diesem Abend konnte er keinen Schritt mehr machen. Er hatte etwas Geld in seiner Tasche, nicht sehr viel, aber mehr als genug, um ein heißes Essen und ein Bett aus Stroh in irgendeinem bescheidenen Wirtshaus oder selbst in einer warmen Scheune bezahlen zu können. Er war vier Tage auf der Straße unterwegs gewesen und hatte bis dahin kaum einen Sou für sich ausgegeben. Er hatte im Freien geschlafen und gegessen, was er von den leeren Feldern, die schon vor ihm abgeerntet worden waren, an winzigen Happen auflesen konnte.

Ein oder zweimal hatte er versucht, ein Kaninchen zu fangen oder ein Eichhörnchen oder eine Taube. Einmal war er sogar einigen Feldmäusen nachgelaufen, die aber zu schnell für ihn waren.

So hatte er in den letzten drei Tagen so gut wie nichts gegessen. Jetzt, da er so weit nördlich war, mit den Bergen um ihn herum, deren strenge Häupter sich wie zornige Magistratsmitglieder abzeichneten, gab es nur wenige Felder, auf denen er nach Pastinak oder Mohrrüben oder einem Stück Winterkohl suchen konnte. Schlimmer noch, es war zu kalt, um im Freien zu schlafen. Ein paar seiner kostbaren Francs, mit Müh und Not zusammengekratzt, mußten also für etwas ausgegeben werden, was man umsonst nicht bekommen konnte.

Er versuchte, nicht weiter an Essen und Wärme zu denken, aber sein störrischer Kopf war auf Weizenbrot und fetten Schafkäse und auf einen Zinnkrug mit Landbier fixiert. Er konnte das Zeug fast schmecken, die Hitze vom Schein des Feuers auf seinen müden Gliedern fast spüren. Auf seinen Stock gestützt, bewegte er sich sehr langsam, seltsam schlurfend, ein Schlurfen, das er über viele Jahre entwickelt hatte, als seine Beine und Knöchel in schweren Ketten lagen. Der Mann stieg den Weg in die Stadt hinab, hielt Ausschau nach einem Gasthaus.

Aber als erstes, so wurde ihm schweren Herzens klar, mußte er tun, was das Gesetz von ihm verlangte. Er mußte zum örtlichen Präfekten gehen und seine Papiere vorlegen, wozu jeder Reisende verpflichtet war. Er wußte, was dabei herauskommen würde, aber er hoffte, daß er etwas zu essen und zu trinken bekommen würde und ein Obdach, bevor die unvermeidlichen Folgen das unmöglich machten.

Als er auf dem Weg ins Stadtzentrum nach dem Rathaus Ausschau hielt, folgten dem Fremden neugierige Blicke von Männern und Frauen der Stadt, die auf den Straßen ihren üblichen Geschäften nachgingen. Seine abgerissene, ungepflegte Erscheinung, seine beeindruckende Größe und die seltsame Art seines schlurfenden Ganges machten ihn zu einem natürlichen Objekt ihrer Neugier. Sie nickten sich gegenseitig zu und verzogen wissend den Mund. Das war einer, auf den man ein Auge halten mußte, sagten sie wortlos. Er muß sehr durstig sein, notierten sie. Seht ihn euch an, wie er gierig aus dem öffentlichen Brunnen trinkt.

Der Fremde trank und trank, als ob er nie seinen Durst löschen könnte, und er war immer noch durstig. Er schaute auf und sah fünf kleine verdreckte Kinder, die ihn neugierig anstarrten.

»Wo ist das Rathaus?« knurrte er sie an.

»Ich zeig's Ihnen«, bot ihm der dreisteste der Jungen an. Mit den anderen Jungen im Schlepptau führte der Straßenjunge den großen Mann zu einem großen Gebäude auf dem Platz und zeigte mit der Hand. »Da«.

Ein Gendarm döste auf einer Steinbank vor dem Rathaus. Wieder blieb der Fremde an einem Brunnen stehen, um zu trinken, näherte sich dann dem Polizisten und weckte ihn auf. Er zog aus seiner Jacke ein zusammengefaltetes gelbes Dokument und händigte es dem Gendarmen aus.

»Ich soll mich melden.«

Der Gendarm richtete sich wieder auf, nahm den gelben Ausweis und las ihn. »Bin hier nur für eine Nacht«, bot der Fremde an. »Ich will nach Pontarlier.«

Der Polizist gab das gelbe Papier zurück und wies mit dem Kopf zur Tür. »Da drinnen.«

»Was?«

»Da drinnen. Sie melden sich beim Polizeihauptmann.«

»Nicht bei Ihnen?«

Der Polizist schüttelte barsch den Kopf. »Nein. Ist nicht mein Bier.«

Der Fremde sah ihn wütend an. »Warum haben Sie ihn dann gelesen?«

»Sie haben ihn mir gegeben.« Der Polizist stand auf und zog seine Hosen hoch. »Woll'n Sie Beschwerde einlegen?«

Der Fremde ballte seine Fäuste, sagte aber nichts mehr.

Die langen Jahre, in denen er ungerechte Behandlung durch Behörden ertragen hatte, hatten ihn gelehrt, den Mund zu halten. Er ging an dem Gendarmen vorbei und trat ins Rathaus.

»Wer ist das?« fragte einer der Straßenjungen.

»Ein Galeerensträfling. Haltet euch fern von ihm. Na los!« scheuchte er die neugierigen Jungen weg. »Geht nach Hause, ihr Grünschnäbel.«

Nachdem er seine Dokumente der Behörde vorgelegt hatte, eilte der Fremde so schnell er konnte durch die Stadt, hielt Ausschau nach einem Gasthaus und einem Mahl. Das erste, auf das er stieß, war das ›Le Croix de Colbas‹, dessen Besitzer und Betreiber ein Mann namens Labarre war. ›Le Croix de Colbas‹ galt als das beste Gasthaus in Digne, zum größten Teil von Fuhrleuten besucht, die immer die besten Plätze kennen, um zu essen.

Sobald der Mann das Gasthaus durch die Küchentür betrat, wurden seine Sinne durch soviel überwältigende, köstliche, wohlriechende Düfte bombardiert, daß er zurücktorkelte und beinahe hinfiel. Große gußeiserne Töpfe kochten auf dem Ofen, und ein riesiger Bratspieß drehte sich über dem Feuer, an dem ein Haufen Federvieh und drei Kaninchen hingen. Das Fett, das vom Spieß auf die Kohle tropfte, und der aromatische Duft, der davon aufstieg, ließen dem Fremden das Wasser im Munde zusammenlaufen. Aus seinem Hunger, der ihm den Magen knurren ließ, wurde plötzlich ein wilder Schmerz, ein quälendes Bedürfnis.

»Guten Abend. Was kann ich für Monsieur tun?« fragte der Wirt mit anbiederndem Lächeln. Obgleich die Erscheinung des Reisenden wenig versprach, konnte man ja nie sagen, was er in seinem Tornister mit sich herum trug. Es kostete ja nichts, höflich zu sein. Trotzdem war es am klügsten, auf der Hut zu sein und erstmal zu sehen, was man über den Fremden in Erfahrung bringen konnte.

»Essen«, sagte der große Mann kurzangebunden. »Essen, Bier und ein Bett zum Schlafen.«

»Nichts leichter als das«, lächelte Labarre und fügte hinzu, »wenn Sie zahlen können.«

»Ich kann zahlen«, antwortete der andere, zog einen Lederbeutel aus seiner Jacke, schüttelte ihn und ließ die Münzen klimpern.

Labarres Lächeln wurde breiter, und er rieb sich die Hände. »Ah, sehr gut, dann, bien, bien. Hier entlang.« Der Wirt führte den großen Mann in den geräumigen Speiseraum, in dem eine Gruppe von Fuhrleuten Bier und Apfelwein tranken und hungrig auf ihr Essen warteten. Der Fremde zog einen niedrigen Stuhl zum Feuer hin und setzte sich, um sich zu wärmen, während der Wirt in Richtung Küche zu seinen Schmortöpfen zurückging.

Inzwischen war der Reisende fast warm und trocken. Er begann sich schläfrig zu fühlen, und nur sein schmerzender Hunger hielt ihn davon ab, gleich einzuschlafen. Er sah nicht den Gendarmen draußen, der den Wirt herauswinkte, sah auch nicht durch das Fenster die beiden Männer miteinander sprechen. Das erste, was er erfuhr, war, daß der Wirt ihn grob an der Schulter schüttelte.

»Monsieur, Sie müssen leider gehen. Ich kann Sie nicht bedienen oder Ihnen ein Zimmer geben.«

»Aber ich habe Geld –« protestierte der Mann. »Ich schlaf auch im Stall. Ich zahle für den Stall. Geben Sie mir Brot und eine Schüssel Suppe. Ich esse hier in der Küche. Ich werde Ihre guten Gäste nicht verprellen. Ich werde in einer Ecke des Heubodens schlafen, und ich werde vor Sonnenaufgang verschwunden sein.«

»Wie dem auch sei«, sagte Labarre. »Ich hab nichts zu essen und auch kein Zimmer. Es ist nichts frei.«

»Sie haben genug zu essen!«

»Alles vorbestellt für die da«. Der Wirt zeigte auf die hungrigen Fuhrleute, die ungeduldig auf den köstlichen Eintopf und den Bratspieß warteten. »Sie müssen gehen. Jetzt.«

»Nein.« Der Fremde schüttelte hartnäckig den Kopf. »Dies ist ein Gasthaus, und ich bin ein rechtmäßiger Gast, wie jeder andere auch. Ich werde bleiben. Ich bin vier Tage gelaufen. Keiner will mir ein Zimmer geben. Ich muß essen –«

»Seh'n Sie doch.« Der Wirt zeigte durch das Fenster, und der große Mann konnte den Gendarmen sehen, der draußen wartete. »Sie wollen doch keinen Ärger machen.«

Labarre beugte sich näher zu dem anderen Mann, so nah, daß seine kleinen Schweinsaugen dem Fremden direkt in die Augen sahen, und der große Mann sah die Spucke in seinen Mundwinkeln.

»Glauben Sie ernsthaft, daß ich nicht weiß, wer und was Sie sind?« zischte Labarre. »Ich bin kein Idiot. Ich hab die Polizei um Auskunft gebeten. Also verschwinden Sie jetzt, bevor ich Sie raussetzen lasse.«

Den Fremden verließ der Mut. Darauf hatte er keine Antwort. Resigniert stand er auf, legte seinen Tornister an und ergriff seinen Stock. Langsam schlurfte er davon.

»Wohin soll ich gehen?« fragte er den Gendarmen wehleidig. »Sagen Sie's mir. Woll'n Sie mich über Nacht einbuchten? Das ist in Ordnung. Ich werde gehen. Ich zahl dafür, um im Gefängnis zu schlafen.«

Der Gendarm schüttelte den Kopf. »Das Gefängnis ist für Verbrecher. Haben Sie ein Verbrechen begangen?«

»Sagen Sie mir doch nur, wohin ich gehen soll«, bat der Fremde. »Sagen Sie mir, wo ich essen und wo ich schlafen kann.«

Der Polizist zuckte sorglos die Schultern. »Das ist nicht meine Sache. Bleiben Sie, wo Sie wollen. Sie sind ein freier Mann.«

Ein freier Mann. Die Lippen des Fremden verdrehten sich in bitterer Ironie. Was für eine Freiheit war das? Sehr bald würde seine Person zum Gesprächsstoff der ganzen Stadt werden. Seine einzige Hoffnung war, innerhalb der nächsten Stunde jemanden zu finden, der bereit war, ihn für die Nacht aufzunehmen, ganz gleich, ob sie nun mitfühlend oder habgierig waren. Er hatte wenig Glauben an das Mitgefühl des menschlichen Tieres, deshalb mußte er sicher zahlen.

Aber es war schon zu spät. Der Bericht des Gendarmen, verbunden mit der Geschwindigkeit städtischen Klatsches, hatte Digne bereits gegen den Fremden eingenommen. Jedes Gasthaus, selbst das schäbigste und bescheidenste, schlug ihm die Tür vor der Nase zu. So ging er von Haus zu Haus, rutschte auf dem nassen Kopfsteinpflaster, klopfte an Fenster, bot Francs im Austausch für Nahrung und Obdach. Aber er fand keine Aufnahme. Niemand war bereit, den Fremden aufzunehmen. Sie waren zu feige, fürchteten sich zu sehr vor dem, was die Polizei ihnen erzählt hatte.

Völlig durchnäßt und schwankend vor Erschöpfung, fand er schließlich einen kleinen mit Stroh ausgelegten Schuppen, kroch hinein und kuschelte sich zusammen, um zu schlafen. Nur einen Augenblick später wurde der Mann durch das wilde Knurren eines großen Hundes aus dem Schlaf gerissen. Das Biest war riesig und gefährlich und in der Lage, ihn in Stücke zu reißen. Es war so nahe, daß der Mann seinen übelriechenden Atem wahrnahm, und er stellte sich vor, daß seine bloßen Zähne in sein Fleisch beißen könnten. Voller Angst rappelte er sich auf und stürzte hinaus in die regnerische Nacht. Er hatte kaum Zeit, seinen Tornister und seinen Stock an sich zu nehmen.

Sein Herz brannte vor Wut. Jedes menschliche Gesicht war gegen ihn eingenommen; jede menschliche Hand hob sich, um nach ihm zu schlagen oder ihn zu vertreiben. Jetzt taten es selbst die Tiere ihnen gleich. Das hier war die endgültige Erniedrigung! Aus einer Hundehütte verjagt zu werden! Durch ihren rechtmäßigen Bewohner! Er war selber nicht besser als ein Hund, wenn er so behandelt wurde. Weniger als ein Hund, der das Recht hatte, im Warmen und Trockenen zu schlafen, ein Recht, das er nicht hatte.

Müdigkeit überkam schließlich den Fremden, als er auf den Platz in der Stadt wankte, und er sank auf eine der öffentlichen Bänke neben der Kathedrale und legte sich nieder, seinen Tornister als Kissen unter dem Kopf. Die Bank war ein grober Stein und regennaß, aber für den Reisenden spielte Bequemlichkeit keine Rolle mehr. Er schloß die Augen und verfiel in einen unruhigen Schlaf.

Kaum eine Stunde später schüttelte ihn eine Hand wach. Der Mann schreckte hoch, seine Augen weiteten sich vor Schreck, aber er sah ein freundliches Gesicht, eine ältere Frau, völlig in Schwarz gekleidet wie eine Witwe, mit einem Gebetbuch in der Hand.

»Warum schlafen Sie hier?« fragte sie ihn freundlich.

»Warum glauben Sie wohl?« war die bittere Antwort.

»Sie haben kein Geld!«

Der große Mann schüttelte ungeduldig den Kopf. »Lassen Sie mich in Ruhe.«

»Ich habe nur fünf Sous«, sagte die Witwe, »aber sie sind bei Ihnen in guten Händen.«

Der Fremde riß ihr die Münze aus der Hand. »Besser als gar nichts«, murmelte er unwirsch.

Die Frau war beharrlich. »Haben Sie an die Türen geklopft und die Menschen gebeten, Ihnen zu helfen?«

»Ich hab sie gebeten. Ich hab überall gefragt«, antwortete der Mann, knirschend vor Wut.

»Sie haben dort nicht gefragt«, sagte die Frau sanft. Er drehte seinen Kopf, um mit den Augen ihrem Zeigefinger zu folgen. Auf der anderen Seite des Platzes, neben der Kathedrale, sah er ein kleines Haus, bescheiden und sauber, das an einer großen feudalen Villa angebaut war, dem Spital von Digne. Vor dem Haus war ein großer Garten mit einem rostigen Tor zur Straße.

»Dort? Nein, dort hab ich nicht gefragt. Warum?«

»Klopfen Sie an die Tür«, sagte die alte Frau lächelnd.

Steif, völlig fertig vor Erschöpfung, rappelte der Fremde sich auf und nahm seinen Tornister. Er schlurfte über die Straße, zitterte vor Kälte und Feuchtigkeit und stieß das Gartentor auf. Die rostigen Metallscharniere quietschten unter Protest, ein seltsam klagendes Geräusch. Er stieg hoch zu der alten, schlichten, hölzernen Tür. Zögernd hob er die Hand und klopfte, einmal, zweimal. Dann klopfte er wieder.

»Herein«, rief eine Männerstimme, eine freundliche Stimme, eine einladende Stimme. »Herein. Die Tür ist nie zugesperrt.«

II
DER BISCHOF

Der Fremde zögerte, aber als er die Einladung hörte, stieß er die Haustür auf, stand im Eingang und überblickte die Szenerie im Innern. Er sah einen mittelgroßen Raum mit einem Feuer, das lustig im Kamin brannte. In der Mitte des Raums stand ein Eßtisch mit sechs Stühlen darum, aber im Augenblick wurde er als Schreibtisch benutzt. Ein lustig aussehender Mann mit weißem Haar, vielleicht 65 Jahre oder älter, saß dort und machte sich in einem Tagebuch Notizen. Er arbeitete beim Licht von Wachskerzen, die in zwei großen Kerzenleuchtern, offenbar aus solidem Silber, brannten.

Die Kerzenleuchter, schwer, prunkvoll, kostbar, standen in seltsamem Kontrast zum übrigen Raum, der die Schlichtheit selbst war. Die Möbel waren solide und praktisch, aber sehr einfach, ohne Schnitzereien und unvergoldet; sie sahen eher Bauernmöbeln ähnlich. Der Mann selber trug eine einfache Soutane. Ebenfalls im Raum war eine rundliche Frau von ungefähr gleichem Alter wie der Priester. Sie war bis auf ihre weiße Kappe und ihre schneeweiße Schürze ganz in Schwarz gekleidet und deckte gerade den Tisch zum Essen und legte zwei Gedecke auf. Die Messer, Löffel und Gabeln schienen auch aus demselben schweren Silber zu sein wie die Kerzenleuchter.

Der große Mann verstand die Szene auf der Stelle. Der Mann war ein Priester, und nach der Schlichtheit seiner Kleidung und der Einfachheit seiner Umgebung zu urteilen, konnte er keinen höheren Rang bekleiden als den eines Gemeindepriesters, dem die Kathedrale zugeteilt war. Das reiche Silberzeug mußte der Kirche gehören und nicht diesen Menschen. Was die Frau betraf, so war sie zweifellos seine Haushälterin, eine von den Legionen frommer Drachen, die nur leben, um ihre priesterlichen Brötchengeber zu bewachen, ihr Haus makellos sauber zu halten und nahrhaftes Essen in ihre Mägen zu stopfen.

Charles François Bienvenu Myriel war vor neun Jahren als Bischof nach Digne gekommen. Das für ihn bestimmte Heim war ein prächtiger Palast mit großen Räumen, kunstvoll verzierten Möbeln, vergoldeten Marmorsimsen, großen Fenstern, hohen bemalten Stuckdecken verziert mit Putten und Heiligen. Gleich daneben lag das öffentliche Spital für die Armen, ein kleines, bescheidenes Gebäude. Seine wenigen Zimmer waren überfüllt mit viel zu vielen Betten, die aufgrund der wenigen schmalen Fenster nicht genügend frische Luft bekamen. Über die Jahre waren viele Patienten dort gestorben, die vielleicht überlebt hätten, wenn die Zustände im Spital nur besser und gesünder gewesen wären.

Für den Bischof schien es nur eine eindeutige Antwort zu geben: der Bischofspalast sollte das Spital werden, und das schäbige kleine Spital würde das Domizil des Bischofs. Das war schnell in die Tat umgesetzt, und der Mann verschrieb sich einem Leben in Schlichtheit, Pflichterfüllung, wohltätigen Werken und Gebeten. Von seinem üppigen Gehalt von 15 000 Francs im Jahr flossen 14 000 direkt den Armen zu – Witwen, Waisen, dem Spital und jedem anderen, der Hilfe brauchte. Er hätte noch mehr gegeben, wenn nicht seine Haushälterin das absolut verboten hätte; sie schwor, daß 1000 Francs pro Jahr kaum ausreichten, um das Essen auf den Tisch zu bringen, so einfach es auch war. Von all den reichen Geschenken, mit denen der Bischof von den Wohlhabenden überhäuft wurde, behielt er nichts für sich. Alle wurden sofort verkauft und der Erlös an die Armen verteilt.

Ist es da ein Wunder, daß die Armen von Digne den Bischof für einen Heiligen hielten, der garantiert selig gesprochen würde bei seinem Tode?

Was das Silberzeug betrifft, so waren es Familienerbstücke und daher von großem Liebhaberwert für den Mann. Es war sein einziger Schatz, der seiner Mutter gehört hatte und davor deren Mutter. Die Haushälterin hielt den Korb mit dem Tafelgeschirr unter Verschluß, und sie hätte auch die Kerzenleuchter versteckt, wenn der Bischof es zugelassen hätte. Das Haus war nie abgeschlossen; der Bischof bestand darauf. Er fürchtete niemanden. Was könnte ihm jemand wegnehmen, das er nicht gerne geben würde? Außerdem, alles was geschah, war der Wille Gottes.

»Herein«, rief der Bischof, blickte von seiner Arbeit auf und sah den großen Mann, der mit seiner ungewöhnlichen Größe und der Breite seiner Schultern die ganze Tür ausfüllte.

»Entschuldigen Sie... Es tut mir leid...« stammelte der Fremde ängstlich, ohne den Eingang zu verlassen. »Haben Sie etwas für mich zu essen, das Sie entbehren können? Ich zahle dafür. Ich bin den ganzen Weg von Toulon heraufgekommen. Ich bin vier Tage gelaufen. Ich hab nichts zu essen gehabt. Ich habe Geld... Bitte?«

»Warum sind Sie nicht in ein Gasthaus gegangen, wenn Sie Geld haben?« fragte die Haushälterin, bevor der Bischof sie zum Schweigen bringen konnte.

Der Fremde schüttelte den Kopf. »Sie wollten mich nicht haben. Ich bin ein Sträfling. Mein Name ist Jean Valjean. Ich habe neunzehn Jahre Zwangsarbeit geleistet. Sie haben mich vor vier Tagen freigelassen. Ich bin auf Bewährung draußen. Ich muß mich Montag in Pontarlier melden, sonst muß ich zurück auf die Galeeren. Deshalb bin ich zu Fuß gegangen. Den ganzen Weg von Toulon. Hier – da ist mein Ausweis.«

Er zog aus seiner zerlumpten Jacke eine Reihe schmutziger Papiere. Sie waren hellgelb, die Warnfarbe für Polizei und Magistratspersonen, daß der Inhaber wie ein Verbrecher zu behandeln sei. Valjean öffnete das Dokument und stieß es zum Bischof hinüber.

»Ich kann nicht lesen, aber ich weiß, was da steht. ›Er ist sehr gefährlich‹. Sie haben recht«, fügte er mit einem bitteren Lachen hinzu. »Ich bin sehr gefährlich, aber ich kann zahlen. Ich habe einhundertundneun Francs und fünfzehn Sous. Das ist für neunzehn Jahre Zwangsarbeit. Ich brauche ein Mahl und ein Bett. Es ist mir gleich, wieviel Sie wollen. Ich zahle. Ich zahle die ganzen neunzehn Jahre für eine Schüssel Suppe und ein Bett für die Nacht.«

Der Bischof schüttelte mit einem freundlichen Lächeln den Kopf. »Monsieur, Sie sind willkommen, mit uns zu speisen. Dies ist Madame Magloire.« Er wandte sich zu seiner Haushälterin. »Das Abendessen ist fertig, hab ich recht, Madame? Sie müssen noch ein Gedeck auflegen. Und wenn unser Gast gegessen hat, machen Sie ihm das Bett im Alkoven. Bitte, kommen Sie herein, Monsieur.«

Valjean stand vor Erstaunen wie angewurzelt da. Was war das für eine Art Mann? Konnte soviel Güte echt sein? Gab es hier eine Falle? Aber über allen Argwohn hinaus konnte er das kochende Essen riechen, und er fühlte sich wieder schwach auf den Beinen. Er schloß die Augen, um das Schwindelgefühl zu unterdrücken.

»Es ist kühl«, sagte der Bischof. »Kommen Sie herein und machen Sie die Tür zu, Monsieur.«

Jean Valjean öffnete die Augen, aber er konnte die paar Schritte, die ihn in das Zimmer brächten, nicht gehen. Er fühlte immer noch die Notwendigkeit, sich zu erklären.

»Meinen Sie das ernst? Ich bin ehrlich gewesen. Ich bin ein Sträfling. Haben Sie meinen Ausweis gesehen?«

»Ich weiß, wer Sie sind«, sagte der Bischof freundlich. Die Gendarmerie hatte ihn bereits über Valjean informiert.

»Und Sie werden mich in Ihr Haus lassen?«

Der Bischof schüttelte den Kopf. »Das ist nicht mein Haus, Monsieur. Es gehört Christus.« Er erhob sich vom Tisch und nahm Valjean am Arm, führte ihn über die Schwelle und schloß die Tür hinter ihm.

Und so war Jean Valjean, ein Sträfling mit einem gelben Ausweis, bald sehr erstaunt, sich in einem warmen Raum zu befinden, an einem Tisch vor einem hellen Feuer zu sitzen, vollkörniges Roggenbrot zu kauen und eine dampfende Schale heißer, wohlschmeckender Suppe zu essen, reich an Gemüse, denn der Bischof erlaubte sich nicht den Luxus von Fleisch bei seinen einsamen Mahlzeiten. Er trank sogar Wein, weil der Bischof eine widerwillige Madame Magloire angewiesen hatte, eine Flasche vom besten zu bringen.

Was noch seltsamer war: sie aßen bei Kerzenlicht, und die Kerzen steckten in schweren silbernen Kerzenleuchtern, und selbst der Löffel, mit dem er die köstliche Suppe an den Mund führte, war aus echtem Silber. Valjean rieb mit dem Daumen den Griff entlang und besah sich den Löffel aus der Nähe.

Sein Interesse entging dem scharfen Auge von Madame Magloire nicht, die bedrückt dasaß und den Fremden mit Angst und Mißtrauen betrachtete. »Was für ein Verbrechen haben Sie begangen?« fragte sie ihn frei heraus und überging den mißbilligenden Blick, den ihr der Bischof, wie sie wußte, zuwerfen würde.

»Vielleicht habe ich jemanden umgebracht.« Valjean warf ihr ein böses Lächeln zu und genoß ihren wachsenden Schrecken. Er konnte sehen, daß der Priester keine Angst vor ihm hatte, deshalb wandte er sich an ihn.

»Woher wissen Sie, daß ich Sie nicht umbringen werde?« fragte er mit breitem Grinsen.

»Woher wissen Sie, daß ich Sie nicht umbringen werde?« erwiderte der Bischof ruhig.

Valjean war über die Worte des Priesters verblüfft, und Suppe tropfte von seinem Löffel auf den Tisch. »Was ist das? Ein Witz?«

»Ich denke, wir müssen uns gegenseitig vertrauen«, sagte der Bischof einfach.

Die Einfachheit und Güte in den Worten des Bischofs entwaffneten Valjean. »Na schön, ich hab niemanden umgebracht«, gab er widerwillig zu. »Ich bin ein Dieb. Ich habe etwas zu essen gestohlen. Ich hatte Hunger. Ich habe gestohlen, aber ich habe dafür gezahlt. Neunzehn Jahre trug ich Ketten. Sie legen einen sogar in Ketten, wenn man krank ist. Aber ich wurde nicht krank.«

Valjeans Stimme verfiel in tiefe Bitterkeit. »Ich habe schwer gearbeitet. Ich mußte. Wenn man nachläßt, geben sie einem die Peitsche. Wenn man über die Peitsche meckert, kriegt man Einzelhaft.«

»Sie haben eine Menge gelitten«, sagte der Bischof mitfühlend und mit Tränen in den Augen.

Jean Valjean nickte. Er hatte gelitten. »Jetzt haben sie mich freigelassen. Und mir einen gelben Ausweis verpaßt.« Die Lippen des Mannes verzerrten sich vor Wut, und sein Ton wurde heftiger. »Was soll ich mit einem gelben Ausweis? Keiner wird mir Arbeit geben. Ich muß nach Pontarlier gehen, mich bei meinem Bewährungsbeamten melden. Und was dann? Verhungern?«

Er lachte, ein hartes, rauhes Lachen, ohne Freude darin. »Neunzehn Jahre, und jetzt beginnt erst die wirkliche Strafe.«

Der Bischof schüttelte den Kopf mit einem tiefen Seufzer. »Die Menschen können ungerecht sein«, gestand er traurig ein.

»Menschen?« brach es aus Valjean wütend hervor. »Nicht Gott?« Er sah, wie der Kopf des Priesters zurückzuckte, als ob man ihn geschlagen hätte, und er milderte seinen Ton ein wenig. »Schon gut. Also, wer Sie auch sind, ich danke Ihnen. Eine Mahlzeit. Und ein Bett. Ein richtiges Bett. Morgen früh werd ich ein neuer Mensch sein.«

Aber Jean Valjean konnte so leicht nicht einschlafen. Ironischerweise war das Bett selbst schuld daran; es war zu bequem, zu weich, zu warm. Valjean war gewohnt, auf dünnen Strohpritschen zu schlafen, auf einem steinernen Zellenfußboden oder auf den bloßen Planken der Sträflingsgaleere. Er war an eine echte Matratze nicht gewöhnt. Er konnte einen Stein als Kissen benutzen, aber nicht diese luxuriöse Ansammlung von Federn unter seinem Kopf. Vier Stunden warf sich sein Körper unruhig von einer Seite auf die andere, während Fragmente qualvoller Erinnerungen in seinem Gehirn fieberten. Und er hatte neunzehn Jahre schmerzlicher Erinnerungen zur Hand, die ihn peinigten. Schließlich fiel er, kurz vor Morgengrauen, in einen unruhigen Schlaf. Sofort begann er wieder von den unbeschreiblichen Qualen zu träumen, die er durchgemacht hatte.

Valjean wachte kurze Zeit später mit trockenem Mund auf, sein Kopf raste vor Schmerz, er war immer noch benommen vom Schrecken seiner Träume. Träume, in denen er auf die Ruderbänke in den Galeeren zurückkehrte, die Schultern verrenkt, seine Arme fast ausgekugelt, während er ruderte. Er träumte dies aus seiner Erschöpfung heraus – er war eingenickt, und die Wachen erwischten ihn dabei. Mit Peitsche, Fäusten und Füßen ließen sie sich an ihm aus, schlugen ihn blutig, er stöhnte vor Schmerz und flehte sie an, aufzuhören, aber das ließ sie kalt. In dieser Nacht war es nur ein Traum, aber oft genug war es in Jean Valjeans elendem Leben bittere Wirklichkeit gewesen.

Jean Valjean schleuderte die Bettdecke weg und setzte sich auf, wurde sich seines Schreckens und seiner Kopfschmerzen bewußt. Sein Atem war rauh und laut, sein Herz hämmerte in seiner Brust; der Raum war nicht kalt, aber eine Gänsehaut bildete sich auf seiner Haut, ließ ihn fast unkontrolliert erzittern. Es war kurz vor Morgengrauen; bald würde ein neuer Morgen beginnen.

Der große Mann saß auf dem Bettrand und fühlte etwas anderes, etwas, das stärker war als der Schmerz und die Angst. Zorn. Ihn überkam die Wut über die Ungerechtigkeiten, die er in nahezu zwei Jahrzehnten erlitten hatte, und, vor dieser Zeit, über die Ungerechtigkeit, die einen einfachen arbeitswilligen Mann in solche Umstände der Armut hineingezwungen hatte, daß er einen Laib Brot gestohlen hatte, um sich am Leben zu halten.

Einen Laib Brot. Im Wert von höchstens fünf Sous. Das war Jean Valjeans Vergehen gewesen. Für diesen Diebstahl war er zu fünf Jahren Zwangsarbeit verurteilt worden. Diese fünf Jahre waren zu neunzehn angewachsen, weil Valjean wiederholt versucht hatte zu fliehen.

Aber Jean Valjean konnte man nicht so leicht gefügig machen. In ihm war ein scharfer Geist, eine Selbständigkeit, eine Sehnsucht nach Gerechtigkeit, die man nicht löschen konnte. Er wußte, was ein mißlungener Fluchtversuch für Folgen hatte. Er verstand sehr gut, daß es klüger war, seine Ungerechtigkeiten schweigend zu ertragen, um Jahre früher aus dem Gefängnis zu kommen. Doch er konnte nichts dafür. Wieder und wieder versuchte er zu fliehen; wieder und wieder wurde er eingefangen, und die Dauer seiner Strafe erhöhte sich um noch mehr Jahre.

Nachdem eine gleichgültige, aber autoritäre Gesellschaft einen einfachen Mann in ein wütendes Tier verwandelt hatte, nachdem er mit einem brennenden Haß auf die Menschheit und einem tiefen Groll auf Gott infiziert worden war, wurde Jean Valjean mit einem bitteren Vermächtnis und einer Handvoll Francs auf die Welt losgelassen, die Bezahlung für die beiden Jahrzehnte Zwangsarbeit, sowie mit einem gelben Ausweis, der ihn als Sträfling abstempelte, als Verbrecher, als eine gefährliche Person.

Jetzt, wo sie ihm jede Möglichkeit, seinen Lebensunterhalt zu verdienen, geraubt hatten, gab diese gleichgültige, autoritäre Gesellschaft Jean Valjean dem Leben zurück. Was für ein bitterer Witz!

Valjean verließ das Bett. Er war vollständig bekleidet, mit Ausnahme seiner kaputten Schuhe, die er jetzt anzog. Verstohlen musterte er den Raum, seine Augen hatten sich an die Dunkelheit gewöhnt. Er fand nichts, was seine Suche belohnte.

Aber in dem anderen Raum war ein Korb mit Silber. Valjean hatte beobachtet, wie Madame Magloire das frisch geputzte Tafelsilber in den Korb zurückgelegt und den Korb in einen Schrank weggeschlossen hatte. Das Silber mußte einiges wert sein!

Ein Strahl blassen Mondlichts fiel schräg durch das Fenster, der letzte Strahl dieser Nacht, und erleuchtete schwach die Ecke des Eßzimmers, wo das Schränkchen stand. Es war schon fast Tag. Leise ging Valjean auf Zehenspitzen ins Eßzimmer, auf den Schrank zu. Jean Valjean vertraute seiner Kraft. Neunzehn unerbittliche Jahre Zwangsarbeit hatten ihm Muskeln gegeben wie verdrehte Äste einer alten Eiche, eisenhart, knorrige Massen in seinen Schultern, Armen, Schenkeln, Beinen und auf seiner Brust. Er war zuversichtlich, daß er das Schränkchen ohne große Umstände mit Gewalt öffnen konnte.

Aber als er zu dem Schrank kam, fuhr er überrascht zurück. Er war tatsächlich zugesperrt, aber der Schlüssel steckte noch in seinem Loch. Valjean vermutete, daß es die schlichte Sorglosigkeit der Haushälterin gewesen war – aber Madame Magloire hätte dieses Silberzeug mit ihrem Leben verteidigt, wenn nötig, sie hätte sogar jede Nacht damit in ihrem Bett geschlafen, wenn man es ihr erlaubt hätte. Nein, es war der Befehl des Bischofs, den Schlüssel als Zeichen des Vertrauens für alle seine Besucher im Schrank stecken zu lassen.

Jean Valjean kniete nieder und drehte den Schlüssel herum. Er langte in den Schrank und zog den Korb heraus. Bei den letzten schwachen Strahlen des Mondlichts konnte er die leuchtende Oberfläche der sorgfältig polierten Messer, Gabeln und Löffel erkennen. Hastig warf er das Zeug in seinen Tornister. Das Silber gab ein eindeutiges metallenes Geräusch von sich, und Valjean erstarrte. Dann richtete er sich auf, die Haare in seinem Genick kribbelten, schlugen Alarm. Fußschritte. Langsam, fast schlurfend, näherten sie sich.

Valjean ergriff seinen Tornister und bewegte sich leise wie ein Raubtier, bis er hinter der geöffneten Tür stand, außer Sicht. Seine Finger umspannten seinen Gehstock, seinen Kiefer hielt er vorgestreckt.

Ein Schatten erschien in der Tür; es war der Bischof in seinem Nachthemd. Er war ein leichter Schläfer, die gedämpften Geräusche in dem anderen Zimmer und das metallische Klirren hatten ihn aufgeweckt. Er spähte ins Eßzimmer, unfähig, etwas zu erkennen, bis sein Auge auf den geöffneten Schrank fiel, der vom Mondlicht beleuchtet wurde.

»Ist da jemand?« fragte er.

Etwas bewegte sich plötzlich hinter der Tür, und bevor der Bischof sich umdrehen oder einen Arm zu seiner Verteidigung heben konnte, knallte Jean Valjeans erhobener Stock auf seinen Schädel herab, und der alte Mann stürzte mit einem leichten Stöhnen zu Boden.

Valjean wußte, daß er sich beeilen mußte, wenn er hier raus wollte. Der alte Mann war nicht tot und würde bald um Hilfe rufen. Mit seinem prallen, schweren Tornister in der Hand lief Valjean zur Tür, riß sie auf und verschwand im dunstigen Morgengrauen.

III

EIN GESCHENK AN GOTT

Dank dem Allmächtigen war Bischof Myriel nicht tot, nicht einmal ernsthaft verletzt. Jean Valjeans ungünstige Position hinter der Tür schränkte seine Bewegungen ein, und sein Schlag hatte den Bischof nur gestreift. Um es klar zu sagen: Wäre Valjean gezwungen gewesen, wegen des Silbers den Bischof zu töten, hätte er es ohne Zögern getan. Aber der alte Mann war lediglich bewußtlos. Nein, das wahre Opfer war Madame Magloire, die jetzt am Eßzimmertisch saß und vor dem leeren Besteckkorb weinte wie vor dem Sarg eines geliebten Toten. Sie hatte so viele Tränen nicht einmal bei der Beerdigung ihres Mannes vergossen.

In Wirklichkeit fühlte sich der Bischof – sein verletzter Kopf war mit einer Mullbinde verbunden – schon bald munter genug, um in seinem Garten das Beet für Wurzelgemüse zu graben. Selbst draußen, in seinem heißgeliebten Garten, konnte er die lauten Schluchzer seiner Haushälterin hören.

»Wein nicht«, rief er ins Haus. »Wir werden Holzlöffel benutzen.«

Diese Worte waren jedoch kein Trost für Madame Magloire, die daraufhin nur noch lauter jammerte

»Ich will davon nichts mehr hören«, rief der Bischof, und seufzend wandte er sich wieder dem Unkrautjäten zu.

Da hörte er das Geräusch schwerer Schritte. Der Bischof richtete sich auf und wartete. Um die Gartenmauer herum kamen drei uniformierte Gendarmen, ein Offizier als Anführer und zwei weitere, die ihm folgten. Zwischen den letzteren beiden Polizisten ging Jean Valjean als Gefangener, seine Hände waren mit einem Strick auf dem Rücken zusammengebunden. Seine Augen waren niedergeschlagen, sein Gesicht grimmig vor Verzweiflung.

»Monseigneur, es tut mir leid, Sie zu stören –« begann der rundliche Gendarm. »Wir haben diesen Mann aufgelesen –.«

»Sie haben ihn erwischt!« ertönte ein freudiger Schrei aus dem Haus, und eine lächelnde Madame Magloire kam mit leichten Schritten herausgelaufen, ihre Augen auf der Suche nach ihrem entführten Silberbesteck. »Oh, Gott sei Dank!«

Der Bischof hob warnend seine Hand und legte sie fest auf Madame Magloires Arm. Die Frau verstand sofort und verstummte.

»Ich bin sehr ungehalten über Sie, Jean Valjean«, sagte der Bischof milde.

»Was ist mit Ihrem Kopf, Monseigneur?« fragte der Gendarm.

Monseigneur! Valjean hob den Kopf und seine Augen weiteten sich vor Überraschung. Dieser aufgeblasene Dummkopf von Polizist nannte den Priester ständig Monseigneur! Dieser alte Mann konnte kein einfacher Priester sein; er mußte der Bischof von Digne sein! Das würde das kostbare Silberbesteck erklären. Sein Herz wurde schwer, und er schlug die Augen wieder zu Boden. Es stand wirklich schlecht um ihn. Das mindeste, was er erwarten konnte, war eine sofortige Aufhebung seiner Bewährung und eine neue Verurteilung zu Zwangsarbeit für den Rest seines Lebens, aber wer weiß, was für besondere, einzigartige Folterarten auf den erbärmlichen Idioten warten, der einen Monseigneur ausraubt!

Aber der Bischof war nicht daran interessiert, die Neugier des Polizisten zu befriedigen. »Hat er Ihnen nicht gesagt, daß er letzte Nacht unser Gast war?« fragte er.

»Ja«, nickte der Polizist. »Wir hatten ein Auge auf ihn, wissen Sie. Er hat einen gelben Ausweis bei sich. Nachdem wir seinen Tornister durchsucht und das ganze Silber gefunden hatten, hat er uns erzählt, daß er letzte Nacht hier geschlafen hat.« Dann schüttelte er seinen Kopf und lachte sarkastisch. »Er behauptet, Sie hätten es ihm geschenkt.«

»Ja«, nickte der Bischof ruhig. »Natürlich hab ich ihm das Silberzeug geschenkt.« Hinter ihm stieß Madame Magloire wie eine quietschende Maus einen erstickten Schreckenslaut aus.

»Aber Monsieur Valjean«, fuhr der Bischof in leicht tadelndem Ton fort, »warum haben Sie die Kerzenleuchter nicht mitgenommen? Das war sehr töricht. Madame Magloire, holen Sie die Kerzenleuchter. Sie sind mindestens zweihundert Francs wert. Warum haben Sie sie zurückgelassen?«

Jean Valjean traute seinen Ohren nicht. Was sollte der Unsinn? Hatte der Schlag auf den Kopf den alten Mann um den Verstand gebracht? »Beeilen Sie sich«, drängte der Bischof seine Haushälterin. »Monsieur Valjean hat es eilig. Er hat viel Zeit verloren.« Madame Magloire stöhnte leicht auf und ging ins Haus. Das war mehr, als man ertragen konnte, doch sie wagte nicht, Bischof Myriel zu widersprechen.

»Haben Sie vergessen, sie mitzunehmen?« fragte der Bischof Valjean, der immer noch wie benommen dastand. Er wußte nicht, was hier vor sich ging. Machten sie sich über ihn lustig? Steckten sie alle zusammen – die Gendarmen, der Bischof, selbst Madame Magloire? Wollten sie ihn auf diese Weise quälen, ihm Hoffnung machen, ihn dann einsperren und den Schlüssel wegwerfen?

Der vorgesetzte Gendarm war immer noch mißtrauisch. Etwas war hier faul. Dieser Mann war nur ein gewöhnlicher Sträfling; er hatte sogar den gelben Ausweis als Beweis bei sich. Was hatte er mit dem Silberzeug eines Bischofs zu tun? Nein, das ergab nichts. »Pardon, Monseigneur, aber wollen Sie sagen, er hat uns die Wahrheit erzählt?«

Der Bischof nickte. »Natürlich. Danke, daß Sie ihn zurückgebracht haben. Ich bin sehr erleichtert.«

Was konnte ein Polizist sagen oder tun angesichts der ruhigen Gewißheit des Bischofs? Mit einer kurzen Kopfbewegung nickte er den beiden Männern zu, die Valjean festhielten. Einer von ihnen schnitt den Strick um Valjeans Handgelenke durch und befreite seine Hände.

»Sie lassen mich wirklich gehen?« murmelte der große Mann ungläubig. Er stand immer noch unter Schock.

»Hast du den Bischof nicht verstanden?« fragte der rundliche Gendarm. Er schaute Valjean böse an, wütend wie eine räuberische Hauskatze, die gerade ihre Beute aus den Krallen gelassen hat.

Die Haushälterin blickte Valjean ebenso böse an, als sie mit den beiden großen Kerzenleuchtern aus dem Haus kam. Der Bischof nahm sie ihr aus den widerstrebenden Fingern. Er mußte ein bißchen ziehen, um sie frei zu bekommen.

»Madame Magloire, biete diesen Männern etwas Wein an«, wies er sie an. »Sie müssen durstig sein.«

Sofort verschwand der böse Blick aus dem Gesicht des rundlichen Polizisten. »Danke, Monseigneur«, lächelte er, und alle drei Beamten folgten der wütenden Haushälterin ins Eßzimmer. Erst geht das Silber weg, jetzt der Wein! Mon bon Dieu, wo soll das enden?

Der Bischof von Digne steckte die Kerzenleuchter vorsichtig in den Tornister und drückte Valjean die Tasche in die Arme, während er dem großen Mann ernst ins Gesicht sah. »Vergessen Sie nie«, sprach er feierlich zu ihm, »Sie haben versprochen, ein neuer Mensch zu werden.«

Endlich fand Jean Valjean seine Stimme. »Ich ... ich verstehe nicht«, stammelte er. »Warum tun Sie das?«

Der alte Mann straffte sich, und in seinem Gesicht lag ein glückseliges Strahlen.

»Jean Valjean, mein Bruder, du gehörst nicht länger dem Bösen«, sagte der Bischof langsam, aber mit großer Überzeugung. »Mit diesem Silber hab ich deine Seele gekauft. Ich habe dich von der Angst und dem Haß erlöst. Und jetzt –«, die Stimme des Mannes schwoll wie Orgelmusik mächtig an, »gebe ich dich Gott zurück.«

Die Worte des Bischofs und, noch mehr, die Kraft und Frömmigkeit dahinter, ließen Jean Valjeans Seele gefrieren. Er erzitterte und bebte, aber er konnte nicht sprechen. Alles in ihm schrie auf vor Protest. Nein! Nein! Wie konnte er sich von seiner Angst und seinem Haß trennen? Sie waren es, die ihn stark machten. Er brauchte seinen Haß; er flehte um seine Angst. Die Worte des Bischofs klangen in seiner Seele wie das Läuten der Kathedrale und verursachten ihm Qualen. Er konnte das nicht ertragen. Er mußte weg. Mit einem erstickten Schrei fuhr er herum und floh, den kostbaren Tornister an seine Brust gedrückt.

Valjean schleppte sich mehrere Meilen voran, der Tornister wurde schwerer und schwerer. Neben der Straße war eine Lichtung, und er beschloß, sich dort eine Weile auszuruhen, konnte er von dort doch die Straße gut überblicken. Valjean setzte sich auf einen Stein und stellte seine Tasche zwischen seine Beine. Er konnte nicht widerstehen, einen kurzen Blick in die Tasche zu werfen und machte sie auf. Das Funkeln des Silbers hätte ihn beruhigen sollen, aber irgendwie tat es das nicht. Seine Gedanken waren immer noch verwirrt, die Worte des Bischofs ließen ihn nicht los. Er, Jean Valjean, wäre Gott zurückgegeben worden, Körper und Seele? Es war kein Segen, es war ein Fluch! Er sah wieder auf das Silber. Es war, dem Bischof zufolge, der Preis für seine Seele. Aber hatte Judas Ischariot nicht auch den Wert seiner Seele nach dem laufenden Preis des Silbers geschätzt? Erlöst oder verdammt, was nur? Mit einem leisen Stöhnen ließ Valjean seinen Kopf in die Hände sinken. Neunzehn Jahre lang hatte die Seele dieses Mannes in Finsternis gelebt, während sein Körper und Geist fortwährend geschunden wurden von eben jenen, deren Aufsicht er unterstand. Einst war er ein Geschöpf des Lichtes gewesen, wie andere Menschen, mit der Hoffnung auf einen Himmel als Lohn für die Qualen dieser Welt. Diese Hoffnung hatte man ihm schon vor langer Zeit geraubt; o ja, man hatte ihm jeden Glauben an einen Himmel geraubt. Nur die Hölle schien für Jean Valjean Wirklichkeit zu sein.

Der Mann hatte zwei Jahrzehnte seines Lebens verloren. Valjean war sich nur verschwommen bewußt, was in der Welt vorgegangen war, als er von ihr ausgeschlossen war; er hatte den größten Teil der Napoleonischen Ära verpaßt, die Kriege mit Österreich, England, Rußland, geführt von Bonaparte im Namen Frankreichs, die Triumphe bei Austerlitz und Borodino, die Niederlagen bei Moskau und Waterloo. Er hatte den Aufstieg von Napoleon selber verpaßt, vom Soldaten bis zum Oberbefehlshaber, zum Ersten Bürger, zum Konsul, zum Ersten Konsul auf Lebenszeit, zum absoluten Diktator, zum König, zum Kaiser, zum Geächteten im Exil.

Bis zu der Zeit, wo Valjean zum erstenmal hinter Gitter mußte, hatte er die Französische Revolution erlebt mit ihren bewegenden Idealen von *Liberté, Egalité, Fraternité*. Er hatte den Terror erlebt, der den Kopf Ludwig des XVI. in den Staub rollen sah, gefolgt von dem seiner Königin und Hunderten, nein, Tausenden seiner Adligen. Er hatte von den Streitigkeiten zwischen den Revolutionsführern erfahren, die zum Tode der meisten von ihnen geführt hatten.

Doch Valjean hatte in seiner schlichten Denkart gedacht, daß ohne korrupten König und Hof die Ziele der Französischen Revolution erfüllt würden. Daß die Armen, die mit dem Titel »Bürger« und »Bürgerin« geehrt wurden, davon profitierten; es würde Arbeit im Überfluß für alle geben; Brot würde billig sein und der Hunger würde abgeschafft, nie würde ein Mensch wieder gezwungen sein, Nahrung zu stehlen. Es würde keine Erniedrigung der unteren Klassen mehr geben, die ihre Frauen auf die Straßen schickten, damit sie mit ihren Körpern ein paar Sous verdienten; deren Säuglinge und Kinder an Unterernährung und an durch Armut verursachten Krankheiten starben.

Aber was fand Valjean jetzt, wo er wieder draußen war und frei, unter den freien Menschen vor? Wo war die versprochene schöne neue Welt? Wo waren die wunderbaren Bedingungen, die die Gesellschaft angeblich ändern würden? Nichts schien sich geändert zu haben. Ein anderer König, Ludwig XVII., saß jetzt auf Frankreichs Thron. Die armen »Bürger« waren immer noch hungrig, immer noch erniedrigt. Die Bourgeoisie bediente immer noch ihre Herren aus der Oberschicht; die Kirche war immer noch mächtig und im geheimen Einverständnis mit den Herrschenden, sie alle hatten sich gegen das gemeine Volk verbündet. Über Jahrzehnte war eine Menge Blut vergossen worden. Soviel zu den großen Idealen von »Freiheit, Gleichheit, Brüderlichkeit.« Was allein zählte, waren immer noch Geld und Macht.

Mit solchen bitteren Gedanken betrachtete Jean Valjean seinen neuen Reichtum. Ein Mensch konnte eine ganze Menge mit den Hunderten von Francs anfangen, die das Silberzeug bringen würde, besonders die Kerzenleuchter. Vage Pläne entstanden in seinem Kopf. Er konnte seinen Namen und seine Erscheinung ändern – ein neues Leben in einer neuen Stadt beginnen. Vielleicht würde er sich eine Schenke kaufen oder sogar ein Gasthaus. Er würde ein bequemes Leben haben, Alkohol verkaufen und jeden betrunkenen Kunden bestehlen, der so unachtsam war, seinen Geldbeutel aus den Augen zu lassen. Bald würde er reich sein, und mit dem Wohlstand würde die Macht kommen. Nie wieder würde er ein Narr oder ein Opfer sein. Valjean beschloß, schlau zu sein, listig, keinen Menschen zu fürchten und bereit zu sein, alles zu tun, um an sein Ziel zu gelangen.

Ein Pfeifen störte Valjean in seinen Gedanken und ließ ihn alarmiert aufschauen. Flink zog er seinen Tornister wieder zu und schob ihn unter seine Füße.

Ein junger Schornsteinfeger, nicht älter als acht oder neun Jahre, schwarz von oben bis unten vom Schornsteinruß, kam, fröhlich vor sich hin pfeifend, auf Valjean zu. Auf seinem Kopf trug er, keck zur Seite geschoben, einen schmutzigen Hut. Seine Tagesarbeit war getan, und er hatte ein paar Sous in der Tasche, die er sich damit verdient hatte, sich in einen dreckigen Schornstein hinunterzulassen, Ruß und Asche einzuatmen, zu bürsten und zu schrubben, bis seine Hände rauh waren. Aber jetzt war er für den Rest des Nachmittags frei, und er war glücklich, weil er nur ein Kind war mit einem Kinderwunsch, nämlich Zeit zum Spielen zu haben. Jean Valjean beobachtete ihn aufmerksam, seine Augen verengten sich.

»Guten Morgen, Monsieur«, grüßte der Junge ihn fröhlich. Schnell wie eine zustoßende Schlange packte Valjean das Kind. »Ich bin kein Monsieur, ich bin ein Dieb«, knurrte er. »Hast du Geld?« Er durchsuchte grob die Taschen des Jungen und fand eine Münze. Vierzig Sous. Er umklammerte sie in seiner Hand und lachte grausam.

Das schmutzige Gesicht des kleinen Jungen verzog sich. »Das hab ich mir gerade verdient!« protestierte er. »Bitte, geben Sie es zurück.«

Aber Valjean hielt die Münze noch fester umklammert. Er grinste breit und weidete sich an dem Kummer des Kindes.

Jetzt ergriff schwache Entrüstung den kleinen Schornsteinfeger. Er hämmerte mit seiner kleinen Faust auf Valjean ein, während er mit der anderen Hand versuchte, die Hand des anderen aufzubrechen. »Gib sie mir! Sie gehört mir!« bat er.

Mit einem ärgerlichen Fluch stieß Valjean das Kind grob von sich. Jetzt bekam der Schornsteinfeger wirklich Angst; dieser große Mann war in der Lage, ihm etwas anzutun. Er krabbelte wieder auf die Beine, Tränen rollten die Backen hinunter und hinterließen Streifen in dem Ruß, und er lief wie der Wind zur Straße hinunter.

Jean Valjean stand still und sah ihm hinterher. Das gemeine Vergnügen, das es ihm bereitet hatte, das Kind zu quälen, löste sich auf wie Nebel, und was ihm blieb, waren ... vierzig Sous. Was hatte er getan? Er besaß ein Vermögen mit dem Silber, und er hatte einfach einem kleinen Jungen vierzig armselige Sous gestohlen. Was war er für ein Mensch?

Er sah die Münze in seiner Hand, und er hörte plötzlich die Worte des Bischofs in seinem Kopf klingen. »Jean Valjean, mein Bruder, du gehörst nicht länger dem Bösen. Mit diesem Silber habe ich deine Seele gekauft. Ich habe dich von Angst und Haß erlöst. Und jetzt gebe ich dich Gott zurück.«

Und er hatte ein Kind bestohlen! Wieviel böser konnte er noch sein? Wer hatte wirklich über seine Seele zu bestimmen, Gott oder Satan?

»Junge!« rief er plötzlich. »Komm zurück! Ich hab Spaß gemacht!«

Der Junge drehte sich nicht um. Seine dünnen, kleinen Beine jagten weiter dahin, bis er um die Biegung der Straße gebogen war und aus der Sicht verschwand.

»Ich will dein Geld nicht! Komm zurück!« Valjean hob den schweren Tornister auf und begann dem Schornsteinfeger hinterherzulaufen. Seine Beine waren lang und stark, aber die Tasche war sehr schwer und schlecht zu tragen. Sie hielt ihn auf, und bis Jean Valjean zu der Biegung kam, war der flinke kleine Junge längst über alle Berge.

Ein großer Schmerz, gemischt aus Frustration, Schuld und Unzufriedenheit, fegte wie ein starker Wind über Valjean hinweg, durchschüttelte ihn bis ins Mark. Die Münze des Jungen brannte wie Feuer in seiner Hand. Er wollte sie wegwerfen, weit von sich, aber er war nicht in der Lage, sie loszulassen.

»Ich will sie nicht! Nimm sie zurück!« schrie er die leere Straße an. Aber es kam keine Antwort. Um ihn herum war Schweigen.

Jean Valjean sah zum Himmel hoch, sein Gesicht eine Maske der Ungewißheit. Er war erschrocken über seine eigenen Gefühle, was sie bedeuten mochten für das Leben, das er plante. »Tu mir das nicht an«, flüsterte er halb flehend, halb fordernd. »Laß mich los«, bettelte er. »Ich kann nicht gut sein. Ich kann nicht ...«

Um ihn herum war Schweigen.

Und so nahm Jean Valjean den gelben Sträflingsausweis aus seiner Tasche, riß ihn langsam in Stücke und verstreute die Fetzen auf der Straße. Mit einem Mal blies ein starker Wind von der Lichtung herüber, hob die Fetzen auf und verstreute sie in alle Richtungen. Im Nu waren sie verschwunden. Und mit ihnen sein alter Name und alle dunklen Fakten seines früheren Lebens.

Jetzt war er frei. Er hatte seine Entscheidung getroffen. Ein neues Leben lag vor ihm, eine neue Identität. Mit Geld konnte man alles kaufen, selbst gefälschte Papiere. Und wenn er das Silberzeug des Bischofs erst einmal verkauft hatte, würde er Geld haben, viel Geld. Er würde wahrhaft frei sein.

Aber warum fühlte er sich dann nicht frei? Im Gegenteil, mit Geld, das er zur Verfügung hatte, und einem neuen Leben vor sich, fühlte er sich gebundener, als je zuvor in seinem Leben, gebundener als auf der Ruderbank der Galeere, gebundener als angekettet in der Sträflingskolonne. Gott hatte seine Hand auf Jean Valjean gelegt, und Sein Griff bindet am stärksten.

Von Gefühl überwältigt hob Valjean seine flehenden Hände gen Himmel, während die Tränen sein Gesicht herunterliefen. Dann fiel er auf die Knie und neigte den Kopf.

Gott, hilf mir, flüsterte Jean Valjean leise und merkte nicht, daß er betete.

IV

JAVERT

Der Mann, der an diesem windigen Aprilnachmittag auf dem schwarzen Pferd ritt, war selber von Kopf bis Fuß in Schwarz gekleidet. Selbst im Frühlingssonnenschein boten Pferd und Reiter ein Bild aus Dunkel und Schatten, ein Bild, das nicht gerade von dem verbissenen Gesichtsausdruck des Mannes oder den verkniffenen Lippen aufgeweicht wurde. Er saß sehr aufrecht im Sattel; seine Augen, die unter der Krempe eines steifen, schwarzen Hutes mit Kokarde tief im Gesicht lagen, wichen nicht von der Straße, die vor ihm lag. Er schaute weder nach rechts noch nach links.

Dennoch nahm der Mann jeden Baum, der an ihm vorbeizog, und jeden frisch blühenden Strauch wahr, jeden Vogel und jeden Stein innerhalb seines Gesichtskreises. Diesen durchbohrenden Augen entging nie etwas von Bedeutung. Jedoch nahm er sie nicht als ein Wunder der Natur hin, sondern lediglich als eine gewöhnliche Einzelheit.

Der Mann, der so bestimmt seinem Ziel entgegenritt, war Kriminalinspektor Javert auf dem Weg zu seiner neuen Stelle als Polizeipräfekt in Montreuil-sur-Mer. Seine Intensität war nichts Neues. Sie war Bestandteil seiner Persönlichkeit; Sturheit gehörte zu seiner Natur und zu seinem Denken, was den Mann nicht nur inflexibel machte, sondern, in dieser Zeit weitverbreiteter Korruption, auch unbestechlich. Javerts Inflexibilität machte aus ihm einen ausgezeichneten Kriminalinspektor, beharrlich und zielbewußt bis zur Besessenheit. Wie ein abgerichteter Bluthund konnte Javert, wenn er einmal Blut gerochen hatte, nicht mehr ablassen von der Jagd. Nichts konnte ihn daran hindern, seine Beute aufzuspüren, bis er sie in der Falle hatte. Sein Rekord im Festnehmen von Verbrechern war unübertrefflich, hatte zu der jüngsten Beförderung zum Inspektor geführt und machte ihn jetzt zum Chef der Polizei von Montreuil-sur-Mer.

Was Javert fehlte, war der kleinste Funken an Mitgefühl oder überhaupt irgendeine Einsicht in die menschliche Seele. Für ihn gab es nur Schwarz oder Weiß; es gab kein Grau und keine Entschuldigungen. Mildernde Umstände, Ausreden aus Verzweiflung waren für ihn nicht relevant und er wies sie ab, ohne einen weiteren Gedanken daran zu verschwenden. Legal war legal, und illegal war illegal, und das war's. Diejenigen, die illegale Taten verüben, müssen festgenommen und bestraft werden. Das Aufspüren und Festnehmen von Missetätern war nicht nur Inspektor Javerts Pflicht, es war auch seine Bestimmung. Diese Bestimmung war fast eins mit seiner Seele; sie war seine Bestätigung und seine Stärke. Es war sein Grund, am Leben zu bleiben.

Demzufolge war Javert allein auf der Welt. Und das war ihm auch lieber so. Er hatte keine Familie, keine Freunde und sehr wenig Bekanntschaften außerhalb der Polizeiwelt. Niemand kannte seinen Vornamen; niemand hatte ihn je damit gerufen. Tatsächlich hatte er ihn fast selbst vergessen. Er war Javert, einfach Javert. Er konnte sich an seine Eltern nicht erinnern. Überflüssig und unerwünscht, war er bei seiner Geburt von seinem Dieb von Vater und seiner unverheirateten Prostituiertenmutter ausgesetzt und dem Tod überlassen worden. Ein hilfloses Bündel, in jeder Weise ungeschützt, hatte der hartnäckige Säugling dennoch überlebt. Javert wuchs in einem Waisenhaus auf und wurde im Alter von zwölf in die Welt entlassen, um von da an allein seinen Weg im Leben zu gehen. Intelligent und gewitzt hätte er ein Meisterverbrecher werden können. Statt dessen entschied er sich, auf der Seite des Gesetzes zu arbeiten, um das, was er für das absolut Gute hielt, gegen das absolut Böse zu verteidigen.

Als Kind hatte Javert nie gelacht, denn es gab in seinem jungen Leben nichts, worüber er sich freuen konnte. Er lachte auch jetzt nie, wo doch sein Leben, nach seinen eigenen Worten, ein Erfolg war.

Javert war ehrgeizig, doch sein Ehrgeiz nahm keine normale Form an. Er war nicht an der Politik des Vorwärtskommens interessiert. Javert war in seinem Beruf stetig vorangekommen, weil er immer bei dem, was er tat, der Beste war, weil er die meisten Verbrecher fing. Jetzt, wo er für die Polizei die Verantwortung trug, würde er auch weiterhin auf Verbrecherjagd gehen. Auch wenn man von ihm erwartete, daß er ein hübsches Büro bezog und hinter einem breiten Mahagonischreibtisch saß, hatte er vor, aktiv und am Ball zu bleiben, die Geißel der Übeltäter.

Wenn es ein wirkliches Vergnügen in seinem Leben gab, dann nur, wenn er einem Übeltäter auf der Spur war und ihn schnell dingfest machen konnte. Für Javert wurde die Erregung einer Verfolgungsjagd nur überboten, wenn er die Beute eingeholt hatte. Seine unvermeidliche Konfrontation mit dem Verbrecher, wenn er den Ausdruck von Schrecken und Verzweiflung in den Augen des erbärmlichen Wesens sah, das war der Brennstoff, der Inspektor Javerts inneres Feuer nährte.

Für Javert, der aus Paris kam, würde Montreuil eine neue Welt der Aktivität sein. Allerdings hatte er noch keine Vorstellung davon, in was für eine Stadt er kam, und wo die Quelle ihres Wohlstands lag. Aber er würde schnell die wunden Stellen von Montreuil kennenlernen. Eines wußte er: Wo immer es Männer und Frauen gab, gab es Verbrechen, und es würde an ihm, dem Chef der Polizei, sein, das Verbrechen aufzuspüren und die Übeltäter der Justiz zu übergeben. Und das war seine Aufgabe. Er war erpicht darauf, dort hinzukommen und damit zu beginnen.

Kaum war er in der Stadt, schlug er den direkten Weg zum Rathaus ein, das im Zentrum von Montreuil lag. Dort fand er das Büro des Polizeiprafekten, wo er sich mit seinen Referenzen vorstellen mußte. Außerhalb des Büros standen mehrere Polizisten müßig herum, worauf Javert die Augen verengte und die Lippen verächtlich verzog. In dem Augenblick, wo er offiziell die Verantwortung übernahm, würden diese Nichtstuer draußen auf Verbrecherjagd sein, anstatt hier drinnen herumzustehen. Hinter einem Schreibtisch saß ein pummeliger junger Mann in einer auffälligen Uniform, den Javert sofort als seinen Stellvertreter, Polizeihauptmann Beauvais ausmachte, dem er sich mit seinen Dokumenten vorstellen sollte.

Javert blieb in Habachtstellung, als Beauvais sich langsam erhob, um ihn zu begrüßen. Er bemerkte im Verhalten des Mannes eine gewisse Freundlichkeit, aber keine Schärfe oder Präzision in der Bewegung, keinen Biß. Noch etwas, das hier geändert werden mußte.

»Guten Tag, Inspektor«, sagte er knackig und streckte seine Papiere hin. »Ich bin Javert, der neue Polizei-Inspektor. Hier sind meine Order von der Pariser Präfektur.«

Der gutgelaunte Beauvais machte keine Anstalten, die Papiere zu nehmen. Er lächelte einladend. »Ja, hallo, Inspektor Javert. Ich habe Sie erwartet. Ich bin Polizeihauptmann Beauvais. Wie war Ihre Reise.«

»Sie haben sich meine Order nicht angesehen«, erklärte er.

»Oh, ich bin sicher, die sind in Ordnung.« Beauvais machte mit seiner pummeligen Hand eine Geste, als wolle er die Papiere wegwischen. »Haben Sie schon gegessen? Möchten Sie vielleicht…«

»Es wäre mir lieb, wenn wir die Prozedur einhalten«, insistierte der andere kalt.

Beauvais sah Javert ein wenig erschrocken an. Er sah einen Mann mit einem ausdruckslosen Gesicht, aber einen, dessen Augen etwas von der Intensität seines Inneren wiedergaben. Leichtlebig wie er selber war, war er dennoch nicht unintelligent, und er hatte ein scharfes Gespür für Menschen. Er konnte erkennen, daß Inspektor Javert ein strenger Mensch war, einer, der alles nach Vorschrift machte. Beauvais schloß auf eine obsessive Persönlichkeit. Normalerweise war das für einen Kriminalkommissar keine schlechte Sache, aber dieser Mann sah nicht so aus, als könne er je seinen inneren Druck rauslassen.

Folglich nahm Beauvais die offiziellen Papiere entgegen und sah sie mit einer für ihn ungewöhnlichen Sorgfalt durch. »Alles in Ordnung, Inspektor«, sagte er. »Ihnen untersteht jetzt die Polizei von Montreuil.«

Javert nickte zufrieden. Obgleich er darum kämpfen mußte, war die Prozedur letztlich doch noch eingehalten worden.

Inspektor Javert lehnte das Mittagessen, sehr zu Beauvais' Bedauern, ab und zog es vor, sofort den Dienst aufzunehmen. Sie begannen mit einem Besuch seines neuen Betätigungsfeldes. Beauvais nahm ihn zu einer Fußwanderung durch das Herz der Stadt mit und zeigte ihm mit einigem Stolz die Errungenschaften, die man in den letzten Jahren in Montreuil erzielt hatte.

Sie kamen an einer kürzlich erbauten Knabenschule vorbei, einem robusten Steingebäude mit einem großen Schulhof, auf dem mehr als hundert lebhafte Jungen geräuschvoll ihre Pause verbrachten. Gleich daneben setzte sich der Bau in einem weiteren größeren Gebäude fort und ein Schild verkündete, daß dies der Teil der neuen Mädchenschule war und bald fertiggestellt und in Betrieb genommen werden sollte.

»Zwei neue Schulen?« Ohne es zu wollen, war Javert beeindruckt. »Ja«, nickte Beauvais, erfreut und stolz, ihm die Einrichtungen seiner Stadt vorzuführen. »Und dort soll ein Park entstehen. Ganz so, als wären wir eine Großstadt.« Sie gingen um die Ecke der breiten Straße. »Und hier ist der neue Flügel des Spitals.«

Ein Spital, und mit einem neuen Flügel? Javert konnte nicht verbergen, daß ein Ausdruck der Überraschung über sein Gesicht ging. »Woher nimmt Montreuil all das Geld für diese öffentlichen Arbeiten?« fragte er.

»Nicht alle sind öffentlich«, erwiderte Hauptmann Beauvais. »Der Bürgermeister hat sie aus seiner eigenen Tasche bezahlt. Und er hat zehn zusätzliche Betten im Hospital bezahlt.«

Der Bürgermeister? Aus seiner eigenen Tasche? Höchst ungewöhnlich, dachte Javert.

Die beiden Männer setzten ihren Weg auf der, wie es schien, Hauptdurchgangsstraße fort. Auf der einen Seite der Straße war ein großer, bereinigter, offener Platz, auf dem ein Haufen Arbeiter sich emsig abplagte, Bäume zu pflanzen, Schotter für die Gehwege anzulegen, Schlamm und Steine in großen Tonnen auf Fuhrwerken abzutransportieren.

»Ah«, bemerkte Beauvais mit Genugtuung. »Dies wird unser zukünftiger Park.«

Inspektor Javert schaute nachdenklich. »In Paris ist alles

fürchterlich. Das Verbrechen wuchert. Die Straßen sind schmutzig. Die Bedingungen hier sind viel besser.«

Beauvais nickte und lächelte. »Ja. Das Leben in Montreuil war nie besser«, sagte er voller Stolz und Genugtuung.

»Weil es hier Arbeit gibt? Ist das der Grund?«

Hauptmann Beauvais nickte wieder. »Ja, deshalb auch. Wie ist es, soll ich Sie zu unserer Textilfabrik bringen? Das ist unser größter Betrieb.«

»Sehr gut.« Javert war neugierig, dieses Wunder zu sehen, das neben den Textilien soviel Gutes für die Stadt erzeugt hatte. Es mußte wirklich ein sehr gewinnbringendes Unternehmen sein. »Wem gehört die Fabrik?«

»Dem Bürgermeister«, erwiderte der Präfekt. »Monsieur le maire. Ursprünglich war er nur einer der Arbeiter gewesen. Er war bekannt als Monsieur Madeleine. Aber als die Fabrik vor fünf Jahren Bankrott machte, es ist unglaublich, wenn man heute daran denkt, kaufte er das ganze Werk für weniger als fünfhundert Francs.«

»Wie hat er es so gewinnbringend gemacht?« fragte Javert.

»Er hatte die Idee, die Stoffe in großen Bottichen zu färben und ein Produktionsband aus Arbeitern einzuführen. Auf diese Weise sind die Farben beständig. Und er kann so viel produzieren, daß sie sehr billig verkauft werden können. Jetzt kann er den ganzen Bestellungen aus England und Deutschland nachkommen.« Die Neugier eines Detektivs brannte jetzt in Javerts Brust. Er mußte selber dieses Muster an Fleiß, Genialität und Philanthropie sehen. Einen solchen Mann von Einfluß und Macht kennenzulernen, lohnte sich. So sehr Javert die Menschen unter ihm verachtete, so sehr betete er den Schrein derer über ihm an. Autorität war sein Gott und durfte nie in Frage gestellt oder herausgefordert werden. Javert glaubte, daß seine Lebensberufung darin bestand, die Autorität vor der Rebellion des Verbrechers zu verteidigen. Manchmal hielt Javert sich selbst für einen göttlichen Wachhund, Argus mit den hundert Augen, der die Gesellschaft vor dem behütete, was ihr Gefüge bis zum Zerreißen bedrohte.

»Vielleicht, Hauptmann, sollte ich mich so bald wie möglich bei dem Bürgermeister melden. Tun wir das als erstes.«

»Ja, Monsieur«, stimmte Beauvais zu. »Sein Haus liegt in der Nähe.« Er führte ihn von der Hauptstraße in eine enge Seitenstraße.

»Der Bürgermeister scheint die Kraft hinter allem zu sein«, bemerkte Javert. »Er muß ein Genie sein.«

Hauptmann Beauvais' pummeliges Gesicht drückte ein Zögern aus. »Er ist außergewöhnlich. Aber ich sollte Sie warnen, er ist auch ein wenig exzentrisch.«

»Exzentrisch? Inwiefern?« Inspektor Javerts Neugier wurde durch die Beschreibung noch weiter gereizt.

Beauvais knabberte an seiner rosigen Unterlippe. »Naja ... er ist scheu«, antwortete er langsam. »Lebt wie ein Eremit. Er wollte nicht mal Bürgermeister werden. Er versuchte, die Ehre abzulehnen, aber die Stadtväter bestanden darauf.«

Javert schaute überrascht. »Nicht ehrgeizig? Und trotzdem ist er erfolgreich? Etwas paßte hier nicht zusammen; da war eine disharmonische Note, die ihm Unbehagen bereitete. Inspektor Javert hatte es lieber, wenn jedes Faktum ordentlich in sein eigenes Fach paßte.

»Er ist ein Rätsel«, gab Beauvais mit einem gallischen Achselzucken zu. »Manche Leute halten ihn für verrückt. Aber ich mag ihn. Ich mag ihn, und er tut mir leid.«

Für Inspektor Javert war das die überraschendste Feststellung von allen. »Ihnen tut der Bürgermeister leid?« Er schien echt erstaunt, was eine seltene Erfahrung für Javert war.

»Weil er einsam ist.« Er blieb stehen und zeigte auf das Haus, vor dem sie standen. »Da sind wir.«

Javert starrte ungläubig auf das Haus. Er blickte auf ein winziges zweistöckiges Haus, zwei oder drei Zimmer auf jeder Etage, das Ganze nicht viel größer als ein kleines Landhaus. Es war unmöglich, dies mit dem zu vereinbaren, was man mit dem Wohnsitz eines einflußreichen Bürgermeisters einer wohlhabenden Stadt in Verbindung brachte. »Er wohnt ... dort?«

Hauptmann Beauvais lächelte. »Seltsam, was? Nur etwas besser als das Haus eines Arbeiters. Aber ja, es gehört Monsieur le maire.«

Er führte Javert zur Haustür. »Warten Sie hier. Ich sage

ihm, daß Sie angekommen sind, dann können Sie hereinkommen.«

Ohne Förmlichkeit betrat er einen kleinen Seitengarten. Ein großer Mann von vielleicht fünfzig Jahren saß an einem schlichten, weißbemalten Holztisch unter einem Baum. Trotz der Kühle des frühen Frühlingsnachmittags saß der Mann nur in Hemdsärmeln, ohne Jacke im manchmal auffrischenden Wind. Aber das Leinenhemd war sauber, nicht geflickt oder schäbig, und der Mann selber, mit frisch rasiertem Kinn und ordentlich gekämmtem Haar, wirkte wie der Inbegriff bescheidener Ehrbarkeit.

Er hockte über einem großen Buch; seine Lippen bewegten sich, als ob er die Sätze laut vor sich hin murmelte. Als er die sich nahenden Schritte hörte, schloß der große Mann schnell das Buch und bedeckte es mit einigen Papieren, die auf dem Tisch lagen.

»Guten Tag, Monsieur le maire«, begann Beauvais. »Der neue Inspektor ist angekommen. Er möchte sich bei Ihnen vorstellen.«

»Ist schon gut. Das muß er nicht.«

Inspektor Beauvais unterdrückte ein Lächeln. Es war offensichtlich, daß der Bürgermeister Javert nicht kannte. »Oh, aber Monsieur le maire, wenn Sie dem Inspektor nicht erlauben, sich vorzustellen, wird er, glaube ich, in Tränen ausbrechen.«

»Ah, wenn dem so ist, das können wir ihm nicht antun, eh, Beauvais?« Der Bürgermeister stand auf und führte Beauvais durch die Küche ins Haus, in einen kleinen, schlicht eingerichteten Raum. Beauvais ging, um Javert zu holen.

Sobald Javert den Raum betrat, begrüßte er den Bürgermeister mit einem festen Druck seiner rechten Hand. »Monsieur le maire, ich bin Inspektor Javert. Ich habe die Ehre, mich als neuer Polizeipräfekt vorzustellen.«

In dem Augenblick, als der Blick des Bürgermeisters auf den Inspektor fiel, drohte ein Schwindelanfall ihn zu überkommen, und er kämpfte ihn mit aller Kraft nieder. Javert! Er kannte den Namen, und er kannte das Gesicht. Beauvais hatte vorher nur von »dem Inspektor« gesprochen. In dem Mann, der da vor ihm stand, erkannte der Bürgermeister sofort Javert. Er war ein Gespenst aus seiner Vergangenheit, ein alter Feind. Der Bürgermeister hatte einen jüngeren Javert vor Augen, nicht als Polizeipräfekt gekleidet, sondern in einer Wärteruniform, doch mit demselben unversöhnlichen Gesicht. Aber erkannte Javert ihn?

»Äh ... tut mir leid ...« stammelte der Bürgermeister. »Sie sind ...?« Er hielt sein Gesicht etwas abgewandt und seine Augen blickten zu Boden.

»Inspektor Javert«, wiederholte der Polizist etwas nervös. War etwas nicht in Ordnung mit seiner Versetzung? Natürlich mußte alles in Ordnung sein. »Haben Sie mich erwartet? Paris muß Sie doch unterrichtet haben ...«

»Haben Sie Papiere?« unterbrach der Bürgermeister abrupt.

Javert lächelte fast vor Erleichterung, er stand wieder auf festem Boden. »Ja, Monsieur le maire. Ich entschuldige mich. Ich hätte sie Ihnen gleich vorlegen sollen.« Er griff in seine Brusttasche, zog seine Papiere heraus und reichte sie dem Bürgermeister.

Aber der nahm sie nicht; er schaute nicht einmal drauf. »Gut. Danke für Ihren Besuch.« Zu Beauvais sagte er, »Sorgen Sie dafür, daß er bequem unterkommt«, und zu Javert fügte er nur hinzu, »Guten Tag«. Dann stand er auf und verließ schnell den Raum, sein Puls klopfte schwer in seinen Ohren. Die Unterredung, wenn es eine war, war beendet.

Perplex stand Javert da. So einen seltsamen Bürgermeister hatte er noch nie erlebt. War er selber Schuld an der Schroffheit dieses Mannes? »Hab ich ... hab ich einen Fehler gemacht?« fragte er Beauvais.

Beauvais verbarg seine Belustigung. Er dachte, daß dies wirklich eine Seltenheit sein mußte – Javert in Verlegenheit, Javert, der keine Worte mehr fand. Sehr wenige Menschen können je Zeuge davon gewesen sein.

»Wir hatten ihn einmal zum Essen eingeladen«, bemerkte der belustigte Beauvais. »Er sagte ›hallo‹, als er hereinkam, ›danke‹ nach dem Dessert und ›gute Nacht‹ an der Tür. Sie haben vollständige Sätze bekommen. Er muß Sie mögen.«

Monsieur Madeleine hastete aus seinem Wohnzimmer in sein kleines Schlafzimmer und schloß die Tür hinter sich. Er warf sich auf das enge Bett und überließ sich dem Zittern, das seine sämtlichen Glieder ergriff. Sein Atem keuchte, als die furchtbaren Erinnerungen wieder auf ihn einstürzten.

Javert! Er hatte den Polizei-Inspektor sofort erkannt. Javert! Wie gut er das Gesicht kannte – älter jetzt vielleicht, aber im Grunde dasselbe, das er zuletzt vor Jahren gesehen hatte. Ja, er besaß immer noch die durchbohrenden Augen, die gleiche strenge Stirn, dieselben grausamen Lippen. Das Gesicht eines Jägers, die Augen eines Besessenen. Ein kalter Lufthauch ließ den Mann erzittern. Seine Zähne klapperten, die Kälte von Javerts unversöhnlicher Natur ließ sein Herz gefrieren.

Und so war der Mann jetzt also aufgestiegen zu einem Polizei-Inspektor, und seine Präfektur lag hier in Montreuil! Wie ironisch das Schicksal war; wie müssen die Götter jetzt lachen!

Der Bürgermeister spürte noch einmal die Ketten um seine Knöchel. Sie schienen so wirklich und so scheuernd, wie sie es vor Jahren gewesen waren, und sie waren real. In seiner Vorstellung saß er wieder an den Galeerenrudern. Er spürte wieder das schneidende Stechen der Peitsche; seine Schultern schmerzten von der Schwerarbeit auf der Ruderbank.

Lebhaft erinnerte er sich an die Sträflingskolonne, an die fürchterlichen Tage und Nächte ohne Ruhe. Er konnte die Flüche und Verwünschungen seiner Peiniger hören. Er spürte wieder die häßlichen Ungerechtigkeiten seiner Gefangenschaft so klar, als ob die Zeit nicht vergangen wäre. Und er stand mit einem Mal wieder auf dem Galeerendeck und sah den Gefängniswärter Javert.

Denn dieser Mann, dieser Bürgermeister, dieser philanthropische Monsieur Madeleine war niemand anderer als Jean Valjean, Flüchtling, ehemaliger Verbrecher, Bewährungsbrecher, Dieb von Silberzeug und Straßenräuber an einem hilflosen Kind. Der unerwartete Anblick eines alten Feindes, Javert, brachte alles in einem einzigen Augenblick zurück. Er fühlte sich in der Falle, wie ein gejagtes Tier, das auf den Lauf eines Gewehrs starrt.

Was sollte er tun?

V

FANTINE

Javert! Unverkennbar Javert! Ich erkenne diese eiskalten Augen überall wieder! Hat er mich erkannt? Denk nach! Ich muß nachdenken!

Als sein Herz langsam wieder normal schlug, konnte Valjean wieder klarer denken. Er glaubte nicht, daß Javert ihn wiedererkannt hatte. Der Mann hatte davon nichts erkennen lassen, nur einen nervösen Respekt vor der bürgermeisterlichen Autorität. Natürlich. Warum sollte er in dem heutigen soliden Bürger den Flüchtling von vor sechs Jahren sehen?

Jean Valjeans physische Erscheinung unterschied sich beträchtlich von der vor sechs Jahren. Jetzt war er bartlos, immer sauber, er schlurfte nicht beim Gehen, er sah auch nicht mehr wie ein gejagtes Tier aus. Jean Valjean war nicht mehr ein Halbmensch, der weniger als ein Hund zählte; er war ein wohlhabender Mann, nützlich und respektiert.

Sechs lange Jahre waren vergangen, seit Bischof Myriel Valjeans Seele erlöst und ihn Gott übergeben hatte. Valjean hatte diese Jahre ausgezeichnet genutzt. Mit seiner neuen Identität und dem Geld, das er für den Verkauf des Silbers bekommen hatte, hatte er sich als ehrbarer Mensch niedergelassen. Mit harter Arbeit hatte es »Monsieur Madeleine« geschafft, sich in ein gescheitertes Unternehmen einzukaufen und es in ein einträgliches zu verwandeln. Die Arbeitsbedingungen in seiner Fabrik waren ausgezeichnet, er war berühmt dafür, seine Arbeiter und Arbeiterinnen gerecht zu behandeln, mit Würde und Respekt. Er zahlte ihnen einen ausreichenden Lohn und kümmerte sich um ihre körperlichen und seelischen Nöte.

Als er das Silber loswerden wollte, dachte Valjean merkwürdigerweise nie daran, die Kerzenleuchter des Bischofs zu verkaufen. Sie waren für ihn zu kostbar, sichtbares Symbol der Heiligkeit dieses Mannes. Jean Valjean hatte einen Finger genommen und der Bischof hatte ihm seine ganze Hand gegeben. Die Kerzenleuchter waren ein ständiger Hinweis auf sein Glück, auf seine eigene Bekehrung und auf Gottes Gnade.

In diesen sechs Jahren, seit er sich hier in Montreuil niedergelassen hatte, hatte Valjean sein Leben völlig geändert, und mit seinem Geld und seiner Stellung hatte sich auch das Leben vieler anderer zum Besseren gewandelt. Er hatte bescheiden gelebt, ja, genügsam, während ihm seine Fabrik riesige Summen einbrachte. Er hatte davon einen großen Teil gespart, aber auch vieles weggegeben, weitaus mehr, als er erspart hatte – für verschiedene öffentliche und private Wohltätigkeitseinrichtungen.

Scheu und einsiedlerhaft, immer noch unsicher in seiner neuen Identität, lebte Valjean allein in seinem winzigen Haus, verbat sich selber jeden Luxus, war zufrieden mit einem Dach über dem Kopf und einem Laib Brot. Er hatte nie Gäste oder ging nur selten in Gesellschaft, machte nur eine Ausnahme, wenn er das Gefühl hatte, daß es unvermeidlich war oder daß eine Ablehnung einer anderen Person wehtun könnte.

Gewöhnlich trank er kaltes Wasser oder einfachen Apfelwein, oder gelegentlich den einfachsten und billigsten Wein aus der Region. Valjean probierte Fleisch nur selten und aß hauptsächlich das Obst und Gemüse, das er in seinem kleinen Garten selber anbaute. Ohne sich dessen bewußt zu sein, trat Valjean in seiner Selbstverleugnung in die Fußstapfen des guten Bischofs, der ihn vom Bösen befreit hatte.

Seine eigene Unwissenheit war ihm unerträglich, und so brachte er sich sogar Lesen und Schreiben bei. Er machte nur langsame Fortschritte, weil Valjean niemanden, der ihm hätte helfen können, ins Vertrauen zog. Es war dieses Schulbuch, was Valjean zuvor so hastig vor dem Blick Hauptmann Beauvais' verborgen hatte. Montreuil hatte sich schon mit der Tatsache abgefunden, daß ihr Bürgermeister und Hauptwohltäter ein so ehrbarer und hart arbeitender Mensch war, der sich weit von seinen bescheidenen Ursprüngen entfernt hatte, sie aber, was seine Unwissenheit betraf, nie ganz verlassen hatte.

Jean Valjean war nicht ihrer Meinung. Er verabscheute seine Unwissenheit. Er betrachtete seine Unfähigkeit zu lesen oder zu schreiben als eine Schande und war nicht stolz darauf.

Valjean hatte nie Macht haben wollen, er hatte nicht davon geträumt, Bürgermeister zu werden; das Amt wurde ihm aufgezwungen. Es wurde ihm nicht erlaubt, abzulehnen. Aber in den letzten sechs Jahren bemühte sich Jean Valjean in seinem ganzen Tun, fair und gerecht und gütig zu sein. Es schien ihm, daß er die Verbrechen seines früheren Lebens mehr als ausgeglichen hatte durch die guten Taten seines späteren Lebens, aber konnte er sich so sicher sein? Er war kein Richter; nur Gott dem Vater geziemte es, über den Wert eines menschlichen Lebens zu richten.

Jean Valjean bemühte sich von ganzem Herzen, ein guter Mensch zu sein – einer, der Gott aus eigenem freien Willen angehörte –, und er bemühte sich, dem Glauben zu entsprechen, den der heilige Bischof in ihn gesetzt hatte. Trotzdem verstand Valjean, daß er in den Augen der Gesellschaft immer nur als ein Flüchtling, als ein Verbrecher gelten würde, der wegen Bewährungsbruchs und Zerstörung seiner legalen Dokumente, dem verbrecherischen Erwerb illegaler Dokumente und der Übernahme einer falschen Identität wieder ins Gefängnis gehörte. Es zählte nicht, daß er mit seiner neuen Identität seine Zeit von früh bis spät wohltätigen Taten gewidmet hatte. Sollte er je ertappt und seine wahre Identität aufgedeckt werden, erwartete ihn lebenslange Haft unter schlimmsten Bedingungen. Mildernde Umstände wegen der veränderten Lebensverhältnisse eines Menschen waren nicht möglich. Keine Gnade für den Bekehrten.

Und jetzt waren dieses neue Leben und Jean Valjean in ernster Gefahr. Das plötzliche Auftauchen von Inspektor Javert kam wie ein Schicksal, das an die Tür klopfte und Valjean in einen Abgrund lockte. Valjean hatte keine Illusionen; für die übrige Welt fielen alle seine Jahre, in denen er Gutes getan hatte, verglichen mit der Sünde, gegen seine Bewährung verstoßen zu haben, in sich zusammen. Da gab es keinen Zweifel. Dieser

Javert tauchte aus dem Schatten auf wie ein Wachhund des öffentlichen Wohls. Sicher mußte Gott seine Gründe haben, diesen Javert nach Montreuil zu versetzen.

Jean Valjean sah, wie es kommen mußte. Der kleinste Fehltritt, der kleinste Anhaltspunkt, für andere nicht wahrnehmbar, würde sehr bald den Kriminalbeamten Inspektor Javert zum Handeln anspornen. Wenn Javert ihn heute nicht wiedererkannt hatte, war es sicher nur eine Frage der Zeit, bis diese Luchsaugen Monsieur le maire's Seele durchbohren würden, um den elenden Flüchtling Jean Valjean zu entlarven. Denn Javert, dieser höchst besessene Polizist, Hüter des öffentlichen Wohls, war jetzt genau hier in Montreuil; Valjean mußte damit rechnen, jederzeit zu fliehen.

Er würde Pläne ausarbeiten müssen für eine plötzliche Flucht.

Die Textilfabrik des Bürgermeisters stand auf einer Erhebung außerhalb von Montreuil, nahe an einem Fluß, in den die Abwässer aus den Farbbottichen abgelassen werden konnten. Sie stand auf einer großen Lichtung, so daß volles Sonnenlicht durch die Fabrikfenster fließen konnte. Es war ein langes, schmales, einstöckiges Ziegelgebäude, das vor etwa vierzig Jahren errichtet worden war und von Valjean modernisiert wurde, als er die Fabrik übernahm.

Die Fabrik war in ihrem Inneren in zwei Hälften geteilt, die eine Hälfte war für die männlichen Arbeiter, in der anderen Hälfte arbeiteten die weiblichen Färberinnen. Während Madame Blanquet, die Vorarbeiterin bei den Färberinnen, vorging, kletterten Javert und Beauvais eine kleine Holztreppe hinauf und betraten ein großes Büro. Die Innenwand des Büros bestand aus einem großen, vielscheibigen Glasfenster, durch das man die Werkstätten überblicken konnte. Mit großem Interesse ging Javert zum Fenster hinüber und verschaffte sich einen Überblick.

Er sah vier große Bottiche in jeder Hälfte der Fabrik, einen für jede Farbe, in denen Arbeiter den Stoff mit bloßen Füßen in die Farbe stampften, ähnlich wie die Winzer Weintrauben treten. Es gab auch mit Dampf angetriebene Maschinen, die den Stoff verarbeiteten und schnitten, und viele hölzerne Gestelle zum Trocknen der Gewebestränge. Auf jeder Seite der Fabrik benutzten Männer und Frauen lange Stangen, um die Stränge zu bearbeiten, schoben die schweren Gewebebahnen in die Färbebottiche und stießen sie in die Farbe, damit die Fasern die Farbe gleichmäßig annahmen, wenn sie mit den Füßen getrampelt wurden.

An jeder Ecke bearbeitete eine Arbeitsgruppe einen einzigen großen Gewebestrang. Große Aufmerksamkeit widmete man den Ecken und Kanten des Gewebes, die dazu neigten, an die Oberfläche zu steigen und dann nicht die richtige Menge an Farbe annahmen.

Dampf stieg von der heißen Flüssigkeit in den Bottichen bis hin zu den Oberlichtern des Dachs hinauf. Es war heiße Arbeit und harte Arbeit, aber besonders schwierige Arbeit war es nicht. In den frühen Tagen der industriellen Revolution waren die Arbeiter an Schwerarbeit und lange Arbeitszeiten gewöhnt. Hier, bei Monsieur le maire, verdienten sie jedenfalls genug, um davon eine Rente zu bezahlen und genug zu essen zu haben. Ihre Arbeit wurde nicht ausgebeutet oder respektlos behandelt. Javert sah interessiert zu; er war höchst fasziniert von der offensichtlichen Gleichheit der Geschlechter hier. »Die Männer und Frauen machen dieselbe Arbeit, nicht wahr?«

»Ja«, nickte die Vorarbeiterin. »Die völlig gleiche Arbeit. Monsieur le maire hat die Fabrik neu entworfen, um Männer und Frauen getrennt arbeiten zu lassen.« Sie bemühte sich gar nicht erst, den Stolz aus ihrer Stimme herauszuhalten. Dies war eine Modellfabrik, und alle erkannten das an.

»Ich hab Ihnen gesagt, er ist exzentrisch«, grinste Hauptmann Beauvais.

Madame Blanquet schnupfte indigniert. »Nicht exzentrisch, Herr Hauptmann. Er kümmert sich um ehrlich arbeitende Frauen und will ihre Tugend beschützen.«

»Sehr anständig«, sagte Javert steif. »Und sehr klug.« Die Meinung des Inspektors über die Menschen, insbesondere über die Armen oder die Mitglieder der Arbeiterklasse war nicht sehr hoch. Alles potentielle Verbrecher. Sie mußten nur ihre Arbeit verlieren, und alles lief schief. Was Männer und Frauen betrifft, so glaubte Javert fest, daß, wenn man sie nicht auseinanderhielt, das Tier geweckt wurde und mit Sicherheit sexuelle Abscheulichkeiten die Folge waren. Er starrte durch das Fenster auf die Frauenwerkstatt, und eine besondere Arbeiterin fiel ihm auf.

Er sah eine sehr hübsche, junge Frau, die nicht mehr als vierundzwanzig oder fünfundzwanzig Jahre alt zu sein schien. Sie war groß, aber zierlich von Gestalt, und bewegte sich anmutig, ihr langes Haar war unter einem schützenden Kopftuch hochgesteckt. Die Frau war eine aus einer Gruppe von vier Frauen, die einen schweren Wollstrang aus dem großen Bottich mit blauem Farbstoff zogen, an jedem Ende des Stranges zwei Frauen. Sie schien aufgebracht und kurz vorm Weinen. Warum? Javerts Augen bohrten sich in sie, der Kriminalbeamte suchte nach dem verdammten Stück Information, das das Mädchen verurteilen würde.

Plötzlich schaute die junge Frau hoch und erblickte Javert. Sofort ging ein Zittern durch sie, und ihre Hand glitt aus. Ihr Strangende fiel in den Farbstoff. Als sie nach dem Stoff langte, stieß sie gegen Madame Victurien, die Frau neben ihr, und schlug dabei der anderen Frau den Strang auch aus der Hand. Der ganze Strang fiel in den Bottich und tauchte unter.

»Du hast es schon wieder getan!« rief Madame Victurien. Sie war eine Frau in mittleren Jahren, Witwe, sauer im Gesicht und in der Seele, von unfreundlicher Art. Sie mochte besonders die junge und hübsche Fantine nicht und ergriff jede Gelegenheit, ihr das Leben schwer zu machen.

»Es tut mir leid ...« stammelte Fantine.

»Du hast schon wieder einen ruiniert! Sie werden mir jetzt meine Bezahlung kürzen!«

Die Vorarbeiterin hatte den Streit bemerkt und verließ das Büro hastig und eilte in die Fabriketage, diskret gefolgt von Javert. »Ihr zwei schon wieder?«

»Es ist nicht meine Schuld!« schrie Madame Victurien. »Sie ist untauglich! Sie hat mich angerempelt«

»Schon gut! Schon gut!« Verärgert hob die Vorarbeiterin

die Hand, um die Beschwerde zu ersticken. »Fantine, ich werde dich woanders einsetzen.«

Das Mädchen nickte unmerklich, aber ein Gefühl der Erleichterung durchfloß sie. Sie hatte Angst, daß sie ihre Arbeit verlieren könnte, und das durfte nie geschehen! Das wäre das Schlimmste auf der Welt! Sie brauchte verzweifelt jeden Sou, den sie zusammenkratzen konnte. Als sie ihre Sachen eilig zusammenpackte, merkte Fantine nicht, daß ein Brief an sie aus ihrer Tasche fiel, und zwar auf die Werkbank neben Madame Victurien.

»Wiedersehen und viel Glück!« fauchte Madame Victurien.

Fantine machte eine trotzige Kopfwegung. Zwischen ihr und der saueren Madame Victurien herrschte keine Liebe, und Fantine fürchtete die scharfe Zunge der Älteren. Jetzt, wo sie diese einschüchternde Frau hinter sich ließ, flossen ein paar Tropfen Mut durch ihre Adern. »Es war ein unvergeßliches Erlebnis, mit Ihnen zu arbeiten, Madame. Aber ich vergeß es sowieso«, sagte sie sarkastisch mit einer trotzigen Kopfbewegung.

»Jetzt reicht's!« bellte Madame Blanquet. »Gehen wir, Fantine.«

Als sie das Mädchen zu einem anderen Arbeitsplatz in der Frauenwerkstatt führte, ging Javert hinaus. Nichts von Interesse hier, nichts, was seine Intervention oder Autorität verlangte.

»Was für eine Tragödie!« wandte sich Madame Victurien mit gezieltem Sarkasmus an ihre Kolleginnen. »Wir haben unsere Prinzessin verloren. Jetzt müssen wir zu unserem tristen Leben zurückkehren. Tja, von unserem Aussehen können wir uns alle nichts kaufen ...« In diesem Augenblick brach sie ab, als sie den Brief auf der Bank neben sich erblickte. Ein Brief an eine Färberin! Und Fantine konnte selber weder lesen noch schreiben! Das war in der Tat eine Seltenheit! Wer weiß, was für eine interessante oder nützliche Information so ein Brief enthielt? Sie legte schützend ihre Hand über den Brief und ließ ihn in ihre Tasche gleiten.

Genau um zehn vor acht am nächsten Morgen wartete Jean Valjean ungeduldig auf dem Bürgersteig vor der Lafitte Bank. Ihm schien es, als sei sehr viel Zeit verstrichen, bis die Rouleaus der Bank hochgezogen wurden und die Eingangstür aufgesperrt wurde, aber es waren tatsächlich nur zehn Minuten. Punkt acht betrat Valjean die Bank und wurde mit großer Achtung von einem Bankbeamten begrüßt, der ihn sofort in das imposante mahagonigetäfelte Büro des Bankdirektors geleitete.

Valjean und Monsieur Lafitte saßen unter den Kristallkronleuchtern und wickelten schnell ihr Geschäft ab. Aber der Bankier war beunruhigt. Er war daran gewöhnt, daß Monsieur le maire, bester und reichster Kunde der Lafitte Bank, von Zeit zu Zeit größere Summen von seinem Konto abhob. Nach solchen Abhebungen erfuhr man dann für gewöhnlich sehr schnell von einem neuen Plan, bezahlt von Monsieur le maire, um aus Montreuil einen noch schöneren Ort zu machen. Eine Bücherei, eine Schule, der Ausbau des Spitals, heiße Mahlzeiten für die Armen, alle durch Monsieurs Transaktionen abgesichert.

Aber diese hier schien sich für Monsieur Lafitte von den anderen zu unterscheiden. Zum einen war es eine beträchtlich höhere Summe, fast dreimal so hoch wie üblich. Dem Kunden verblieb ein weitaus geringeres Guthaben als sonst. Dann wurde diese besondere Transaktion so hastig vorgenommen, daß Monsieur Lafitte unbehaglich zumute wurde. Monsieur le maire wollte das Geld auf einmal, und er hatte eine Reisetasche bei sich, in die er es steckte. Er nahm es auf der Stelle mit und ging allein davon.

»Ich wäre beruhigter, wenn jemand Sie begleitete«, schlug der Bankier vor.

»Keine Sorge, ich komm schon zurecht«, antwortete Valjean grimmig. Dann schien er sich darauf zu besinnen, daß er ja eine öffentliche Person war. »Dafür ist keine Zeit«, fügte er hastig hinzu. »Ich muß jetzt gehen.«

Der Bankier hielt seine Fingerspitzen gegeneinander und räusperte sich. »Ich hoffe, die Eile bedeutet nicht, daß Sie Sorgen haben«, sagte er mit großem Feingefühl. »Und ich vertraue darauf, daß Ihnen bewußt ist, daß diese Institution Ihnen zur

Verfügung steht. Monsieurs Kreditwürdigkeit steht außer Zweifel...«

»Danke«, nickte Valjean ernst. »Aber dies ist eine geschäftliche Angelegenheit. Keine Krise.«

Monsieur Lafitte, der Bankier, lächelte frostig. Eine geschäftliche Angelegenheit. Natürlich. Er hatte großes Vertrauen in Monsieur le maires Geschäftssinn. Was immer das für eine neue Unternehmung sein sollte, bald würden eben noch mehr Goldmünzen in die Tresore der Lafitte Bank rollen.

Von der Bank eilte Valjean in seine Fabrik. Er stellte die schwere Geldtasche auf seinen Schreibtisch und schickte nach seinem Vorarbeiter und seiner Vorarbeiterin. »Ich fahre den Tag über weg«, sagte er zu ihnen. »Eiliges Geschäft. Ich komme morgen wieder.«

Der Vorarbeiter nickte, aber die Vorarbeiterin sah bedrückt aus. »Bevor Sie gehen, ich habe eine beunruhigende Information über eines der Mädchen.« Sie zog den Brief hervor, den Fantine fallengelassen hatte, und den Madame Victurien hämisch an sie weitergereicht hatte. »Ich habe sie nicht gefragt, aber ich habe Grund zu der Annahme, daß sie ein Kind hat und nicht verheiratet ist.«

Die Nachricht überraschte ihn; irgendwie erwartete Valjean, daß seine Arbeiter über jeden Vorwurf erhaben waren. Moral war für ihn seit seiner Bekehrung sehr wichtig geworden. Er stellte hohe Anforderungen, was das Verhalten seiner Arbeiter betraf.

Valjean machte sich nicht die Mühe, einen Blick auf den Brief zu werfen, den Madame Blanquet, die vergessen hatte, daß Monsieur le maire kaum lesen konnte, ihm reichte. Wenn er ihn ihr abgenommen hätte, wenn er langsam die Worte entziffert hätte, hätte er mit seinem gewohnten Mitgefühl reagiert.

Oder wenn Valjean Zeit gehabt hätte, sich das Mädchen anzusehen, wenn er die Verzweiflung in ihren Augen gesehen hätte, den Kummer in ihrer Seele, dann hätte er die Reinheit von Fantines Natur erkannt und eine Hand ausgestreckt, um ihr zu helfen, wie er es bei so vielen anderen getan hatte.

Aber Jean Valjean hatte es eilig, und seine Gedanken waren woanders, deshalb hatte er keine Zeit, Briefe zu entziffern, ein Wort nach dem anderen, oder im Herzen eines unglücklichen Mädchens zu lesen. Gerade, als er die Tür erreichte, drehte Valjean sich um.

»Ist sie eine Hure?« fragte er brüsk.

Es war die Sprache der Straße, der Gefängnisse und ein Wort, das Jean Valjean seit vielen Jahren nicht mehr über die Lippen gekommen war. Er war mit seinen Gedanken woanders, und er war sich nicht einmal dessen bewußt, daß er es ausgesprochen hatte. Um der Sicherheit willen hütete er für gewöhnlich seine Zunge.

Die Vorarbeiterin biß sich auf die Lippe, verlegen über die unverblümte Sprache des Bürgermeisters und über die Situation, in der sie sich befand. Sie konnte sich nicht leisten, diese Stelle zu verlieren; Monsieur le maire war ein großzügiger Arbeitgeber, und sie hatte eine wohlgeachtete Stellung. »Ich stelle keine...« Sie konnte es nicht über sich bringen, Valjeans Wort zu wiederholen. »Ich stelle keine Frauen an, die sich verkaufen.«

Jean Valjean kam zu sich. »Natürlich nicht«, sagte er freundlich. »Ich entschuldige mich. Ich möchte nicht, daß unsere Mädchen... schlechten Elementen ausgeliefert werden. Was immer Sie vorschlagen...«

»Ich schlage vor, sie zu entlassen«, sagte Madame Blanquet in festem Ton.

Valjean nickte und öffnete die Bürotür, die schwere Tasche in der anderen Hand. Seine Gedanken waren jetzt wieder bei seiner Tasche und seinem Plan. »Ich traue Ihrem Urteil«, war alles, was er sagte.

Wenn Jean Valjean in diesem Augenblick nur in die Zukunft hätte sehen können! Wenn er nur hätte sehen können, was seine Antwort für Folgen hatte! Aber er sprach die Worte und hätte sich nie träumen lassen, daß diese vier einfachen Worte die Macht haben würden, den Verlauf so vieler Leben zu ändern, eingeschlossen seines eigenen, unwiederbringlich und für immer.

VI

FANTINE UND COSETTE

Madame Blanquet nickte besänftigt. »Danke, Monsieur le maire«, sagte sie ruhig, und ihr Mund verzog sich grimmig. Die Vorarbeiterin konnte es sich nicht leisten, daß irgend etwas ihre Stellung und das in sie gesetzte Vertrauen des Bürgermeisters bedrohte. Das Mädchen mußte gehen, und zwar sofort.

Madame Blanquet stieg wieder in die Fabriketage und rief Fantine aus ihrer Reihe. Sie nahm sie zur Seite und hielt ihr sofort den belastenden Brief entgegen. Das Mädchen holte Luft und drückte instinktiv ihre Hand auf ihre Tasche, wo sie das Dokument immer noch vermutete. Die Tasche war leer.

Die Vorarbeiterin schwenkte unter Fantines Nase den Brief wie eine stürmische rote Flagge. Das Mädchen sah ihn, und ihr wurde ganz anders, weil sie merkte, daß sie in der Klemme saß. Sie wußte zu gut, was der Brief enthielt. Obgleich sie nicht lesen konnte, brachte sie immer jeden Brief von einer gewissen Madame Thénardier, abgestempelt in Montfermeil, direkt zu einem Briefladen, wo ein professioneller Leser, der einen Zeigestock benutzte, um zu beweisen, daß er jedes Wort las, ihr für zwanzig Sous den Inhalt laut vorlas. Dann pflegte Fantine ihre Antwort zu diktieren für zusätzliche zwanzig Sous plus Porto.

In jenem Brief schrieb Madame Thénardier, daß sie um mehr Geld bitte, weil Fantines Tochter Cosette krank sei und sie Arznei brauche. Außerdem schrieb sie, daß die monatlichen Unterhaltskosten wieder steigen würden, weil die kleine Cosette so gewachsen war, daß sie mehr aß, und die Thénardiers könnten sie nicht länger zum alten Preis ernähren.

Dann kam die Anklage – Fantine, du hast ein Kind geboren ohne einen rechtmäßigen Vater, und dann hast du es weggegeben! Madame Blanquets Worte trommelten in Fantines Ohren. Der belastende Brief bewies ohne jeden Zweifel ihre Verfehlung.

»Nein, Madame, nie!« Fantine weinte. »Ich würde nie meine eigene kleine Tochter aufgeben! Ich habe sie nur bei guten Leuten untergebracht, bei warmherzigen Menschen! Ich zahle alle ihre Kosten selber. Cosette ist meine Tochter, und ich liebe sie. Ich könnte es nie ertragen, für immer von ihr getrennt zu sein. Eines Tages wird sie kommen und bei mir leben...«

Madame Victurien beobachtete die Gegenüberstellung aus der Entfernung, ihr Gesicht verkniff sich zu einem häßlichen Lächeln der Selbstzufriedenheit. Sie freute sich, ihre Feindin so gedemütigt und entwürdigt zu sehen. Die anderen Arbeiterinnen wurden ebenfalls Zeugen der Szene, und sie grinsten wie Wölfinnen, »Prinzessin« Fantine so am Boden zu sehen. Ihre Gefühle waren eine Mischung aus Feindseligkeit und Entrüstung.

Es war kein Geheimnis, daß die meisten der Fabrikarbeiterinnen neidisch auf Fantine waren, auf ihre Jugend und Schönheit, ihre Schlankheit und Anmut, ihre biegsame Gestalt, ihre schönen, langen, blonden Haare, ihre gesunden Zähne und ihre neckische Art. Sie waren keineswegs unglücklich darüber, daß sie ihre Arbeit verlor. Die meisten von ihnen verachteten sie, nicht so sehr, weil sie ein uneheliches Kind hatte, sondern weil sie so ungeschickt war, sich erwischen zu lassen. Was für ein dummes Mädchen! Wie töricht, den Brief mit in die Fabrik zu bringen! Dank Madame Victurien, die lesen konnte, wußten alle Arbeiterinnen bis zur letzten Silbe, was der Brief enthielt.

»Trotzdem werden Sie hier entlassen.« Madame Blanquet schüttelte ihren Kopf. Ihre Hände blieben über ihrer Schürze zusammengefaltet. »Ich möchte, daß Sie auf der Stelle gehen.«

Fantine schnappte ungläubig nach Luft, als sie das unvorstellbare Wort hörte. Entlassen! »Sie entlassen mich, weil ich ein Kind habe, und Sie fragen, warum ich es in Pension gegeben habe?«

»Sie werden nicht entlassen, weil Sie ein Kind haben. Sie werden entlassen, weil Sie ein uneheliches Kind haben und dann noch so tun, als wären Sie eine ehrbare Frau«, erwiderte die Vorarbeiterin ungeduldig.

»Aber ich muß Geld verdienen, um es zu ernähren«, protestierte Fantine. »Wie kann ich arbeiten und mich um es kümmern? Ich muß lügen.« Es war ein Schrei aus den tiefsten Tiefen ihres armen Herzens.

Die Vorarbeiterin machte ein böses Gesicht. »Es klingt bei Ihnen so, als sei Ihre Lüge mein Fehler«, sagte sie entrüstet zu dem Mädchen.

Fantines Gesicht verzog sich in Panik, Tränen stürzten ihr aus den Augen und liefen über ihre Wangen. »Oh, Gott! Es tut mir leid, Madame. Ich bin bestürzt. Ich will nicht streiten. Meine Cosette ist ein süßes, kleines Mädchen ... ein unschuldiges, kleines Mädchen. Bestrafen Sie sie nicht für meine Sünde. Ich war dumm. Ich hatte mich verliebt ...«

»Verliebt! So lautet immer die Entschuldigung«, zischte die andere Frau verächtlich. »Im Namen der Liebe« glaubte diese Frau, die Freiheit zu haben, sich wie eine Straßenhure zu benehmen!

»Ja, Sie haben recht«, schluchzte Fantine und kämpfte verzweifelt um ihr Überleben. »Ich bin schlecht. Ich bin ein schlechter Mensch. Aber die Thénardiers sind gute Leute. Sie haben selber zwei Töchter. Meine Cosette kann mit ihnen spielen. Dann ist sie nicht so allein. Sie hat es dort besser. Ich muß nur mein Geld verdienen. Bitte! Um ihre Arznei zu bezahlen! Nur einen Monat«, flehte sie. »Bitte ... Ich werde gut arbeiten ... Ich werde hart arbeiten.« Fantine brach in Tränen aus, große, laute Schluchzer, die sie nicht kontrollieren konnte.

Aber Madame Blanquet rührte sich keinen Zoll. Sie hatte ihre Pflicht zu tun, und sie hatte das Vertrauen zu erfüllen, das ihr Arbeitgeber in sie gesetzt hatte. Sie hatte das Gefühl, daß ihre eigene Position in der Fabrik irgendwie kompromittiert worden war durch die Sünden dieses verflixten jungen Mädchens. Und das würde sie nie zulassen. »Monsieur le maire sorgt sich um seine Arbeiter«, sagte sie fromm. »Er kann Frauen mit fragwürdiger Moral, die die Mädchen hier beeinflussen, nicht gebrauchen.«

Jean Valjean war schon Stunden mit seiner schweren Tasche unterwegs. Während andere Menschen fest in ihren Häusern schliefen, schritt Valjean mit schweren Schritten durch die Nacht. Nur seine große Kraft, die Muskeln in seinen langen Beinen und die breiten Schultern hielten ihn am Gehen. Ein weniger starker Mann wäre schon längst am Straßenrand zusammengebrochen. Schließlich erreichte er den Wegweiser, den er suchte, die Kreuzung etwa dreißig Kilometer nördlich von Montreuil. Er schaute konzentriert in jede Richtung. Niemand. Er stand ganz still, hielt seine Ohren angestrengt in die Dunkelheit. Nichts. Er war hier draußen völlig allein.

Beruhigt verließ er die Hauptstraße und setzte seinen Weg unter großen Bäumen fort, kam in ein bewaldetes Gebiet und verschwand im morgendlichen Bodennebel.

Als Valjean die Straße verlassen hatte und in den nahen Wald kam, begann es gerade am östlichen Himmel zu grauen. Ein dünner Nebel stieg vom Boden auf, aber selbst in diesem trüben Licht und dem wallenden Nebel kannte er sich an diesem Ort aus. Er war hier vor sechs Jahren gewesen. Genau hier, zwischen diesen Bäumen, hatte er sich eine Nacht und einen Tag lang versteckt, bevor er entschied, daß Montreuil weit genug von seiner Vergangenheit entfernt war, um die Möglichkeit zu einem sicheren, sauberen Neuanfang zu bieten. Diese Bäume hatten ihm schon einmal Glück gebracht.

Da! Da war der spezielle Baum, den er suchte, eine große, breite Eiche, Jahrhunderte alt. Er erinnerte sich gut an sie. Es würde einfach sein, sie in Zukunft ausfindig zu machen und wiederzuerkennen. Aber für alle Fälle – Valjean setzte die Geldtasche ab und holte sein Klappmesser aus der Tasche. Er schnitzte ein tiefes X in den Baumstamm, ganz unten bei den herausragenden Wurzeln, wo man es nicht entdecken konnte, es sei denn, man wußte schon, wo man suchen mußte.

Er öffnete die Tasche. Auf den Geldstapeln lag eine kleine Schaufel. Valjean nahm sie heraus und begann vor dem Baum zu graben. Er arbeitete fieberhaft, obwohl seine Schultern von der Anstrengung schmerzten. Als das Ganze tief genug war, legte er die Geldtasche hinein, füllte das Loch wieder aus und stampfte die Erde fest. Dann strich er die Oberfläche mit seinen Händen glatt, bis sie eben war und holte ein paar Zweige, die er auf die Stelle legte, bis sie verdeckt war. Er stand auf, ging ein paar Schritte weg und drehte sich um, schaute zurück auf das Versteck. Er ging in eine andere Richtung und drehte sich wieder um. Er überprüfte die Stelle, wo das Loch gegraben worden war, mit einem scharfen, kritischen Blick.

Nein, alles wirkte normal. Man konnte nicht erkennen, daß dort ein Loch gegraben worden war oder daß der Boden vor dem Baum je durcheinandergebracht worden wäre. Sein Geld war sicher. Jean Valjean nickte erfreut mit dem Kopf. Er marschierte zurück zur Kreuzung und machte sich auf den Heimweg nach Montreuil. Er hoffte, bis zum Nachmittag wieder zu Hause zu sein. Morgen würde er in seine Fabrik zurückkehren, zu seinen alltäglichen Geschäften. Niemand würde ihn vermißt haben, und niemand würde je vermuten, daß unter einem Baum, Kilometer entfernt, ein kleines Vermögen in der Erde verborgen lag, das nur auf den Tag wartete, wo Jean Valjean gezwungen sein würde, Montreuil in Eile und für immer zu verlassen.

Fantine erhielt fünfzig Francs von der Fabrik als Abfindung. Es war eine großzügige Regelung, die gleiche, darauf bestand Monsieur le maire, die für jeden Arbeiter galt, der entlassen wurde. Sie hätte davon ein paar Wochen leben, sparsam essen und trinken und die Miete für ihr winziges Zimmer zahlen können. Statt dessen schickte Fantine die gesamte Summe den Thénardiers, um Cosettes Kostgeld zu bezahlen. Sie tat dies ohne Klagen.

In den paar Jahren, in denen das kleine Mädchen bei den Thénardiers gewesen war, hatten sich Fantines Ausgaben stetig erhöht. Jeder Brief, den sie empfing, war eine neue Geldforderung. Mehr Geld für Kleidung, mehr fürs Essen. Fantine zahlte es, ohne zu murren, glücklich bei dem Gedanken, daß ihr kostbares Kind so gut ernährt und so warm gekleidet wurde. Sie las mit einem geradezu gierigen Hunger die Berichte über Cosettes Fortschritte, wie groß sie geworden war und wie mollig, und was für ein angenehmes Leben sie hatte.

Ihre Tochter wegzugeben war das Härteste, was Fantine je gezwungen war zu tun. Aber was hatte sie für eine Wahl? Sie war mit fünfzehn nach Paris gekommen, ganz allein und auf sich gestellt, ohne einen Verwandten oder einen Freund in dieser großen Stadt. Tatsächlich hatte Fantine überhaupt keine Verwandten auf der Welt, denn sie war mit dreizehn Waise geworden. Sie kam nach Paris in der Hoffnung, eine anständige Beschäftigung als Hausangestellte zu finden, eine, mit der sie sich ein gemütliches Dach überm Kopf leisten konnte und Brot im Magen. Ihre Wünsche und Bedürfnisse waren sehr bescheiden. Fantine hatte keine wahre Vorstellung davon, wie schön sie war. Sie war kaum der Kindheit entwachsen und hatte keine Erfahrung im Leben oder mit den Wünschen der Männer.

Aber jemand erkannte ihre Schönheit und hatte Gefallen an ihrer kindlichen Naivität. Felix Tholomyès, ein müßiger und zügelloser Student, der faule Sohn wohlhabender Eltern, leckte sich die Lippen beim Anblick von Fantines runden Wangen, prallem Busen, enger Taille, wohlgeformten Armen, blondem Haar, hellen blauen Augen und leuchtenden Zähnen. Aber Tholomyès war bei weitem nicht dumm. Er wußte, daß er langsam vorgehen mußte, um nicht seine kleine, jungfräuliche Taube zu verschrecken. Sie war ein zu köstlicher Preis, den man nicht verlieren durfte.

Felix warb romantisch um Fantine – mit Blumensträußchen, Einladungen in Cafés, Kutschfahrten, Schokolade, Wein und Brandy, einem Spitzentuch, einem Paar hübscher Ohrringe. Er überschüttete sie mit kleinen Geschenken und seinen gemurmelten Worten von unsterblicher Liebe in ihre zarten Ohren, während seine Finger sanft ihren Hals und die Kurven ihrer Brust streichelten. Er war, abgesehen von den flegelhaften Jungen damals in Montreuil, der erste Mann, der ihr seine Aufmerksamkeit schenkte. Ist es ein Wunder, daß sich das Mädchen total verliebte und sich ihrem leidenschaftlichen Liebhaber mit Leib und Seele hingab?

Die ersten Monate ihrer Affäre mit Tholomyès waren eine romantische Liebesidylle. Fantine hatte sich nie soviel Glück oder soviel Freude vorstellen können. Sie gab sich ihrem Liebhaber hin und jeden Gedanken an Arbeit und ein nützliches Leben auf. Sie zogen zusammen, und Felix zahlte ihre sämtlichen Ausgaben von dem großzügigen Unterhaltsgeld, das ihm seine Eltern zahlten. Sie und Tholomyès schliefen lange, nahmen ihr Frühstück in einem Café ein, für gewöhnlich mit anderen Studenten und deren Geliebten. Schwarzer Kaffee, stark gefiltert, und Butterbrötchen mit Marmelade.

Am Abend aßen sie gewöhnlich gebratenes Geflügel, gegrillte Forelle oder Pilze in Sherry mit Kalbsnieren, alles serviert mit frischem Gemüse und köstlichem Weißbrot. Fantine nahm allein von den reichen Desserts fünf Pfund zu, aber Felix küßte diese extra Pfunde voller Lust und versicherte ihr, daß sie schöner sei denn je.

Ganz Paris war ihre Spielwiese – die Parks, die Seine, die Restaurants und Gasthäuser, die Cabarets und Straßenmärkte. Für diese lustige Gruppe zählten die Museen und Kathedralen weniger. Sie war nur auf Vergnügen aus. Felix, »der Student«, besuchte nie Vorlesungen oder absolvierte Prüfungen. Das einzige, was ihn interessierte, war sinnliches Vergnügen und lebendige Unterhaltung. Seine größte Angst war, sich zu langweilen.

Als sie siebzehn war, wurde Fantine schwanger, und ihre Vergnügungen nahmen ab, während ihr Bauch anschwoll. Tholomyès verbrachte seine Abende weiterhin in Cafés, trank mit seinen Freunden Wein, während Fantine allein zu Hause blieb, auf ihrem Bett lag, sich übergab und überall Schmerzen hatte. Armes Kind! Sie glaubte immer noch an die Hingabe ihres Liebhabers und hegte die Hoffnung, daß die Geburt ihres Babys sie näher zusammenbringen würde und vielleicht Felix überzeugen würde, sie zu heiraten!

Nichts war weiter gefehlt. Als Cosette in Fantines Leben trat, verschwand Tholomyès daraus. Er zog aus. Was die Ehe betrifft, so heiraten Männer nie ihre Geliebten. Warum sollten sie? Sie hatten ihren Spaß gehabt. Was hatten diese gefallenen Mädchen denn sonst noch zu bieten? Felix Tholomyès würde nur heiraten, wenn seine Eltern ihm ein passendes bürgerliches Mädchen mit einer großen Mitgift für jetzt und einer anständigen Erbschaft für später auswählen würden.

In den ersten paar Jahren, als das Kind geboren war, besuchte er Fantine, wann immer ihn die Sehnsucht nach ihr überkam, und bei diesen Gelegenheiten überließ er ihr einige hundert Francs. Die sparte sie sorgsam an. Das bedeutete, daß sie sich selbst weder neue Kleider noch ausreichend Essen leistete, während die süße Cosette in Seide gekleidet wurde, verziert mit handgemachten Spitzen, mit Satinschleifen in ihren babyhaften Ringellocken, die so goldgelb waren wie die ihrer Mutter. Sie trug Stiefelchen aus Ziegenfell an ihren pummeligen kleinen Füßen, und das beste, frischeste Essen füllte ihren kleinen, runden Magen.

Als Felix völlig Fantines überdrüssig wurde, versiegten so nach und nach seine finanziellen Beiträge zum Wohlergehen seiner Tochter. Schließlich, zu spät, wurde Fantine klar, daß er sie nie wirklich geliebt hatte und daß seine einzige Liebe ihm selber galt. Sie begriff endlich, daß ihre Heiratsträume nur kindliche Fantasien gewesen waren.

Die einfache, traurige Wahrheit war, daß sie eine junge Frau mit einem illegitimen Kind war, ohne Unterstützung. Es war Zeit für sie, eine Arbeit zu finden, aber das war nicht leicht in Paris, besonders für jemanden, der sich um ein dreijähriges Kind kümmern mußte. Immer und immer wieder bewarb sie sich um Arbeit und wurde immer wieder abgewiesen.

Nach langem schmerzlichen Nachdenken und vielen Tränen beschloß Fantine, nach Montreuil zurückzukehren. Es war sehr schwierig, Tholomyès zu schreiben, ihn von ihrer Entscheidung zu benachrichtigen und ihn zu bitten, ihr dieses eine letzte Mal noch finanziell zu helfen. Sie brauchte Geld, um Paris zu verlassen.

Felix Tholomyès brauchte fast drei Wochen, um Fantines tränenbenetzten Brief zu beantworten, aber als er es tat, legte er schäbige einhundert Francs bei und eine kalte Notiz, mit der er Fantine davon in Kenntnis setzte, daß er nicht beabsichtige, ihr je weiteres Geld zu schicken, und er befahl ihr, sich nie wieder mit ihm in Verbindung zu setzen. Falls sie es wagen sollte, wieder mit ihm Kontakt aufzunehmen, würde er die Sache dem Pariser Polizeipräfekten übergeben, der sie der Prostitution anklagen würde.

Und dies war das traurige Ende von Fantines Hoffnungen auf dauerhafte Liebe und ein normales Familienleben!

Fantine mußte alles, was sie besaß, verkaufen, um an Geld zu kommen. Sämtliche Möbel, selbst ihre Kleider – die schönsten, mit denen Felix sie überhäuft hatte in glücklicheren Zeiten. Und weil sie so offensichtlich verzweifelt war, zog der Händler niederträchtigen Vorteil aus ihr, indem er ihr hundert Francs für Güter zahlte, die das Vielfache wert waren. Er bot ihr tatsächlich fünfzig Francs mehr, wenn sie die hübschen Kleidchen der kleinen Cosette dazugeben würde, aber das lehnte Fantine strikt ab. Ihre kleine Tochter sollte immer das Beste bekommen, während in Fantine das Leben seine Spuren hinterlassen hatte.

Mit zweihundert Francs konnte Fantine ihre Schulden bezahlen, bevor sie Paris verließ. Es war ihr nie eingefallen, sich mit dem, was sie besaß, davonzumachen. Fantine hatte ein ehrliches Herz und war in ihrem ganzen Verhalten immer korrekt. Nachdem die Schulden bezahlt waren, blieben nur schäbige achtzig Francs in ihrem Geldbeutel übrig und ein Koffer mit Cosettes schönen Kleidchen, und so machte sie sich mit gebrochenem Herzen und einem Kind auf dem Arm auf den Weg nach Montreuil.

Sie zahlte ein paar Sous für die billigste Art zu reisen, vom Laufen einmal abgesehen, sie nahm eines dieser schäbigen Vehikel – les petites voitures –, die zwischen Paris und den Vororten verkehrten. Als sie die Endstation Villemoble erreichte, hob sie Cosette auf den Arm und lief zu Fuß weiter.

VII
DIE THÉNARDIERS

Nach eineinhalb Stunden strammen Laufens fand sich Fantine in Montfermeil wieder, einem Städtchen an der Straße nach Montreuil. Es war kaum mehr als ein Dorf, aber es war ein malerischer und bezaubernder Ort, mit sauberen Vorgärten und bunten Fensterkästen, die jedes Haus schmückten. Das Dorf war umgeben von Feldern und Obstplantagen, deren Bäume gerade in Blüte standen.

Als sie durch die Kopfsteinstraßen stapfte, kam Fantine zu einem kleinen steinernen Gasthaus, das an der Straße lag. Vor dem Gasthaus saßen zwei kleine Mädchen – Schwestern – Seite an Seite auf einer Schaukel und lachten fröhlich, ihre Beine schossen in die Luft, als sie hochschwangen. Die Mädchen waren sauber gekleidet, pausbäckig und gesund, mit rosigen Wangen, als stammten sie aus besserem Hause. Sie müssen von ihren Eltern sehr geliebt werden, dachte Fantine. Es ging soviel Wohlbefinden von ihnen aus, daß Fantine einfach stehenbleiben mußte, um die glücklichen kleinen Mädchen zu bewundern.

Ihre Mutter sonnte sich derweil in der Nähe und hielt Ausschau nach potentiellen Kunden. Sie bemerkte, daß die junge Frau Gefallen an ihren Kindern fand. Wie alle Mütter auf der Welt freute sie sich darüber und schenkte Fantine ein freundliches, einladendes Lächeln.

Die beiden kleinen Lieblinge auf der Schaukel waren die jungen Töchter der Thénardiers, des Ehepaars, dem das Gasthaus gehörte. Madame Thénardier selbst war eine große, rothaarige Frau mit derben Gesichtszügen und kleinen, durchbohrenden Augen. Sie sah Fantine neugierig an und bemerkte, daß die Kleidung der jungen Frau schäbig und staubig von ihrer Reise war. Es mußte einmal ein hübsches Kleid gewesen sein, aber das war lange her. In scharfem Gegensatz dazu das Kind, das sie auf den Armen hielt. Ein süßes kleines Ding mit riesigen blauen Augen und goldenem Haar, dessen Ringellocken mit Schleifen zusammengebunden waren, war es gekleidet wie eine Miniaturkaiserin in einem fließenden Seidenkleid mit breitem Spitzenkragen. Eine so feine Kleidung mußte ein Vermögen kosten.

Madame Thénardier war nicht dumm, besonders wenn es ums Geld ging. Scharfsinnig schätzte sie die Situation ab. Das Mädchen hatte offensichtlich keinen Ehemann, nur ein Kind. Ah, aber hatte sie Geld? Ich werde es schnell herausfinden. Geld war für die Thénardiers die einzige Gottheit, und sie waren extrem fromm in der Anbetung des heiligen Franc und in ihrer Jagd danach. Wenn dieses Mädchen irgendwelches Geld hatte und so allein und ungeschützt auf der Welt war, wie Madame Thénardier es vermutete, dann war diese junge Frau es tatsächlich wert, daß man sie ansprach!

Die Wirtin lud Fantine ein, sich neben sie zu setzen, ihre Füße auszuruhen, und geschickt befragte sie die naive junge Frau. Sie erfuhr sehr bald ihre Geschichte. Ihre Vorstellungskraft besorgte leicht den Rest – die Verführung, das Verlassenwerden, der Fall vom Wohlstand in die Armut.

Inzwischen hatten die beiden jungen Thénardier-Töchter, Eponine und Azelma, angezogen von Cosettes schönem Babygesicht und der exquisiten Kleidung, ihre Schaukel verlassen, um mit ihr zu spielen; sie behandelten sie wie eine kostbare, kleine Puppe. Als Fantine ihren Liebling so fröhlich mit den beiden anderen kleinen Mädchen spielen sah, füllten sich ihre Augen mit Tränen. Gedanken, sehnsüchtige und bedauernde, schossen ihr durch den Kopf. Wenn sie sich nur hier niederlassen könnte, bei diesem wunderbaren Gasthaus, bei dieser wunderbaren Familie! Wenn sie und Cosette nur ein wenig an diesem kleinen häuslichen Glück teilhaben könnten.

»Sehen Sie!« bemerkte Madame Thénardier mit instinktiver Schlauheit, »drei Schwestern.« Ihre Worte trafen Fantines Herz wie ein Pfeil.

In diesem Augenblick war eine Idee geboren, eine Idee, die

Fantine sogleich Madame Thénardier unterbreitete. Fantine mußte nach Montreuil reisen, um Arbeit zu finden, aber was wäre, wenn sie Cosette zurückließe, bei diesen liebevollen Menschen, wenn die sie in Pflege nähmen? Würden sie das Kind gerne aufnehmen? Unter welchen Bedingungen könnte man so etwas verabreden?

Die ältere Frau hatte sich bereits etwas Ähnliches ausgedacht, denn sie hatte gerochen, daß hier Geld in der Luft lag. Sie setzte ein breites, warmes Lächeln auf. Ja, ja. Was für ein ausgezeichneter Plan! Sie – die Thénardiers – konnten es kaum erwarten, der Mutter und ihrem süßen Baby von Nutzen zu sein. Sie würden sich um das Wohlergehen dieser kostbaren Kleinen kümmern wie um ihr eigenes Kind, versicherte Madame Thénardier. Und sie könne versichert sein, daß ihr Mann und sie in jeder Hinsicht korrekt sein würden. Sie würden über die Fortschritte, die Cosette machte, regelmäßig per Post berichten. Was die Kosten betraf, so hätten sie nicht den Wunsch oder erwarteten, damit etwas zu verdienen. Nein, nein, über Geld wollen wir nicht reden. Fantine hätte nur die Kosten zu tragen, die sie für Cosette auslegen mußten. Es wäre ein Privileg und eine Freude, ein so feines und schönes kleines Mädchen wie dieses großzuziehen. Cosette wäre nichts weniger als eine geliebte kleine Schwester für ihre eigenen beiden Kinder. Eponine und Azelma würden mit ihr spielen und sich auch gut um sie kümmern.

Madame Thénardier versprach auch, daß sie immer Fantines Namen im Herzen ihrer Tochter lebendig halten würde, daß sie Cosette erzählen würde, wie sehr Fantine sie liebte, wie sehr sie sie vermißte und immer für sie betete, und daß sie eines Tages zu ihr zurückkehren würde, und dann würden sie immer zusammenbleiben.

Was Fantine selbst betraf, so war beschlossen, daß sie nach Montreuil weiterreisen und Arbeit finden sollte und jeden Monat den Thénardiers per Post einen Betrag schickte, um die Ausgaben für die kleine Cosette zu decken.

Eventuell würde sie ihre Tochter nachkommen lassen und mit ihr zusammenleben. Es wäre die beste Lösung, die man so schnell wie möglich anstrebte.

Mit Tränen in den Augen händigte Fantine Cosettes Köfferchen mit den schönen Kleidern aus, fast die ganzen achtzig Franc für die Unterbringung des Kindes im ersten Jahr, und Cosette selbst. Obgleich Fantine überzeugt war, daß es für Cosette das Beste war, brach es ihr doch das Herz, als sie ihre kleine Tochter den Fremden überließ. Aber was für eine andere Lösung hätte sich ihr geboten? Nein, dies schien die perfekte Lösung des Problems von Cosettes Aufzucht. Dies waren gute Menschen, sorgende Menschen. Ihre kostbare Tochter konnte keine bessere Pflege haben.

Wenn sie nur die Wahrheit über Madame Thénardiers Charakter gekannt hätte, dann hätte sich Fantine ihre Tochter geschnappt und mit ihr ganz schnell das Weite gesucht. Sie hätte sie auf ihrem Arm bis nach Montreuil getragen und sie nie mehr aus ihren Augen gelassen.

Wenn sie gewußt hätte, was sich hinter der dünnen Tünche aus Freundlichkeit und Güte wirklich verbarg, was für abscheuliche, habgierige Ungeheuer sie waren, wie herrisch und grausam sie zu allen, außer ihren beiden Töchtern, wirklich waren, dann hätte sie sich lieber die Fingernägel ausgerissen, als Cosette bei diesen Menschen zurückzulassen.

Aber Fantine wußte es nicht; wie sollte sie auch! Wie sollte sie sich vorstellen können, daß Madames so honigsüße und liebevolle Worte nur die allerbösesten Absichten verdeckten. Fantine selber log nicht, und deshalb vermutete sie auch nie die Unwahrheit auf den Lippen anderer. Wie konnte sie auf ihrem Weg nach Montreuil wissen, was die Thénardiers Cosette als erstes antaten. Sie zogen dem Baby das schöne Kleidchen aus, zogen ihm Lumpen an und verkauften alle spitzenbesetzten Kleidungsstücke an einen teuren Kinderladen in Paris.

So kannte Fantine zum Glück die Wirklichkeit nicht und verabschiedete sich unter vielen Küssen und Tränen von ihrem liebsten Schatz, wandte ihrem Liebling Cosette den Rücken und machte sich auf den Weg nach Montreuil.

Fantine hatte vor, so schnell wie möglich Arbeit zu finden und das Geld für Cosettes Unterhalt abzuschicken und soviel Geld wie möglich von ihrem Lohn zu sparen, damit sie Cosette nach Montreuil holen konnte. Sie würden ein kleines Häuschen zusammen haben, und Fantine würde eine freundliche, großmütterliche Kinderfrau einstellen, die sich um das Kind kümmerte, während seine Mutter arbeitete, um den gemeinsamen Lebensunterhalt zu verdienen. Was für ein schöner Traum!

Zu diesem Zweck wollte sich Fantine kein Vergnügen mehr gönnen, das etwas kostete, auch wenn es nur ein paar Sous waren. Sie war es ja gewohnt zu verzichten; weitere kleine Opfer konnten kaum wehtun. Für eine frühe Rückkehr Cosettes zu ihrer Mutter würde sich jedes Opfer lohnen.

Aber die Dinge klappten nicht ganz so, wie Fantine gehofft hatte. Sie fand bald eine Beschäftigung in der Färbereifabrik von Monsieur le maire und wurde angemessen bezahlt. Sie aß spärlich und lebte in einem kleinen Zimmer. Sie hielt ihre alte Kleidung sauber und flickte sie, so daß sie sich keine neuen Sachen kaufen mußte. Doch sie schaffte es nie, etwas zu sparen, nicht einmal ein paar Sous im Monat. Das lag daran, daß die Thénardiers ständig die Kosten für Cosettes Unterhalt erhöhten. Monat für Monat kamen neue Forderungen. Jeden Franc und jeden Sou, den Fantine zusammenkratzen konnte, schickte sie prompt an das Gasthaus in Montfermeil und küßte heiß den Umschlag, ihr ganz persönlicher Gruß an ihre geliebte Cosette. Wenn sie doch nur die Wange ihres süßen Babys küssen könnte!

Fantines einziger Trost war, daß es Cosette so gut ging. Das kleine Mädchen gedieh prächtig, war glücklich und wurde wie eine Prinzessin behandelt. Sie wußte das, weil die Thénardiers ihr das berichteten. Jeder Brief, den sie schickten, klang fast wie der vorige, Cosette war gesund wie ein Pferd und aß für zwei. Es kostete eine horrende Summe, und die armen Thénardiers waren am Ende ihrer Weisheit, was das Geld anging, sie brauchten mehr. Ihre Forderungen waren endlos: die kleine Cosette war aus ihren Schuhen herausgewachsen; die kleine Cosette brauchte einen neuen Wintermantel; die kleine Cosette hatte Husten und brauchte Arznei. Geld, schicken Sie mehr Geld. Es war nur zu Cosettes Wohl. Die Thénardiers riskierten den Bankrott, damit Cosette angemessen leben konnte, so schworen sie jedenfalls. Mademoiselle Fantine machte sich ja keine Vorstellung, wie teuer es war, ein so verwöhntes Kind wie Cosette großzuziehen.

Fantine schloß oft die Augen und erinnerte sich an Montfermeil – die hübschen Kopfsteinstraßen, die Blumenkästen vor den Fenstern, die Felder und ertragreichen Obstplantagen. Sie stellte sich Cosette dort vor, wie sie Pflaumen aß und Kirschen, über die Felder lief und herumtollte. Der Gedanke daran war das einzige, was Fantine ihr ärmliches Leben ertragen ließ.

Irgendwie schaffte es Fantine, noch etwas mehr von ihren eigenen jämmerlichen Lebenskosten abzusparen, indem sie selbst auf eine Kerze in der Nacht verzichtete und nicht mehr als zwei kleine Mahlzeiten am Tag zu sich nahm, ohne warmen Mantel auskam und ihre kaputten Schuhe ein weiteres Jahr trug. Sie stopfte die Löcher in dem künstlichen Leder mit Fetzen zerrissener Lappen aus. Und immer schickte sie den gutherzigen Thénardiers noch mehr Geld.

Nachdem sie mehrere Jahre in der Färberei gearbeitet hatte, lag Fantines Zukunft mit Cosette in größerer Ferne denn je. Die Überreste ihres Traums hingen von ihrem Verbleiben in der Fabrik ab, deshalb war ihre Entlassung aus Monsieur le maires Fabrik eine Katastrophe, ein so furchtbarer Schlag, daß ihr schwindelte, wenn sie daran dachte. Was sollte sie jetzt tun? Sie konnte nirgendwohin, und keiner konnte ihr helfen, keiner, an den sie sich wenden konnte.

Fantine gab einer einzigen Person die Schuld für ihre gegenwärtige, verzweifelte Situation. Nicht Felix Tholomyès, der sie belogen hatte, der sie verführt hatte, sie weggeworfen und ihr das Herz gebrochen hatte, ein Mann, der seiner eigenen Tochter den Unterhalt verweigert hatte. Nicht sich, weil sie schwach genug gewesen war, auf seine falschen Worte und unaufrichtigen Versprechungen hereinzufallen. Nicht Madame Blanquet, der Vorarbeiterin, die sie ja eigentlich gefeuert hatte. Nicht einmal der saueren Madame Victurien, die unredlich genug war, einen Brief zu lesen, der nicht an sie gerichtet war, und böse genug, ihn der Vorarbeiterin zu übergeben und seinen Inhalt allen bekannt zu machen.

Nein, die einzige Person, der Fantine die Schuld für ihr gegenwärtiges Unglück gab, war der Mann, dessen Pochen auf hoher Moral unvermeidlich zu ihrer Entlassung geführt hatte. Fantine gab Monsieur le maire die Schuld. Sie fühlte einen solchen Haß auf ihn, daß es ihren dünnen Körper schüttelte, wenn sie an ihn dachte. Der fromme, wohlhabende, schönfärberische Heuchler, der Gericht hielt über jene, denen es schlechter ging als ihm! Möge er in der Hölle rösten und für immer verdammt sein! Sie verfluchte seinen Namen, Monsieur Madeleine. Fantine waren Haß und Feindschaft für gewöhnlich fremd, aber diesem einen Mann wünschte sie hundertmal den Tod.

Jetzt war ihre Situation kritisch. Fantine leistete sich nur noch eine kärgliche Mahlzeit am Tag, und die bestand meistens nur aus einer Suppe, die sie immer mehr mit Wasser verdünnte, während die Tage dahingingen, sowie etwas Grüngemüse, das sie auf den offenen Feldern in der Nähe pflückte. Ampfer und Nessel, Löwenzahn und Kraut waren Fantines Hauptnahrungsmittel. Unterdessen kämmte sie Montreuil nach einer Arbeit ab, sie war bereit, jede Arbeit für jeden Lohn anzunehmen, nur damit die Francs weiter zu den fordernden Thénardiers fließen konnten. Aber jeder wies sie ab, weil jeder in der Stadt offenbar über die Einzelheiten von Fantines Sündenfall Bescheid wußte.

Schließlich, mit dem Rücken zur Wand, schickte sie nach dem Möbelhändler und verkaufte jedes Teil, das sie auf der Welt besaß, bis auf ihr Bett. Sie hätte auch das verkaufen und auf dem nackten Boden schlafen wollen, aber der Händler sagte ihr, das Bett sei wertlos und von keinem Nutzen. Für das Ganze gab er ihr nur fünfzig Francs. Natürlich übervorteilte er sie gnadenlos. Die Möbel waren mindestens zweihundert wert. Aber Fantine hatte noch nie handeln können; bei jedem Abschluß zu ihren Gunsten ließ sie es zu, daß man auf ihr herumtrampelte, wie üblich.

»Schön, mit Ihnen ins Geschäft zu kommen«, grinste er Fantine an. Auch er wußte über ihr Geheimnis Bescheid und seine lustvolle Fantasie ging mit ihm durch, als er sich dieses schöne, junge Mädchen vorstellte, wie es sich nackt in sündiger Vereinigung mit einem Mann wälzte.

Es war Fantines Pech, daß ihr Hauswirt, ein mißmutiger, gedrungener, haariger Grobian namens Chevrau, gerade in dem Augenblick eintrat, als das letzte Möbelstück die Treppe heruntergeschafft wurde. Seine Augen hefteten sich sofort auf die fünfzig Francs in ihrer Hand.

»Was ist denn hier los?« fragte er argwöhnisch. »Willst du abhauen?«

Das Mädchen knabberte an seiner Unterlippe. »Ich ... ich hab es verkauft, weil ich Geld brauche«, gab sie halb flüsternd zu.

»Du schuldest mir eine Monatsmiete«, knurrte Chevrau.

»Nicht vor nächster Woche.«

»Du zahlst jetzt, oder du bist draußen. Ich hab Leute, die das Zimmer haben wollen. Dreißig Francs. Na, komm schon, du hast fünfzig in der Hand.« Er hielt seine dreckige Pfote mit seinen schwarzen Fingernägeln hin und griff nach dem Geld.

Fantine umklammerte das Geld noch fester, ihr Gesicht war in Panik. »Ich zahle Ihnen fünfzehn. Ich gebe Ihnen den Rest nächste Woche«, bat sie.

»Wie? Sie haben dich doch entlassen.«

Fantine verlor den Mut. »Wer hat Ihnen gesagt, daß man mich entlassen hat?« fragte sie mit schwacher Stimme.

Chevrau grinste böse. »Wir leben in einer Kleinstadt.«

»Ich hab eine Arbeit«, sagte Fantine eilig. »Ich fange nächste Woche an. Der neue Apotheker hat mich eingestellt ...«

»Lüg nicht!« unterbrach Chevrau barsch. »Jeder kennt doch deine Geschichte. Du hast eine Bastard-Göre. Niemand wird dir Arbeit geben.«

Aber sie wußte das schon. Ein überwältigendes Gefühl der Hoffnungslosigkeit bemächtigte sich Fantines, ertränkte sie fast vor Kummer. Ihre Arme und Beine fühlten sich schwach an, als ob sie kein Gewicht mehr aushalten konnten. Ihre Stimme war nur noch ein Flüstern, als sie resigniert sagte: »Ich finde Arbeit. Ich bring Ihnen den Rest. Bitte. Nehmen Sie die Hälfte.« Mutlos händigte sie ihm fünfzehn ihrer fünfzig kostbaren Francs aus. Wie sollte sie mit dem kärglichen Rest überleben? Was konnte sie den Thénardiers schicken?

Chevrau griff nach dem Geld, und seine dicken, haarigen Finger umschlossen es fest, klemmten auch Fantines kleine

Hand mit ein. Er warf ihr einen lüsternen Blick zu, ließ kein Auge von ihrem sanften Busen, der sich in Panik hob und senkte wie die flaumige Brust eines kleinen, gefangenen Vogels. »Schau nicht so gequält«, sagte er in öligem Ton. »Ist ja alles gar nicht so schlimm.« Sein lüsternes Grinsen wurde breiter und seine Augen huschten über ihren Körper. »Du hast immer noch ein gutes Bett.«

Bei diesem Ansinnen weiteten sich Fantines Augen vor Schrecken, schlossen sich dann fest, um seine brutale Gestalt nicht mehr sehen zu müssen. Sollte es dazu kommen? Würde sie die blanken Notwendigkeiten zum Leben mit ihrem Körper bezahlen müssen? Sie konnte nicht atmen, sie war am Ersticken. Sie konnte nur noch den Kopf schütteln, nein, nein, nein. Sie schüttelte ihn noch, lange nachdem Chevrau hinausgegangen war. Als sie schließlich merkte, daß sie alleine war, brach Fantine auf dem Bett zusammen. In dem fast leeren Zimmer schluchzte sie zum Erbarmen, ihre schmale Gestalt von Verzweiflung gequält.

VIII

GEIST, HERZ UND SEELE

In den folgenden Monaten wandelte sich der Herbst in einen langen, lähmend kalten Winter. Am Ende lockerte der Winter widerwillig seinen Griff und wich dem Frühling. Während dieser Zeit ließ Inspektor Javert nicht erkennen, ob er den Flüchtling Jean Valjean unter der Robe des vielgeliebten Monsieur le maire erkannt hatte, und Valjean konnte schon etwas aufatmen.

Aber er traf weitere Vorkehrungen. Zum einen ging er nicht zurück, um sein Geld aus dem Wald zu holen. Es war in einem sicheren Versteck; sollte es dort bleiben. Er war sich nicht sicher, wann er es benötigen würde, aber wann immer das der Fall sein sollte, es würde immer noch in seinem dunklen Loch unter dem Baum auf ihn warten.

Außerdem benötigte er es jetzt nicht. Aus der Färbereifabrik flossen die ganze Zeit immer größere Gewinne. Er hatte die Produktion gesteigert, und sein Konto auf der Lafitte Bank war schon bald fast so groß wie zuvor. Jean Valjean steigerte ebenfalls die Ausgaben für öffentliche Wohltätigkeiten, er baute einen neuen Flügel an das Spital an, diesmal für Kinder. Er hatte den armen kleinen Schornsteinfeger, den er beraubt hatte, nie vergessen. Der neue Flügel hatte besondere Einrichtungen zur Behandlung von Lungenkrankheiten bei Kindern. Schornsteinfeger waren häufige Patienten dort, der ölige Ruß, den sie atmen und schlucken mußten, hatte sie krank gemacht. In diesem neuen Flügel wurde ihnen die beste medizinische Versorgung zuteil, die verfügbar war, und bezahlt hatte sie Monsieur le maire.

Eine weitere Veränderung, die Jean Valjean in seinem Leben vornahm, bestand darin, eine Verkleidung für sich selbst zu erfinden, die ihn wirksamer vor Javert verbarg.

Valjean fühlte sich in Gegenwart von Javert inzwischen nicht mehr so unwohl; sie waren, wenn nicht Freunde, so doch enge Bekannte geworden. Immerhin war der Bürgermeister die höchste Autorität in Montreuil, und deshalb war er Inspektor Javerts Vorgesetzter. Javert erstattete Monsieur le maire regelmäßig Bericht. Er liebte es, Bericht zu erstatten, und seine Berichte waren Meisterwerke detailgenauer, weitläufiger Erörterungen.

Auch war es für den Polizeipräfekten und den Bürgermeister nötig, gemeinsam regelmäßig in der Öffentlichkeit in Erscheinung zu treten, so wie an dem Tag, als Monsieur le maire das Band zu durchschneiden hatte, um den öffentlichen Park zu eröffnen, den er Montreuil gespendet hatte. Nach vielen Monaten der Arbeit war der Park endlich fertiggestellt worden, ein freundliches, grünes Fleckchen mit vielen unterschiedlichen Bäumen, bunten Blumenbeeten und blühenden Sträuchern.

Der Park bedeckte mehrere Morgen Land. Er enthielt gewundene Pfade zum Spazierengehen, viele geschmiedete Eisenbänke zum Sitzen und Steinbrunnen, die mit üppigen Putten aus Marmor verziert waren. Um den Park lief ein breiter gerader Weg, breit genug für Pferde und Kutschen. In der Mitte des Parks gab es sogar einen offenen Platz, eine Konzertmuschel, umgeben von Stühlen, für Freiluftkonzerte; ein kleines Puppentheater, das den entzückten Kindern die Abenteuer von Pierrot und Pierrette zeigte und den lustigen Harlekin in seinen fröhlich gemusterten Kostümen.

Der Tag, an dem der Park eingeweiht wurde, war ein schöner Tag im Spätfrühling. Die Sonne schien hell und ganz Montreuil war auf den Beinen. Die Blaskapelle spielte unisono, soweit sie dazu in der Lage war, die Uniformknöpfe waren frisch poliert und die Uniformen gebügelt. Jungen und Mädchen trugen ihre Sonntagskleidung und schwenkten kleine Trikoloren. Die Frauen trugen neue Häubchen mit lustigen Schleifen, und die Männer hatte kleine Sträußchen aus Frühlingsblumen im Knopfloch ihrer Röcke. Rotweißblaue Fähnchen schmückten den Musikpavillon und flatterten von den Balkonen, die auf den Park schauten.

Es war die Aufgabe von Monsieur le maire, den Park für eröffnet zu erklären und den zentralen Brunnen einzuweihen, eine Marmorskulptur einer anmutigen griechischen Frauengestalt in einem faltigen Gewand, die einen großen Wasserkrug in der Hand hielt, aus dem das Wasser fließen würde, wenn der Brunnen in Gang gesetzt war. Sie stellte den Reichtum des Lebenswassers dar und sollte Montreuil ganz allgemein Glück bringen.

Es war einer der größten Augenblicke im Leben Jean Valjeans, als er die schwere Tuchhülle von der Statue abzog und den Brunnen zum erstenmal vor den Stadtbewohnern enthüllte. Es gab Hochrufe und Applaus; die Kapelle stimmte die »Marseillaise« an, und die kleinen Kinder schwenkten begeistert ihre Fähnchen. Valjean fühlte großen Stolz.

Nach dem Einweihungstag war es eines der größten Vergnügen in seinem Leben, durch diesen neuen und schönen Park zu schlendern, sich auf eine der Bänke zu setzen und dem Gezwitscher der Vögel zuzuhören. Er genoß den Anblick verliebter Paare und den Anblick der alten Leute, die sich an der Schönheit und den Bequemlichkeiten des Parks erfreuten. Am meisten aber liebte es Valjean, dem Lachen der Kinder zuzuhören, die sich die Possen im Puppentheater ansahen. Kinderlachen rührte unsagbare Sehnsüchte in Valjean auf. Ehe und Kinder – das war ihm in seinem Leben nicht vergönnt gewesen, und dafür war es jetzt zu spät. Er war zu alt. Aber er sehnte sich nach einem Kind, einer kleinen Tochter vielleicht, die ihn »Papa« nannte und ihm ihre kindliche Zuneigung zeigte. Seine Augen füllten sich bei dem Gedanken immer mit Tränen.

Nach vielen Monaten ihrer Bekanntschaft hatte Valjean etwas von Inspektor Javerts Wesen kennengelernt und, eigenartig, dieses Wissen gab ihm Beruhigung. Alles, was der Polizeipräfekt tat, geschah nach Vorschrift. Die Regeln mußten ohne Abweichung eingehalten werden. Für Barmherzigkeit, Nachsicht oder Entschuldigungen gab es nach Javerts Philosophie keinen Platz. Valjean verstand den Polizisten jetzt als einen Mann, der die Autorität nie von sich aus herausfordern würde, der darauf aus war, die Menschen unter sich zu drangsalieren, aber der die über sich verehrte. Es war diese Reverenz vor der Autorität, die Javerts Wesen kennzeichnete und ihn so beharrlich machte bei der Verfolgung von Übeltätern.

Deshalb war es für Valjean wichtig, seine höhere Stellung und die gesellschaftliche Kluft zwischen Bürgermeister und Polizist stärker hervorzukehren, neue Schichten von Autorität zwischen Inspektor Javert und Monsieur le maire zu schaffen, zum Schutz des Flüchtlings Jean Valjean. Mit anderen Worten, eine Verkleidung mußte her.

War vor der Ankunft Inspektor Javerts seine Kleidung schlicht und unauffällig, so schaffte sich Valjean jetzt neue prachtvolle Bürgermeisterroben und Goldketten an, noble Anzüge aus feinster Wolle, sogar eine aufwendige Perücke, passend zu seinem Amt. Er trug jetzt seine ganzen Insignien bei jeder öffentlichen Gelegenheit, bei der er den Vorsitz hatte, aber auch seine Alltagskleidung war nun kostbarer und beeindruckender, paßte mehr zu einem wohlhabenden Geschäftsmann und herausragenden Bürger. Valjean hatte natürlich recht. Javert war von der äußeren Aufmachung der Autorität wie geblendet, und die neue offizielle Pracht von Monsieur le maire verstärkte nur noch Inspektor Javerts Ehrfurcht vor ihm und vergrößerte die Distanz zwischen beiden Männern.

Diese Verkleidung wurde allgemein so gut aufgenommen, und der Bürgermeister wurde mit so vielen Komplimenten bedacht, daß Valjean begann, seine feinen Kleider und seine Perücke täglich zu tragen, sogar in seinem Fabrikbüro.

Hauptmann Beauvais nahm die Veränderungen in der Erscheinung des Bürgermeisters beifällig zur Kenntnis und führte sie auf Javerts guten Einfluß zurück. Beauvais hieß es gut, weil er dachte, daß es eine gute Sache sei, wenn der Bürgermeister von Montreuil auch wie der Bürgermeister von Montreuil aussah. Ein großer, gutaussehender, imposanter Bürgermeister machte immer einen ausgezeichneten Eindruck auf wichtige Besucher.

Mit der neuen Perücke war die Verkleidung jetzt komplett. Jean Valjean war kaum noch als der bescheidene »Monsieur Madeleine« oder als der zurückgezogen lebende Monsieur le maire wiederzuerkennen. Weiter konnten zwei Figuren nicht auseinanderliegen – der dreckige, zerlumpte Verbrecher, so wild wie ein ungezähmtes Tier – und die prächtig gekleidete, perücketragende, allseits beliebte philanthropische Figur des jetzigen Jean Valjean. Valjean schien sogar seine einsiedlerhafte Scheuheit ein bißchen zu lockern, obwohl er immer noch mit einem offenen Auge schlief, ein Relikt aus alten Tagen.

Doch unter all dieser scheinbaren Sicherheit lauerte noch ein Keim des früheren Schreckens. Valjean wußte, daß er seine Wachsamkeit ständig aufrechterhalten mußte. Alles konnte in einem unvorsichtigen Augenblick in sich zusammenfallen, bei der kleinsten Nachlässigkeit. Und dann würde Javert, wie eine schlafende Katze, die von einer Ratte geweckt wird, wach werden und zum Sprung ansetzen.

Und was war inzwischen mit Fantine? Wie hatte sie den Winter überlebt? Nicht leicht, wie man sich vorstellen kann. Sie konnte nirgendwo eine Beschäftigung finden. Zunächst konnte sie sich hin und wieder mit schmutzigster Hausarbeit über Wasser halten – sie schrubbte für vierzig Sous schmutzige Toiletten und fettige Restaurantküchen. Von diesem Geld konnte sie essen, wenn auch nur die kärglichsten Bissen. Den Kaffee braute sie sich aus bitteren Eicheln, die wenigen, die sie unter den Eichenbäumen auflesen konnte, nachdem die Eichhörnchen ihren Vorrat angelegt hatten. Die kalte Witterung schnitt wie ein Messer durch ihr dünnes Kleid. Fantine konnte sich keinen Brennstoff leisten und verbrannte alles, was sie auftreiben konnte und was nichts kostete. Manchmal war es Torf, manchmal nur getrockneter Tierdung. Viel Wärme spendeten beide nicht; aber es war besser als nichts. Zum Kochen verbrannte sie Zweige, die sie unterwegs aufgelesen hatte, aber diese grünen Zweige brannten schlecht und verbreiteten starken Rauch.

Licht konnte sich Fantine ebenfalls nicht erlauben. In den kurzen Wintertagen, als die Nächte lang waren und das Tageslicht früh schwand, war Fantine gezwungen, im Dunkeln zu sitzen, ohne Öl für eine Lampe oder Talg für eine Kerze.

Essen und Trinken, Wärme und Licht waren also Mangelware. Es blieben Fantine zwei Hauptprobleme, wie sollte sie ihre Miete zahlen und wo sollte sie das Geld hernehmen für die Thénardiers.

Um im Winter ein Dach überm Kopf zu haben, blieb Fantine nichts übrig, als den lustvollen Begierden des wollüstigen Chevrau nachzugeben. Das tat sie nur mit größter Abneigung und fühlte nichts als Abscheu für ihn und für sich.

Selbst dann, wenn ihre nackte Schönheit in seinen schwitzenden, haarigen Armen lag, schimpfte der Hauswirt weiter mit ihr und verlangte Geld, sagte zu ihr, daß das, was sie ihm gab, die freie Miete, die sie zum Austausch erhielt, nicht wert sei. In Wahrheit hatte Chevrau nie in seinem Leben soviel Schönheit und Anmut umarmt, soviel Jugend und frisches Fleisch, aber er war zu brutal, um das schätzen zu können. Er machte mit seinen ständigen lüsternen Forderungen und seinen Beschimpfungen ihr Leben zur Hölle.

Aber all das war nichts verglichen mit der panischen Angst, kein Geld für Cosettes Unterhalt zu haben. Das quälte Fantine Tag und Nacht; jedes Mal, wenn ein Brief aus Montfermeil kam, hatte sie Angst, ihn zu öffnen, weil sie wußte, daß er immer neue Forderungen der Thénardiers nach Geld enthielt. Sie konnte nichts schicken, und es war nur ihr ständiger Glaube an die Güte der Thénardiers, der sie nicht vor lauter Sorge um ihre Tochter verrückt werden ließ. Leute von einer solchen angeborenen Güte wie der Gastwirt und seine Frau würden gewiß weiter für Cosette sorgen, selbst ohne ihre monatlichen Francs. Hatten sie in der Vergangenheit nicht immer wieder geschworen, daß Fantines kleines Mädchen ihnen genauso am Herzen lag wie ihre eigenen kostbaren Töchter?

Doch Fantine lebte in Angst, daß Cosette die guten Leute soviel Geld kostete, daß sie gezwungen waren, sie wegzugeben. Das Gegenteil war natürlich der Fall: Von dem Tag an, an dem Fantine sie ihnen überlassen hatte, hatte Cosette die Thénardiers praktisch nichts gekostet. Dem Kind wurde nur soviel zu essen gewährt, wie es zum Leben gerade brauchte. Es bekam hauptsächlich die Reste zu essen, die paar Bissen, die von der Mahlzeit der Thénardiers übriggeblieben waren, obwohl sie seiner Mutter ständig Rechnungen über beste Feinschmeckerkost ausstellten.

Was ihre Kleidung betraf, mußte Cosette tragen, woraus die beiden Thénardier-Töchter herausgewachsen waren, und sie trug diese Sachen, bis sie zerlumpt waren.

Das Geld, das Fantine für Kleidung schickte, wurde für Kleidung ausgegeben, aber für die Thénardier-Töchter, nicht für Cosette. Von den Hunderten und Hunderten von Francs, die Fantine ihnen über die Jahre geschickt hatte, waren kaum zehn Francs tatsächlich für Cosette ausgegeben worden. Die Thénardiers speisten gut, kleideten sich gut, legten Geld auf die Bank, während Cosette auf einem Stapel Stroh schlief, von Lumpen bedeckt. Cosette aß etwas besser als der Hund, aber nicht so gut wie die Katze. Sie litt im Winter unter Frostbeulen und im Sommer unter Hitzeausschlag. Sie hatte ständig einen fürchterlichen Husten, aber nicht einmal wurde der Arzt gerufen, um sie zu behandeln, obgleich Fantine auf Anforderung viele Male extra Geld schickte für Cosettes »Arztrechnungen«.

Obgleich sie also Fantine andeuteten, daß sie das Kind weggeben müßten, weil sie es sich nicht länger leisten konnten, dachten die Thénardiers nicht daran, sich von der kleinen Cosette zu trennen. Nein, das Kind war ihnen zu nützlich als unbezahlte Arbeitskraft, ein zusätzliches Paar Hände, die manche Dreckarbeit machen konnten, die sonst keiner wollte. Die Hände der Thénardier-Töchter blieben so weiß wie Milch und so weich wie ein Landkäse, aber Cosettes Hände waren rauh und blasig, voller Kratzer und Brandflecke. Sie arbeitete vom frühen Morgengrauen bis spät in die Dunkelheit, verrichtete körperliche Arbeit, die ihre Kräfte weit überschritt und sie beklagte sich nie. Sie wagte es nicht, sich zu beklagen, denn wenn sie es getan hätte, wäre sie geschlagen worden und hätte nichts zu essen bekommen.

Vielleicht wäre es leichter für Cosette gewesen, ihr elendes Leben zu ertragen, wenn Madame Thénardier ihr von der Liebe ihrer Mutter erzählt hätte, von den Opfern, die Fantine zu Cosettes Wohl brachte und wie sehr sie gelobt hatte, sie eines Tages zu sich zu nehmen. Aber Madame Thénardier hatte nie eines ihrer Versprechen gehalten, also warum sollte dieses nicht auch auf der Strecke bleiben?

Das einzige, was Cosette von ihrer eigenen Mutter wußte, war, daß Fantine sie nicht gewollt hatte und sie an die Erstbesten weggegeben hatte, und jetzt war sie tot, und Cosette mußte den gesegneten, gütigen Thénardiers Tag und Nacht dankbar sein, die sie unter enormen Kosten bei sich behielten, ohne Hoffnung auf Entschädigung. Diese fromme Lektion mußte sich die kleine Cosette so oft anhören, daß sie sie auswendig kannte.

Fantine blieben nur noch zwei Dinge auf der Welt, die sie verkaufen konnte, so nahm sie eines Tages ihren ganzen schwindenden Mut zusammen und kroch wie eine Maus in den Laden des Perückenmachers. Sie trug einen zerlumpten Schal um den Kopf, der ihr Haar bedeckte. Der Besitzer schwenkte ärgerlich sein Federstaubtuch nach ihr und wies sie auf die Straße, und Fantine schreckte vor dem zornigen Blick des Perückenmachers zurück. Wortlos nahm sie den Schal ab, löste ihre Haarspangen und Kämme, mit denen sie ihr Haar aufgesteckt hatte.

Ein goldener Regen fiel in einer dicken Kaskade über Fantines Schultern und auf ihren Rücken herab, ein Anblick von großer Schönheit. Der Perückenmacher machte große Augen und streckte eine Hand aus, um die Locken hochzuheben und sie zu taxieren. Sie waren schwer an Gewicht, die Beschaffenheit wie Satin. Selten hatte er solche Haare gesehen. Der Perückenmacher konnte nicht umhin, Fantines wunderbare Locken begeistert zu streicheln. Sein Herz schlug gierig; Frauenhaare von dieser Qualität würden leicht an die hundert Francs bringen, vielleicht sogar einhundertfünfzig.

»Zehn Francs«, bot er schroff an. »Nimm's oder behalt's.« Er bluffte; er hätte sein Angebot bis auf fünfzig erhöht, wenn Fantine es verstanden hätte zu handeln.

Was konnte Fantine machen? Sie fühlte sich durch den ganzen Vorgang gedemütigt. Unfähig zu diskutieren, nahm sie das Angebot an. Sie hätte vielleicht ein paar Wochen von zehn Francs leben können, aber statt dessen schickte sie sieben Francs direkt den Thénardiers mit dem Versprechen, daß noch mehr kommen würde.

Sieben Francs konnten die Thénardiers noch nicht mal im

Ansatz zufriedenstellen. Cosettes Logiskosten waren auf neun Francs pro Monat gestiegen, und Fantine war schon drei Monate im Rückstand. Wo sollte sie den Rest hernehmen? Fantine hatte nur noch eins zu verkaufen.

Der Mut schien Fantine zu verlassen, als sie ihr Haar verkaufte. Obwohl sie es nicht in Worte fassen konnte, waren Fantines Haare ein kostbares Symbol ihrer verlorenen Jugend und ihrer verlorenen Unschuld. Es war ihr schönster Teil; Felix Tholomyès hatte es ihr so oft gesagt. Sie selbst, bescheiden wie sie war, erkannte die luxuriöse Qualität ihres Haares. Wann immer sie der Mut verließ, es gab ihr eine Art von Friedlichkeit, einfach nur dazusitzen und die Längen herauszukämmen, und sie fühlte sich ein wenig besser. Jetzt war ihr langes Haar nicht mehr da, und mit ihm verschwand alles, was von Fantines Jugend noch geblieben war.

So blieb ihr nur noch eine Entscheidung. Und warum es nicht tun? Hatte sie sich bei dem abscheulichen Chevrau nicht schon prostituiert? Und zu keinem anderen Profit als einem billigen, schäbigen Zimmer? Warum nicht einen echten Profit daraus ziehen, wenn sie schon dabei war? Selbst ohne ihr langes, fließendes Haar, die krönende Pracht einer Frau, wußte Fantine, das sie immer noch ein hübsches Mädchen war. Die Männer hatten sie immer begehrenswert gefunden; die Zeit war gekommen, sich diese Begehrtheit bezahlen zu lassen. Sie mochte völlig unerfahren für ein Leben auf der Straße sein, aber ein Leben auf der Straße schien die einzige Zukunft, die ihr noch offen stand.

Was für eine Heuchelei! Wie grausam ironisch, daß ein junges Mädchen, das einmal in seinem Leben gefehlt hatte, von einer frömmlerischen und moralisierenden Gesellschaft so geschmäht und verachtet wurde, daß sie gezwungen war, sich immer tiefer zu erniedrigen, sich immer tiefer in den Ruin zu stürzen, so daß der Ausgang nur elendig sein konnte.

So war Fantine also gezwungen, in die Nacht hinauszugehen und sich für Geld anzubieten. Entweder dies oder sich umbringen. Fantine hätte es fast vorgezogen zu sterben. Nur der Gedanke an Cosette hielt sie am Leben. Denn was würde aus dem Kind werden, wenn ihre Mutter sie für immer verließ?

Fantine wußte, daß sie irgendwie Geld verdienen mußte, um ihre Tochter zu unterstützen, und dies war für sie der einzige Ausweg. Die Welt hielt sie sowieso schon für eine Hure; warum ihr nicht recht geben? Nachdem sie alles verloren hatte, was konnte sie noch verlieren?

Sie sollte es bald herausfinden. Die Demütigung und Schande, die sie fühlte, als sie ihre Haare verkaufte oder mit dem Scheusal Chevrau schlief, würden harmlos sein, verglichen mit dem, was sie erwartete, wenn sie ihr ganzes Wesen an Fremde verkaufte.

IX
FAUCHELEVENT

Die meisten Prostituierten waren in den dunklen Seitenstraßen und Gassen nahe den Kasernen zu finden, wo das Militär stationiert war. Dort waren viele junge, kräftige Soldaten einquartiert, die zum erstenmal von zu Hause weg waren, einsam und mit etwas Geld in der Tasche.

Zunächst hatte Fantine in ihrem neuen Gewerbe bescheidenen Erfolg. Als ein neues Gesicht auf der Straße, ein junges und hübsches dazu, waren die Männer von ihr angezogen und bereit für sie zu zahlen. Für ein paar Monate war Fantines fester Körper ganz beliebt und sie hatte kein Problem, Männer anzuwerben. Sie verdiente Geld und war in der Lage, einige ihrer ausstehenden Schulden an die Thénardiers zu bezahlen. Aber ihr Erfolg als Hure dauerte nicht lange an.

Ohne das simpelste Geschick, sich auf der Straße zu behaupten, fand sich Fantine bald im Nachteil gegenüber den anderen Huren – sie war weder konkurrenzfähig, noch kämpferisch, und sie war nicht von Natur aus lustbetont. Sie war gehemmt und seltsam schamhaft. Jedesmal, wenn sie sich verkaufte, jedesmal, wenn sie ihre Brüste entblößte, tat sie es mit Scham und Widerwillen. Fantine konnte sich keine falschen, verführerischen Künste ausdenken wie die anderen Straßenmädchen, um die Männer anzuziehen. Sie konnte kaum die Worte über die Lippen bringen, die die Männer gerne hörten, ein Lob auf ihre Liebhaberkünste, ihre Stärke und Ausdauer, ihr gutes Aussehen, ihre Großzügigkeit. Sie war unfähig, ihnen Freuden anzubieten, die ihre Vorstellungskraft überschritten; solche Versprechen erstarben auf ihren Lippen. Sie konnte ihnen nicht einmal danken, daß sie sie ausgewählt hatten. Sie wollte nur alles schnell hinter sich bringen und sich die paar Francs, die sie verdiente, in die Tasche stecken. Ihre Klientel, enttäuscht von ihrer schamhaften Art und ihrem beklemmenden Schweigen, vergaß bald ihre Schönheit. Sie begannen sich auffälligere und sexuell phantasievollere Prostituierte auszusuchen, die ihnen die hemmungslosen, sexuellen Freuden boten, nach denen sie sich sehnten und für die sie bereit waren zu zahlen.

Fantine fand auch, daß die anderen Huren etwas gegen sie hatten und nicht bereit waren, die Straße oder die Eingänge mit einem Neuankömmling zu teilen, schon gar nicht mit so einem hübschen. Wenn es eine Kameradschaft zwischen ihnen gab, dann wurde sie Fantine nicht gewährt, aber sie bestand, wenn es darum ging, sich gegen das neue Mädchen zu verbinden. Sie drangsalierten sie gnadenlos, beschimpften sie, traten nach ihr und stießen sie aus den schützenden Toreingängen in die Nacht.

Die Prostituierten jagten Fantine von Ecke zu Ecke, krallten sich an sie, rissen an ihrer Kleidung und kratzten sie im Gesicht. Fantine war unfähig, sich zu wehren und fand bald heraus, daß ihr persönliches Revier so begrenzt war, daß sie nicht konkurrieren konnte. Ihre Straßenecke war die dunkelste und entlegendste. Fast alle Soldaten wurden schon vorab von den anderen Huren abgeschleppt.

Das Leben einer Hure war sehr viel härter, als sich das Fantine in ihrer Naivität vorgestellt hatte. Sie mußte bei jedem Wetter ihre Wege in den engen Gassen gehen, ob es regnete oder schneite oder unerträglich heiß war. Sie mußte verführerisch aussehen und handeln, wenn sie nur Abscheu und Ekel empfand. Sie mußte die Beschimpfungen, mit denen sie von den anderen Huren überschüttet wurde, ertragen.

Sie mußte einen Ort finden, an dem sie ihr Geschäft ausüben konnte, ohne daß man es ihr wegschnappte. Die Männer wußten sie manchmal übers Ohr zu hauen, weigerten sich, für die Gefälligkeiten zu zahlen, die sie empfangen hatten, oder zahlten ihr weniger als die Hälfte von dem, was vereinbart war und forderten sie auf, dafür alles zu tun. Fantine war nicht tapfer genug und nicht hart genug, ein Messer oder ein Rasiermesser bei sich zu tragen, womit sie sich gegen die Betrüger wehren konnte.

Wenn einer von den Montreuiler Zuhältern Fantine unter seine Fittiche genommen hätte, hätte keiner es gewagt, sie auszunutzen. Aber Fantine hatte keinen Zuhälter; sie war zu zahm, zu harmlos, nicht sexy genug und nicht geeignet, das Leben auf der Straße sehr lange durchzuhalten. Sie weinte zu leicht und konnte sich nicht wehren. Sie war den Einsatz an Zeit und Energie nicht wert. Kuppler und Prostituierte waren gleichermaßen der Meinung, daß diese kleine Fantine ein völliger Reinfall war. Sie hatte nicht das Herz, die Lust oder die Seele einer Hure.

Fantine war nicht darauf aus, sich einen Zuhälter anzuschaffen. Sie hatte gesehen, wie die anderen Huren unter den brutalen Schlägen ihrer »Beschützer« litten; wenn der Zuhälter unzufrieden war mit den Einnahmen seiner Hure, schlug er sie einfach grün und blau. Huren wurden auch furchtbar ausgebeutet. Die Zuhälter, brutale Müßiggänger, kontrollierten, daß ihre Frauen hart arbeiteten und ihnen siebzig Prozent ihrer Einnahmen ablieferten.

Diese Männer trugen grelle Kleidung, rauchten feine Zigarren, aßen und tranken auf Kosten ihrer Frauen. Was konnten die Huren tun? Die Zuhälter gewährten ihnen den einzigen Schutz, den sie erwarten konnten, und viele von den Frauen hatten etwas mit ihnen. Sie akzeptierten die Schläge als einen unvermeidlichen – ja sogar notwendigen – Teil ihres Lebens.

Zu Fantines ganzem Jammer kam noch die Sache mit der Polizei. In längst vergangenen Jahren waren die Gendarmen kaum ein Problem für die Straßenmädchen. Sie wurden einfach gekauft, einige mit Geld, andere mit Sex. Aber jetzt patrouillierte Inspektor Javert persönlich, übernahm die Nachtschicht wie ein gewöhnlicher Streifenpolizist, und dies war ein Mann, der zum Pech für die Huren unbestechlich war.

Javert war für kein Geld zu haben und was den Sex betraf – Huren waren für ihn nichts anderes als gewöhnliche Kriminelle, so verachtenswert, daß ihre Annäherungsversuche unter seiner Verachtung erstarben. Javert konnte man nicht kaufen, bedrohen, versuchen oder überreden, von seinem Weg der gerechten Verfolgung abzugehen. Natürlich waren die Gendarmen jetzt unter seiner Kontrolle gezwungen, der wohlgesonnenen Behandlung der Huren ein Ende zu setzen. Keine Bestechungen mehr, keinen freien Sex mehr, was bedeutete: nicht mehr wegsehen.

Das war das Leben einer Prostituierten in Montreuil – geschlagen von ihrem Zuhälter, drangsaliert von den anderen Huren, betrogen von den Kunden, ständig bedroht von Krankheit und von der Polizei verfolgt, die sehr wenig Ansporn brauchte, um eine Verhaftung vorzunehmen. Das war ein Leben, für das Fantine so ungeeignet war, aber es war das einzige Leben, in dem sie überleben konnte.

Die Anwesenheit einer Militärgarnison in Montreuil war, in Javerts Augen, ein Honigtopf, und die Huren waren die aufgedunsenen Fliegen, die um ihn herum summten, um ein bißchen Süßigkeit zu naschen. Er verdoppelte die Zahl der Gendarmen, die dem Distrikt zugeteilt waren. Fast jede Nacht in der Woche durchstreifte er selber die Straßen, übernahm die zehn-Uhr-Schicht, um Hauptmann Beauvais zu entlasten. Der Anblick seiner strengen Gestalt in der dunklen Uniform ließ die Prostituierten vor Schrecken erschaudern. Sie waren darauf gefaßt, verhaftet zu werden, und wenn die Verhaftung nicht erfolgte, war der Schauder noch um so tiefer. Was hatte Javert verdammt nochmal vor? Warum schlug er nicht zu?

Monsieur le maires Färberei gedieh weiter. Er benutzte die erhöhten Gewinne, um zu expandieren und zum größten Arbeitgeber für Frauen und Männer in Montreuil zu werden. Es ging die Rede, daß ihr philanthropischer Bürgermeister sehr bald eine Medaille erhalten sollte, der Ehrenlegion oder ein Chevalier vielleicht, von niemand anderem als König Ludwig XVIII. Es sollte der Lohn sein für die vielen, unermeßlichen Wohltaten, die er der Stadt hatte zukommen lassen. Die Bürger von Montreuil segneten den Tag, an dem Monsieur Madeleine in ihre Stadt gekommen war. Die Geschichte von seinem Aufstieg vom einfachen Arbeiter zum Fabrikbesitzer und erfolgreichen Unternehmer wanderte von Mund zu Mund mit immer neueren Ausschmückungen.

Inspektor Javert beharrte darauf, daß der Transport von barem Geld von der Fabrik auf die Bank unter Schutz gestellt werde. Monsieur le maire versuchte das zu verhindern, aber der Chef der Polizei blieb fest. Wenn es denn nicht gesetzmäßig war, sollte es aber so sein, sagte er. Es gab keine Stadt in Frankreich, in der die Geschäftseigentümer sich nicht der Gendarmen bedienten, um ihr Einkommen zu schützen.

Schließlich gab Valjean widerwillig nach. So brachten die Vorarbeiter und Vorarbeiterinnen dreimal die Woche die reichen Verdienste aus dem Safe in Monsieur le maires Büro und übergaben sie einem Kassierer der Lafitte Bank. Unter den wachsamen Augen Javerts durfte das Geld die Fabrik, begleitet von zwei Polizisten, verlassen, um in die Bank gebracht zu werden. Angst vor Geldraub gab es nicht mehr. Diese neue Art, die Dinge in die Hand zu nehmen, gab allen ein sicheres Gefühl, und die Verantwortung für die sichere Überführung der Gelder war den Angestellten von den Schultern genommen.

»Der Bürgermeister bat mich, Ihnen zu danken, daß Sie vorbeigekommen sind, um die Übergabe der Gelder zu überwachen«, sagte der Vorarbeiter eines Nachmittags zu Javert, nachdem der Kassierer der Lafitte Bank die beiden großen Geldkassetten verschlossen und unter dem Schutz von Javerts Gendarmen zur Bank gebracht hatte.

»Habe nur meine Pflicht getan«, erwiderte Javert höflich. »Große Geldsummen sind eine Versuchung.«

Sie standen auf dem Fabrikhof, nicht weit entfernt von einem großen Rollwagen, der gerade mit schweren Kisten beladen wurde, die gefärbte Stoffe enthielten und auf dem Weg zum Markt waren. Der Kutscher des Wagens, ein 60 Jahre alter Arbeiter, der nur unter dem Namen Fauchelevent bekannt war, kämpfte mit dem Pferd, das Schwierigkeiten hatte, eine so beträchtliche Ladung zu ziehen. Fauchelevent zerrte stark an den Zügeln, um so das Pferd anzutreiben.

»Komm schon, du faules Stück!« brüllte Fauchelevent und schlug mit der Peitsche auf das arme Tier ein. Das Pferd, das vor einen überladenen Wagen gespannt war, machte ein paar torkelnde Schritte, blieb dann stehen und hörte nicht mehr auf die Drohungen und Flüche des Kutschers. Seine Hinterbeine versagten und brachten den Wagen zum Kippen. Fauchelevent verlor das Gleichgewicht, wurde plötzlich nach vorne geschleudert und fiel vom Wagen. Er landete zwischen Pferd und Wagen auf dem Boden und lag dort wie benommen.

Die Vorderräder des Wagens gingen zu Bruch und ließen das Vorderende des Gefährts zu Boden gehen, so daß der alte Fauchelevent darunter eingeklemmt wurde und nicht mehr hervorkriechen konnte. Der alte Mann stöhnte vor Schmerz und rief um Hilfe.

Auf einmal begannen die Hinterbeine des Pferdes, die schon unter dem Gewicht des aus dem Gleichgewicht geratenen Wagens versagt hatten, einzuknicken und zu brechen. Mit einem lauten Wiehern fiel das arme Tier wie ein Stein auf die Erde. Der große Wagen, der jetzt vorne keinen Halt mehr besaß, fiel ebenfalls um. Er fiel auf den alten Fauchelevent und bedeckte seinen Körper jetzt völlig, nur sein Gesicht blieb frei. Jetzt gab es keine Möglichkeit mehr, unter dem Wagen hervorzukriechen. Er war gefangen, tödlich eingequetscht.

Plötzlich brach ein Inferno aus. Das verkrüppelte Pferd stieß schrille Schreie aus, wieherte qualvoll. Fauchelevent heulte ebenfalls vor Schmerz und Angst, als er dem Tod ins Auge sah. Arbeiter kamen von überall her angerannt, einige versuchten, den Rollwagen zu entladen, um ihn leichter zu machen, während andere versuchten, den Wagen von Fauchelevents verletztem Körper von unten anzuheben. Es war eine unmögliche Aufgabe.

In seinem Büro diktierte Valjean gerade einen Brief an die Mutter Oberin des Petit-Picpus Klosters in Paris. Das Kloster war für den Bischof von Digne immer ein bevorzugtes Objekt seiner Wohltätigkeit gewesen. Valjean bot, in liebevoller Erinnerung an den frommen Bischof, eine großzügige Spende, die für die Armen sein sollte. Plötzlich platzte der Vorarbeiter mit schweißnassem Gesicht herein.

»Monsieur! Es hat einen Unfall gegeben!« Die Erregung in der Stimme des Mannes, die an Panik grenzte, ließ Valjean sofort aufspringen.

Der Bürgermeister ließ seine Papiere auf dem Tisch verstreut zurück und lief auf den Hof herunter, gefolgt von dem keuchenden Vorarbeiter und seinem Büroangestellten. Bevor er die Außentür erreichte, konnte er das wilde schrille Brüllen des sterbenden Pferdes hören und das rasselnde Keuchen des verzweifelten Fauchelevent, dessen Brust kurz davorstand, vom Gewicht des Wagen zerquetscht zu werden. Der alte Mann versuchte, Luft in seine Lungen einzuziehen, aber ohne Erfolg.

Mit einem Blick übersah Jean Valjean die Situation und handelte sofort. »Holt Hebebalken!« befahl er. »Wir brauchen etwas zum Heben!« Als ein paar Arbeiter sich aufrafften, um den Befehl des Bürgermeisters auszuführen, krochen andere seitlich unter den Wagen und bemühten sich, ihn anzuheben. Auf einmal krachte ein Schuß, und dann noch einer. Das Schreien des Pferdes verstummte. Kühl steckte Javert seine Pistole wieder in sein Halfter, und seine Augen mit den fleischigen Lidern begegneten den erschreckten Blicken der Menge.

»Ich war nur barmherzig.« Aber es lag keine Barmherzigkeit in Javerts Augen, wie es ja auch keine Barmherzigkeit in seinem Herzen gab. Es war nur ein Pferd. Wen sollte das schon kümmern?

Jetzt kam man mit den Hebebalken, schob sie unter den Wagen, um das Gefährt von unten anzuheben und Fauchelevent zu befreien, dem es schlecht ging.

»Alle zusammen!« befahl Valjean. »Jetzt!«

Mit einer furchtbaren Anstrengung schafften sie es, den Rollwagen einen Zoll oder zwei über dem Boden anzuheben, und gaben dem alten Mann ein ganz wenig Platz zum Atmen. Aber die Fabrikarbeiter waren nicht in der Lage, die Hebebalken in den winzigen Zwischenraum zu manövrieren, so daß sie gezwungen waren, den Wagen ein weiteres Mal auf Fauchelevent fallen zu lassen.

»Er ist verloren«, bemerkte Javert kalt. Er hatte nicht an dem Rettungsversuch teilgenommen, sondern stand beobachtend und emotionslos daneben.

Damit wollte sich Jean Valjean nicht zufrieden geben. Etwas mußte getan werden. Das Leben des Mannes mußte gerettet werden. Ohne nachzudenken, riß er sich seine teure Jacke vom Leib, wobei ihm die Perücke vom Kopf fiel. Ganz auf den

Rollwagen und den alten Mann konzentriert, legte sich Valjean auf den Boden und kroch auf den hinteren Teil des Wagens zu, der noch Räder hatte. Es gab einen kleinen Zwischenraum zwischen den Hinterrädern und dem Boden, und Valjean schaffte es, bäuchlings dort hinzukriechen und sich hineinzuzwängen. Mit dem Gesicht nach unten war auch er jetzt in der Falle.

»Macht euch bereit, anzuheben!« befahl er aus vollem Hals. Zwei Männer bemächtigten sich der Hebebalken. »Jetzt!«

Während die Arbeiter die Balken stemmten und andere an den Seiten des Wagens zogen, bot Jean Valjean seine ganzen Kräfte auf. Er stieß seinen Körper nach oben, gegen den Boden des Wagens. Seine kräftigen Schultermuskeln spannten sich, und das Blut schoß ihm ins Gesicht und in den Hals. Allein mit seiner großen physischen Kraft hob er, wie Samson, den Wagen von der Erde hoch.

Langsam, langsam, einen halben Zoll nur jedesmal, hob sich das vordere Ende des Wagens vom Boden. Die Fabrikarbeiter stürzten vor und zogen Fauchelevent heraus. Er war halb besinnungslos und hatte große Schmerzen. Aber er lebte.

Monsieur le maire war immer noch unter den Hinterrädern gefangen. Er war völlig erschöpft; die Anstrengung, Fauchelevent zu befreien, war riesig gewesen. Um ihn herum mühten sich Arbeiter, den Rollwagen hoch genug zu heben, damit ihr Dienstherr sich befreien konnte.

»Beeilen Sie sich, Monsieur! Wir können ihn nicht halten!« schrie der Vorarbeiter. Ihm blieben nur noch Sekunden. Mit seinen Ellbogen und Knien schlängelte er sich vor, bis er frei war. Er blieb einige Sekunden keuchend auf dem Boden liegen. Sein Hemd war zerrissen, und große Löcher in seinen Hosen entblößten seine Knie. Er war verdreckt und schweißüberströmt. Sein Haar, ohne die vorteilhafte Perücke, hing ihm wild ins Gesicht. Seine Beine und Schenkel zitterten noch von der Anstrengung, als Valjean langsam aufstand.

Ein großer Beifall erhob sich; Monsieur le maire war am Leben! Ihr geliebter Förderer war am Leben! Er war ein wahrer Held. Nur mit der eigenen Kraft hatte er waghalsig den alten

Fauchelevent gerettet. Kein anderer außer ihrem eigenen Monsieur le maire hätte das geschafft!

Nur Inspektor Javert spendete keinen Beifall. Er starrte Monsieur le maire an, aber er sah keinen Helden. Er sah keinen Fabrikbesitzer oder einen Menschenfreund oder auch nur einen guten und frommen Menschen. Er sah eine geisterhafte Gestalt aus seiner Erinnerung. In Javerts Gedächtnis, das scharf wie ein Dolch war, war ein unauslöschliches Bild eingeprägt, eines, das zu dem zu passen schien, was er hier sah. Er erinnerte sich an einen großen Mann, dreckig, keuchend, schweißüberströmt. Sein kühnes inneres Auge war in der Lage, das eine Bild auf das andere zu legen. Es paßte vollkommen.

Dieser Mann war älter als der Mann in seiner Erinnerung, aber Javert nahm nur die Ähnlichkeiten wahr, nicht die Unterschiede. Er stellte sich die Muskeln des jungen Mannes vor, die sich angestrengt und erschöpft hoben, und dessen Körper zitterte, wie Monsieur le maire es jetzt tat. Aber anstatt auf dem Hof einer florierenden Fabrik zu stehen, saß er in Ketten und bediente die Ruder einer Sträflingsgaleere. Javert sah ein Phantom aus seiner Vergangenheit, einen großen Mann von unglaublicher Stärke und Bösartigkeit, einen Flüchtling, der vor Jahren gegen seine Bewährung verstoßen hatte und verschwunden war.

Er sah Jean Valjean.

X

JAVERTS NOTIZBUCH

Inspektor Javert war nicht der einzige, der von einer Vision aus der Vergangenheit eingeholt war. Jean Valjean hatte den Polizisten vom ersten Augenblick an, als er ihn in Montreuil zu Gesicht bekam, erkannt. Javert war einer der Wärter in Toulon gewesen, zu der Zeit, als Valjean auf der Galeere war. Monatelang hatte Valjean wie üblich seinen Geschäften nachgehen können, konnte seine Rolle als Monsieur le maire aufrechterhalten, aber er hatte die ganze Zeit den Tag gefürchtet, an dem es zu einer Begegnung wie dieser kommen würde.

Als sie sich auf dem verdammten Hof gegenüberstanden, Valjean völlig verdreckt, mit zerrissener Kleidung und wildem Haar, bemerkte er den Schock des Wiedererkennens auf Javerts Gesicht und wußte sofort, daß dieser im Bilde war. Doch Valjean glaubte auch ein gewisses Zögern zu erkennen. Konnte Javert seinen Augen trauen? Gab es Beweise, daß dieser hoch angesehene Bürgermeister der Stadt in Wirklichkeit nichts anderes war als ein gemeiner Verbrecher und Flüchtling. Oder war die seltsame Ähnlichkeit der beiden Gesichter lediglich eine Gedächtnistäuschung Javerts? Valjean glaubte, daß er womöglich noch etwas Zeit hatte; vielleicht wäre er nicht gezwungen, gleich zu fliehen. Wenn er sich so wie üblich verhalten würde, zu seiner Arbeit zurückkehrte, ein ruhiges Äußeres bewahrte, konnte Javerts Verdacht vielleicht zerstreut werden. Oder, selbst wenn sein Verdacht bestehen bliebe, war Javert nicht die Art Mann, der rasch oder voreilig handelte. Er war ein inflexibler, methodisch vorgehender Mann, dem es über alles ging, strikt legal vorzugehen, Schritt für Schritt. Er würde erst Beweise sammeln, bevor er zuschlug.

Valjean wußte zu gut, daß Javert von einer beharrlichen

Entschlossenheit war und daß er, wenn er einmal Verdacht geschöpft hatte, ihm nachgehen würde und nichts ihn davon abhalten konnte. Er würde sich die Zeit nehmen, die Beweise zusammentragen, um sich seiner Sache sicher zu sein. Aber was konnte er beweisen? Valjeans Papiere waren alle in Ordnung, die Fälschungen, die er von dem Geld des Silberzeugs gekauft hatte, waren tadellos. Er ließ sie sich noch einmal durch den Kopf gehen und kam zu dem Schluß, daß sie echt genug aussahen, um der strengsten Prüfung standzuhalten. Aber hatte er etwas ausgelassen? Hatte er sämtliche Schlupflöcher geschlossen? Ja, beruhigte er sich. Ja, er war sehr gründlich gewesen. Sein ganzes Überleben hing davon ab.

Aber ich muß jetzt zweimal so wachsam sein, sagte er sich. Inspektor Javert konnte nichts machen, solange er keinen Beweis hatte. Liefere ihm keinen Beweis oder die Gelegenheit, einen auszugraben.

Jean Valjean hatte recht mit seinen Vermutungen. Ein starker Verdacht hatte sich in Javerts Kopf festgesetzt, aber er brauchte erhärtende Beweise, daß der hochverehrte Monsieur le maire der verabscheuungswürdige Flüchtling Jean Valjean war. Beweismaterial hatte bei ihm allergrößten Vorrang. So ging alles wie gewohnt seinen Gang, für Jean Valjean und für Inspektor Javert. Vorläufig jedenfalls.

Die Monate vergingen und Fantine sah immer abgerissener aus. Ihre wenigen Kleider waren so alt und geflickt, daß es ein Wunder war, daß sie noch zusammenhielten. Aber sie traute sich nicht, etwas Neues zu kaufen und dafür einen Franc zu vergeuden. Die Thénardiers hatten ihren Betrag schon wieder erhöht; sie beliefen sich jetzt auf zehn Francs pro Monat für Cosettes Logis.

Aber Fantine stellte fest, daß es völlig falsche Sparsamkeit war, sich kein neues Kleid zu kaufen. Die anderen Huren kauften sich feine Sachen, Puder, Rouge, lange Handschuhe, Schildkrötenkämme für ihr Haar, glitzernden, falschen Schmuck. Feingemacht, parfümiert und pomadisiert hatten sich die Frauen aufgetakelt, um Freier anzulocken, also wieviel Francs sie auch ausgaben, sie flossen zehnfach an sie zurück.

Aber Fantine sah sich nicht in der Lage, ihre Erscheinung auf Kosten von Cosettes Wohlergehen zu verbessern. So blieb also ihre Geldinvestition in ihren Beruf begrenzt auf etwas Farbe für Augen und Mund und auf ein neues hellrotes Kleid aus künstlicher Seide. Es war das billigste, das sie finden konnte, und es würde nicht lange halten, da Fantine es jede Nacht tragen mußte. Mit ihrem kurzgeschorenen Kopf und ihrer übers ganze blasse Gesicht gekleisterten Schminke sah sie älter, ungesünder, weniger attraktiv aus.

In dem Maße, in dem Fantines Schönheit schwand, wurde auch ihre Kundschaft elender. Die gutaussehenden, uniformierten, großzügigen Soldaten hielten nicht mehr nach ihr Ausschau. Jetzt waren es die letzten Bettler, Krüppel, Landarbeiter, Arbeiter in staubigen Overalls, und sie alle verhandelten mit ihr nur in Sous statt in Francs.

Schließlich, unter dem Druck ihrer Lage begann auch Fantine zu verhärten, derber und billiger zu werden. Das war unvermeidlich, wenn sie überleben wollte. Die ganze Süße ihres Wesens wandelte sich auf der Straße in Essig. Jeden Tag wurde ihre Frische unter dem Ansturm schwitzender Männerkörper mehr angefressen. Jeden Tag wurde ihr Herz ein bißchen gefühlloser, ihr Geist ein wenig erniedrigter, ihre Seele ein wenig dunkler und Gott ferner.

Bald würde sie auch eine Waffe tragen und von ihren Kunden Geld stehlen, was eine übliche Angewohnheit der anderen Huren war.

Die Folge ihres elenden Lebens war, daß Fantine die Menschen zu hassen, zu fürchten und ihnen zu mißtrauen begann, besonders die Männer, und von den Männern besonders Monsieur le maire. Nur die Hoffnung, eines Tages ihre Tochter zurückzuholen, war alles, woran sie sich klammern konnte, und nahm völlig von ihr Besitz, bis hin zur Besessenheit. Selbst wenn sie sich den rauhen Händen und der unangenehmen Nähe eines fremden Männerkörpers unterwarf, der nach Knoblauch und muffigem Schweiß roch, behielt Fantine ihre kleine Tochter immer fest im Auge, so daß alle anderen Gefühle blockiert waren.

Wie sah Cosette wohl jetzt aus? War ihr Haar immer noch so lockig und golden wie vor drei Jahren, als sie sie zuletzt sah? War sie groß für ihr Alter? Wie klang ihre Stimme jetzt? Lernte sie Lesen und Schreiben? Sagte sie jeden Abend Gebete zum ›bon Dieu‹?

Doch mit der Zeit verschwamm sogar Cosettes Bild in Fantines Erinnerung. Sie erinnerte sich schon nicht mehr so genau an die Gesichtszüge ihrer Tochter, deshalb ersetzte sie ihr vergessenes Gesicht mit einem der engelhaften Cherubine in den farbigen Glasfenstern der Kirche. Ja, das war ihre Cosette – ein Engel! So viele Jahre waren vergangen, seit sie ihr Kind gesehen hatte! Sie war fast sechs Jahre alt! Würde Fantine sie wiedererkennen, wenn sie sie jetzt sah? Würde Cosette ihre Mutter erkennen?

So vergingen also Fantines Tage und Nächte, langsam, qualvoll für Seele, Körper und Geist. Ihr Leben, einst so vielversprechend, ihr schönes Wesen und liebevolles Herz, ihre gesunde, jugendliche Schönheit – alles wurde von Armut und Schande zerfressen. Im Alter von vierundzwanzig sah Fantine mindestens zehn Jahre älter aus. Sie war krank, hustete die ganze Zeit und spuckte Blut. Dazu war sie so dürr, weil sie an der Nahrung sparte, daß die Knochen sich abzeichneten. Bald würde nichts mehr übrig sein von der liebreichen, jungen Frau, die sie einmal gewesen war, und an ihrer Stelle gäbe es die neue Fantine – elend, krank, verzweifelt, häßlich, erniedrigt, für die Welt, für sich, für den Himmel verloren.

Fantine wußte es nicht, aber die Gendarmen hatten schon ein Auge auf sie geworfen. Nicht als Person – Huren waren keine Menschen – sondern statistisch, eine Prostituierte, neu im Rotlichtbezirk. Javert hatte viel für Statistiken übrig. Es war eine der Methoden, mit denen er das Verbrechen im Auge behielt, indem er es katalogisierte. Sein kleines, schwarzes Notizbuch gab er nie aus den Händen, hier fand sich jedes Faktum, jeder kleine Beweisbrocken, jeder Gedanke, der möglicherweise mit einem Verbrechen in Verbindung gebracht werden konnte.

Hauptmann Beauvais stand in einem Torbogen verborgen, mit seinem eigenen Notizbuch in der Hand, und beobachtete die nächtlichen Geschäfte, die zwischen Prostituierten und Soldaten unter den Straßenlampen ausgehandelt wurden. Seine Beobachtung wurde von einer Gestalt unterbrochen, die plötzlich aus der Dunkelheit neben ihm auftauchte.

»Es sind mehr da denn je«, sagte Javert in leisem Ton.

Beauvais fuhr überrascht zusammen. »Oh, Inspektor, Sie haben mich erschreckt.« Er berührte kurz den Schirm seines Käppis mit zwei Fingern seiner rechten Hand. »Ja, ich habe vier neue Mädchen gezählt.«

Javert nickte finster. »Sie sehen, Hauptmann, wenn eine Stadt wächst, wächst das Verbrechen auch mit.«

»Ja, Monsieur. Soll ich die Männer holen, wollen wir Verhaftungen vornehmen?« Es schien Beauvais, daß Javert ein besonderes Schwergewicht darauf legte, Prostituierte zu beobachten, als wären sie größere Verbrecher als Mörder, Brandstifter, Diebe und Perverse. Der Polizeipräfekt schien Huren mit einer glühenden Leidenschaft zu hassen, empfand ihre Anwesenheit in seinem Zuständigkeitsbereich als persönlichen Affront.

»Nein.« Javert schüttelte bestimmt den Kopf. »Haben Sie die regulären abgehakt?«

»Ja, und ich hab mir die neuen Mädchen notiert.« Beauvais reichte seinem Vorgesetzten sein Notizbuch.

»Gute Arbeit.« Javert warf einen verstohlenen Blick auf seinen Hauptmann. »Ich höre die Skepsis in Ihrer Stimme, Hauptmann. Aber Information ist alles, was wir jetzt brauchen.« Die Polizeinotizbücher, die sich schnell füllten, waren alle Bestandteil von Javerts Plan, einem Plan, der im gegebenen Moment enthüllt werden sollte.

»Ja, Monsieur. Ist es zehn Uhr? Ich habe es nicht läuten hören.«

»Ich bin zu früh. Ich hatte keine Ruhe«, antwortete Javert in leisem Ton. »Haben Sie das mit Fauchelevent und dem Wagen gehört?«

Beauvais nickte. »Ich habe nur noch davon gehört. Alle Menschen in Montreuil reden davon.«

»Eine unglaubliche Leistung«, sagte Javert nachdenklich. »Ist der Bürgermeister immer so stark gewesen?«

»Er ist ein großer Mann«, erwiderte Beauvais, »aber ich wußte nicht, daß er so stark ist.«

»War das noch nicht zu sehen, als er jung war?«

Der Hauptmann schüttelte den Kopf. »Ich kannte ihn nicht, als er jung war.«

»Oh, ja, richtig«, sagte Javert vorsichtig. »Er ist hierher gezogen. Woher kommt er?«

Beauvais dachte einen Augenblick lang nach, überlegte, was er eigentlich über Monsieur le maire wußte. »Na ja, er kam aus Paris. Aber dort ist er nicht geboren. Wissen Sie, ich glaube...« Dann schüttelte er den Kopf, ihm fiel nichts ein.

»Haben Sie seine Papiere nicht überprüft, als er hier ankam?« ließ Javert nicht locker.

Hauptmann Beauvais' Brauen runzelten sich, als er versuchte, sich zu erinnern. »Ich glaube, ja. Erinnere mich nicht.«

Ein Muskel spannte sich in Javerts Kinnlade, signalisierte seinen Ärger und seine Geringschätzung. Hauptmann Beauvais' Haltung war äußerst verwerflich! Er hörte sofort auf, den Hauptmann auszuquetschen; er merkte, daß er aus diesem unfähigen Dummkopf nichts mehr herausbekommen würde, jedenfalls nicht an diesem Abend, und er wollte den Mann nicht mißtrauisch machen. »Wahrscheinlich nicht«, sagte er wegwerfend. »Warum sollten Sie?« Er spähte auf die Straße hinaus. »Ah. Was ist mit der?«

Als er sein Notizbuch herauszog, folgte Beauvais seinem Blick. Er sah Fantine in ihrem knalligen roten Kleid, ihr Gesicht mit Farbe verschmiert, wie sie in eine leere Toreinfahrt trat, um auf den nächsten Kunden zu warten. Sie bewegte sich langsam, mit vor Scham eingezogenen Schultern. Beauvais erkannte sie mehr an ihrem kurzgeschorenen Haar als an ihrem Gesicht. »Ja. Sie ist neu.«

Sie ist neu, aber sie ist ein Verbrechertyp, wenn ich je einen gesehen habe, dachte Javert. Er machte sich eine sorgfältige Notiz in seinem Buch.

Das Krankenzimmer war dunkel und still. Fauchelevent schlief unruhig in seinem Spitalbett unter sauberem, gestärktem Betttuch. Er träumte wieder von dem furchtbaren Unfall. Eine Gestalt erschien neben ihm und legte ein Papier auf den Nachttisch. Fauchelevent bewegte sich vor Schmerz, stöhnte und wachte auf.

»Wer ist da?« rief er erschreckt. Dann, erleichtert, »Oh, Sie sind es, Monsieur le maire.«

»Nimm's nicht so schwer, alter Mann, kein Grund zur Sorge. Ich kaufe Ihnen Ihr Pferd und Ihren Wagen ab«, flüsterte Valjean.

Was für ein Pferd und was für einen Wagen? Das Pferd war tot, der Rollwagen nicht viel mehr als eine Ansammlung gespaltener Bretter. Sie waren nichts mehr wert. Verwirrt langte Fauchelevent nach dem Umschlag und öffnete ihn. Er holte überrascht Luft. Im Umschlag lag eine 1000-Franc-Note, die einzige, die der alte Mann je gesehen hatte.

»Der Doktor sagt, Ihre Kniescheibe ist gebrochen und Sie werden nicht mehr in der Lage sein, Ihren alten Beruf auszuüben«, fuhr der Bürgermeister fort. »Ich habe Ihretwegen an das Petit-Picpus Kloster in Paris geschrieben. Die Schwestern brauchen einen Hausmeister und einen Gärtner.«

Tränen schossen dem alten Mann in die Augen. Er streckte seine Hand aus und ergriff Valjeans Hand, zog ihn näher ans Bett und wandte sich mit einem heiseren, gebrochenen Flüstern an ihn.

»Monsieur le maire, es tut mir leid. Es tut mir so leid.« Tränen rannen über Fauchelevents Wangen.

»Leid? Was tut Ihnen leid?«

»Monsieur, ich war immer ... ich war wütend auf Sie. Als Sie hierher kamen, waren Sie ein Arbeiter wie ich, und Sie wurden reich, während ich große Sorgen hatte.«

Valjean lächelte auf den alten Mann herab, und seine Stimme klang sanft. »Wir hatten alle unsere Sorgen. Und wir brauchen alle von Zeit zu Zeit Hilfe.«

Aber der alte Mann schüttelte weiter den Kopf. »Ich verdiene Ihre Hilfe nicht. Ich habe furchtbare Dinge über Sie gesagt.«

»Fauchelevent, keiner verdient Hilfe«, sagte Valjean freundlich. Er legte dem alten Mann eine ermunternde Hand auf die

Schulter und drückte sie sanft. »Man braucht sie einfach. Jetzt ist es wichtig, daß wir Freunde sind. Klar? Jetzt ruhen Sie sich aus. Ich laß es Sie wissen, wenn ich eine Antwort vom Kloster habe.«

Valjean ging schweigend davon, während der alte Mann weinte, Tränen der Scham und der Dankbarkeit. Er hörte die erstickten Segenswünsche, die Fauchelevent ihm zuteil werden ließ, und er spürte in seinem Herzen ein großes Mitgefühl.

Er stand zu seinem Wort, und sobald der Mann das Spital verlassen konnte, humpelnd an einer hölzernen Krücke, mietete Valjean eine Kutsche und ein Pferd und schickte Fauchelevent nach Paris. Er diktierte ebenfalls einen Brief an die Mutter Oberin des Petit-Picpus Klosters, in dem er sie bat, daß sich der alte Mann vor Antritt seiner Pflichten völlig erholen möge, und legte einen extra Hundertfrancschein für Fauchelevents Pflege bei. Monsieur le maire hatte sich so großzügig dem Kloster gegenüber verhalten, daß ihm seine kleine Bitte sofort gewährt wurde.

Bald erreichte Montreuil die Nachricht, daß sich Fauchelevent fast völlig von seinem Unfall erholt hatte und schon halbtags arbeitete, und es war schwer zu sagen, wer dem Bürgermeister dankbarer war, die Schwestern, die einen so guten und ehrlichen Arbeiter bekommen hatten, oder der Hausmeister mit seinem neuen, sicheren Arbeitsplatz.

Fantine trug den letzten Brief, den sie von Madame Thénardier erhalten hatte, in der zerlumpten Kleidung, die sie am Tag trug, zu dem Briefladen. Draußen blieb sie unter dem Schild »Briefe lesen – Briefe schreiben« stehen, griff sich in die Seite, als ein langer, schmerzhafter Hustenanfall ihren dünnen Körper erfaßte. Als der Hustenanfall schließlich vorüberging, zog sie den zerschlissenen Schal enger um ihre Schultern. Von kaltem Schweiß bedeckt, fühlte sie das Blut in ihren Adern fast gefrieren.

Sie legte zwanzig Sous auf das Podest des Lesers und reichte ihm den Brief. Der Leser nahm seinen Lesestock und las langsam vor:

Liebe Madame:

»Die zehn Francs pro Monat, denen wir zugestimmt hatten, reichen nicht mehr aus. Cosette wird immer größer. Sie hat ihren sechsten Geburtstag sehr gefeiert und sich über die Puppe, die wir ihr gekauft haben, sehr gefreut. Wir lieben sie, deshalb verlangen wir nichts für die Geschenke, aber sie braucht einen neuen Mantel und Schuhe. Wir können es uns nicht leisten, dafür zu zahlen. Und sie ißt mehr als unsere beiden Töchter zusammen. Um es direkt zu sagen, Sie müssen zwanzig Francs im Monat schicken, oder Sie werden sie hier abholen müssen.

Hochachtungsvoll,
Thénardier

Zwanzig Francs im Monat! Fantines Kopf begann sich zu drehen, ihre Sehkraft ließ nach, sie schwankte und war kurz davor, ohnmächtig zu werden. Zwanzig Francs! Woher sollte sie zwanzig Francs im Monat nehmen? Es hätten auch zwanzigtausend sein können! Das würde ihr Ende sein!

Der Vorleser legte seinen Zeigestock ab, zog ein sauberes Blatt Papier hervor und legte es auf den Schreibtisch. Er nahm seine Feder auf und schaute Fantine erwartungsvoll an. »Wollen Sie den Brief beantworten?« fragte er.

Aber was konnte sie schon den Thénardiers schreiben? Ein schlimmer Hustenanfall ergriff sie, und Fantines ganzer dünner Körper schüttelte sich. Sie spürte den Geschmack von Blut in ihrem Mund.

XI
DIE ZÄHLUNG

Valjean saß an seinem Schreibtisch im Büro der Färbereifabrik und entzifferte langsam einen Dankesbrief der Mutter Oberin aus dem Pariser Kloster, als sein Angestellter an die Tür klopfte.

»Inspektor Javert ist da und möchte Sie sprechen.«

Der Bürgermeister sah erschreckt und alarmiert auf. Das war das erste Mal, daß der Inspektor um Audienz bat seit dem Tag von Fauchelevents Unglück, diesem schrecklichen Tag, an dem die beiden sich fixiert hatten und Valjean das langgefürchtete Wiedererkennen in Javerts Augen beobachtet hatte.

»Sagen Sie ihm, er soll warten«, sagte er nervös. Dann zog er sich schnell seinen Mantel an, knöpfte ihn bis zum Kragen zu, setzte sich seine Perücke auf und richtete sie.

Javert saß in dem äußeren Büro, als der Bürgermeister die Tür öffnete. »Kommen Sie herein, Inspektor«, lud Valjean ihn mit einer oberflächlichen Ruhe ein, die er innerlich nicht verspürte.

»Ich habe aufregende Neuigkeiten, Monsieur le maire«, sagte Javert, als er Valjean ins Büro folgte. Er streckte einen Brief aus. »Paris ist interessiert an meinem Plan.«

Valjean tat so, als ob er den Brief nicht bemerkte, als er hinter seinem Schreibtisch Platz nahm. »Was für ein Plan ist das, Inspektor?« Er gab dem Polizeipräfekten ein Zeichen, sich zu setzen.

»Das steht in dem Brief, Monsieur«, und der Inspektor drängte dem Bürgermeister das Dokument auf.

»Warum erzählen Sie ihn mir nicht, Inspektor? Sie sagten, es ist Ihr Plan.«

»Ich bitte um Entschuldigung. Ich vergaß. Ich entschuldige

mich.« Javert steckte sich den Brief in die Brusttasche seiner Uniform.

»Entschuldigen wofür?« fragte Valjean und sah den Inspektor scharf an.

»Ich vergaß, daß Sie nicht lesen können«, sagte der Inspektor sanft. »Ihr Angestellter hat es erwähnt. Sie müssen Ihre Ausbildung vernachlässigt haben, um Ihr Vermögen zu machen, nehme ich an.« Seine prüfenden Augen musterten den Bürgermeister aus der Nähe. Sie suchten die Bestätigung seiner Erinnerung an damals, und er fand sie. Die Perücke und die Phantasiekleidung konnten ihn nicht mehr verbergen, dachte Javert mit häßlicher Genugtuung.

Das war eine so offensichtliche Aktion, ihn aufs Glatteis zu führen, daß Valjean sich nicht einmal die Mühe machte, darauf einzugehen. Er machte, wenn auch nur langsam, Fortschritte im Lesen, aber das war soweit sein Geheimnis. »Woran ist Paris interessiert, Inspektor? Ich bin ganz Ohr«, sagte er leicht.

Javerts dünner Körper schien plötzlich an Substanz zu gewinnen, sich aufzuplustern. Er straffte sich. »Weil die Bevölkerung Montreuils in den letzten sieben Jahren außergewöhnlich stark angestiegen ist, habe ich vorgeschlagen, daß wir eine ausführliche Volkszählung vornehmen.«

Eine Volkszählung! Der Bürgermeister schien sich das durch den Kopf gehen zu lassen, aber er war davon alarmiert. »Nun ja, das wäre interessant«, erwiderte er ruhig. »Aber was geht das die Polizei an?«

»Moderne Gesetzesvollstreckungen verlangen moderne Methoden«, antwortete Javert steif, »und das bedeutet Informationen. Wieviel Menschen sind zum Beispiel im letzten Jahrzehnt hier zugezogen? Woher sind sie gekommen? Was ist ihr Hintergrund? Ist unsere kriminelle Bevölkerung einheimisch oder kommt sie von außen? Ohne Informationen können wir nicht wissen, wie wir die gefährlichen Elemente kontrollieren können.«

Valjean überkam ein Angstschauder. Seine erste Reaktion war Alarm, und der war offensichtlich mehr als gerechtfertigt. Es war klar, daß Javerts Plan, ungeachtet der übereifrigen Worte wie »moderne Gesetzesvollstreckungen« und »gefährliche Elemente«, nichts anderes war, als ein weitausgebreitetes Netz, mit dem jeder, den Javert irgendwie verdächtigte, eingefangen werden sollte. Einschließlich, so befand er, Jean Valjean selber. Nein, besonders Valjean.

Die langen Sträflingsjahre hatten Valjeans Überlebensinstinkte geschärft. Er konnte eine Falle von weitem riechen. Trotzdem bewahrte er die Ruhe. »Sie könnten da vielleicht einen Fehler machen, Inspektor«, war alles, was er sagte, und seine Stimme war so verbindlich wie seine Worte.

Javert blickte den Bürgermeister scharf an. »Einen Fehler? Was für ein Fehler soll das sein?«

»Manchmal ziehen die Menschen in eine neue Stadt, um unbescholten neu anzufangen. Sie könnten mehr Schaden als Gutes anrichten, wenn Sie sich in ihr Privatleben drängen.«

Diese vernünftige Annahme wies Javert schroff zurück. »Ein ehrlicher Mensch hat von der Wahrheit nichts zu befürchten. Und einen kriminellen Hintergrund zu besitzen ist keine Privatsache. In Paris weiß man zum Beispiel, daß mein Vater ein Dieb und meine Mutter eine Prostituierte war. Wenn meine Mutter oder mein Vater nach Montreuil ziehen würden, möchte ich, daß jeder weiß, wer sie sind.«

Mein Gott, er meint es ernst! dachte Valjean entsetzt. »Selbst, wenn sie sich gebessert haben?« fragte er unverblümt. Er hatte keine Illusionen mehr. Er verstand den Sinn von Javerts Worten bis zur letzten Silbe – es war Valjean, und nur Valjean, für den der Schnüffler Javert seine Falle auslegte. Jeder andere Schwerverbrecher, den er durch diesen Volkszählungstrick fing, wäre nur Kleinvieh.

»Besserung ist eine diskreditierte Fantasie«, verkündete der Polizist. »Die moderne Wissenschaft lehrt uns, daß die Menschen von Natur aus Gesetzesbrecher oder Gesetzeswahrer sind. Ein Wolf kann einen Schafspelz tragen, aber er ist immer noch ein Wolf.«

Die beiden Männer – der starre Polizist und sein Feind, der Wolf im Schafspelz – sahen sich einen langen Moment fest in die Augen. Dann warf Valjean seinen großen Kopf zurück und brach in ein aufrichtiges, schallendes Gelächter aus, das Inspektor Javert erschreckte.

»Ich habe gerade gedacht, Herr Inspektor, daß Sie sehr unglücklich gewesen sein müssen.«

»Unglücklich? Ich verstehe nicht.«

»Sie haben das Pech, einen ziemlich langweiligen Posten zugeteilt bekommen zu haben«, erklärte Valjean immer noch lächelnd. »Sie wären glücklicher in Paris aufgehoben, wo jeder, ob von Natur oder aus Erfahrung, unehrlich ist.«

Javert brauchte einen Augenblick, um diesen Scherz zu verarbeiten. Er lächelte nicht. In dem Mann gab es kein Quentchen Humor. »In der Tat. Nun ja, ich werde sehen, ob ich Paris vorziehe. Ich bin gebeten worden, meine Idee dem stellvertretenden Präfekten näher zu erläutern. Ich werde für vier Tage verreisen.«

»Sie werden uns fehlen. Viel Glück«, sagte Valjean trocken.

Inspektor Javert stand auf. »Danke, und auf Wiedersehen.«

Valjean öffnete die Schublade seines Schreibtisches. »Einen Augenblick.« Er nahm ein dickes Päckchen, das mit einem Band verschnürt war, und hielt es Javert hin. »Es ist ein Abschiedsgeschenk.« Er lächelte den Polizisten freundlich an.

Javerts Augen weiteten sich, und ein geringschätziges Lächeln spielte um seine Lippen. Eine Bestechung. Der Flüchtling will mich bestechen. Wie wenig er doch Javert kennt! »Sie bieten mir ein ... Geschenk an?«

Monsieur le maire hielt inne, und er sah Javert direkt in die Augen. »Ja, Inspektor. Meine Papiere.« Er löste das Band und reichte dem Gendarmen den Inhalt des Päckchens.

»Taufzeugnis ... Ausweis ... Arbeitspapiere von den Marseiller Docks ...« Der Mut verließ Javert und seine Enttäuschung wuchs, als er die Dokumente des Bürgermeisters studierte, die so kunstvoll gefälscht waren, daß sie vollständig echt erschienen. Selbst die Siegel mußten authentisch sein.

Valjean genoß diesen Augenblick. »Ich möchte, daß Ihre Volkszählung auf guten Füßen steht. Eine angenehme Reise, Inspektor.«

Es war ein langer Ritt nach Paris, aber Inspektor Javert erreichte die äußeren Stadtmauern in der gleichen kühlen Haltung, die er an den Tag legte, als er aus Montreuil hinausritt. Sein Rücken saß gerade im Sattel, seine Augen waren verdeckt, seine vollen Lippen zusammengepreßt. Er betrachtete die Männer und Frauen, die sich an der Mauer tummelten, und wartete mit unverhüllter Geringschätzung, um in die Stadt zu kommen. Wortlos drängte Javert sein Roß um die wartenden Karren und Wagen bis zur Spitze der Schlange, wo er sofort durchgelassen wurde. Warum sollte Inspektor Javert warten? War er nicht der Polizeipräfekt von Montreuil?

Paris war so schmutzig und überfüllt, wie er es sich vorgestellt hatte. Auf die ungepflasterten Straßen oder das Kopfsteinpflaster liefen die Abwässer. Javert lenkte sein Pferd vorsichtig durch den Dreck, darum besorgt, daß der Matsch oder etwas unaussprechlich Schlimmeres nicht auf seine Uniform spritzte.

Es gab Bezirke in Paris, die sich rühmen konnten, elegante Parks zu besitzen und breite gepflasterte Boulevards, schöne, verzierte Theater und Opernhäuser mit feinen Kristallkronleuchtern und vergoldeten Balkonen. Es gab große Geschäfte und kleine Boutiquen, die überflossen von den neuesten Damen- und Herrenmoden, den teuersten Parfums, teurem Schmuck und Pelzen.

Aber diese Luxusgüter waren nicht für die Armen von Paris gedacht. Selbst nach einer blutigen Revolution und ihren noch blutigeren Nachwirkungen hatte sich die soziale Struktur Frankreichs nur wenig geändert. Die Reichen wurden reicher, und die Armen bekamen Kinder. Die, die etwas hatten, sahen keinen Grund, es mit denen zu teilen, die nichts hatten.

Dieses Arrondissement der Stadt, ein Teil, in dem nur die Armen hausten, war weit entfernt von den breiten Alleen und Boulevards. Statt der massiven Gebäude mit Eisentoren gab es hier nur zerbrochene Hauseingange und eisige Gassen, die von Obdachlosen bevölkert waren, die auf Bretterstücken oder auf altem Sackleinen schliefen, während ihre Hunger leidenden Kinder die Straßen abliefen, um eine Münze oder einen Happen zu essen zu erbetteln.

Beim Anblick von Javert, in seinem gepflegten Rock und seinen glänzenden Stiefeln, versuchten sich die Bettler um sein

Pferd zu scharen und streckten ihre dürren Hände flehentlich aus.

»Geben Sie uns etwas, Monsieur, irgendwas. Ein paar Sous. Ein Stück Brot.«

Aber Javert ritt kühl durch die Menge. Das Elend dieser armen Leute erweckte keine Emotion in seiner Brust, außer Ekel. Seine einzige äußerliche Reaktion war, daß er einem kleinen Jungen von etwa sieben Jahren, der es wagte, eine Hand auf sein Pferd zu legen, einen Tritt gab. Der brutale Tritt traf das Kind, das über das Kopfsteinpflaster taumelte.

Javert ritt weiter. Einige der Obdachlosen, die ihren Feind erkannten, nahmen Steine auf und warfen sie ihm hinterher, aber sie waren so geschwächt vor Hunger, daß die Steine ihr Ziel nicht erreichten. Der Inspektor machte sich nicht einmal die Mühe, zurückzuschauen. Nichts, was dieser gemeine Pöbel auch tat, würde irgendeine Wirkung auf ihn haben.

Er hatte eine Mission, er ritt zu dem Arrondissement, in dem die Büros der Pariser Polizeipräfektur lagen. Als er das imposante Gebäude erreichte, stieg Javert aus dem Sattel, band sein Pferd fest und ging ins Innere, um sich nach dem Büro von Georges Chabouillet, dem stellvertretenden Leiter der gesamten Pariser Polizei zu erkundigen. Ungeachtet seines »Stellvertreter«-Titels stand der Mann rangmäßig weit über Javert, der sehr gut verstand, daß dies Paris war, die Hauptstadt der zivilisierten Welt, während Montreuil eben nur Montreuil war.

Trotzdem wurde Javert herzlich von Chabouillet begrüßt.

»Inspektor Javert, der Präfekt war von Ihrem Vorschlag beeindruckt. Ich erwarte, daß er einen Etat für Ihre Volkszählung innerhalb des Monats genehmigt.« In einem riesigen Büro mit hoher Zimmerdecke saß Javert dem stellvertretenden Leiter gegenüber, zwischen ihnen ein großer Mahagonitisch, der mit dienstlichen Papieren bedeckt war.

Javerts Gesicht änderte sich nicht im Ausdruck, aber seine Augen hellten sich auf. »Danke, Monsieur. Das ist eine ausgezeichnete Nachricht.«

Chabouillet schaute ein wenig unmutig. »Deshalb schlage ich vor, Sie verzichten auf dieses Ersuchen, einer Überprüfung des Bürgermeisters.«

»Nein, unmöglich!« Javert erhob sich vor Protest halb von seinem Stuhl.

»Monsieur, ich war ein Jahr Wärter auf den Galeeren in Toulon. Jean Valjean hatte damals dieselbe Kraftleistung vollbracht wie der Bürgermeister mit dem umgekippten Wagen. Das Rudern macht sie stark ...« Javert zeigte auf seinen oberen Rücken. »Hier. Kaum, hatte ich den Zusammenhang in meinem Kopf hergestellt, hab ich mich nicht länger von seinem Wohlstand blenden lassen, ich bin mir jeden Tag sicherer geworden. Jawohl, jetzt, wo ich sein Gesicht und seine Stimme so klar wiedererkenne, wundert es mich, daß ich ihn nicht gleich erkannt habe.«

»Na schön, Javert, ich zweifle nicht daran –«

»Monsieur, ich bin bereit, ihn anzuzeigen.« Das Gesicht des Inspektors brannte vor Leidenschaft, und seine Augen glühten.

Chabouillet wich zurück, erstaunt über Javerts plötzliche Vehemenz. »Ihn anzeigen? Ohne Beweise?«

Aber Javert war unerbittlich. »Wenn es zum Prozeß kommt, wird man die Beweise finden«, versprach er grimmig.

»Aber er hat Ihnen seine Papiere gezeigt, und die waren in Ordnung«, protestierte Chabouillet.

Der Inspektor machte ein tief finsteres Gesicht. »Ich habe die Taufurkunde überprüft. Sie ist eine Kopie«, erwiderte Javert. »Vor elf Jahren war ein Feuer in der Gemeinde ausgebrochen. Die Originaldokumente sind vernichtet worden. Seine sämtlichen Dokumente basieren auf Kopien.«

Chabouillet schüttelte weiter den Kopf. Diese Sache ging ihm nach seinem Geschmack etwas zu schnell. »Ihre Ausweispapiere allein reichen nicht aus, um dem Bürgermeister von Montreuil den Prozeß zu machen. Reichen Sie einen Bericht ein, und ich werde eine Untersuchung empfehlen.«

Inspektor Javert richtete seine glühenden Augen direkt auf den stellvertretenden Polizeipräfekten, als wollte er dem anderen ein Loch in die Seele brennen. »Monsieur, Jean Valjean war ein Dieb, der bei seinem Prozeß keine Reue gezeigt hat. Behauptete, er hätte ein Recht, zu stehlen. Er hat viermal versucht, zu fliehen. Und sobald er freigelassen worden war, hat er gegen seine Bewährung verstoßen.« Javerts Stimme begann zu zittern, es war die einzige Emotion, die er sich erlaubte – glühende Entrüstung angesichts von Missetaten. »Es macht unsere Institutionen lächerlich, wenn wir einen verkommenen und korrupten Menschen dulden, der in unserer Industrie und Regierung die Verantwortung innehat.«

Aber Chabouillet ließ sich von dieser Rhetorik nicht bewegen. »Javert, ich sagte, reichen Sie einen Bericht ein«, sagte Chabouillet streng. »Ich werde in dieser Sache Untersuchungen anstellen ... diskret. Aber Sie können ihn nicht anzeigen ohne Beweise. Haben Sie Geduld. Er läuft Ihnen ja nicht weg, oder?«

Inspektor Javert öffnete den Mund, um noch etwas zu sagen, ließ es aber dann. Er merkte, daß er Chabouillets Meinung nicht ändern konnte. Er erhob sich von seinem Stuhl, machte eine kurze, steife Verbeugung und verließ den Raum.

Als er wieder auf der Straße war, wußte Javert genau, was er als nächstes zu tun hatte. Er legte es sich zurecht, als er sein Pferd losband und aufsaß. Gefangene auf Bewährung, die von Toulon nach Pontarlier geschickt wurden, mußten einer besonderen Route folgen und ihre gelben Ausweise bei den Polizeipräsidenten vorzeigen, und zwar an bestimmten Haltepunkten auf ihrem Weg, damit die Behörden überwachen konnten, in welcher Gegend sie sich aufhielten. Die letzte Stadt, in der Jean Valjean seine Papiere vorgezeigt hatte, war Digne. Dorthin würde er als nächstes reiten. Einmal dort angekommen, war es nicht schwer für Javert, den Gendarmen ausfindig zu machen, der Valjeans Anwesenheit in der Stadt registriert hatte. Es war derselbe Gendarm, der Valjean festgenommen und, mit dem Tornister voll gestohlenem Silber, zum Bischof zurückgeschleppt hatte.

Der Mann war mit den Jahren älter und fetter geworden, aber er war immer noch bei der Polizei. Javert fand ihn in einer heruntergekommenen Spelunke, halb betrunken, mit ramponierter Uniform und zerrissenem, schmutzigem Unterhemd unter einer offenen Jacke. Angeekelt setzte sich Javert an denselben Tisch und begann den Gendarmen des Näheren über Valjean auszufragen.

»Ja, kann mich an ihn erinnern«, grunzte der Polizist rülpsend. »Konnte einfach nicht glauben, daß er so davonkam. Aber der Bischof war ein Narr. War berühmt dafür, daß er'n Narr war.«

»Ja, ja«, sagte Javert ungeduldig. »Aber können Sie sich gut genug an Jean Valjean erinnern, um ihn zu identifizieren?«

Ein weiterer Rülpser, länger und tiefer. »Entschuldigung. Klar kann ich ihn identifizieren. Wo ist er? Ist er hier?« Der Mann sah sich eifrig in der Spelunke um, als ob er erwartete, daß der Dieb Jean Valjean wie ein Kuckuck aus einer deutschen Kuckucksuhr aus dem Gebälk auftauchte.

»Nein. Haben Sie Geduld. Wenn die Zeit reif ist, bring ich Sie zu ihm. In der Zwischenzeit sprechen Sie mit niemandem darüber. Verstehen Sie?«

Der Beamte grunzte wieder und nickte mit dem Kopf. Seine wachen, kleinen Äuglein glänzten. Es wäre ein Hochgenuß, Jean Valjean noch einmal gegenüberzutreten und mit dem Finger der Schuld auf ihn zu zeigen.

XII

JAVERT UND FANTINE

»Keine Stundung mehr für dich, du Hure, hörst du mich?«

Chevraus schmierige Lippen verzogen sich zu einem finsteren Blick und er hob seine Stimme, bis sie das enge Zimmer füllte und von den schmutzigen Wänden abprallte. »Von jetzt an zahlst du bar ... und im voraus! Wenn du das Geld nicht hast und nicht zahlen kannst, was du mir schuldest, dann heb deinen faulen Arsch aus dem Bett und geh auf die Straße! Ich kann's mir nicht leisten, Geld zu verschenken, hörst du? Wenn du nicht zahlen kannst, zieh aus!«

Fantine konnte kaum den Kopf heben, um zu antworten. Das Zimmer war so kalt, daß sie den aufsteigenden Dampf ihres Atems sehen konnte. Die dünne, geflickte Decke, in die sie sich gewickelt hatte, konnte ihr das Frösteln nicht annähernd nehmen. Sie hatte seit Wochen ohne Unterbrechung gehustet und war krank, blaß und erschöpft. Ihre Lungen schmerzten elendiglich, von der Kälte und von der Schwindsucht, die sie lebendig auffraß.

Draußen war der Winter mit Geheul nach Montreuil zurückgekehrt; eisige Winde bliesen vom Meer, und die Menschen gingen früh zu Bett. Sobald die fahle Sonne vom Himmel verschwand, schlossen sie ihre Fensterläden gegen die Windstöße des Boreas und drängten sich unter molligen, federgefüllten Steppdecken in warmen Zimmern zusammen.

Fantine besaß nichts davon – keine hölzernen Fensterläden, die die Winterwinde abhielten, keine Steppdecken, kein wärmendes Feuer. Alles, was sie hatte, war ein eisiges Zimmer, ein Berg von Schulden und ein Husten, der sie, tief aus dem Inneren ihrer Brust, Blut spucken ließ. Alles, was sie besaß, war ihre Verzweiflung.

»Also was sagst du dazu?« grinste Chevrau.

»Ich kann nicht ausziehen.« Fantine schüttelte müde den Kopf. »Ich habe kein Geld, um im voraus für ein Zimmer zu bezahlen.«

»Bin ich ein Wohlfahrtsverein?« fragte Chevrau grob. »Du hast mir schon vier Wochen nichts gezahlt.«

»Ich hab bezahlt«, antwortete Fantine schwach. Tatsächlich hatte sie Chevrau einen großen Teil von dem, was er beanspruchte, gezahlt, aber sie hatte keinen Beweis, weil er ihr keine Quittungen ausgestellt hatte. Sie war auf seine Gnade angewiesen.

»Ich habe auch Rechnungen«, fuhr Chevrau gekränkt fort. »Und ich kann meine Beine nicht breit machen. Außerdem ist es ein schlechtes Geschäft, an eine Hure zu vermieten. Ich verliere Mieter.« Seine kleinen Schweinsäuglein hefteten sich auf Fantines dünnen Hals, an dem eine schlichte, billige Halskette hing. »Was ist mit der Kette? Die muß doch was wert sein.«

»Nein, nein, die nicht!« stotterte Fantine nervös. »Die ist für meine Tochter. Meine Tochter Cosette. Das kann ich nicht tun.«

»Du solltest besser etwas rausrücken«, grummelte der Hauswirt. »Ich will zehn Francs oder du bist draußen!«

Fantine stieß tief aus ihrem Inneren einen Seufzer aus. Der Sumpf ihres Lebens war so entsetzlich, daß kein Lichtstrahl hindurchfiel. Sie war ernsthaft krank, ernster, als sie selber glaubte. Sie wurde von jeder Seite um Geld angegangen – von Chevrau, den Thénardiers, und dann die Kosten, um am Leben zu bleiben – aber wie konnte sie sich bei dem kalten Wetter auf die Straße schleppen, um ein paar Sous zu verdienen? Die Kälte schnitt ihr durchs Knochenmark; Fantine hatte nichts Warmes anzuziehen, und ihre Schuhe waren jetzt zerschlissener und löchriger als billiges Leder. Sie hatte sich Lumpen hineingestopft, aber sie ließen immer noch die Kälte durch.

An solchen Abenden waren auf den Straßen wenig Geschäfte zu machen. Es war zu kalt für die Huren, um in den Toreingängen zu stehen. Sie versammelten sich statt dessen in den warmen Kneipen und Restaurants, wo sie mit den Soldaten und anderen Männern, die sich amüsieren wollten, zechten. Fantine war dort nicht willkommen. Sie gehörte nicht zu deren Verein. Sie allein war den bitterkalten Straßen ausgeliefert, und das verschlimmerte jeden Abend ihre Krankheit und raubte ihr die letzte Kraft.

Verzweifelt schlug Fantine die Bettdecke zurück und nahm eine groteske, verführerische Pose ein, um sich Chevrau anzubieten.

»Nein«, knurrte er und wandte sich angewidert ab. »Diesmal will ich's bar.«

Schnee fiel dicht und schweigend. Straßen und Gassen von Montreuil waren schon mit einer dicken Schneedecke bedeckt. Die Stadt lag ruhig; wer würde sich freiwillig bei diesem Wetter auf die Straße trauen?

Die Pflicht war stärker als der strengste Schneesturm. Inspektor Javert und Hauptmann Beauvais waren bei dem Schneefall unterwegs, standen in einem schützenden Toreingang, von dem aus man eine schmutzige Gasse im Rotlichtviertel überblicken konnte mit ihren belebten und beleuchteten Tavernen. Beauvais hielt sich dort nicht freiwillig auf; er sehnte sich nach seinem wohligen Heim, nach der dampfenden Suppenterrine, die ihm seine Frau jeden Abend auf den Tisch stellte. Aber Pflicht war Pflicht; das verstand er.

Für Inspektor Javert sah das völlig anders aus. Ganz gleich wie furchtbar das Wetter war, Javert würde nie einen Nachtdienst versäumen, keine unfreundliche Nacht, in der er für seine »Volkszählung« seine Beobachtungen machte, denn das Sammeln von Informationen schien seine neueste Obsession zu sein. Was Beauvais nicht wußte, war, daß Javerts wahre Obsession, abgesehen von dieser Volkszählung, das Sammeln auch nur der magersten Information über Monsieur le maire war. Das tat er insgeheim, und er legte ein dickes Dossier über den Mann an, den er für Jean Valjean hielt. Bald würde es soweit sein, daß er gegen Valjean vorgehen konnte.

Am anderen Ende der Straße sahen die beiden Beamten eine große, dünne Hure, die in einem schmutzigen, roten Kleid, zitternd, langsam vor einem der Cafés auf und ab ging. Im Innern des Cafés saß eine Gruppe von Männern, sie aßen und tranken, einige von ihnen hatten ihre Arme um Prostituierte gelegt.

Während die beiden Polizisten Fantine beobachteten, die einzige Hure, die sich draußen auf der Straße zur Schau stellte, konnten sie alles, was dort vor sich ging, überblicken. Während die Frau vor dem Café langsam auf und ab lief in der Hoffnung, daß ein Kunde auftauchen würde, kamen drei Männer aus der Tür. Sie waren reich und stutzerhaft, gutgekleidet, hochnäsig und offensichtlich ziemlich betrunken. Alle drei trugen schwere, warme Überzieher mit mehreren Pelerinen und große Seidenhüte. Sie rauchten Zigarren und sie hatten Spazierstöcke bei sich, aber sie machten sich nicht die Mühe, sie auf dem schlüpfrigen Boden zu benutzen. Die Stöcke mit ihren geschnitzten Stielen und goldbeschlagenen Zwingen waren nur zur Schau.

»Guten Abend, Monsieur«, sagte Fantine etwas schüchtern, als sie sich dem ersten näherte. Sie hob eine Hand und legte sie auf seinen Arm.

Erstaunt über diese Annäherung, packte der Stutzer den Arm der Frau, bevor sie ihn durch ihre Berührung beschmutzen konnte. Er starrte auf Fantine herab. Er sah eine ausgezehrte Prostituierte, auf ihren dünnen Wangen lag dicke Schminke, die ihre ungesunde Blässe nicht verdecken konnte. Knochen traten an ihrem Hals hervor, und ihre Finger waren so knochig wie die einer Hexe.

»Gott, siehst du schrecklich aus«, lallte er und blies ihr den Rauch seiner Zigarre ins flehende Gesicht.

Fantine hatte einen Fehler gemacht und sie wußte es. Sie hatte die Grenze überschritten, die eine Klasse von der anderen trennte, und sie besaß nicht mehr die Schönheit, die der Ausweis für eine solche Grenzüberschreitung war. Fantine kämpfte, um ihren Arm zu befreien, aber der Finger des Stutzers schloß sich um ihn nur noch fester. »Na? Wieviel?«

»Einen ... einen Franc«, stammelte die Frau.

Eine weitere Rauchwolke traf ihr Gesicht. »Du machst wohl Witze.«

»Fünfzig Sous?« Fantines Worte waren kaum hörbar.

»Fünfzig Sous? Um eine Leiche zu bumsen?« Der Mann lachte rauh und wandte sich zu seinen beiden Begleitern. »Seht sie euch an. Sie hat keinen Tropfen Blut in den Adern.«

Gequält von ihrem hämischen Gelächter, riß sich Fantine los. Sie drehte sich um und versuchte von diesem grausamen Mann und seinen Freunden wegzukommen.

Aber er war noch nicht bereit, sie gehen zu lassen. Er bückte sich und kratzte eine Handvoll Schnee auf. »Mademoiselle, wie wär's für einen Sou?« rief er hinter ihr her. »Ich habe einen Sou. Ich habe einen Sou, den ich für dich ausgeben kann.«

Einen Sou! Eine kleine Handvoll Pfennige! Das war mehr als eine Beleidigung! Das war zuviel! Zorn ergriff sie, und Fantine sah rot. Sie fuhr herum, der Zorn erhitzte ihre kalten Adern, durch die ihr Blut wie flüssiges Feuer lief. Sie würde dem elenden Bastard einiges an den Kopf werfen.

Aber bevor sie ein Wort herausbekam, fühlte sie sich von einer harten, elegant behandschuhten Hand ergriffen und grob gegen die Mauer geschoben. »Aber erstmal ...« zischte der Stutzer und hob die Hand, die er mit Schnee gefüllt hatte, und warf den Schnee auf ihr Kleid, auf ihre nackten Brüste. »... Geben wir deinen Titten doch etwas Farbe.«

Der Schock des eisigen Schnees, der so schmerzend kalt ihren hilflosen Körper berührte, ließ Fantine gequält aufschreien. Hauptmann Beauvais, bereit einzugreifen, trat einen Schritt aus dem Schatten heraus, aber Inspektor Javert ergriff ihn am Arm und hinderte ihn daran, einen weiteren Schritt zu unternehmen.

Der zweite Stutzer schob Fantine eine Faust Schnee in den Mund. »Da hast du was zu trinken«, spottete er.

Sie drehte ihren Kopf nach links, nach rechts, während ihr Peiniger sie weiter gegen die Mauer drückte, und spuckte den Schnee aus. Sie begann heftig zu husten. Ihr Verfolger ließ sie los. Rasend geworden durch die Demütigung, machte sie einen Satz nach vorn und zerkratzte ihm das Gesicht. Er taumelte zurück, verlor seinen Halt auf dem tückischen, eisigen Schnee und knallte zu Boden. Fantine warf sich auf ihn und krallte sich weiter in ihn.

Sofort stürzten sich die Freunde des Stutzers auf Fantine

und zogen sie mit einigen Schwierigkeiten zurück. Durch ihre Wut und Erniedrigung zur Raserei gebracht, ging sie auf sie los, schlug und trat nach ihnen. Die lachten über ihr Elend, stießen nach ihr mit ihren extravaganten Stöcken und wehrten sie ab.

Durch die Unruhe gingen die Türen des Cafés auf. Die Feiernden strömten auf die Straße, um das Spektakel einer dünnen, schwindsüchtigen Prostituierten zu genießen, die in einem Handgemenge mit drei betrunkenen Herrschaften war. Sie brüllten vor Lachen und stießen sich vergnügt an. Das war unerwartete, aber willkommene Unterhaltung!

Hauptmann Beauvais' Gesicht spiegelte sein Unbehagen. Das war ein so unschönes Spektakel wie das Quälen eines Bären – drei gesunde Männer gegen eine armselige, junge Frau. »Monsieur«, sagte er zu Javert, »das ist Ruhestörung, darf ich eingreifen?«

»Das mach ich schon«, erwiderte Inspektor Javert schroff. Er trat aus dem Schatten hervor und schritt auf die Menge zu. Beauvais folgte ihm in respektvoller Distanz. Sobald die Männer und Frauen aus dem Café ihn als den Polizeipräfekten erkannten, verzogen sie sich wieder in das Restaurant. Keiner in Montreuil, der irgendwie von Verstand war, wollte mit Inspektor Javert in Konflikt geraten.

Der Inspektor schob sich an den drei Stutzern vorbei und stand vor Fantine, die sich in ihrem durchnäßten Kleid zitternd zusammenkauerte. »Es ist nicht meine Schuld!« schrie sie, sobald sie Javert sah. »Sie haben angefangen ...«

Er machte sich nicht die Mühe, etwas dazu zu sagen. Statt dessen schlug er Fantine mit der offenen Hand über den Mund. Sie fiel wie ein Stein auf den kalten Boden. Hauptmann Beauvais unterdrückte sein Entsetzen, das ihm über die Lippen kommen wollte.

»Geht nach Hause! Aber schnell«, knurrte Javert die drei betrunkenen reichen Männer an, die dem sofort nachkamen. »Sie verhafte ich«, sagte Inspektor Javert zu Fantine und legte seine Hand auf sie, während Hauptmann Beauvais dastand und nicht in der Lage war, sich zu bewegen oder zu reden.

Jean Valjean befand sich in seinem Schlafzimmer, übte Schreiben, bildete die Buchstaben wieder und wieder auf einem Blatt Papier, als er ein Klopfen an seinem Fenster hörte. Er schaute erschreckt auf und sah Hauptmann Beauvais' Gesicht, das durch die fallenden Schneeflocken hereinblickte. Valjean erhob sich, ging zum Fenster und öffnete es. Das Gesicht des Beamten sah ihn beunruhigt an.

»Monsieur, Sie baten mich, Ihnen zu sagen, wenn er zu weit geht. Nun ja, ich habe meinen Mund lange genug gehalten. Heute ist er zu weit gegangen...«

Auf der Polizeistation von Montreuil war es wärmer als auf den Straßen, aber trotzdem konnte Fantine ihr Zittern nicht unterdrücken. Sie zitterte, weil sie sehr krank war. Sie zitterte, weil ihre dürftige Kleidung völlig naß und sie bis auf die Knochen durchgefroren war. Aber am meisten zitterte sie vor Angst. Vor Angst, was mit ihr geschehen würde, und besonders vor Inspektor Javert.

Javert saß an seinem Schreibtisch und füllte Formulare aus, überging Fantines schweren Husten, ihr mitleiderregendes Wimmern und das Klappern ihrer Zähne. Er schaute nicht einmal auf, als sie einen großen Klumpen Blut spuckte und ihren Mund an ihrem Ärmel abwischte. Huren litten unter allen möglichen Krankheiten; das war eine Strafe Gottes.

Javert formulierte seine Anklage zu Ende, faltete sie zusammen, versiegelte sie und ließ nach dem Polizeimeister rufen.

»Schafft sie in ihre Zelle«, befahl er. Zu Fantine sagte er, »Sie kriegen sechs Monate.«

»Sechs Monate!« Fantine rang nach Luft und legte ihre dünne Hand über ihr heftig schlagendes Herz. »Was ist mit Cosette? Was geschieht mit ihr?«

»Wer ist Cosette?« fragte Javert.

»Meine Tochter. Wenn ich den Thénardiers kein Geld schicke, geben sie sie weg.«

»Ist Ihre Tochter in Montreuil?«

»Nein, Monsieur. Sie lebt bei den...«

»Dann geht sie mich nichts an, « schnitt er ihr kalt das Wort ab. Er stand von seinem Schreibtisch auf und ging zur Tür, aber Fantine warf sich vor ihm auf den Boden.

»Inspektor! Bitte! Hören Sie mich an«, flehte sie verzweifelt. »Ich weiß, ich habe den Herrn geschlagen, ich weiß, das war Unrecht, aber haben sie das Recht, mein Kleid mit Schnee zu bewerfen? Vor allem, wo es das einzige ist, was ich habe, und ich es für meine Arbeit brauche? Es tut mir leid. Ich wollte nicht streiten. Es wird nicht wieder vorkommen. Bitte, Inspektor«, schluchzte sie, »bitte, haben Sie Erbarmen.«

Inspektor Javert ließ sich nicht dazu herab, sie anzusehen. Er war tief gekränkt, daß eine kranke Hure es sogar wagte, seine Hosenaufschläge zu berühren, ganz zu schweigen, daß sie seine kostbare Zeit mit ihrem unsinnigen Gebrabbel in Anspruch nahm. Er hielt jemanden wie Fantine für niedriger als den erbärmlichsten Bürger. In Javerts Augen besaß sie überhaupt keine Rechte. Ja, er billigte ihr nicht einmal zu, weiterzuleben. Aus welchem Grund? Zu welchem Zweck? Er nickte dem Wachtmeister zu, der Fantine von seinem Hosenbein löste und sie grob hochzog.

»Na schön«, sagte Javert grob. »Ich habe Sie angehört. Sie bekommen trotzdem sechs Monate. Nichts kann daran etwas ändern.«

»Einen Augenblick, Inspektor«, erklang eine Stimme in der Nähe der Tür. Javert drehte sich überrascht um. Unbemerkt hatte Valjean den Raum betreten.

»Monsieur le maire«, sagte der Inspektor verwirrt.

Fantine sah ihn auch und rappelte sich wieder auf. Sie war fast dem Wahnsinn nahe. Das Erscheinen des Bürgermeisters gab ihr den Rest. Ohne zu denken, rannte sie auf ihn zu und baute sich vor seinem Gesicht auf. »Sie sind es! Sie haben mich entlassen! Sie haben mir das angetan!« klagte sie den erschreckten Bürgermeister an. Und bevor jemand sie aufhalten konnte, spuckte sie Jean Valjean ins Gesicht.

Sofort packte der Wachtmeister die Frau am Arm und riß sie vom Bürgermeister weg, der ruhig dastand und sich die Spucke aus dem Gesicht wischte. Er schien von dem Zwischenfall unberührt. Dann drehte sich Valjean zu Javert.

»Lassen Sie sie los.«

»Was?« Was hatte der Mann da gesagt? Javert konnte nicht glauben, was er hörte.

»Lassen Sie mich erklären, Inspektor. Ich kam gerade über den Platz, als Sie sie festnahmen. Ich habe die Leute gefragt, was passiert sei, und die erzählten mir, daß es völlig die Schuld der Männer gewesen sei, die sie angegriffen hätten. In Wahrheit hätten sie festgenommen werden müssen. Jetzt, wo Sie diese neue Sachlage gehört haben, möchte ich, daß Sie sie freilassen.«

»Ich verstehe nicht«, schrie die verwirrte Fantine. »Ist er wirklich der Bürgermeister? Er sagte, ich kann gehen. Er ist der Bürgermeister, nicht wahr?«

Der Wachtmeister ließ ihren Arm los, und sie wollte sich zur Tür schleichen. »Also, dann geh ich. Ich will keinen ... ich will keinen weiteren Ärger machen.«

»Wachtmeister, sind Sie blind geworden?« schnauzte Javert. »Sie spaziert hinaus. Wer hat Ihnen gesagt, daß sie gehen kann?«

Wieder legte der Wachtmeister grob seine Hände auf Fantine, die ein leises, verzweifeltes Wimmern ausstieß.

»Ich habe es gesagt«, sagte Valjean kalt. »Ich bin die letzte juristische Instanz in Montreuil, und ich sage, sie ist unschuldig.«

»Sie hat Sie angespuckt.« Javert war absolut wütend, daß seine Autorität auf diese Weise herausgefordert wurde, aber er hatte sich fest unter Kontrolle. So sehr er den Bürgermeister verabscheute, so erkannte der Inspektor doch seine Autorität an. Der Schock war, daß der Mann seine Autorität für eine gemeine Hure einsetzte. Mehr noch, für eine Hure, die ihm gerade ins Gesicht gespuckt hatte.

»Sie war erregt«, sagte Valjean ruhig. »Ich verzeihe ihr.«

»Sie hat Sie beleidigt. Vor meinen Männern hat sie Sie beschmutzt.« Javerts Worte erstickten fast seine Kehle; sie waren scharf wie Nesseln.

»Das ist meine Sache, Inspektor.«

Javerts Kontrolle geriet ins Wanken. »Nein, Monsieur, Sie haben unrecht«, erklärte er leidenschaftlich. »Sie, Monsieur le maire, sind die Personifizierung von Ordnung, Moral, Regierung – mit anderen Worten, der Gesellschaft. Sie haben nicht das Recht, ihr zu verzeihen, daß sie uns alle erniedrigt hat. Sie haben nicht die Autorität, die Gerechtigkeit zu zerstören.«

»Ich habe die Autorität, Inspektor. Nach Artikel Neun und Elf des Strafgesetzbuchs kann ich anordnen, daß sie freigelassen wird. Wachtmeister, sie ist frei.«

Fantine schaute vorsichtig von einem Mann zum andern und wußte nicht, wem sie glauben sollte, war sich aber wohl bewußt, daß ihr Schicksal vom Ausgang dieses Streits abhing. Sie hatte das Gefühl, als ob ein Engel und ein Teufel um den Besitz ihrer Seele kämpften, und in dem hatte sie nicht ganz unrecht.

»Ich kann das nicht zulassen, Monsieur«, sagte Javert mit erstickter Stimme. »Ich war dabei. Sie hat einen Mann angegriffen –«

»Die Entscheidung liegt bei mir«, unterbrach ihn Valjean eisig. »Sie ist frei.«

Javert wurde übel, und er hatte einen metallischen Kupfergeschmack im Mund. Dieser Mann forderte seine dienstliche Autorität heraus. Vor seinen Untergebenen so heruntergemacht zu werden, war nicht zu ertragen! »Sie wird nicht freikommen, solange ich hier die Verantwortung trage«, verkündete Javert trotzig.

Valjeans ruhiges Äußeres zeigte keine Änderung. »In diesem Fall, Inspektor, entziehe ich Ihnen nach Artikel Sechsundsechzig bis morgen früh das Kommando.«

Javert wich zurück, als ob ihn ein Schlag getroffen hätte. »Monsieur le maire!« keuchte er.

»Sie sind frei«, sagte der Bürgermeister zu Fantine. Das Mädchen schnappte vor Erregung nach Luft. Dann überkam sie ihre ganze Qual, und sie fiel ohnmächtig vor Valjeans Füßen zu Boden.

XIII

VALJEAN UND FANTINE

Jean Valjean trug die halb ohnmächtige Fantine auf seinen Armen zu seinem kleinen Haus und die Treppe hinauf in sein Schlafzimmer. Dort legte er sie sanft aufs Bett, wickelte dicke Decken um sie und schickte in aller Eile nach einem Arzt.

Fantine schien in eine Erstarrung gefallen zu sein, ausgelöst durch eine übermäßige Gefühlserregung und die Belastung, die sie in dieser schrecklichen Nacht ertragen mußte, sowie ihrem Fieber, das weiter anstieg. Sie weinte abwechselnd wie wild, kämpfte mit den Decken und sank wieder stumm und erschöpft auf die Kissen. Mit der Zeit überwog die Erschöpfung und erfaßte sie völlig. Sie zitterte nur noch am ganzen Körper und murmelte wieder und wieder »Cosette... Cosette... meine kleine Cosette.«

Valjean wachte über sie mit unendlichem Mitleid und Trauer darüber, daß eine junge Frau so erniedrigt worden war und ihr Leben so elendig verlaufen war. Die Worte, die Fantine ihm auf der Polizeistation entgegengeschleudert hatte, brannten in seinen Gedanken wie feurige Kohlen. Es war seine Schuld. Hätte er sie nicht entlassen, wäre ihr das alles nicht passiert. Die Schuld lag allein bei ihm. Keinen anderen traf eine Schuld.

Und das Schlimmste war, daß er sich nicht daran erinnerte, nicht einmal das Gesicht der jungen Frau als das einer seiner Arbeiterinnen erkannte. Wie konnte er so blind gewesen sein, wenn er sich gerühmt hatte, sich um das Wohlergehen aller seiner Arbeiter zu kümmern? Hier war eine Arbeiterin, deren Wohlergehen er nicht nur ignoriert, sondern das er gefährdet, vielleicht sogar zerstört hatte. Sicher, dachte Valjean traurig, die Sünde des Hochmuts mußte die unverzeihlichste Sünde sein, sie führte unvermeidlich zu allen anderen.

»Ich bezweifle, daß sie überleben wird«, sagte der Arzt ernst. »Sie spricht ständig von Cosette. Wer ist das?«

»Ihre Tochter«, antwortete Valjean.

Der Arzt schüttelte den Kopf. »Sie braucht ihren ganzen Willen, um ihre Lungenentzündung zu bekämpfen. Vielleicht, wenn sie das Mädchen bei sich hätte...« Er sah Monsieur le maire fragend an.

»Ich verstehe«, nickte Valjean. »Danke, Doktor.«

»Sie brauchen Pflegeschwestern. Ich kann das vor morgen früh nicht arrangieren. Das Kloster wird Pflegeschwestern schicken. Was ist mit heute nacht?«

»Ich kümmere mich um sie heute nacht.«

»Versuchen Sie, ihren Körper warm zu halten und ihren Kopf kühl.«

Er ließ den Arzt hinaus. Mit einer Schüssel warmen Wassers und einem weichen Lappen betrat er das Schlafzimmer. Fantine lag in seinem Bett, auf sauberen Laken, unter einer warmen Decke und schlief unruhig. Ihr dünnes Gesicht war bedeckt mit einer Mischung aus verschmiertem Rouge, dreckigem Schnee und trockenem, verkrustetem Blut. Doch unter der Maske konnte er die Überreste dessen erkennen, was einmal eine bemerkenswerte Schönheit gewesen sein mußte. Valjean setzte sich auf einen Stuhl neben dem Bett und begann, das Gesicht des Mädchens sauber zu wischen.

Fantine war schläfrig von dem schmerzstillenden Trank, den der Doktor ihr verabreicht hatte, aber bei der Berührung des kalten Lappens auf ihrem Gesicht schlug sie die Augen auf. »Warum hat der Klatsch Ihnen soviel ausgemacht? Sie hätten mich nicht entlassen müssen.«

»Ihre Kleider sind feucht. Ich zieh sie aus und bring Ihnen –«

»Es ist schon gut. Ich nehm' nichts dafür. Sie verdienen es einmal umsonst. Aber ich verstehe nicht –«

Nein, nein, sie hatte völlig mißverstanden, warum er sie hierher gebracht hatte. Verlegen beeilte sich Valjean, die Decke über Fantine zu legen.

»– Warum sind Sie so freundlich zu mir, nachdem Sie so böse waren?«

»Ich war zu sehr beschäftigt. Ich wußte es nicht. Wenn Sie direkt zu mir gekommen wären...« Valjean wandte sein Gesicht ab, um sein schuldbewußtes Erröten zu verbergen; er fand es schwer, dieser jungen Frau direkt in die Augen zu sehen.

Fantine streckte sich zu ihm, versuchte ihren Kopf hoch genug zu heben, um ihn zu küssen, aber der Bürgermeister schob sie sanft zurück, als er die letzten Spuren Blut und Dreck von ihren Wangen wischte. »Sie brauchen Ruhe.«

»Sie wollen keinen Kuß?« fragte Fantine schmerzlich und halb flüsternd. Sie war in seiner Schuld und konnte ihm keine andere Währung bieten. Wie sollte sie es ihm sonst zurückzahlen?

Valjean ließ den Lappen ins Wasser fallen, spülte ihn aus, drückte das Wasser mit seinen riesigen Händen aus und legte ihn sanft auf ihre Stirn. »Sie müssen ruhen. Machen Sie sich keine Sorgen. Ich bringe Ihnen Ihre Tochter.«

Fantine öffnete die Augen und sie waren voller Hoffnung. »Sie fahren zu den Thénardiers?«

Valjean schüttelte den Kopf. »Nein, ich kann nicht. Ich schicke ihnen Geld, damit sie Cosette hierher bringen.«

»Sie kann bei mir nicht wohnen«, flüsterte Fantine unglücklich und dachte an ihr kaltes, nacktes Zimmer und den wollüstigen Hauswirt Chevrau. Das war kein Ort für ein unschuldiges Kind.

Valjean lächelte auf sie herab. »Sie wird glücklich bei Ihnen sein«, beruhigte er sie. »Sie werden keine Sorgen mehr haben. Cosette wird bei Ihnen sein, und wenn es Ihnen besser geht, verschaffe ich Ihnen Arbeit.«

Aber Fantine fuhr fort, den Kopf zu schütteln. »Sie verstehen nicht«, flüsterte sie unglücklich. »Ich bin eine Hure. Und Cosette hat keinen Vater.«

Der Mann legte seine muskulöse Hand auf die dünne Hand der Frau. »Sie hat den Herrn«, sagte er sanft zu ihr. »Er ist ihr Vater. Und Sie sind seine Schöpfung. In seinen Augen sind Sie nie etwas anderes gewesen als eine unschuldige und schöne Frau. Jetzt ruhen Sie, mein Kind.«

Die Sanftheit in seiner Stimme und in seinen Worten beruhigten sie. Fantines Augen fielen zu, und ihr Kopf entspannte sich auf dem Kissen. Sie fiel in einen tiefen Schlaf, und Jean Valjean saß die ganze Nacht auf dem Stuhl neben ihrem Bett und wachte über sie, während sie schlief, und er beschloß, daß es ihr nie wieder an etwas fehlen sollte.

In den folgenden Tagen zeigte Fantine eine deutliche Besserung. Durch die liebevolle Pflege der Schwestern vom hiesigen Kloster und gestärkt durch schmackhafte, heiße Fleischbrühen mit frischem Hühnerfleisch begannen sich die Höhlen in ihren Wangen etwas zu runden und ließen sie etwas gesünder aussehen. Aber das täuschte, da ihre kranken Lungen stark, wenn nicht unheilbar angegriffen waren. Fantine litt immer noch unter schweren nächtlichen Schweißausbrüchen und plötzlichem hohen Fieber und, was am schlimmsten war, unter ständigen schweren Hustenanfällen, die sie so viel Kraft kosteten, daß sie danach weder sprechen noch sich bewegen konnte.

Trotzdem war sie im ganzen ein anderer Mensch als die elende Hure, die Jean Valjean ins Gesicht gespuckt und zu Javerts Füßen gebettelt hatte. In ihrem ganzen Leben hatte Fantine noch nie eine solche Freundlichkeit erlebt wie jetzt, in den Händen Monsieur le maires. Sein großzügiges Handeln, das so gar nichts mit den Geschenken ihres ersten Liebhabers Tholomyès zu tun hatte, erwuchs nicht aus dem Begehren, sie zu besitzen, sondern aus dem Begehren, den Himmel zu besitzen. Der Bürgermeister war ein wahrer Christ, an Güte tat er es Christus gleich. Seine Freude, Gutes zu tun, war so ansteckend wie die Krankheit in Fantines Brust, und sie bekam etwas von dieser Freude ab.

Sehr bald würde sie Cosette sehen. Monsieur le maire hatte es fest versprochen und arbeitete täglich darauf hin. Fantine vertraute ihm völlig. So lag sie in ihrem Bett, warm und genährt und träumte von ihrer kleinen Tochter mit den goldenen Locken. Der Bürgermeister hatte ihr den Rat gegeben, sie sollte nicht an die Jahre denken, die sie verloren hatte, sondern ihre Gedanken und Hoffnungen fest auf die Zukunft richten. Es war ein guter Rat, und Fantine tat ihr Bestes, ihn zu befolgen.

Sie malte sich eine Zukunft aus, in der Cosette, die ein gestärktes Kleid trug, in die Küche eines hellen, kleinen Hauses gelaufen kam, in der ihre Mutter mit einem Glas Milch und frisch gebackenem Weißbrot auf sie wartete. Dann würde sich Cosette hinknien und ihre Gebete zu Jesus sprechen und ihr einen Gutnachtkuß geben.

Fantine stellte sich vor, hübsche Kleider für Cosette zu nähen, ihre Haare zu flechten und Schleifchen an die Enden zu binden, sie zu herzen und mit ihr an dem Eichentisch neben dem großem Herd beim Licht echter Wachskerzen zu sitzen. Das waren wunderbare, erfüllende Träume, in denen sich Fantine immer als die Gesunde und Starke sah, die sehr wohl imstande war, ein Kind durch die Früchte ihrer eigenen Arbeit aufzuziehen.

Aber als die Hustenanfälle sie wieder packten und das Blut ihr aus der Lunge in den Mund quoll, lösten sich ihre Träume in schmerzliche Wirklichkeit auf, und Fantine mußte sich zwingen, am Leben zu bleiben, bis sie Cosette wieder gegenüberstehen würde. Darin lag ihre einzige Zukunft – ihre kostbare Tochter noch einmal zu erblicken.

Mit schwerem Herzen beobachtete Jean Valjean den Überlebenskampf der jungen Frau. Dem Arzt zufolge waren ihre Chancen alles andere als gut, aber Valjean wollte unbedingt, daß Fantine lange genug am Leben blieb, damit sie ihr Kind wiedersehen konnte. Er hatte sich ihre Geschichte zusammengereimt, und er hatte Hochachtung für ihren Mut angesichts so vieler Schicksalsschläge und Erniedrigungen. In einer idealen Gesellschaft, die auf christlichen Prinzipien beruhte, dachte er, müßten Grausamkeiten, wie Fantine sie ertragen hatte, geächtet sein. Er bereute bitter den Anteil, den er unwissentlich daran gehabt hatte, daß Fantine so tief gefallen war. Es rief in ihm viele Schuldgefühle hervor und machte ihn noch entschlossener denn je, daß Fantines Zukunft – was ihr davon auch bleiben würde – abgesichert und glücklich sein sollte.

Keine Mühen oder Ausgaben, die er für Fantine auf sich nahm, waren zuviel für ihn. Ohne ein Wort überließ er ihr sein Schlafzimmer und verbot jedem, ihr davon zu erzählen. Er schlief in seinem kleinen Wohnzimmer, sein großer Körper lag ausgestreckt auf ein paar Stühlen. Die Unbequemlichkeit machte ihm nichts aus, ja, er begrüßte sie. Es war nur ein Tropfen auf den heißen Stein, verglichen mit dem, was Fantine erlitten hatte.

Wie versprochen hatte sich der Arzt mit dem Kloster von Montreuil in Verbindung gesetzt, und die Mutter Oberin schickte sofort Pflegeschwestern herüber, um abwechselnd nach dem kranken Mädchen sehen zu lassen.

Drei Tage, nachdem er Fantine in sein Haus gebracht hatte, betrat er ihr Schlafzimmer mit einem Brief in der Hand. Fantine saß aufrecht im Bett, in die Kissen gelehnt, und sah schön aus – ihr Gesicht zeigte die durchsichtige Reinheit und den rosigen Glanz, der nicht ungewöhnlich für tuberkulöse Patienten ist, die unter häufigem hektischen Fieber leiden. Ihr geschorenes Haar kräuselte sich entzückend wie ein goldenes Käppchen um ihren kleinen, wohlgeformten Kopf. Als sie Valjean sah, brach sie in ein strahlendes Lächeln aus.

»Kommen Sie herein. Bitte, kommen Sie herein.«

Jean Valjean nickte der Nonne zu, die gerade ein Tablett mit einer Schüssel dicker Suppe und einem Stück Weißbrot auf ihr Bett stellte. Er schenkte der Patientin ein breites Lächeln. »Sie sehen jeden Tag besser aus«, sagte er.

»Lügner«, grinste Fantine. Dann fiel ihr Blick auf den Brief, den Valjean bei sich trug. »Das ist die Handschrift der Thénardiers! Stimmt etwas nicht?«

Der Bürgermeister reichte ihr den Brief. »Da, lesen Sie.«

Aber Fantine schüttelte den Kopf. »Ich weiß nicht, wie. Lesen Sie ihn mir vor.«

Jean Valjean sah verlegen drein. »Na ja ... ich bin auch erst dabei, es zu lernen.«

»Wir sind ein schönes Paar«, lächelte Fantine.

»Mein Büroangestellter hat ihn mir vorgelesen. Thénardier schreibt, er kann Cosette nicht bringen, weil Sie ihm Geld schulden.«

»Aber ich schulde ihm keins! Ich habe ihm ...«

»Und ich habe ihm auch Geld geschickt«, warf der Bürgermeister ein.

»Es ist eine offensichtliche Lüge. Er hätte sie bringen können, und man hätte ihn direkt bezahlt.«

Fantines Wangen glühten fiebriger denn je. Sie schob ihr Tablett beiseite, warf die Bettdecke ab und versuchte, aus dem Bett zu kommen. »Ich fahr hin und hol sie...«, begann sie atemlos.

»Unmöglich.« Valjean hielt sie mit der Hand zurück, damit sie schön unter der Decke blieb. »Die Reise würde Sie umbringen. Und sie ist nicht nötig. Thénardier glaubt, daß Sie zu Geld gekommen sind. Er ist etwas habgierig geworden, das ist alles. Ich habe ihm dreihundert Francs mit der Post geschickt, einhundertfünfzig mehr, als er verlangt. Mein Angestellter hat ihm geschrieben, daß das Extrageld dafür sei, Cosette herzubringen. Sie wird in vier oder fünf Tagen hier sein.«

Seine Worte brachten der jungen Frau ein wenig Ruhe. Sie sank in ihre Kissen zurück, und ihr Gesicht nahm einen versonnenen Ausdruck an. »Wie wunderbar«, flüsterte sie, »meine Cosette zu sehen.«

»Sie sollten essen, meine Liebe«, protestierte die Nonne sanft.

»Ich lasse Sie jetzt essen. Sie sollten essen«, wiederholte Valjean.

»Nein, gehen Sie nicht! Ich meine, was ist mit Ihnen? Essen Sie nicht?« Etwas in ihrer Stimme, eine Einsamkeit, die ihn an seine eigene erinnerte, griff ihm ans Herz. Er nickte der Nonne zu, und sie hob das Tablett mit dem Essen auf und reichte es ihm. Er trug es aus dem Zimmer.

Während die Schwester Fantine das Haar bürstete und ihr ein neues Kleid anzog, deckte Jean Valjean in seinem Wohnzimmer den Tisch zum Mittagessen für zwei Personen, mit einem Tischtuch und leinenen Servietten. Wenn es nur nicht Winter wäre! Dann gäbe es Blumen in seinem kleinen Garten. Valjean trat hinaus, schnitt ein paar immergrüne Zweige ab und kam damit herein. Ihr Kieferngeruch füllte das kleine Wohnzimmer mit der Frische von draußen.

Als Fantine fertig war, hob er sie in seine mächtigen Arme und trug sie die Treppe hinunter zum Essen. Sie saßen sich gegenüber, unterhielten sich, während der Bürgermeister sich bemühte, langsamer zu essen, um sich Fantine anzupassen, die in ihrem Essen herumstocherte und nur langsam aß und überredet werden mußte, einen Bissen herunterzuschlucken.

Aber als sie sich unterhielten, rückten sie wie Freunde zusammen, und bald lachten sie beide. Valjean spürte eine Welle des Glücks, wie er es noch nie in seinem Leben gekannt hatte. Er dachte, er könnte Gott um nichts Größeres bitten, als diesen Augenblick für immer andauern zu lassen. Fantine am Leben zu lassen und ihr an diesem Tisch gegenüberzusitzen für alle Ewigkeit. Das wäre seine Vorstellung vom Himmel. Die Liebe, die er zu diesem hilflosen Mädchen spürte, war rein und stark. Er wollte nichts mehr, als sie zum Lächeln bringen und ihr Fürsprecher und Wohltäter sein.

Es war diese glückliche Szene, die Inspektor Javert sah, als er durch das Fenster des Wohnzimmers von Monsieur le maires Haus spähte. Der Anblick von Fantine, die sauber gekleidet dasaß und glücklich lächelte, und von Jean Valjean, der sie überredete, noch einen Bissen zu nehmen, als wäre sie ein Säugling, der Anblick des offensichtlichen Glücks auf den beiden Gesichtern brannte Javert auf der Netzhaut, und der Schmerz war echt.

Das Tableau, das er mitansah, stellte für den Inspektor eine Abscheulichkeit dar – ein niederträchtiger Flüchtling verkehrte mit einer Prostituierten unter dem Deckmantel der Ehrbarkeit. Es war wie ein schwerer Schlag ins Gesicht. Es trotzte allem, was moralisch und tugendhaft war. Javert mußte kämpfen, um sich und seinen gerechten Zorn unter Kontrolle zu bringen.

Als er sich etwas gefaßt hatte, ging er um die Ecke zur Tür des Bürgermeisters und klopfte laut und mit Nachdruck.

»Monsieur le maire? Ich bin's, Inspektor Javert«, rief er laut und klopfte wieder.

Nach einem kurzen Augenblick hörte er Schritte im Haus, und die Tür wurde geöffnet. »Ja, Inspektor?«

»Tut mir leid, Sie zu stören. Man hat mich ersucht, bei einer dringenden Ermittlung in Arras mitzuwirken. Ich werde für zwei Tage nicht da sein.«

»Sie brauchen Sie in Arras? Wozu?« wollte Valjean wissen.

»Um zu helfen, einen Vermißten zu finden. Ich habe Hauptmann Beauvais das Kommando übertragen.«

»Danke, Inspektor«, nickte der Bürgermeister. »Gute ...«

Aber Javert konnte sich und seine Entrüstung nicht länger zurückhalten. Es brach aus ihm heraus mit den Worten – »Sie ist eine Prostituierte!« Er zog sein infames, schwarzes Notizbuch aus seiner Uniformtasche und versuchte, es Valjean zu zeigen. »Ich kann Ihnen über fünfzig Beispiele ihrer Verbrechen aufführen!« protestierte er.

Der Bürgermeister weigerte sich, die Seiten anzusehen. »Warum haben Sie sie dann nicht verhaftet?« fragte er grimmig.

»Weil Huren eine soziale Notwendigkeit sind. Eine häßliche Notwendigkeit. Aber unter Kontrolle können sie von Nutzen sein.«

Valjean hatte genug gehört. Der kaltherzige Standpunkt des Mannes stieß ihn total ab. »Sichere Reise, Inspektor«, sagte er und schlug Javert die Tür fest vor der Nase zu.

XIV
ARRAS

Zehn Tage, nachdem Jean Valjean den Thénardiers dreihundert Francs geschickt hatte, kam ein Brief aus Montfermeil. Valjean nahm ihn mit in sein Büro, wo sein Angestellter ihm den Brief vorlas. Er lauschte mit wachsendem Zorn den Worten des Gastwirts und klopfte mit seinen Fingern ungeduldig auf seinen Schreibtisch.

»Unsere kleine Lerche, unser Liebling Cosette, ist ganz erpicht darauf, ihre Mutter wiederzusehen. Aber sie hat Husten, ›wie meine Mami‹, hat der süße Engel gesagt. Der Arzt rät von einer Reise jetzt ab, da es ihr noch nicht gut genug geht. Ich bringe sie, wenn sie wieder bei Kräften ist. Die Medizin ist mittlerweile sehr teuer. Und die Arztrechnungen sind kriminell. Fantine schuldet uns noch weitere fünfzig Francs –«

»Ist gut, ich hab genug gehört«, knurrte Valjean, wütend über die unverminderte Frechheit des Mannes, der einer kranken Mutter ihr Kind verwehrte, während er versuchte, aus der Situation mehr und mehr Geld herauszusaugen. Die Thénardiers hatten sich schon an Cosette bereichert, aber sie waren gierig auf immer mehr.«

»Wollen Sie eine Antwort diktieren?« fragte der Angestellte.

»Nein.« Valjean schüttelte angeekelt den Kopf. »Schreiben Sie statt dessen folgende Notiz, die Fantine unterschreibt.

›Monsieur Thénardier: Sie werden Cosette dem Überbringer herausgeben.
Freundlichst,‹«

Der Angestellte kritzelte die Notiz fertig und reichte sie herüber. Valjean stand auf und ging zur Tür seines Büros, aber bevor er sie erreichte, wurde die Tür geöffnet. Inspektor Javert stand im Eingang, und er war offensichtlich sehr aufgeregt. Seine Lippen arbeiteten seltsam, verdrehten sich, während seine Zähne an ihnen kauten.

»Inspektor?« Jean Valjean hatte bei dem Mann noch nie zuvor eine derartige Gefühlswallung gesehen, aber das Gesicht des Polizisten war beunruhigter und blasser als gewöhnlich.

Ohne einleitende Begrüßung, was an sich schon ein Abweichen von der üblichen Formalität des Inspektors war, verkündete Javert »Ich muß Sie sofort sprechen. Allein.«

Valjean gefiel der Ton gar nicht. Eine Alarmglocke läutete in ihm, aber nach außen bewahrte er seine Ruhe. Inzwischen ging Javert nervös im Büro auf und ab, sagte nichts, biß sich immer noch auf die Lippen.

Der Bürgermeister wartete ein paar Sekunden, aber Javert blieb weiter stumm. »Ich bin in Eile, Inspektor«, sagte der Bürgermeister ruhig.

Es kostete Javert offensichtlich Anstrengung zu sprechen. »Monsieur, eine ernsthafte, eine ... gravierende Verletzung des öffentlichen Vertrauens ist begangen worden«, erklärte der Inspektor feierlich.

Wenn der Alarm in seinem Kopf nicht laut getönt hätte, hätte Valjean Javerts pompöse Feierlichkeit fast amüsiert. Aber so fand er sie furchterregend. Was für eine Information hatte der Mann aufgedeckt, daß sie sich so stark bei ihm auswirkte.

»Ja?« war alles, was er sagte.

»Ein Untergebener hat einen völligen Mangel an Respekt gegenüber dem Gesetz bewiesen. Er muß bloßgestellt und bestraft werden.«

Das war der Augenblick, den Valjean gefürchtet hatte. Diese unvermeidliche Konfrontation mit dem unerbittlichen uniformierten Bluthund der Moral. Wie weit würde Javert gehen, um ihn bloßzustellen? Würde er Zeit haben für seine Flucht? »Wer ist der Täter?« fragte Valjean durch die Lippen.

»Ich bin es«, sagte Javert. »Ich habe Sie verleumdet, Monsieur le maire. Ich bin hier, um Sie zu bitten, meine Entlassung zu beantragen.«

Javerts Worte überraschten ihn völlig. Wovon sprach er?

Das mußte eine Art von Wahnsinn sein! »Inspektor ... ich verstehe nicht –«

Aber Javert war entschlossen, alles zu sagen. »Sie können sagen, daß ich zurücktreten kann. Aber ein Rücktritt ist ehrenhaft, und das verdiene ich nicht. Ich muß bestraft werden. Sie haben mich ungerecht behandelt, Monsieur le maire, was die ... was die Frau betrifft. Diesmal müssen Sie mich gerecht behandeln. Sie müssen mich entlassen.«

Der Bürgermeister verstand kein Wort von dem, was Javert da herumbrabbelte. »Um Gottes willen, Javert, weswegen?« rief Valjean, am Ende seiner Geduld.

»Ich habe Sie bei dem Pariser Polizeipräfekten angezeigt. Ich habe geschworen, daß Sie ein Sträfling seien, der gegen seine Bewährung verstoßen hat.«

Valjeans Blut erstarrte und er unterdrückte ein Schaudern. Angezeigt? Bei der höchsten Polizeibehörde Frankreichs? Eine lange Zeit hatte er Javerts heißen Atem im Nacken gespürt, er wußte, daß der Mann ihm auf den Fersen war, ihm in sein Privatleben folgte und wahrscheinlich jeden Tag der Wahrheit ein Stück näher kam. Aber Valjean hatte keine Ahnung, daß die Dinge schon so weit fortgeschritten waren. Welchen Beweis hatte Javert ausgegraben? Was für Zeugen? Auf welchem Gebiet hatte Valjean seine Fehler gemacht? »Sie sagten, ich wäre ... was?«

»Ein Sträfling. Ich hatte keinen Beweis. Nur eine Erinnerung. Die Erinnerung an einen Mann, Jean Valjean, den ich vor zwanzig Jahren auf den Galeeren bewacht habe. Ich habe Sie ohne einen Funken von Beweisen angezeigt.«

»Sie haben mich angezeigt«, wiederholte Valjean steif. Sein Gehirn raste, suchte nach einem Ausweg. Doch seine alten Instinkte mißtrauten dem Ganzen. Ein Gedankengang sagte ihm, daß die plötzliche bizarre Erklärung des Inspektors eine Falle sein könnte, die von Javert ausgelegt war, um ihn aus seiner Reserve zu locken und ihn zu zwingen, mit etwas herauszurücken, was besser verborgen blieb.

»Ja. Ich war ein Narr. Man hat mir gesagt, daß ich unrecht habe. Ich bin gerade aus Arras zurückgekehrt, wo ich den richtigen Jean Valjean gesehen habe.«

»Den richtigen Jean Valjean?« wiederholte der Bürgermeister verständnislos. Erneut begriff er nicht, was Javert da sagte. Wie konnte das sein?

»Ja. Vor zwei Wochen wurde ein Mann, der sich Champmathieu nennt, außerhalb von Arras verhaftet, weil er unbefugt Äpfel gepflückt hatte. Im Bezirksgefängnis warf ein Sträfling nur einen Blick auf Champmathieu und sagte, ›ich kenn ihn. Wir waren vor zwanzig Jahren im Gefängnis von Toulon.«

»Ich hab das nicht geglaubt«, fuhr Javert fort. »Ich bin nach Arras gefahren, um mich selbst zu überzeugen. Und es besteht keine Frage. Champmathieu ist Valjean. Ich entschuldige mich, Monsieur. Ich sehe Sie an und es ist offensichtlich, daß Sie kein Sträfling sind.«

»Jetzt glauben Sie nicht mehr, daß ich ein Sträfling bin«, sagte Valjean vorsichtig, ein Teil seines Gehirns warnte ihn immer noch, daß dies vielleicht eine Falle von Javert war.

Inspektor Javert schüttelte energisch den Kopf. »Natürlich nicht. Ich habe Valjean mit eigenen Augen gesehen. Ich mußte den Verstand verloren haben, um zu glauben, daß ein großer Mann wie Sie ein Verbrecher sein könnte.«

»Dieser Mann... gibt er zu, Valjean zu sein?« fragte der Bürgermeister langsam.

Javert gab einen kleinen Ton der Entrüstung von sich. »Natürlich nicht. Er spielt den Schwachsinnigen und tut so, als ob er die Anklage nicht versteht. Was soll er sonst tun? Valjean hat gegen seine Bewährung verstoßen. Das bringt lebenslänglich.«

»Lebenslänglich«, wiederholte Valjean gedankenlos.

»Ich habe eine Aussage gemacht, unter Eid«, nickte Javert. »Aber sie brauchen meine Aussage nicht. Brevet, ein Verwalter, hat die eigentliche Identifikation vorgenommen. Und jetzt haben sich zwei weitere Sträflinge, Chenildieu und Cochepaille gemeldet. Sie kannten Valjean sogar besser als ich. Sie werden ihn in dem Prozeß identifizieren.«

Chenildieu und Cochepaille! Jean Valjean erinnerte sich gut an diese Namen. Sie waren seine Kameraden auf den Galeeren gewesen, wenn man von Sträflingen sagen darf, daß sie Kameraden haben. Jetzt vermutete er zum ersten Mal, daß dies vielleicht doch keine Erfindung Javerts war. Vielleicht war es keine Farce, sondern wirklich wahr.

Doch es beunruhigte ihn weiter. Wie konnten Chenildieu und Cochepaille jemand anderen außer ihn als Jean Valjean identifizieren? War die Ähnlichkeit zwischen Champmathieu und Valjean so bemerkenswert, daß man fälschlicherweise für den anderen gehalten werden konnte? Oder hatten die beiden anderen Sträflinge eine Art Handel mit den Behörden gemacht, daß vielleicht ihre eigene Strafe reduziert würde, wenn sie vor Gericht aussagten? In jedem Fall würden sie in Wirklichkeit einen Mann zu lebenslänglicher Haft verurteilen, der nicht Valjean war.

»Wann ist der Prozeß?« fragte Valjean.

»Morgen.«

»Morgen.« wiederholte Valjean nachdenklich. »Wie lange wird der Prozeß dauern?«

»Nicht länger als einen Nachmittag. Die Beweise sind zu überwältigend. Ich bin sofort zurückgekehrt, damit Sie mich entlassen und mich wegen Verleumdung anklagen können.« Javert fing wieder damit an. Das Thema behagte Valjean überhaupt nicht. Nur er wußte, daß der Inspektor keine Verleumdung begangen hatte.

Der Bürgermeister hatte eine Menge zum Nachdenken. »Ich muß mir das durch den Kopf gehen lassen ... Ich war gerade auf dem Weg nach Hause. Gehen Sie ein Stück mit mir, Javert.«

Die beiden Männer verließen gemeinsam die Fabrik und gingen Seite an Seite durch den schmelzenden Schnee in Richtung von Monsieur le maires bescheidenem Zuhause. Mehrere Minuten sprach keiner, dann brach Valjean schließlich das Schweigen.

»Javert, Sie sind ein ... strenger Mensch«, sagte der Bürgermeister, und suchte nach den freundlichsten Worten. »Aber Sie sind ein Ehrenmann. Ihre Straftat ist unbedeutend. Ich möchte, daß Sie Präfekt bleiben.«

»Monsieur le maire, das ist unmöglich!« schrie Javert, echt schockiert. Wie könnte der Bürgermeister, Montreuils höchste

Autorität, ein Vergehen der übelsten Sorte als »unbedeutend« abtun? Es war fast beleidigend.

Valjean versuchte den Mann zu beruhigen. »Sie haben Ihr Delikt übertrieben.«

Aber Javert wollte sich nicht besänftigen lassen. Diese Angelegenheit hatte wie ein schwerer Stein auf seinem strengen Gewissen gelastet. Die Ereignisse in Arras hatten den Inspektor völlig und aufs Unangenehmste überrascht. Er hatte den Triumph schon gespürt; er war so nahe dran, hatte gedacht, diesen Monsieur le maire in der Hand zu haben. Er war bereit, seine Finger mit einem tödlichen Griff um ihn zu schließen.

Eine beschworene Aussage von zwei Sträflingen und Javerts Hand war plötzlich leer. Schlimmer noch, es war bewiesen, daß er unrecht hatte. Unrecht! Fast das Schlimmste aber war, die Pariser Polizeipräfektur würde davon erfahren und es in seine Akte eintragen. Sein tadelloser Ruf als Polizist würde jedenfalls befleckt, eine Aussicht, die er nicht ertragen konnte.

Aber das Schlimmste an diesem ganzem Arras-Fiasko war, daß Inspektor Javert jetzt wußte, daß er sich gegen einen unschuldigen Menschen versündigt hatte. Er hatte die Autorität mißachtet, und diese Mißachtung schlug jetzt gegen ihn zurück und ihm mitten ins Gesicht. Das war es, wofür er bestraft werden wollte. Das würde er mit aller Unterwürfigkeit akzeptieren.

»Ich habe nicht übertrieben, Monsieur. Ich habe mich über Sie geärgert. Ich bin über Ihre Autorität hergezogen, und aus Rache habe ich Sie verleumdet. Wenn einer meiner Untergebenen das getan hätte, hätte ich ihn ruiniert. Sie sagten gerade, ich sei streng. Ich bin nicht streng. Ich bin hart. Ich bin gegen andere, die das Gesetz verletzten, hart vorgegangen, und ich hatte recht. Wenn Sie jetzt weniger hart gegen mich vorgehen würden, hieße das, daß meine ganzen vergangenen Handlungsweisen ungerechtfertigt waren. Sie müssen mich bestrafen, Monsieur, oder mein Leben ist sinnlos gewesen.«

Valjean seufzte tief. Es war sehr schwer für ihn, einen Mann zu verstehen, dessen Seele so unnachgiebig war und so unversöhnlich. Für den Inspektor galt Erbarmen als nicht zulässig, und Vergebung war die schlimmste Strafe überhaupt. »Dann tadeln Sie mich, Javert«, sagte er und sah dem anderen in die Augen.

Der Inspektor blieb stehen und wandte sich zum Bürgermeister, schwarze Augen trafen auf blaue. »Sie tadeln, Monsieur le maire?«

Valjean nickte. »Ich befehle Ihnen, sich selbst zu verzeihen. Tadeln Sie mich für dieses Erbarmen. Sie werden Präfekt bleiben. So lautet mein Befehl.« Noch während er sprach, wehrte sich etwas in ihm mit aller Macht gegen seine Worte. Etwas in ihm konnte es kaum erwarten, Javert zu entlassen und ihn für immer aus Montreuil verschwinden zu sehen. Seine eigene Sicherheit zu erkaufen auf Kosten der Ehre dieses Mannes.

Aber er konnte es nicht. Jean Valjean wußte, daß Inspektor Javert recht hatte; der Mann, den er Monsieur le maire nannte, war ein Lügner und ein Flüchtling, ein Bewährungsbrecher, ein Zerstörer von Dokumenten, ein gemeiner Verbrecher, der eine lebenslängliche Zwangsarbeit verdient hatte.

Javert schwieg, seine Gedanken waren in Aufruhr. Aber der Bürgermeister hatte die Autorität über ihn, und er wagte es nicht, ihm nicht zu gehorchen. Widerwillig gab er sein Einverständnis. Er senkte zustimmend den Kopf.

Wenn Javerts Gedanken gepeinigt waren, wieviel mehr waren es erst die von Jean Valjean! Alles schien so plötzlich zu geschehen. Dank der Ereignisse in Arras war der Verdacht von ihm abgelenkt und er war für Javert und die übrige Welt wieder Monsieur le maire. Wenn der Prozeß erst vorüber war und dieser Champmathieu in die Identität »Jean Valjean« weggeschickt wurde, würde der echte Valjean für immer sicher sein. Die Bücher würden zugeschlagen.

Andererseits würde der falsche Mann lebenslänglich ins Gefängnis wandern. Ein Mann, den Javert als Schwachsinnigen beschrieben hatte, der nicht einmal die Anklagepunkte verstand, die ihm vorgeworfen wurden! Und die einzige Hand, die ihn retten konnte, war die Hand, die sich selber zu dem gleichen Schicksal verurteilen würde.

Andererseits wiederum – nehmen wir an, daß dieser Champmathieu etwa im selben Alter wie der wirkliche Jean Valjean war. Und nehmen wir weiter an, daß er lediglich zu zehn oder fünfzehn Jahren für das eigentliche Vergehen, bei einem anderen Menschen die Äpfel vom Baum gepflückt zu haben, verurteilt würde. Würde das nicht auf das gleiche ›lebenslänglich‹ hinauslaufen? Konnte Champmathieu erwarten, zehn oder fünfzehn Jahre Zwangsarbeit zu überleben? Was machte es also für einen Unterschied, unter welchem Namen er seine Zeit absaß. Und war nicht ein wohlhabender, religiöser Mensch, der anderen Arbeit gab und großzügige philanthropische Spenden verteilte, nicht ein wertvolleres Mitglied der Gesellschaft als ein schwachsinniger Penner, der Äpfel stahl? Ich werde meine guten Werke verdoppeln, gelobte Valjean. Ich werde mich von früh bis spät für wohltätige Zwecke einsetzen. Ich werde mich Champmathieus Opfers würdig erweisen. Seines unfreiwilligen, unwissentlichen Opfers.

Schließlich rechnet ganz Montreuil mit seinem Monsieur le maire, sagte er sich. Was würde aus seiner Fabrik und den vielen Arbeitern, die er beschäftigte, deren Lebensunterhalt von ihm abhing. Was würde aus Fantine und der kleinen Cosette? Er hatte ihnen Versprechungen gemacht, sie zu unterstützen und zu beschützen. Was würden sie alle machen, wenn Monsieur le maire lebenslang im Gefängnis schmachten würde?

Jean Valjean trat in sein Haus und ging sofort die Treppe hinauf, um nach Fantine zu sehen. Er fühlte sich weiter unbehaglich.

Fantine ging es heute nicht gut. Fiebernd und hustend wälzte sie sich auf ihren Kissen herum. Die Sorge um ihre Tochter, die sie schon vor einer Woche erwartet hatte, ließ ihre Temperatur steigen. Ihr Haar war durcheinander und vom Schwitzen ganz naß. Die anwesende Schwester wischte ihr die Hände und Wangen mit einem kühlen Lappen ab, aber nichts konnte ihr Linderung verschaffen außer dem Anblick von Cosette.

Sie nahm sich ein wenig zusammen, als der Bürgermeister hereinkam, und erlaubte ihm, ihr zu helfen, sich aufzusetzen. Als er ihr den Brief zeigte und ihr seine Absicht erklärte, Cosette persönlich abzuholen, lächelte sie sogar. Schwach setzte sie ihre Unterschrift unter die Bevollmächtigung, die er ihr mitgebracht hatte.

»Werden Sie sie heute holen?«

»Ja. Heute abend.« Es wäre das Beste, gleich aufzubrechen, dachte Valjean.

Etwas in seiner Stimme oder in seinem Gesicht erschien ihr anders. Er erschien furchtbar beunruhigt, so als ob er mit einem großen Problem kämpfte. »Stimmt etwas nicht?« fragte sie atemlos.

Als Antwort beugte sich der Bürgermeister über sie und gab der jungen Frau einen Kuß auf die Stirn. Ihre schmale Hand faßte ihn, überraschend stark, an seiner Jacke, um ihn am Weggehen zu hindern.

»Monsieur«, sagte sie ernsthaft und ihr Gesicht war ganz nahe bei ihm, damit sie seine Augen sehen konnte, »ich werde mein Bestes tun. Ich werde für mein Mädchen wieder gesund werden. Aber wenn es Sein Wille ist, mich zu sich zu nehmen, werden Sie sich dann um mein Mädchen kümmern?« bat sie. »Ich weiß, ich habe kein Recht. So viele Menschen hängen von Ihnen ab. Ich bin selbstsüchtig...«

Ihre atemlosen Worte, die mit einer solchen Anstrengung hervorgestoßen wurden, bewegten ihn tief. Valjean schlang seine starken Arme in einer liebevollen Umarmung um Fantine. »Sie und Cosette werden immer bei mir sicher sein. Ich schwöre es.«

Beruhigt ließ Fantine seine Jacke los und fiel auf die Kissen zurück. Für Cosette würde gesorgt sein. Sie hatte das feierliche Gelöbnis des Bürgermeisters, und sie hatte in seinem Gesicht gesehen, daß er es ernst meinte. Als Valjean das Krankenzimmer verließ, schloß Fantine müde die Augen.

So ging Valjean zu Bett, und sein Entschluß stand fest. Er würde am Morgen nach Montfermeil fahren, nicht nach Arras. Seine eigene Sicherheit war wichtiger, als die eines schwachsinnigen Diebes. Er würde Champmathieus Prozeß nicht beiwohnen.

Aber er konnte nicht schlafen; er wälzte sich auf den engen Stühlen, während ihn sein Gewissen quälte. Sein Kopf schmerzte wie wild, als er mit seinen Dämonen rang. Das hatte er nicht eingeplant. Als Inspektor Javert zum erstenmal in Montreuil auftauchte, hatte sich Jean Valjean einen Fluchtplan gemacht, einen einfachen Plan. Sich mit viel Geld zu versehen und dann das Weite zu suchen. Das Geld wartete auf ihn, es lag immer noch in dem kleinen Wald begraben. Außer seinen bürgermeisterlichen Pflichten hatte er keine Verpflichtungen. Jetzt sah alles anders aus. Jetzt wurde ein Mensch eines Verbrechens bezichtigt, das er nicht begangen hatte; sein einziges Verbrechen war, daß er dem Flüchtling Jean Valjean ähnlich sah.

Selbst Fantine und Cosette drückten nicht so auf seine Seele wie Champmathieu. Wenn er weglaufen würde, könnte er rechtlich sein kleines Häuschen Fantine überschreiben und sie mit genügend Geld versorgen, daß sie bequem davon leben konnte. Selbst wenn sie an ihrer Krankheit – was Gott verhüte – sterben würde, wäre Cosette gut versorgt. Aber was Champmathieu betraf, ihn könnte kein Geld aus seiner Zwangslage freikaufen. Nein, nur wenn Jean Valjean sich selbst stellen würde, würde man dem armen Mann die Last von den Schultern nehmen. Er würde am Morgen nach Arras fahren.

Andererseits würde der geistig zurückgebliebene Mann für den Diebstahl der Äpfel sowieso bestraft werden, warum sollten also zwei Menschen dasselbe Schicksal erleiden, wenn nur einer die Last zu tragen hatte. War nicht die Fehlidentifikation Champmathieus ein Geschenk des Himmels, dachte Valjean, und wäre es nicht eine Sünde, es abzuweisen? Er würde nicht nach Arras fahren.

Aber war es nicht noch sündhafter, das Geschenk anzunehmen? Angenommen, es wäre Satan, der ihm das Geschenk hinhielt, nicht Gott? Seit Jahren hatte er versucht, ein christliches Leben zu führen. War es christlich, zuzulassen, daß ein anderer für seine Verbrechen zahlte? Konnte man seine Verdienste gegen die von Champmathieu aufrechnen, waren nicht alle menschlichen Seelen, gut und böse, im Angesicht Gottes völlig gleich? Nur Gott konnte am Tag des Jüngsten Gerichts ihren wahren Wert ermessen. Es war für Valjean nur Eitelkeit und sündhafter Hochmut, zu erwarten, daß an jenem gefürchteten

Tag seine eigene Seele heller scheinen würde als die eines Apfeldiebs.

Und doch – der Gedanke, für immer frei von Angst zu sein, nie plötzlich das Weite suchen zu müssen und wieder zum Flüchtling zu werden – was für eine wunderbare Versuchung! Wie leicht zu erreichen! Valjean brauchte nur seinen Mund zu halten und sich nicht bei dem Prozeß in Arras sehen zu lassen.

Was könnte leichter sein? Noch bevor Javert heute an seine Tür geklopft hatte, hatte Jean Valjean beschlossen, selber nach Montfermeil zu fahren, um die kleine Cosette bei den habgierigen Thénardiers abzuholen und Fantine zurückzubringen. Er hatte sogar eine Bevollmächtigung zu diesem Zweck aufgesetzt, oder nicht? Würde diese Tat nicht allein schon zwei unschuldige Leben retten? Valjean hatte sein Vorhaben, bereits am nächsten Tag dort hinzufahren, schon ausgesprochen, und Montfermeil lag in entgegengesetzter Richtung von Arras.

Alles, was er zu tun hätte, war also, niemandem etwas zu sagen und an seinem eigentlichen Plan festzuhalten. Was immer im Gerichtssaal von Arras geschah, hatte nichts mit Monsieur le maire von Montreuil zu tun. So entschlossen fiel der erschöpfte Jean Valjean in einen ruhelosen Schlaf.

XV

CHAMPMATHIEU VOR GERICHT

Jean Valjean mietete sich eine Kutsche mit Fahrer, die ihn nördlich nach Montfermeil bringen sollte. Sie fuhren um 4.30 Uhr morgens los, Stunden, bevor die Sonne aufging. Es war eine ruhige Fahrt; die Straßen waren leer zu dieser unchristlichen Nachtzeit. Das Klapp-klapp der Pferdehufe auf der Straße war sehr beruhigend. Es wäre die ideale Gelegenheit für den Bürgermeister gewesen, etwas Schlaf zu finden. Aber er konnte nicht schlafen. Seine Gedanken verschlangen sich ineinander wie Männer und Schlangen im tödlichen Kampf bei der alten klassischen Laokoon-Statue. Er versuchte, sich auf zwei Ziele zu konzentrieren – zum einen, Cosette bei den Thénardiers abzuholen und zu Fantine zurückzubringen, und zum anderen, endlich vor Javert und anderen, die ihm folgen könnten, sicher zu sein.

Aber seine Gedanken wanderten ständig zurück nach Arras und zu dem Prozeß, der für heute morgen angesetzt war. Wie sollte es auch anders sein? Zum erstenmal in mehr als sechs Jahren war für Jean Valjean die Sicherheit in Reichweite. Nicht die falsche Sicherheit mit gefälschten Dokumenten und einer unter einem Baum versteckten Geldkiste, sondern die wahre Sicherheit eines unangreifbaren Rufes. Er hatte seine Entscheidung getroffen, und Valjean glaubte, die richtige getroffen zu haben. Weshalb mußte er sich dann weiter den Kopf zerbrechen über die Sorgen eines Champmathieu, eines armseligen, zerlumpten Apfeldiebs?

In seine Gedanken vertieft, nahm er die Meilen nicht wahr, die unter den Rädern der Kutsche dahinschwanden. So erschrak er, als er merkte, daß die Kutsche bereits die Stadt Digne erreicht hatte, die auf dem Weg nach Montfermeil lag.

Er sah die Turmspitzen der Kathedrale vor sich, und bald kamen sie an dem kleinen Häuschen des Bischofs vorbei, das seit dem Tod des Bischofs vor einigen Jahren leer stand. Der neue Bischof hatte der Armut den Rücken gekehrt und hielt hof in einem herrschaftlichen Haus, das seinem hohen Rang angemessen war.

»Halt!« rief Valjean und klopfte an das Dach der Kutsche. Der verblüffte Kutscher gehorchte. Der Bürgermeister stieg aus der Kutsche und ging auf das Tor des Häuschens zu. Das Eisentor war fast aus den Angeln und wegen mangelnder Benutzung verrostet. Valjean faßte es an und, als wäre das Tor ein magischer Eingang zu anderen Welten, kaum hatte seine Hand das rostige Eisen berührt, wurde er plötzlich von einer deutlichen Vision aus der Vergangenheit heimgesucht.

Mit einem Mal war es nicht Nacht um ihn, sondern heller Morgen. Er war um Jahre jünger, stand in diesem kleinen Garten und sah auf den Bischof herab. Der alte Mann, sein verletzter Kopf trug einen Verband, stopfte schwere silberne Kerzenleuchter in Valjeans Tornister. Der Priester sah Valjean direkt in die Augen. Ein Ausdruck von solcher Reinheit und Güte lag in dem Gesicht des Bischofs, daß es schmerzlich für Valjean war, es mitanzusehen. Der Blick des alten Mannes schien Valjeans Brust zu durchbohren und ihn in seiner tiefsten Seele zu treffen.

Und mit einem Mal hörte er jene Worte, so klar, als würde der Bischof sie hier und jetzt sprechen.

»Jean Valjean, mein Bruder, du gehörst nicht länger dem Bösen. Mit diesem Silber habe ich deine Seele gekauft. Ich habe dich von der Angst und dem Haß erlöst. Und jetzt ... gebe ich dich Gott zurück.«

Die Vision verschwand. An ihrer Stelle war eine große Leere. Zum erstenmal seit vielen Stunden wurden Jean Valjeans Gedanken klar. Er wandte sich um und ging zur Kutsche zurück. »Fahren Sie mich nach Arras, bitte«, sagte er zu dem Kutscher.

Der Kutscher machte große Augen. »Arras? Aber ... aber dann sind wir ja in die falsche Richtung gefahren.«

Genau, dachte Valjean. Seit Jahren gehe ich in die falsche

Richtung. »Ja, es war ein Fehler«, sagte er laut. »Wenden Sie um.«

Der Kutscher ließ die Peitsche knallen, das Pferd drehte einen Halbkreis, so daß die Kutsche jetzt gen Süden fuhr. »Nach Arras also«, sagte der Kutscher und Valjean nickte. Eine große Last schien ihm von der Seele genommen.

»Nach Arras.«

Als sie den Gerichtssaal von Arras erreichten, war es später Vormittag. Jean Valjean fühlte einen plötzlichen Stich Hoffnung. Was, wenn er zu spät kam? Was, wenn Champmathieu bereits verurteilt war? Er befahl seinem Fahrer, auf ihn zu warten, für alle Fälle.

Ein großer Beamter bewachte die schweren Türen.

»Ist dies der Gerichtssaal?« fragte Valjean.

»So ist es.«

»Darf ich eintreten?« fragte Valjean höflich.

»Kann Sie nicht reinlassen.« Der Türwächter schüttelte den Kopf. »Es ist voll.«

»Voll?« Valjean hörte die Worte halb mit Erleichterung, halb mit Bestürzung. »Es gibt keine Sitzplätze mehr?« Vielleicht wollte man Valjean nicht zumuten, zu stehen. Vielleicht wollten oder brauchten sie sein Geständnis nicht. Gerechtigkeit konnte womöglich auch ohne seine Teilnahme praktiziert werden.

»Bis auf den letzten Platz«, sagte der Türwärter mit einiger Befriedigung. »Wir haben zwei große Fälle. Der mit der Frau aus dem Limosin ist gerade zu Ende. Sie hat ihr Baby ermordet. Leider haben sie vorsätzlichen Mord ausgeschlossen. Sie kriegt nur lebenslänglich. Jetzt ist der Valjean dran – ein Galeerensträfling, der gegen seine Bewährung verstoßen hat. Den braucht man nur anzusehen, um zu wissen, daß er böse ist.«

So kam er also doch nicht zu spät! »Er sieht wie ein schlechter Mensch aus?« fragte Valjean, und ein dünner Hoffnungsstrahl kam in ihm auf. Vielleicht war dies das Schicksal, und Gott wollte ihm etwas sagen. Wenn er nicht in den Gerichtssaal konnte und dieser Champmathieu wirklich ein schlimmer

Bursche war ... vielleicht würde er dann nicht mehr gebraucht hier. Er hatte es versucht, oder nicht? Gute Absichten zählten sicher auch etwas.

»Verrückte und grausame Augen«, nickte der Türwächter, der sich seiner fachmännischen Kenntnis von Gut und Böse, Unschuld und Schuld rühmte, die er sich nach vielen Jahren gebildet hatte, in denen er die Tür des Gerichtssaals öffnen und schließen durfte. »Man sieht sofort, daß er zu den abscheulichsten Verbrechen fähig ist. Er wird lebenslange Zwangsarbeit bekommen. Es ist eine Schande«, fügte er hinzu. »Die sollten ihn hinrichten.«

»Kann ich also rein?«

»Nein, keine Chance.«

Nun ja, er hatte sein Bestes versucht. Was konnte man noch von ihm erwarten? Gott würde mit seiner Geste zufrieden sein müssen. Seine Kutsche wartete. Valjean wandte sich zum Gehen, als die nächsten Worte des Türwächters ihn aufhielten.

»Es sei denn ... es sei denn, Monsieur ist ein öffentlicher Beamter«, sagte der Mann und beäugte Jean Valjeans teuren Mantel und die polierten Stiefel. »Für die sind zwei Plätze direkt hinter dem Richter reserviert. Die besten Plätze im Saal.«

Das erledigte den Fall. Sein Schicksal verlangte eine Gegenüberstellung. Valjean seufzte innerlich und wandte sich um. »Ich bin der Bürgermeister von Montreuil«, verkündete er mit hohler Stimme, und die Tür wurde mit weitem Schwung geöffnet. Der hohe Ruf von Monsieur le maire hatte sich bis Arras herumgesprochen.

Der Prozeß gegen Champmathieu war schon im Gange, als Jean Valjean hinter dem Richter Platz nahm, der eine üppige Robe und eine dichtgelockte Perücke trug. Trotz seiner hohen Stellung war der Mann nicht älter als fünfunddreißig Jahre.

»Es ist mir eine Ehre, Monsieur le maire«, begrüßte ihn der Richter herzlich.

»Danke, Monsieur le Président«, erwiderte Valjean mit gleicher Herzlichkeit, aber seine Augen wanderten suchend durch den Gerichtssaal. Der Türwächter hatte recht. Es gab keinen freien Platz im ganzen Gerichtssaal. Und oben, auf der Galerie, beobachtete der gemeine Pöbel das Schauspiel mit kindlicher Schadenfreude wie in einem Zirkus. Über die Schulter des Richters konnte Valjean den Gefangenen sehen.

Von Inspektor Javert gab es keine Spur. Er hatte Wort gehalten und war dem Prozeß ferngeblieben. Kein Zweifel, die Demütigung seines »Irrtums« war mehr, als er ertragen konnte. Valjean lächelte fast. Armer Javert! Durch seinen eigenen Hochmut seines größten Triumphes beraubt zu werden, die Chance vertan zu haben, sich völlig zu rehabilitieren! Und vor allem, nicht dabei zu sein, wenn sein alter Feind seine Verbrechen gestand! Wirklich, armer Javert!

Der Angeklagte saß auf der Anklagebank. Champmathieu war ein großer Mann, breit in den Schultern, und er hatte eine bestechende Ähnlichkeit mit dem Jean Valjean aus seiner Sträflingszeit. Er trug Lumpen und war ungepflegt. Sein Haar war lang und sein Bart wild. Aber es gab einen auffälligen Unterschied zwischen beiden Männern. Während Jean Valjean selbst auf seinem Tiefststand als Sträfling ein Mann von scharfer Intelligenz war, hatte Champmathieu die blöden Augen und den schlaffen Mund des geistig Behinderten. Er war von niedriger Intelligenz und geringer Auffassungsgabe.

»Fahren Sie mit dem Verhör fort«, sagte der Richter. Der Ankläger nickte. Er war sogar noch jünger als der Richter, erst um die dreißig, nur seine Robe und Perücke waren weit bescheidener. Aber er hatte etwas von dem, was die Römer »gravitas« nennen, eine seriöse Feierlichkeit.

»Sie geben vor, ein einfacher Mensch zu sein«, wandte sich der Ankläger an Champmathieu. »Deshalb stelle ich Ihnen auch eine einfache Frage. Sind Sie oder sind Sie nicht Jean Valjean?«

Der Häftling auf der Anklagebank nickte heftig. »Erstens einmal ...« begann er, hielt dann inne, schaute verwirrt. »Was war nochmal erstens?«

»Euer Ehren«, sagte der Ankläger, »der Angeklagte verweigert die Antwort. Das beweist seine Schuld.«

Das beweist gar nichts, dachte Valjean, außer, daß der Mann nicht versteht, worum es hier geht.

Das Wort »Schuld« schien durch den Nebel in Champma-

Jean Valjean bestiehlt ein Kind – das letzte Mal in seinem Leben.

Inspektor Javert stellt sich vor.

Jean Valjean rettet ein Menschenleben und Inspektor Javert erinnert sich an vergangene Tage.

Valjean holt Fantine aus dem Gefängnis. Javert ist fassungslos.

Valjean verspricht der sterbenden Fantine, sich ihrer Tochter Cosette anzunehmen.

Jean Valjean gibt sich als ehemaliger Sträfling zu erkennen.

In neuer Umgebung: Valjean und Cosette leben zurückgezogen und unerkannt in Paris.

Inspektor Javert überbringt eine Nachricht.

Marius Pontmercy hält glühende Reden ans Volk.

Cosette ist verzweifelt, weil Marius bei den Aufständischen mitkämpft.

thieus verschrobenes Gehirn zu dringen. Er wurde aufgeregt und wollte sich von seinem Sitz erheben, aber der Gerichtsdiener stieß ihn wieder auf seinen Platz. Schaum bildete sich in seinen Mundwinkeln. »Ihr seid des Teufels!« schrie er. »Das wollte ich gerade sagen. Ich ... hatte nur Ihren Namen vergessen.«

Hierbei brach die Galerie in zustimmendes Gelächter aus. Dies war besser als ein Theaterstück. Und sie kannten schon den Schluß. Der arme Blödian würde für schuldig befunden und für immer hinter Gitter wandern. Sie brüllten und johlten fröhlich wie bei den alten Römern, die zusahen, wie die Christen im Amphitheater den Löwen zum Fraß vorgeworfen wurden. Brot und Spiele, das war's, was der Pöbel in diesem Gerichtssaal suchte. Brot und Spiele, mit der französischen Richterschaft als König Nero.

Champmathieu war zuerst von dem Gespött der Zuschauer erschreckt, dann erfreut. Sein dümmlicher Verstand nahm ihr Gelächter als ein Zeichen der Anerkennung auf. Er begann mit der Galerie zu spielen. »Ich bin ein Mensch, der ... wie sagt man? Ich bin einer von denen, die nicht jeden Tag essen. Ich hab ... Hunger! Das ist das richtige Wort. Als ich diesen Zweig mit den Äpfeln auf dem Boden liegen sah, hab ich mir zwei genommen. Ich hatte Hunger.«

Als die Männer und Frauen auf der Galerie wieder lachten, spürte Valjean starkes Mitleid mit der armen Kreatur auf der Anklagebank. Die Leute hatten recht, sich zu mokieren, aber nicht über den Angeklagten. Nein, dieser Prozeß selber war eine Farce. Sahen diese Leute – der Richter und der Ankläger und die anderen Anwälte – nicht, daß dieser armselige Mann hilflos war? Er hätte gar nicht erst aufgerufen werden dürfen, um für sich auszusagen.

»Sie wurden bereits schuldig befunden, gestohlen zu haben«, sagte der Richter streng.« Hier geht es um eine andere Anklage. Beantworten Sie die Fragen des Anklägers.«

»Hat er was gefragt?« Der Häftling klang echt verwirrt, während die Zuschauer wieder vor Gelächter brüllten.

»Sind Sie oder sind Sie nicht Jean Valjean?« fragte der Richter.

Champmathieu versuchte nachzudenken. »Sie sagen, ich

wär in Faverolles geboren. Das ist sehr klug mir zu sagen, wo ich geboren bin, denn das ist mehr, als ich weiß. Meine Eltern waren Landstreicher. Wenn Sie mich fragen, hatte Jean Valjean Glück gehabt. Nicht jeder wird in einem Haus geboren.«

Der Ankläger wandte sich an den Richter. »Monsieur le Président, angesichts des geschickten und kalkulierten Leugnens des Angeklagten, der hier versucht, den Idioten zu spielen, rufe ich den Zeugen Brevert in den Zeugenstand.«

»Stattgegeben«, stimmte der Richter zu.

Ein Mann von etwa sechzig in einem grauen Gefängniskittel wurde hereingebracht und zum Zeugenstand geführt, der dem Richter gegenüber lag, also auch vor Valjean, der direkt hinter ihm saß. Valjean kannte diesen Mann von früher, aus seinem alten Leben. Er starrte Brevert eindringlich an, als wolle er es riskieren, daß ihn der Mann erkannte. Aber Brevert blickte ihn kaum an und gab kein Zeichen des Wiedererkennens von sich.

»Brevert«, begann der Ankläger ernst, »ich erinnere Sie daran, daß das, was Sie aussagen, das Leben dieses Mannes zerstören kann. Sie müssen Ihrer Aussage absolut sicher sein.«

»Mein Gedächtnis ist gut«, verkündete Brevert fröhlich. »Ist das Beste, was ich habe.«

»Der Angeklagte möge sich erheben.« Einer der Gerichtsdiener half Champmathieu aufzustehen.

»Erkennen Sie diesen Mann?« fragte der Ankläger den Zeugen.

»Ja«, nickte Brevert. »Ich war der erste, der ihn erkannt hat.«

»Egal, wer der erste war«, knurrte der Ankläger. »Wer ist er?»

»Das ist Jean Valjean. Wir haben neunzehn Jahre auf der Galeere gesessen. Er kam 1796 nach Toulon und kam 1815 wieder frei. Er sieht natürlich älter aus. Sieht auch dümmer aus, aber das liegt wahrscheinlich am Alter.«

»Monsieur le Président, ich rufe den Sträfling Chenildieu in den Stand.«

»Sie können heraustreten«, befahl der Richter Brevert. »Der Angeklagte möge stehen bleiben.«

Chenildieu, ein kleiner Mann in dem roten Kittel und mit der grünen Mütze des Lebenslänglichen, nahm Breverts Platz im Zeugenstand ein.

»Ich wiederhole meine Warnung«, sagte der Ankläger feierlich. »Das Leben eines Menschen kann durch Ihre Antwort zerstört werden. Erkennen Sie den Angeklagten?«

»Tut mir leid, aber ich erkenne ihn«, zuckte Chenildieu mit den Achseln. »Wir saßen fünf Jahre an derselben Kette. ›Was ist denn los?‹« forderte er Champmathieu heraus und lachte grob. »Nein, hallo, hast du mich nicht vermißt?«

»Hallo«, sagte Champmathieu verlegen, und der Gerichtssaal barst vor Lachen.

»Setzen Sie sich«, befahl der Richter Chenildieu. Er hatte genügend Beweise von diesem Mann gehört.

»Ich rufe Cochepaille in den Stand«, verkündete der Ankläger.

Auch Cochepaille trug die Uniform eines Lebenslänglichen. Er war groß und sehr behaart, fast affenhaft, und war ein ganzes Stück schlauer, als der arme Kerl auf der Anklagebank. »Ich warne Sie gleichfalls«, belehrte ihn der Ankläger, »Erkennen Sie den Angeklagten?«

»Ja. Er ist Jean Valjean. Wir nannten ihn John-das-Brecheisen, weil er so stark war. Er ist ein guter Kerl.«

Valjean konnte diese Szene nicht länger dulden. Ein Mann, den in diesem Fall keine Schuld traf, sollte unter der schweren Last falscher Beweise vernichtet werden. Er beugte sich auf seinem Platz vor und flüsterte zum Richter. »Darf ich mich an das Gericht wenden, Monsieur le Président?«

Der Richter zog eine Augenbraue hoch, aber der angesehene und berühmte Bürgermeister von Montreuil war nicht jemand, dem man etwas abschlagen konnte. »Ja gewiß, Monsieur le maire«, erwiderte er höflich, aber er war verwirrt.

Jean Valjean erhob sich langsam. Jetzt gab es kein Zurück mehr. »Brevert, Chenildieu«, rief er mit tiefer, starker Stimme. »Seht mich an. Erkennt ihr mich?« Der Ankläger zog scharf den Atem ein, nicht ahnend, was jetzt kommen würde.

Die verblüfften Männer und Frauen auf der Galerie gerieten in Bewegung und stießen sich an und murmelten vor Überraschung. Etwas ging hier vor, etwas Neues, etwas Interessantes, aber sie waren nicht ganz sicher, was. Trotzdem war ihre Neugier und Aufmerksamkeit geweckt, und ihr Gelächter verstummte.

Jean Valjean verließ seinen Stuhl, kam herunter in den Gerichtssaal und trat nah an die Zeugen. »Ich erkenne dich, Brevert. Erinnerst du dich an die karierten Hosenträger, die du immer getragen hast? Du warst ein Denunziant in Toulon und wie ich sehe, bist du immer noch ein Verpfeifer.«

Brevert starrte erstaunt zurück. Sein Gedächtnis zuckte und belebte sich ein wenig, während er sich das Gesicht und die Gestalt des alten Valjean zurückrief, des Mannes, den er von der Galeere kannte. Der große Mann, der da vor ihm stand, löste diese Erinnerung aus. Trotz seiner vornehmen Kleidung und seiner Sauberkeit kam er ihm sehr vertraut vor. »J... Jean?« stammelte er.

»Ja. Hallo, Brevert. Und du, Chenildieu.« Das Gemurmel im Publikum wuchs an, während man etwas von dem Wunder zu verstehen versuchte, dem man hier beiwohnte.

»Schaut nicht auf meine ausgefallenen Stoffe«, fuhr Valjean fort. »Schaut nicht auf mein geschabtes Kinn. Schaut in meine Augen. Du hast dich selber ›Gottlos‹ genannt, stimmt's, Chenildieu? Und du hast eine Narbe auf deiner rechten Schulter. Ich hab sie dir zugefügt in der Nacht, als du mich umbringen wolltest. Erinnerst du dich? Als ich dich auf den Herd gedrückt habe.«

»Du bist es«, entfuhr es Chenildieu, und eine Frau im Publikum schrie, »Oh, mein Gott!« Der Richter schnappte vor Erstaunen nach Luft, und der Ankläger sah finster drein, als er sah, daß sich seine Anklage gegen Champmathieu in Luft auflöste.

»Zeige dem Gericht deine Narbe«, befahl Valjean. Chenildieu gehorchte, zog den Kittel von seinem Nacken herunter und enthüllte eine alte Brandnarbe auf seiner Schulter.

»Und du, Cochepaille, in die Biegung deines linken Arms ist ein Datum tätowiert. Es ist der erste März 1815, der Tag, an dem Kaiser Napoleon in Cannes an Land gegangen war. Zeig's ihnen.«

Erstaunt rollte der Sträfling seinen Ärmel hoch und da war die Tätowierung, fast verschwunden unter dem Pelz seines behaarten Arms. Valjean wandte sich dem Richter zu, der erstaunt zu ihm herab sah, den Hammer schlaff in der Hand haltend.

»Ich kenne die Männer, Monsieur le Président, und sie kennen mich«, sagte er fest. »Ich bin der Mann, den Sie suchen. Ich bin Jean Valjean.«

Die Ankündigung wurde mit fassungsloser Stille im Gerichtssaal aufgenommen. Sie wurde von Cochepaille unterbrochen, der rief, »He, er hat recht! Es ist John-das-Brecheisen! Wie findet ihr das?«

Jetzt brach der Gerichtssaal in ein erregtes Palaver aus, alle sprachen gleichzeitig, während der Richter vergeblich seinen Hammer schlug und um Ruhe bat. Der Richter konnte immer noch nicht ganz verstehen. Wie konnte ein so prominenter Wohltäter, eine so große Amtsperson wie Monsieur le maire von Montreuil sich selbst als Sträfling und Verbrecher hinstellen? Nein, etwas konnte daran nicht stimmen. Das mußte irgendein unangebrachtes Selbstopfer sein, eine Irrsinnstat, dazu bestimmt, einen wertlosen Sträfling zu verschonen.

»Monsieur le maire«, begann der Richter, »ich weiß, daß Sie ein gütiger Mensch sind, aber dies ist...«

»Gütig? Ein gütiger Mensch?« unterbrach Valjean gequält. Nichts konnte ihn jetzt aufhalten, alles zu gestehen, all die Geheimnisse, die sein Gewissen seit Jahren belastet hatten, in den Gerichtssaal hinauszuschütten. »Bevor ich verhaftet wurde, war ich genauso unwissend wie Cochepaille, aber ich war nicht gütig. Auf den Galeeren war ich so böse und gottlos und so hinterhältig wie Brevert, aber nicht gütig. Ich bin immer noch nicht gütig. Ich habe versucht, ein ehrbarer Mensch zu werden. Ich habe versucht, der Welt meine Verbrechen abzubezahlen, und ich glaubte... ich glaubte erst gestern... ich hätte so etwas wie Glück gefunden.« Er stolperte über die Worte, erinnerte sich an seine Zuneigung zu Fantine und seine Hoffnungen auf Cosette, dann faßte er sich wieder.

»Es ist schrecklich, so etwas zu sagen, aber ich wollte, ich könnte meinen Mund halten und diesen armen Teufel für mich leiden lassen. Setzen Sie Ihr Verhör fort, Monsieur le Président, und Sie werden weitere Beweise bekommen, daß ich Jean Valjean bin. Ich muß mich noch um andere Dinge kümmern. Wenn Sie bereit sind mich zu verhaften, wissen Sie, wo Sie mich finden.«

Und bevor jemand ihn aufhalten konnte, bahnte sich Jean Valjean seinen Weg durch die verblüfften Zuschauer hinaus zu seiner wartenden Kutsche.

»Montreuil.« sagte er zu dem Fahrer. »Und beeilen Sie sich.«

XVI

FANTINES TOD

Einige Stunden später erreichte Jean Valjean Montreuil – müde, verstaubt und in großer Eile. Bevor er in die Stadt fuhr, stieg er von seiner auffälligen Kutsche in einen bescheidenen Wagen um, den ein möglicher Verfolger leicht übersehen konnte. Er hatte ihn auf der Straße direkt seinem Fahrer abgekauft.

Als er Montreuil erreichte, fuhr er den hölzernen Wagen zuerst zu seiner Fabrik. Es war inzwischen kurz vor Sonnenaufgang. Er lief die Treppe hoch und klopfte an die Tür der kleinen Wohnung im zweiten Stock des Fabrikgebäudes, in der sein Büroangestellter lebte. Der Angestellte öffnete die Tür im Nachthemd, seine Haare standen nach allen Richtungen ab, die Augen waren schwer vom Schlaf.

»Ich brauche Sie sofort in meinem Büro«, sagte er förmlich, führte den halbwachen, verblüfften Angestellten zu seinem Büro und setzte ihn an seinen eigenen Schreibtisch.

Valjean wußte, daß es nur eine Sache von ein paar Stunden war, bevor Javert nach ihm suchen würde. Ihm blieb nicht viel Zeit und es gab noch viel zu tun, um seine Angelegenheiten abzuwickeln. Während der Bürgermeister auf und ab ging und dem Angestellten seine Absichten diktierte, saß der Mann nur verblüfft da, unfähig zunächst, die Tragweite im Plan seines Arbeitgebers zu verstehen.

Doch es war ein einfacher Plan, einfach in Worte gebracht, und es dauerte nicht lange, bis der Angestellte merkte, daß es Monsieur le maire ganz, ganz ernst war mit dem, was er vorhatte. Hier ging es nicht mehr um die Laune eines reichen Mannes. Der Angestellte kritzelte alles schnell nieder und bedeckte mehrere Blätter Kanzleipapier damit. Schließlich waren die letzten Einträge ins Hauptbuch gemacht, und die entsprechenden Papiere waren zu Valjeans Zufriedenheit aufgesetzt. Jean Valjean unterschrieb und versiegelte sie.

Nachdem dieser Teil seines Plans vollendet war, fuhr Valjean mit dem Wagen zu seinem kleinen Häuschen, wo er sich eilig wusch und die Kleidung wechselte. Er fand die Pflegeschwester, Schwester Simplicia, in der Küche, wo sie gerade eine Medizin für Fantine vorbereitete.

»Monsieur?« Die Nonne drehte sich um, überrascht, ihn zu sehen. »Sie sind so schnell zurück?«

»Ich hab das Mädchen noch nicht. Ich fahre in einer Stunde. Wie geht's ihr?« Valjean senkte seine Stimme, als er nach Fantine fragte; er wußte, daß die Nachrichten nicht gut sein konnten.

Schwester Simplicia schüttelte traurig den Kopf. »Der Husten ist schlimmer geworden. Es kommt die ganze Zeit Blut. Sie ... ich glaube, sie klammert sich nur daran, ihre Tochter zu sehen.« Die Augen der Nonne blickten traurig.

»Ich muß Fantine sehen, bevor ich fahre. Wenn Sie sie wecken müssen, tun Sie es.«

Die Sonne ging gerade auf, als der uniformierte Reiter zum Rathaus galoppierte. Auf der Steinbank vor dem Rathaus saß, Pfeife rauchend, Hauptmann Beauvais und machte eine Pause. Der Reiter schien in rasender Eile zu sein. »Ich habe eine dringende Nachricht für Inspektor Javert.«

»Ich bring sie ihm rauf«, sagte Beauvais und streckte die Hand danach aus, aber der Reiter hielt das Papier fest. »Geht nicht. Aushändigung nur persönlich.« Er senkte seine Stimme zu einem Flüstern. »Es handelt sich hier um eine besondere Verfügung aus Arras.«

»Na schön, dann folgen Sie mir«, räumte Beauvais ein. »Ich hoffe, es ist eine gute Nachricht. Der Inspektor ist sehr schlecht gelaunt.«

Er ging voran, die Treppe hinauf zu Javerts Büro. Er ahnte nicht, daß sich die Stimmung des Inspektors sehr schnell bessern würde.

Jean Valjean ging auf Zehenspitzen in Fantines Zimmer und setzte sich auf den Stuhl neben ihrem Bett. Ihre Augen waren geschlossen. Er beobachtete sie schweigend, während er noch einmal die Ereignisse von Arras durchging. Er wußte, daß ihm nur sehr wenig Zeit blieb; die Obrigkeit würde ab jetzt hinter ihm her sein und alles dran setzen, um ihn zu verhaften, allen voran der Bluthund Javert.

Die junge Frau schlief unruhig, wälzte sich fiebernd hin und her. Ihre Wangen waren hellrot gefleckt und die übrige Haut so blaß, daß das Licht hindurchzuscheinen schien. Ihre wirren Haare waren schweißnaß und klebten an ihrer Stirn. Valjean glaubte den Tod in ihrem Gesicht zu sehen. Die Schwester hatte recht; Fantine konnte nicht mehr lange durchhalten. Während Valjean sie traurig betrachtete, öffnete Fantine ihre Augen.

»Monsieur, Sie sind zurück –« Fantine versuchte sich zu erheben, sah suchend nach ihrer Tochter, aber Valjean schüttelte den Kopf. Sanft bettete er sie wieder in ihre Kissen. Schwester Simplicia beugte ihren Kopf übers Bett, wischte den blutigen Schaum von Fantines Lippen.

»Nein, nein. Regen Sie sich nicht auf«, sagte er beinahe flüsternd zu ihr. »Ich habe Cosette noch nicht. Bitte, machen Sie sich keine Sorgen. Ich fahre in ein paar Minuten zu den Thénardiers und kann morgen abend wieder zurück sein.«

Fantine seufzte. Nur noch einen Tag und eine Nacht, bis Cosette wieder bei ihr wäre. Das Warten war so schwer. »Ich werde stark sein und warten.« Fantine versuchte mit zittrigen Lippen ein Lächeln.

»Fantine, ich muß Sie bitten –«

»Ich habe gerade geträumt«, sagte sie leise. »Von Ihnen und mir und Cosette. Wir waren auf ihrer Firmung. Sie sah so schön und glücklich aus. Aber sie kannte mich nicht. Und ich weinte –« Das Gesicht des Mädchens verzog sich, als es sich an das verschwundene Gefühl in ihrem Traum erinnerte.

»Fantine, wenn etwas passieren sollte, wenn du dich nicht um Cosette kümmern könntest –«

»Ich weiß, ich werde nicht mehr lange leben, Monsieur«, antwortete sie schlicht. Fantine griff mit der Hand an ihren

Hals, löste ihre kleine Halskette und legte sie in Valjeans Hände. »Würden Sie die meiner kleinen Cosette geben? Ich hab' sie für sie gekauft. Könnten Sie sie ihr geben? Bitte?«

Valjeans Finger schlossen sich um die Kette. »Ja, ich werde sie ihr geben«, versprach er.

»Sie kann doch hier bei Ihnen bleiben, nicht?« bat Fantine. »Aus ihr wird eine gute, ehrbare junge Frau. Sie werden sie großziehen, nicht wahr? Versprechen Sie es mir, Monsieur!« Tränen traten ihr in die Augen.

»Ja, ich werde sie großziehen. Ich verspreche es«, antwortete Valjean ernst.

»Er lügt ganz schön, was?« Javert stand in der Tür, seine Kleidung saß schief, sein für gewöhnlich finsteres Gesicht hatte sich vor Hochstimmung aufgehellt, seine Stimme zitterte vor Triumph. Er war rot angelaufen und hechelte, denn er war so schnell wie er konnte zu Fuß hierher gelaufen, kaum daß er die Verfügung aus Arras gelesen hatte. Das war der freudigste Augenblick in Javerts langer und freudloser Laufbahn. »Er hat darin viel Übung«, spottete er. »Ein Leben voller Lügen.«

Beim Anblick von Inspektor Javert erschrak Fantine und schrie laut auf. Sie griff nach dem Mantel des Bürgermeisters. »Monsieur, retten Sie mich!«

»Keine Sorge,» sagte Valjean sanft. »Er ist nicht Ihretwegen hier.« Er machte sich von ihr los. »Ist gut, Javert, ich komme.«

»Was will der, Monsieur le maire?« schrie Fantine schrill. Der Anblick von Javert versetzte sie so in Schrecken, daß sie zu zittern begann. Schwester Simplicia versuchte, die Bettdecke über den zitternden Körper des Mädchens zu ziehen, aber Fantine schob sie weg. Sie konnte ihre Augen nicht von Javert lassen, wie ein kleiner Vogel in Gegenwart einer Kobra.

»Er ist nicht mehr Bürgermeister«, kreischte Javert, ergriff Valjean am Kragen und versuchte den großen Mann vom Stuhl zu ziehen.

Valjean stand widerspruchslos auf. »Inspektor, bitte«, flüsterte er eindringlich. »Ich muß Sie privat sprechen.«

Javerts Augen funkelten bösartig. »Was? Sprechen Sie lauter! Man nuschelt nicht, wenn man mit mir spricht.«

»Monsieur? Was ist los?« flehte Fantine, der Hysterie nahe. Sie verstand nicht, was hier vor sich ging. Warum kommandierte der Inspektor den Bürgermeister herum? Das gab keinen Sinn. Ihr Kopf schmerzte wie wild.

»Ich möchte Sie um einen Gefallen bitten«, flüsterte Valjean, damit Fantine es nicht hörte.

»Ich sagte, Sie sollen lauter sprechen«, knurrte Javert.

Valjean sprach sehr schnell im Wettlauf gegen die Zeit. »Geben Sie mir zwei Tage«, bat er. »Um ihr Kind zu holen. Ich zahle. Ich zahle dafür alles, was Sie wollen. Sie können sogar mitkommen –«

»Machen Sie Witze?« lachte Javert schroff. »Ich soll Sie für zwei Tage laufen lassen? Halten Sie mich für einen Dummkopf?« Ein bitterer Ton kam in seine Stimme. »Ja. Das tun Sie. Und warum auch nicht? Was müssen Sie gelacht haben –«

»Javert ... ich bitte Sie ...«

»– Als Sie mir vergaben. Oh, sehr großzügig, der gute Herr Bürgermeister.« Javerts Lippen verdrehten sich sarkastisch. »Nein! Nein, Sie können für Ihre Hure gar nichts holen!« spuckte er. »Sie wandern auf die Galeere. Und diese Schlampe wandert ins Gefängnis.«

Fantine konnte nicht atmen. Sie kämpfte keuchend darum, sich im Bett aufzusetzen und versuchte vergebens, etwas Luft in ihre Lungen zu bekommen. »Monsieur le maire, was meint er damit?« schrie sie.

Haßerfüllt wirbelte Javert herum. »Hör mir zu, du Schlampe! Du wirst nie deine Tochter wiedersehen. Du wanderst ins Gefängnis. Diesmal kann er dich nicht retten. Es gibt keinen Monsieur le maire mehr. Er ist ein Verbrecher. Er kommt von den Galeeren und dahin wandert er auch zurück.«

Die Nonne versuchte mit ihrem eigenen Körper Fantine vor Javert abzuschirmen, breitete ihre vollen schwarzen Röcke aus, um dem Mädchen den Anblick des tollwütigen Polizisten zu ersparen. Javert stieß Valjean nach vorn, auf die Tür zu. »Vorwärts!«

Valjean verlor das Gleichgewicht, stolperte und fiel hin, sein Kopf schlug gegen den Tisch, der neben Fantines Bett stand. Fantine stieß einen lauten Schrei aus und brach auf ihren Kissen zusammen, ihre Augen verdrehten sich nach oben und ihr Mund hing lose herunter. Sie lag völlig regungslos da. Die Schwester beugte sich besorgt über sie, suchte im Gesicht der jungen Frau nach einem Lebenszeichen.

Valjean hielt sich am Tischbein fest, stützte sich ab, um wieder hochzukommen, blieb aber am Boden liegen. Seine ganzen Überlebenskünste als Gefangener brachen in ihm auf.

»Vorwärts!« kreischte Javert und trat boshaft nach ihm.

Mit einer einzigen Bewegung erhob Jean Valjean sich vom Boden, das Tischbein noch immer umklammert, und knallte den Tisch gegen die Wand. Das Wasser aus der Schüssel ergoß sich über Fantine, das Bett und den Boden. Medizinfläschchen fielen zu Boden, einige zerbrachen und vergossen ihren Inhalt. Jetzt stand Valjean völlig aufrecht vor Inspektor Javert. In der Hand hielt er ein Tischbein, einen dicken Knüppel, eine Waffe. Seine alten Instinkte, die Instinkte eines Sträflings, hatten ihn völlig wieder. Einen langen Augenblick standen sich die beiden Männer gegenüber und starrten sich an. Valjeans Gesicht war wild und ungebändigt. Javert brannte vor glühender Freude. Die Freude des Jägers. Jetzt hatte er seine Beute voll im Blick. Monsieur le maire von Montreuil gab es nicht mehr. An seiner Stelle tauchte drohend der brutale Jean Valjean auf, Flüchtling, Sträfling, Missetäter. Das war der Mann von einst, an den sich Javert erinnerte, dieser bösartige Wilde mit den mächtigen, hochgezogenen Schultern und dem finsteren Gesicht.

Es war des Inspektors tiefste Überzeugung, daß das Böse sich nie ändern konnte. Unter der Politur der Zivilisation würde immer die Bestie lauern, bereit, knurrend hervorzubrechen. Für Javert war ein Verbrecher eine Art Untermensch, und Jean Valjean mit seinen wilden Augen und dem Holzknüppel in der Hand schien für ihn der lebende Beweis für seine Theorie.

»Immerhin... Es ist mir eine Freude, Sie wiederzusehen, Valjean«, zischte Javert.

In diesem Augenblick fiel Schwester Simplicia neben dem Bett auf die Knie, bekreuzigte sich und begann zu beten. Valjean drehte seinen Kopf leicht. Aus dem Augenwinkel sah er Fantine, die schlaff, mit offenen, starren Augen und mit Blut auf den Lippen dalag. Sie atmete nicht mehr.

»Schwester?« schrie er, aber die Nonne senkte ihren Kopf nur noch tiefer, als sie ihren Rosenkranz für die unsterbliche Seele der armen Sünderin, der unglückseligen Fantine, betete.

»Sie haben sie umgebracht!« Überwältigt von Kummer und Verzweiflung ließ Valjean das Tischbein fallen.

»Ihre Hände her!« befahl Javert. Valjean stand immer noch wie betäubt und gehorchte widerspruchslos. Er hielt seine Hände hin, und Javert zog ein Paar Handschellen aus seiner Uniformtasche. Der Polizist ging auf seinen Feind zu und ließ eine der Eisenschellen um Valjeans rechtes Handgelenk schnappen.

Aber bevor Javert die Schelle schließen konnte, machte der kräftige Valjean eine schnelle Bewegung – zog die rechte Hand des Polizisten zu sich, nahm mit einem Griff die Handschelle von der eigenen Hand ab und schloß sie um Javerts Handgelenk. Der Spieß war jetzt umgedreht; aus dem Jäger war die Beute geworden. Valjean packte Javert an den Haaren und zog seinen Kopf mit einem Ruck von der Wand weg.

»Sie können sich nirgendwo mehr verkriechen, Valjean«, keuchte Javert trotzig.

Als Antwort schmetterte Valjean Javerts Stirn gegen die Wand. Dies war das Schwein, das Fantine umgebracht hatte!

»Sie haben keine Papiere!«

Und wieder knallte Valjean Javerts Gesicht gegen die Wand, diesmal noch härter. Er wollte, daß der Kopf dieses Mannes aufplatzte wie eine Melone auf dem Straßenpflaster.

»Ich ... ich finde Sie ... Sie ...« murmelte der Inspektor durch einen roten Dunstschleier aus Schmerz. Wieder knallte seine Stirn gegen die Wand, und der Inspektor plumpste bewußtlos zu Boden.

Schwer atmend ließ Jean Valjean Javerts Haar los und wandte sich der erschreckten Nonne zu, die vor Angst und Verwirrung zurückwich. Selbst mit der größten Fantasie konnte die Schwester diesen brutalen Wilden nicht mit dem christlichen, freundlichen und großzügigen Monsieur le maire gleichsetzen, den sie kannte. Sie hatte Angst, daß dieser Fremde sie und Inspektor Javert töten würde.

Aber Valjean wollte niemandem schaden. Seine Wut war

schon verraucht und er war nur noch an Fantine interessiert. Er beugte sich über das Bett, sah forschend in ihr Gesicht, um sich zu vergewissern, daß sie tot war. Mit sanfter Gebärde schloß er ihr die Augen und beugte sich herab, um ihr die Stirn zu küssen. Stumm erneuerte er sein Gelöbnis vor ihr, daß er sich immer um Cosette kümmern und sie großziehen würde. Er würde sich jetzt auf den Weg nach Montfermeil machen und das Kind seinen habgierigen Betreuern entreißen. Sie würden beide das Weite suchen. Er würde sie mit sich nehmen, wohin er auch ging. Er würde sein Versprechen halten, das er Fantine gegeben hatte, und Cosette ein gutes Leben bieten, irgendwie.

Dann zog er ein Bündel Scheine aus seiner Tasche und nahm etwas von dem Geld. »Sie hat bereut, nicht wahr? Sie hat ihren Frieden mit Gott gemacht?« fragte er die Nonne.

»Ja, Monsieur.«

Valjean drückte ihr das Geld in die Hand. »Bitte, sorgen Sie dafür, daß sie ein angemessenes Begräbnis bekommt. Und beten Sie für ihre Seele ...«

Schwester Simplicia nickte und hob ihm ihr tränenbenetztes Gesicht entgegen. »Ja, Monsieur.«

Ohne ein weiteres Wort eilte Valjean aus dem Zimmer, die Treppe hinunter zu seinem Wagen. Er hatte keinen Augenblick zu verlieren. Er schnappte sich eine Tasche, öffnete die Tür zur Straße und stand plötzlich Hauptmann Beauvais gegenüber, der draußen wartete. Valjean erstarrte, und die beiden Männer sahen sich einen langen Moment stumm an.

»Sind Sie ein Sträfling? Ist das wahr?« fragte Beauvais.

»Ja.« Valjean sah keinen Grund zu lügen. Nicht jetzt. Nicht, wo Javert verletzt und bewußtlos da oben lag.

»Wo ist der Inspektor?« wollte Beauvais wissen.

Valjean wies mit dem Kopf zum Haus. »Da drinnen.«

Der Polizeihauptmann zog seine Pistole aus seinem Halfter und hielt sie auf Valjean. »Haben Sie ihn umgebracht?«

Valjean schüttelte den Kopf.

»Ein Jammer«, lächelte Beauvais. Er drehte seine Pistole um und reichte sie, mit dem Griff zuerst, dem großen Mann. »Besser, Sie schlagen hart genug zu, damit's ne Beule gibt«, sagte er bedauernd, bevor er zu Boden ging.

»Wo ist er?« fragte Javert. Seine Stirn war blau und rot, und eine große Schwellung bildete sich über seinem Auge. Hinter ihm drückte Beauvais ein Taschentuch auf eine schmerzende Beule auf seinem Hinterkopf. Die beiden Beamten wurden von einem Wachtmeister und zwei Gendarmen begleitet.

Valjeans Angestellter, sein Vorarbeiter und die Vorarbeiterin saßen an ihren Schreibtischen im Fabrikbüro und schauten erschreckt auf, als die Polizei mit Javert an der Spitze hereingestürmt kam.

»Er hat uns vor einer halben Stunde verlassen«, erwiderte der Angestellte.

»Zu Fuß?« fragte Javert ungeduldig.

»Im Wagen.«

»In welcher Richtung?« fragte Javert.

»Die Straße nach Süden«, sagte der Angestellte widerwillig. Er haßte es, seinen Arbeitgeber zu verraten, aber er traute sich nicht, die Polizei zu belügen. Inspektor Javert schüchterte ihn ein, wie jeden, der es mit ihm zu tun bekam. Der Angestellte hatte keine Ahnung, was Monsieur le maire getan haben mochte, um das Gesetz gegen sich aufzubringen.

Inspektor Javert brach in fieberhafte Tätigkeit aus, bellte Kommandos. »Beschlagnahmt die Postkutsche. Nicht Sie, Beauvais. Ihr zwei. Los.« Er wandte sich dem Angestellten wieder zu. »Nach Süden? Er ist nach Süden gefahren? Sind Sie sicher? Nicht nach Paris?«

»Fragen Sie doch hier«, zuckte der Angestellte mit den Achseln. »Jeder hier hat ihn wegfahren sehen.«

»Wieviel Geld hat er mitgenommen?«

Der Angestellte schüttelte den Kopf. »Er hat nichts mitgenommen.«

Aber Javert glaubte ihm nicht. »Zeigen Sie mir die Bücher.« Der Angestellte reichte das Hauptbuch hinüber, und Javert überflog es sorgfältig. »Ich verstehe nicht. Sie sagen, er hat die Fabrik überschrieben?«

Der Angestellte nickte. »Ja. Er hat die Fabrik allen Angestellten überschrieben. Hier –« und er zeigte auf die entsprechenden Hauptbucheintragungen. Die Anteile sind nach Dienstjahren aufgeteilt. Er hat für sich nichts mitgenommen.«

Jean Valjeans erste Tat auf der Flucht war, sein Geld unter dem Baum hervorzuholen. Er machte den Baum ausfindig, überprüfte die Markierung, die er in den Baumrumpf geschnitzt hatte, schritt die Entfernung ab und begann dann zu graben. Schon nach ein paar Minuten stieß sein Spaten auf das Metall der Kiste, und er zog sie aus dem Boden. Wie erwartet war das Geld noch unversehrt da. Valjean lächelte bitter. Geld war jetzt die geringste seiner Sorgen. Er füllte schnell die Tasche, die er mitgebracht hatte. Es war mehr als genug, um ihn viele Meilen von hier wegzubringen. Sein Ziel war Paris. In Paris glaubte er sich sicher.

XVII

DIE JAGD

Zur gleichen Stunde, als Jean Valjean sein verstecktes Geld ausgrub, kletterten Inspektor Javert und die zwei Gendarmen zusammen mit dem Wachtmeister in die beschlagnahmte zweispännige Postkutsche. Der Wachtmeister erklomm den Fahrersitz und nahm die Zügel auf. Hauptmann Beauvais bemühte sich mit verbundenem Kopf, in die Kutsche zu klettern, aber Inspektor Javert winkte ihn zurück.

»Sie bleiben hier, Beauvais. Sie haben wahrscheinlich eine Gehirnerschütterung, und Sie sollten sich ausruhen.« Hauptmann Beauvais gehorchte ohne Murren; seinem Herzen war wirklich nicht danach, einen Mann zu jagen, den er als Monsieur le maire lieben und schätzen gelernt hatte.

Als alle ihre Plätze eingenommen hatten, trieb der Wachtmeister lauthals die beiden Pferde an, knallte mit der Peitsche, und sie fuhren schnell in südlicher Richtung davon. Im Jagdfieber schaukelte Inspektor Javert auf seinem Platz neben dem Wachtmeister ungeduldig vor und zurück, als ob er damit die Kutsche beschleunigen könnte.

Nachdem Jean Valjean sein Geld verstaut hatte, saß er wieder in seinem Wagen und fuhr in nördliche Richtung, so schnell wie sein Pferd laufen konnte. Was nicht schnell genug war, das wußte er. Es war ihm klar, daß ab jetzt Javert und seine Männer ihm heiß auf der Spur waren.

Mit etwas Glück würde die Polizei in die falsche Richtung aufbrechen, weil Valjean sich absichtlich nach Süden gewandt hatte, als er die Fabrik verließ. Seine Hoffnung war, daß seine Leute unwissentlich der Polizei falsche Hinweise gaben. Als er außer Sicht der Fabrik war, war er in nördlicher Richtung zurückgefahren, bis er den Wald an der Kreuzung erreichte, wo er sein Geld an sich nehmen wollte, um dann weiter nach Norden zu fahren. Valjeans Ziel war Montfermeil und dann – Paris. Ein Mann und ein kleines Mädchen konnten sich in Paris leichter verlieren als irgendwo anders in Frankreich, dachte Valjean. Es gab Tausende von Ecken und Winkeln in den Straßen und Gassen, in denen man sich verstecken konnte. Mit dem Geld in der Tasche konnten er und Cosette gemeinsam ein neues Leben beginnen.

Aber selbst wenn Javert ihn nach Süden verfolgte, wußte Valjean, daß der Inspektor jederzeit die Richtung ändern konnte. Die Polizei hatte eine Beschreibung des Wagens, und sie wußten, wie Valjean aussah und was er anhatte. Wenn also kein anderer Reisender berichten konnte, daß er ihn auf der Straße nach Süden gesehen hätte, würde Javert hinter Valjeans Taktik kommen und seine Polizeikräfte nach Norden schicken. Vielleicht hatte er schon eine zweite Truppe in die andere Richtung geschickt. Und zweifellos würden sie mit einem schnelleren Gefährt, wahrscheinlich mit zwei Pferden, unterwegs sein als Valjean mit seinem alten Karren und einem einzelnen Gaul.

Jean Valjean machte sich keine Illusionen über Inspektor Javert. Selbst vor seinem Aufstieg zum Polizeipräfekten haftete ihm unter den Sträflingen der wohlverdiente Ruf eines teuflischen Bluthunds an. Der Mann gab nie Ruhe; er war unversöhnlich. Wenn er einmal die Fährte aufgenommen hatte, würden nur Gefangennahme oder Tod der Jagd ein Ende machen. In der Ausübung seiner Pflicht war Javert durch nichts abzulenken. Jean Valjeans einzige Hoffnung war, Javert auf die falsche Fährte zu locken. Irgendwie mußte er ihn austricksen; er konnte nicht damit rechnen, mit diesem Fuhrwerk schneller zu sein als Javert.

Valjean zog plötzlich die Zügel an und hielt scharf, um einen Zusammenprall mit einem Bauern zu vermeiden, der hinter einer Schar Gänse über die Straße ging. Das Pferd bäumte sich auf; es hätte Valjean vom Fahrersitz geworfen, wenn seine feste Hand nicht so schnell die Zügel gezogen hätte. Während er zusah, wie der Bauer langsam die Straße überquerte, gebeugt und fast doppelt so alt wie er, mit einem breitrandigen Hut, der sein Gesicht überschattete, kam ihm eine Idee.

Die Postkutsche war für Javert zu langsam. In diesem Reisetempo würden sie Jean Valjean nie einholen. Er trieb seinen Wachtmeister immer wieder an, schneller zu fahren. Aber der Wachtmeister hatte Probleme mit den Pferden. Die Straße war nicht besonders; sie war übersät mit Löchern vom vergangenen Frost. Vertiefungen aus schmuddeligem Eis, die von einem früheren Schneefall herrührten, fanden sich hier und da verstreut auf der Straße und machten sie glatt und das Fahren gefährlich. Die Pferde waren nervös, spürten die Gefahr auf der Straße. Dies war eine Straße, die Umsicht verlangte, keine übermäßige Geschwindigkeit.

Aber das Wort ›Umsicht‹ gab es nicht in Inspektor Javerts Vokabular bei der Verfolgung eines fliehenden Verbrechers. »Schneller!« schrie er und schlug seinem Wachtmeister auf den Arm. »Schneller!«

»Wir fahren zu schnell jetzt, Monsieur«, keuchte der Beamte und versuchte, seine Rösser unter Kontrolle zu halten. Und während er noch die Worte sprach, scherte die Kutsche aus, und das rechte Wagenrad rutschte in einen Graben ab. Die Kutsche rumpelte und rüttelte und schleuderte den Wachtmeister fast kopfüber hinaus.

»Reichen Sie mir die Zügel!« schrie Javert wütend. »Bevor Sie uns in den Graben fahren.« Er schob den Wachtmeister vom Fahrersitz, ergriff die Zügel und schlug mit der Peitsche auf die Pferde ein. Die Pferde wieherten vor Angst und schüttelten die Mähne. Aber sie gehorchten der schmerzenden Peitsche.

Die Kutsche nahm wieder Fahrt auf und fuhr fast einen Bauern um, der ihnen aus entgegengesetzter Richtung mit einer Gänseschar entgegen kam. Die Vögel schnatterten aufgeregt und breiteten ihre Flügel aus und rannten umher, um der Kutsche auszuweichen, während der Bauer mit seinen schwer lesbaren Gesichtszügen unter dem breitrandigen Hut und seinen alten, gebückten Schultern vorbeitrottete.

Inspektor Javert hatte einen schweren Schlag erlitten, als die Polizei von Arras glaubte, den alten Champmathieu als den

Flüchtling Jean Valjean ausmachen zu können. Seine eigenen Anschuldigungen gegen Monsieur le maire waren auf ihn zurückgefallen und hatten seine fleckenlose Akte besudelt und ihn bei der Polizeipräfektur von Paris zweifellos zur Zielscheibe des Spotts gemacht. Und der Gipfel war die unglaubliche Anmaßung Valjeans, der sein Angebot zurückzutreten, einfach abgelehnt hatte. Javert würde ihm das nie verzeihen; er würde Valjean bis ins Grab verfolgen, und würde es sein eigenes Leben kosten.

Es war ein kleiner Trost für Inspektor Javert, daß Valjean jetzt vor aller Welt als der Flüchtling enttarnt war, für den Javert ihn immer gehalten hatte. Der Fleck in seiner Akte würde gelöscht werden, und Paris würde aufhören, über ihn zu lachen, aber das reichte Javert nicht, das reichte ihm noch lange nicht. Das einzige, was Javert völlige Befriedigung bringen würde, wäre Valjean in Ketten zu sehen. Und die Verhaftung müßte durch Inspektor Javert selbst erfolgen. Nur das käme in Frage. Er würde tausend Meilen und mehr reiten, wenn nötig, um seine Beute zu fangen. Nichts zählte mehr für ihn. Dies war eine Sache, die weit über seinen Dienst hinausging. Valjeans verbrecherischer Widerstand war etwas, was Inspektor Javert persönlich übelnahm.

Ja! Los, voran! Jetzt, da war er, er konnte es ausmachen. Er sah einen Wagen, der in südlicher Richtung fuhr. Der Mann an den Zügeln ... war er das? Konnte er es sein? Javerts Augen blickten angestrengt. Ja, es war Jean Valjean! Wer sonst?

»Ha!« schrie Javert triumphierend. »Da ist er!« Jetzt hatten sie ihn! Und er gab den müden Pferden erneut die Peitsche, spornte die armen Tiere an, noch schneller zu laufen.

Der Wagen vor ihnen fuhr nicht sehr schnell. Diese Wegstrecke war sehr schlecht, und Valjeans Wagen bewegte sich langsam und vorsichtig, wich nach links aus, um die tiefen Löcher auf der rechten Straßenseite zu umgehen. Die Entfernung zwischen beiden Gefährten verringerte sich immer mehr. Jetzt glaubte Javert schon, das feine Tuch von Valjeans Mantel zu erkennen. Ja, er kannte diesen Mantel und Hut sehr gut. War Teil von Monsieur le maires kostbarem, neuem Staat. Aber die feinen Kleider würden dem Flüchtling jetzt nicht mehr helfen. Nur noch ein paar Minuten und der Mann war in Greifweite. Javerts Herz klopfte vor Erregung, und der Puls schlug heftig in seinem Ohr. Sein Gesicht war vor Triumph gerötet, und er fühlte einen wilden Jubel in sich aufsteigen.

Schneller, sie mußten schneller laufen! Sie kamen jetzt sehr nah heran. So nah, daß Javert fast mit den Händen nach Valjean greifen konnte.

»Monsieur, passen Sie auf!« schrie der Wachtmeister plötzlich erschreckt. Er zeigte auf ein großes Schlammloch, das fast die ganze rechte Straßenseite vor ihnen bedeckte. Bei dieser Geschwindigkeit rasten sie direkt darauf zu. Javert zog hart an den Zügeln, um die Pferde anzuhalten und der Gefahr auszuweichen, aber es war zu spät.

Die Kutsche geriet außer Kontrolle; während die Hufe der Pferde in das Schlammloch rutschten, schoß sie gegen den steinigen Straßenrand. Das Hinterrad stieß gegen einen Felsbrocken, ließ das Gefährt vornüberfallen und warf eins der Pferde seitlich in den Schlamm. Mit einem hölzernen und metallischen Quietschen kam die Kutsche krachend zum Stehen.

Der Wachtmeister und die zwei Gendarmen wurden auf den Boden geschleudert und blieben dort stöhnend liegen. Javert hing mit dem Kopf nach unten gefangen auf seinem Fahrersitz und mußte hilflos mitansehen, wie Valjeans Wagen weiter die Straße vorankroch. Er entkam! Nein, unmöglich! Er würde das nicht zulassen, solange auch nur ein Funken Leben in ihm war.

Inspektor Javert kämpfte sich frei und zog sich aus den Trümmern heraus, benommen von der plötzlichen Schmerzattacke, die er auf seiner linken Seite spürte. Auf der Straße versuchten sich seine Männer zu bewegen, zuckten vor Schmerz, aber Javert beachtete sie nicht, so wie er seine eigenen Verletzungen nicht beachtete. Er sprang auf den Straßenrand und begann, dem Wagen hinterherzulaufen. Sein Kopf, seine Brust und seine Schultern schmerzten abscheulich; Javert war sicher, daß er sich ein paar Rippen gebrochen hatte, aber das hielt ihn nicht auf. Er mußte Valjean einholen! Er konnte ihn nicht entkommen lassen, nicht schon wieder! Er würde ihn zu Tode hetzen wie ein Löwe eine Gazelle.

Das Atmen fiel ihm schwer; Seitenstiche quälten ihn, aber Javert lief weiter. Der Wagen vor ihm war verlockend nah, aber der Inspektor sah, daß die Straße nun gerade verlief und frei von Schlamm war. In weniger als zwanzig Metern wäre der Wagen in der Lage, seine Geschwindigkeit zu erhöhen, und Jean Valjean, der Verbrecher, der Flüchtling, würde glücklich entkommen.

Inspektor Javert dachte nicht daran, seinen Flüchtling entwischen zu lassen. Er gehört mir! dachte er, wahrscheinlich war es derselbe Gedanke, den der Löwe hat, wenn er sich auf die fliehende Gazelle stürzt. Für einen Mann mit gebrochenen Rippen würde es eine Herkulesarbeit sein, es mit einem Pferd und einem Wagen aufzunehmen, aber Javert zwang sich zu dieser Anstrengung. Er lief schneller und schneller, während sein Atem keuchte. Seine verletzten Rippen drückten auf seine Lungen und erschwerten es ihm, Sauerstoff aufzunehmen. Blut floß ihm von seiner verletzten Stirn in seine Augen, aber Inspektor Javert lief trotzdem weiter. Sein einziges Ziel war es, Valjeans Wagen zu erreichen, dem fliehenden Verbrecher Handschellen anzulegen und ihn nach Montreuil zurückzubringen, um ihn seiner gerechten Bestrafung zu übergeben.

Als die Straße besser wurde, wurde auch der Wagen vor ihm wieder schneller. Mit letzter Anstrengung gelang es Javert, halb auf den hinteren Teil des Wagens aufzuspringen. Eine Minute lag er keuchend da und hielt sich mit den Fingerspitzen fest. Er konnte seine Zehen spüren, die auf dem Boden schleiften, und er wußte, daß er heruntferglitt. Während der Wagen schneller und schneller fuhr, wurde Javerts Lage immer prekärer. Seine sich anklammernden Finger schmerzten furchtbar.

Er war in Gefahr, auf die Straße geschleudert zu werden, aber er schaffte es, sich festzuhalten, sich selbst mit den Ellbogen hochzuziehen und seine Schultern in den Wagen zu hieven. Zoll für Zoll zog sich Javert mit Schmerzen hoch, bis er im Wagen lag. Er war erschöpft und alles tat ihm weh. Wenn Jean Valjean ihn angreifen wollte, wäre das jetzt der Zeitpunkt für ihn. Er brauchte nur den Wagen anzuhalten und den gefallenen Inspektor zu überwältigen.

Aber Valjean zollte ihm keine Aufmerksamkeit. Offenbar hatte er gar nicht gemerkt, daß Inspektor Javert in seinem Wagen lag. Schwer atmend zog sich Javert hoch und arbeitete sich langsam zum Fahrersitz vor. Dann zog er seine Pistole und richtete sie auf Valjean.

»Hiermit ... verhafte ... ich Sie ...« keuchte er.

Der Mann drehte sich um. Javert sah ihm kurz ins Gesicht und wich zurück. Der Mann war nicht Jean Valjean. Er war viel älter, aber er trug Valjeans Kleider. Er war tatsächlich der alte Bauer mit den Gänsen, der seine Herde und seinen alten Mantel samt Hut für einen Karren, einen schönen neuen Mantel und einen neuen Hut verkauft hatte. Und er hatte Valjean versprochen, nach Süden zu reisen!

Inzwischen kam Jean Valjean auf der Straße nach Norden schnell voran. Er hatte die Gänse auf einem Bauernhof bei einem überraschten, aber dankbaren Bauern für eine steinerne Reiseflasche mit kaltem Wasser, ein Stück Brot und eine Handvoll getrockneter Äpfel für die Reise eingetauscht. In ein paar Stunden würde er in Montfermeil sein und Cosette bei den Thénardiers abholen. Keiner würde ihm mißtrauen, weil niemand erwarten würde, daß der Flüchtling Valjean zu Fuß weitergehen würde. Nicht mal Javert.

Was Javert betraf, so kehrten er und seine Männer ziemlich mitgenommen Stunden später in der schwankenden Postkutsche, deren linkes Rad stark wackelte, nach Montreuil zurück. Nach außen hin erschien Javert stumm und verdrießlich, aber innerlich kochte er vor Wut. Er war einem Hirngespinst nachgejagt. Der listige Jean Valjean hatte ihn ausgetrickst bei seinem eigenen Spiel und ihn zum Narren gemacht. Inspektor Javert konnte den Gedanken daran nicht ertragen.

Diese Bestie mußte eine Achillesferse haben. Er mußte sie herausfinden. Überlegen. Ich muß überlegen.

Als die Polizisten schließlich wieder in der Präfektur von Montreuil waren, brachen sie in Javerts Büro zusammen. Der Arzt wurde gerufen und verband ihnen ihre Wunden. Der Wachtmeister hatte ein verletztes Bein und würde für Wochen an einer Krücke laufen müssen, die anderen beiden Gendarmen hatten nur Beulen und blaue Flecke.

Am schlimmsten hatte es Javert erwischt. Er hatte drei Rippen gebrochen und sich die Schulter ausgerenkt. Unter fürchterlichen Schmerzen wurde die Schulter wieder eingerenkt, und der Doktor verband seinen ramponierten Oberkörper. Der Mediziner konnte wenig mehr tun, als viel Ruhe und Müßiggang zu verschreiben, zwei Ratschläge, die, das war dem Doktor klar, Javert rundweg ablehnen würde. »Sie haben sich Ihr Gelenk angeknackst«, sagte der Arzt streng, während er den Verband stramm wickelte, »es kann jederzeit wieder herausspringen, also seien Sie vorsichtig und überanstrengen Sie es nicht.«

Aber Inspektor Javert maß dem keine Bedeutung bei. Seine Gedanken waren nur auf ein Thema ausgerichtet: Jean Valjeans Achillesferse. Er ließ sich alles wieder und wieder durch den Kopf gehen. Und er kam immer zu demselben Schluß: Mitgefühl. Dieser armselige Valjean litt unter Mitgefühl. Man brauchte nur daran zu denken, wie er dem alten Fauchelevent eine neue Arbeit bei irgendwelchen Nonnen verschafft hatte. Wie er eine gutgehende Fabrik den Arbeitern geschenkt hatte. Javert erinnerte sich, wie Jean Valjean dieser tuberkulösen Hure nicht von der Seite gewichen war, wie er ihr teure medizinische Versorgung hatte zukommen lassen, wo es doch für jeden, der Augen im Kopf hatte, klar war, daß das Flittchen im Sterben lag. Er hatte ihr sogar am Totenbett versprochen, sich um ihren kleinen Bastard zu kümmern . . .

»Das Mädchen!« rief Javert plötzlich. Das war es! Das mußte es sein! Er lachte laut, ein rauhes, brutales Lachen. Er wußte, daß Jean Valjean am Ende über dieses verdammte, törichte Mitleid stolpern würde! Valjean war losgefahren, um die Tochter der Prostituierten zu holen. Mit eigenen Ohren hatte Javert gehört, wie er es geschworen hatte. Alles, was er jetzt tun mußte, war, dieses Mädchen zu finden, und Valjean wäre ihm auf Gedeih und Verderb ausgeliefert.

Es bedurfte keiner großen Detektivarbeit für den Polizisten, um Cosette ausfindig zu machen. Beim Verhör waren die Frauen in der Färbereifabrik nur zu bereit, ihm mitzuteilen, daß Fantine viele Briefe erhalten hatte, obgleich sie gar nicht lesen konnte. Sie hatte sie immer, so erzählte man Javert, zu dem berufsmäßigen Briefschreiber gebracht, um sie sich vorlesen zu lassen. In den Briefen ging es immer um den Bastard von ihrem Kind.

Vor der Polizei bestätigte der Schreiber sofort, daß er Fantine kannte und daß er so viele Umschläge an die Thénardiers in Montfermeil adressiert hatte, daß er ihren Namen und ihre Adresse auswendig kannte. Ein Blick in Inspektor Javerts Gesicht überzeugte den Mann, sie auszuspucken. Die Hure war schließlich jetzt tot und würde ihm nie mehr ihre vierzig Sous aushändigen. Sie war ein schlechtes Geschäft. Andererseits war es eine gute Sache, mit der Polizei zusammenzuarbeiten.

Die Information, die ihm der Schreiber gab, war genau das, worauf Javert gewartet hatte. Er beschloß, Valjean sofort nachzureiten, mit nur zwei Gendarmen, die ihn begleiteten. Das würde schneller gehen. Er war geschwollen und bandagiert; seine Kopfwunde war mit zehn Stichen genäht worden, aber Javert nahm keine Rücksicht auf solche Beschwerden. Der Sattel war nicht gerade der richtige Platz für einen Mann in Javerts Lage. Ein anderer Mensch würde sich ins Bett legen, sich weiche Kissen unter den Kopf stopfen und Laudanum schlucken gegen die Schmerzen.

Aber Javert war nicht so ein Mensch. Er war ein Gesetzesbeamter mit einem brennenden Pflichtgefühl – er betrachtete sich als den Hüter der Moral; er würde seinen Verpflichtungen nachkommen, ganz gleich, wie schwer es auch war. Es durfte nicht sein, daß ein Verbrecher das Gesetz mißachtete und die Gesetzesvollstrecker demütigte.

Die Jagd hatte gerade erst begonnen.

XVIII

VALJEAN FINDET COSETTE

Die Jahre waren Madame Thénardier nicht freundlich gesonnen. Ihre kräftige Figur war mit der Zeit fett geworden, und die letzten Überreste von Schönheit waren aus ihrem Gesicht gewichen. Die Zeit und die Enttäuschung über ihr Leben hatten ihr Wesen verändert, sie war eine übermäßig boshafte Frau geworden. Habgier, Mißtrauen und ihr schlechtes Wesen hatten tiefe, vertikale Falten um ihren Mund und zwischen ihre Augenbrauen gegraben.

Ihr Mann, der Gastwirt, war gleich fett und häßlich; der Hauptunterschied zwischen Monsieur Thénardier und seiner Frau war, daß er faul war und sie nicht. Er zog es vor, untätig am Feuer zu sitzen und mit seinen Gästen zu trinken. Madame Thénardier war dagegen ein Wirbelwind sinnloser Geschäftigkeit. Sie steckte ihre Nase in alles, gab ständig irgendwelche Anweisungen, hatte immer etwas auszusetzen und zu schimpfen. Aber mit ihrem ganzen Gezeter erreichte sie wenig, und das Gasthaus blieb schmutzig, staubig und unordentlich.

Das Ziel von Madame Thénardiers ständigen Attacken war das Kind Cosette, das sie als einzige Dienstmagd beschäftigte. Die alte Frau wachte immer darüber, daß Cosette etwas zu tun hatte und sie nicht betrog, daß sie keinen Bissen zu essen stahl, um ihren ewigen Hunger zu stillen. Sie arbeitete neunzehn Stunden am Tag, über ihre Kräfte, aß fast nichts und schlief auf einem dreckigen Stapel Stroh, mit Ratten und anderem Ungeziefer, das um ihr Bett krabbelte. Sie hatte nie die Muße, um zu spielen und wurde am Sonntag nicht einmal mit in die Kirche genommen, denn das hätte bedeutet, daß man ihr anständige Schuhe und einen sauberen Rock hätte anziehen müssen.

Solange Cosette unwissend blieb und weder lesen noch schreiben konnte, solange sie ohne Freunde war und von anderen Menschen ferngehalten wurde, würde sie gar nicht merken, wie erbärmlich es ihr ging oder wie ungerecht sie behandelt wurde. So würde Cosette den Thénardiers auch weiterhin als unbezahlte Dienstmagd nützlich sein.

Im Gegensatz zu Cosette gediehen die Töchter der Thénardiers, Eponine und Azelma, prächtig. Jahre unbeschwerten Lebens, reichen Essens, genügender Freizeit und elterlicher Verhätschelung hatten sie so rundlich und wohlgenährt werden lassen wie zwei Hauskatzen, die in der Küche eines Bauernhauses leben. Sie waren noch nicht so bösartig wie ihre Eltern, aber völlig verwöhnt. Weil Cosette die ganze Arbeit machte, hatten die Mädchen keine Hausarbeiten zu verrichten, und so blieben die Satinbänder in ihrem Haar immer sauber.

Es war eine rauhe Nacht, windig und kalt. Der Mond schien nicht und der Himmel war finster. Die Tür des Gasthauses ging auf, und Madame Thénardier blickte scharf auf. Cosette quälte sich mit einem großen Holzeimer, der bis an den Rand mit Wasser gefüllt war, durch die Tür. Sie zitterte und wankte unter dem Gewicht des Eimers. Ihre Beine waren bloß und ihre Füße, die schwarz und geschwollen waren von der Plackerei und der bitteren Kälte, steckten in derben Holzschuhen.

»Da bist du ja, du kleine Schlampe!« knurrte sie. »Was hat dich solange aufgehalten?«

»Er ist schwer«, sagte Cosette ruhig. Das Gewicht des Eimers und des Wassers wäre schon für jemanden, der doppelt so groß wäre wie sie, eine schwere Last.

»Er ist schwer?« gurrte Madame Thénardier mit gespielter Anteilnahme. »Komm, ich helf dir.«

»Danke.« Aber als das Mädchen näherkam, streckte die Frau des Gastwirts einen fetten Fuß aus und setzte ihn auf den Eimer, beschwerte ihn derart, daß Cosette vor Schmerz keuchte. Ihr Arm, der schon schmerzte, wurde so belastet, daß ihre Schulter Gefahr lief, auszurenken. Cosette schrie vor Schmerz auf. Sofort schlug ihr Madame Thénardier eins um die Ohren.

»Untersteh dich hier herumzujammern, du kleines Miststück«, knurrte die Frau. »Du verdienst keinen Sou. Du kannst ja nicht mal Wasser holen!«

Tränen schossen in Cosettes Augen und sie rannte weg, um den Schlägen auszuweichen und verkroch sich unter einen Tisch. Das war der einzige Schutz, den sie kannte.

»Ich füttere dein gefräßiges kleines Maul, und alles, was ich dafür bekomme, sind freche Antworten«, schimpfte sie. »Kein Dank, nicht ein einziger Dank. Los, tu deine Arbeit, oder ich dreh dir deine häßliche Nase ab.«

Das kleine Mädchen rannte, um sich ihr Strickzeug zu holen, duckte sich über ihre Arbeit und strickte wie wild drauflos, während Tränen über ihr Gesicht rollten.

In diesem Augenblick erschien Valjean in der Türöffnung, müde, frierend und staubig von der Fahrt.

»Was wünschen Sie?« fragte die Frau des Gastwirts schroff. Dieser Mann sah nicht sehr vielversprechend aus in seinem zerschlissenen Mantel. Wenn der Almosen wollte, würde sie ihm schnell Bescheid stoßen. Kostenlos gab es hier nichts zu essen.

»Ein Zimmer, bitte.« Valjeans Stimme war höflich, aber seine Augen strichen mit einiger Geringschätzung durch den dreckigen Gastraum. Die Gasthausküche stank nach altem Schweineschmalz und Mäuseködel; es war ein abstoßender Ort.

»Zimmer kosten zwanzig Sous«, schnarrte die Frau.

Valjean zog einen dicken Geldbeutel hervor und nahm eine Münze heraus.

»Ich zahle im voraus.«

Beim Anblick der Geldbörse änderte sich Madame Thénardiers Verhalten. Ganz plötzlich wurde sie unterwürfig, kratzfüßig, servil. »Sehr gut, Monsieur.«

Von seinem gemütlichen Platz am Feuer entschuldigte sich Thénardier bei seinen Trinkgenossen, hob seinen fetten Hintern und ging auf den Fremden zu. Er legte einen Arm um die üppige Hüfte seiner Frau und gurrte. »Mein Liebling, meine Süße, mein Juwel, du hast was vergessen, nicht?«

»Ich hab was vergessen? Hab ich das? Ich vergeß schon mal was. Was hab ich vergessen?« Madame Thénardier sah ihren Mann fragend an.

»Das einfache Zimmer ist schon belegt. Wir haben nur noch das Hochzeitszimmer frei. Tut mir leid, Monsieur, aber es kostet vierzig Sous.«

Es war nicht schwer zu erkennen, daß er ausgenommen wurde und daß es wahrscheinlich gar kein »Hochzeitszimmer« im gesamten Gasthaus gab, trotzdem zahlte Valjean die zusätzlichen zwanzig Sous ohne Murren und setzte sich an einen Tisch.

Die Aussicht, noch weitere Münzen aus diesem prallen Geldbeutel herauszuziehen, veranlaßte den Gastwirt, sich persönlich um ihn zu kümmern. »Möchten Sie etwas zu essen?«

»Brot und Käse«, sagte Valjean kurz. Er beobachtete die drei jungen Mädchen im Gastraum, um herauszufinden, welche davon Cosette war. Zwei von ihnen waren rundlich und mit Bändern geschmückt und nach der letzten Mode gekleidet, während das dritte Kind barfuß war und nur Lumpen trug. Es war so dünn, daß man fast die Knochen durch die Haut hindurchschimmern sah. Ihr Gesicht war dreckig und ihr Haar ungekämmt, überall hatte sie blaue Flecken, einen besonders großen auf der rechten Wange unter dem Auge. Auf ihrem Gesicht lag soviel Trauer, daß er einen stechenden Schmerz empfand. Kein Kind sollte so unglücklich aussehen, das war gewiß. Dies Kind sah aus, als kannte es die Bedeutung des Wortes »spielen« nicht.

»Das ist alles?« Thénardier blickte enttäuscht. Nach seiner Schätzung konnte er für den Käse nicht soviel nehmen wie für Fleisch. »Wir haben Kanincheneintopf«, sagte er hoffnungsvoll.

Valjean schüttelte den Kopf, der Gedanke allein an einen Eintopf aus der Küche dieses Hauses stieß ihn ab. Er zeigte auf Cosette. »Was macht sie da?«

»Wer? Oh, sie strickt Strümpfe für meine Töchter.«

Das Kind strickte Strümpfe für andere, während ihre eigenen Beine bloß waren. Das war wirklich eine Ungerechtigkeit.

»Sie ist nicht Ihre Tochter?« Nein, natürlich nicht, sagte sich Valjean stumm. Sie mußte Cosette sein. Das Kind hatte nichts von der Grobheit der Thénardiers. Valjean erkannte Fantine in den Zügen des Kindes. In ihrer Knochigkeit und Blässe ähnelte sie Fantine am Ende ihres Lebens. Der Anblick tat ihm weh. Sie war von der gleichen leuchtenden Schönheit wie ihre Mutter mit den feinen, schmalen Gesichtszügen, den großen, weiten Augen und ihrer schlanken Figur.

»Das Ding da? Nein, warum? Interessiert sie Sie?« Wieder begann Thénardier zu rechnen. Eine Jungfrau, ganz gleich wie dünn, blaß und häßlich, mußte für einen Mann mit einem so vollen Geldbeutel zumindest ein kleines Sümmchen wert sein.

»Vielleicht.« Jean Valjean hielt seinen Ton ganz unverbindlich. »Wie heißt sie?«

»Cosette.«

Ja, ich wußte es. Ich bin nicht überrascht, dachte Valjean. Es war alles so, wie er vermutet hatte. Jahrelang hatten sie Cosette, Fantines ganze Hoffnung, ausgebeutet und mißhandelt. Die geliebte Cosette, für die Fantine Körper und Seele geopfert hatte und alles, was ihr je gehörte. Das war das kleine Baby, das sie den Thénardiers anvertraut hatte, deren falsche Versprechungen, sie großzuziehen und sich um sie zu kümmern, sie naiv geglaubt hatte. Es war ein Segen, daß Fantine tot war und den traurigen Zustand, in dem sich ihr kleines Mädchen befand, nicht sehen konnte.

Die Thénardiers hatten nicht daran gedacht, Cosette wie ihre eigene Tochter zu behandeln, sie hatten Fantine die ganze Zeit belogen. Sie hatten das Mädchen als Dienstmagd benutzt... nein, schlimmer, als Sklavin. Sie hatten ein hübsches Sümmchen an ihr verdient, indem sie das Geld, das Fantine ihnen für den Unterhalt ihrer Tochter geschickt hatte, veruntreuten und es für ihre eigenen verwöhnten Mädchen ausgaben, während sie Cosette nichts ließen als ihre armselige, bloße Existenz.

»Was sind sie wert?« fragte Valjean in neutralem Ton.

»Das Mädchen?«

»Die Strümpfe.«

»Die Strümpfe?« Thénardier überlegte schnell. »Ich weiß nicht. Wahrscheinlich dreißig Sous.« Sie waren eigentlich weniger als drei Sous das Paar wert.

Valjean nahm die Münze aus seinem Beutel. »Ich kauf sie.«

Madame Thénardier, die gerade mit dem Brot und dem

Käse auf einem gesprungenen, angeschlagenen Teller aus der Küche kam, hörte zufällig mit an, was sie sagten, und warf einen Blick auf das Geld. »Sie wollen die Strümpfe kaufen?«

»Ich bezahle ihr die Zeit«, erklärte Valjean. »Ich möchte, daß sie spielt.«

»Monsieur verstehen natürlich, daß ich dreißig Sous für jeden Strumpf gemeint habe.«

Valjean nahm eine weitere Münze heraus, legte sie neben die erste auf den Tisch und wandte sich an Cosette. »Du arbeitest jetzt für mich«, sagte er sanft zu ihr. »Du solltest spielen... oder ausruhen. Was du willst.«

Das kleine Mädchen war verwirrt. Niemand hatte bisher mit einer so sanften Stimme zu ihr gesprochen; niemand hatte je zu ihr gesagt, daß sie Zeit für sich haben könnte, um zu spielen. Sie hatte Angst, daß man sie bestrafen würde, wenn sie darauf einging. Sie wandte sich an Madame Thénardier die oberste Autorität. »Madame, ist das wahr? Darf ich spielen?«

»Hast du nicht gehört?« schnauzte die Wirtin. »Ja, du kannst spielen. Beeil dich schon. Fang an zu spielen!«

Cosette wühlte unter ihrem Rock und zog eine »Puppe« hervor. Es war nichts weiter als eine derbe Strohfigur, um die ein Lumpen gewickelt war; es war das einzige Spielzeug, das Cosette besaß, und sie liebte es. Sie begann ihr leise etwas vorzusingen und zupfte immer wieder am »Kleid« der Figur wie eine Mutter mit einem Baby. Valjean beobachtete sie, sein Herz tat ihm weh vor Mitleid.

Man hörte Pferdehufe draußen auf der Straße, und Valjean bewegte sich unbehaglich auf seinem Platz. Konnte das schon Javert sein? Er warf einen verstohlenen Blick aus dem Fenster, als das Pferd vorübergaloppierte. Nein, es war nicht der Inspektor. Aber Valjean wußte, daß er es bald sein würde. Es erinnerte ihn daran, sein Geschäft hier zum Abschluß zu bringen und sich wieder auf den Weg zu machen.

Thénardier beugte sich über den Tisch zu Valjean, sein aufgedunsenes, häßliches Gesicht verzerrte sich zu einem groben Ausdruck der Lüsternheit. »Vielleicht möchten Monsieur, daß Cosette auf seinem Schoß spielt?« schlug er mit einem anzüglichen Grinsen vor.

»Nein. Ich bin auf dem Weg nach Paris. Gibt es noch eine Nachtkutsche, die ich nehmen kann?«

»Die ist schon weg«, zuckte der Wirt mit den Schultern. »Die nächste Kutsche nach Paris kommt morgen früh.«

Valjean runzelte besorgt die Stirn. Das war allerdings ein Schlag. Bis zum Morgengrauen könnte Javert ihn sehr gut eingeholt haben. Er zweifelte keinen Augenblick daran, daß Javert ihm heiß auf der Spur war oder daß Javerts erster Halt im Gasthaus von Montfermeil war. Das einzige, was er nicht genau wußte, war, wieviel Zeit ihm noch blieb. Er mußte jetzt weiter, Kutsche oder nicht Kutsche. Er konnte nicht an einem Ort dasitzen und warten, bis er verhaftet wurde.

Sobald Madame Thénardier in ihre Küche zurückgekehrt war, rückte der Gastwirt näher an Valjean heran. »Nun? Gefällt Ihnen unsere Cosette?« murmelte er zwischen den Zähnen hervor, damit niemand es hören konnte. Es war eine unverhohlene Anspielung, die Valjean zusammenzucken ließ.

»Ich möchte sie mitnehmen«, erwiderte Valjean.

Oh, wunderbar. Jetzt könnten sie über das Geschäft reden. »Monsieur, ich muß Ihnen die Wahrheit sagen. Ich liebe dieses Kind über alles«, flüsterte Thénardier.

Jean Valjean zog seine Augenbrauen verwundert hoch, als er auf das Objekt dieser sogenannten Liebe blickte – zerlumpt, dreckig, frierend, voller blauer Flecken, getreten und verschreckt. »Sie lieben sie über alles?«

»Ja, das stimmt«, nickte der alte Heuchler. »Ich bin nicht reich, und ich mußte über vierhundert Francs für ihre Medikamente zahlen. Aber ich bin ein dummer Mensch«, fuhr er mit falscher Bescheidenheit fort. »Ich habe keinen Verstand, nur ein Herz. Ein großes Herz.«

»Sie kostet sie vierhundert Francs?« Valjean langte nach seinem Geldbeutel.

»Fünfhundert«, verbesserte Thénardier sich hastig.

»Fünfhundert. Ist gut. Ich möchte gleich mit ihr los.« Er zählte fünfhundert Francs ab.

Aber Thénardiers Augen waren auf den Geldbeutel geheftet, der noch immer prall vor Geld war. Da war noch mehr locker zu machen und wenn er klug genug war, sehr viel mehr.

Es wurde Zeit, das As auszuspielen. »Es tut mir leid, Monsieur, aber ihre Mutter hat sie uns zu ihrem Schutz hier gelassen. Ich kann nicht zulassen, daß ein Fremder sie einfach mitnimmt.«

»Wieviel?« fragte Valjean, der keinen Augenblick auf ihn hereinfiel. Dieses ganze Theater, dieses ganze Drücken auf die Tränendrüsen wurde nur gespielt um des Geldes willen.

Thénardier legte eine Hand auf sein Herz, eine Geste, die Ehrlichkeit und Zuneigung demonstrieren sollte, auch wenn der Mann nichts davon besaß. »Monsieur, es ist nicht eine Frage des Geldes. Was haben Sie für ein Recht auf das Mädchen?«

»Sie wollen kein Geld? Sehr gut.« Und Valjean schaufelte das Geld zurück in den Beutel.

Thénardier spürte einen scharfen Stich, als er sah, wie das Geld in dem Ledertäschchen verschwand. Aber noch war nicht alles verloren. Der Wirt hatte einen Vorteil gegenüber diesem Mann; er wußte, daß der Mann das Kind haben wollte, und er wußte ferner, daß er selber vorhatte, es zu verkaufen. Es war nur eine Frage des Preises. Die Verhandlungen hatten gerade erst begonnen.

»Natürlich will ich kein Geld«, verkündete Thénardier fromm und spielte den Beleidigten. »Selbst wenn Sie mir tausend Francs anbieten würden ...« Er blickte Valjean an, um zu sehen, wie er auf diese Summe reagierte, aber Valjean sagte nichts. Die Summe erhöhte sich, wie es sich gehört. »Selbst zwölfhundert Francs. Ich könnte sie Ihnen nicht geben. Es ist wahr, ich habe fünfzehnhundert Francs Schulden, und alle meine Probleme wären gelöst, wenn ich nur fünfzehnhundert Francs hätte ... aber nein! Nein, ich kann über Geld nicht nachdenken. Es ist eine Frage des Gesetzes. Es geht nur darum, wer das Recht auf das Kind hat.«

Jean Valjean hatte Thénardiers Bravourstück ziemlich genossen, aber es wurde Zeit, den Vorhang herunterzulassen. Der Wirt hatte die magischen Worte gesprochen, »wer hatte ein Recht auf das Kind.«

»Mir fällt ein Stein vom Herzen«, sagte Valjean, und er zog Fantines Vollmacht aus dem Mantel. »Hier ist ein Brief von Cosettes Mutter, der mich bevollmächtigt, sie hier abzuholen«, sagte er und legte das Papier auf den Tisch, ohne es mit seiner großen Faust ganz loszulassen, als eine Art Warnung, die Thénardier verstehen mußte.

Als er den Brief las und die notariell beglaubigte Unterschrift und das amtliche Siegel des Bürgermeisters von Montreuil erkannte, traf ihn die Erkenntnis seines entsetzlichen Irrtums wie eine Axt, die man einer Kuh, die geschlachtet werden soll, durch die Stirn schlägt. Er sah die fünfhundert Francs, die er zurückgewiesen hatte, in seinem Kopf davonfliegen, als hätten die Münzen echte Flügel. Er hätte sich umbringen können!

Schlimmer noch, wenn seine Frau dahinterkäme, daß er ein Angebot von fünfhundert Francs ausgeschlagen hatte, würde sie ihn ihrerseits umbringen. Sein kleiner Geist arbeitete fieberhaft, wie eine Maus, die den Käse wittert, auf der Suche nach einer Möglichkeit, diesen Geldbeutel wieder zu öffnen. Aber ihm fiel nichts Sinnvolles ein. Die Tür war verschlossen.

Jean Valjean stand auf. Gegenüber dem gedrungenen, kleinen Thénardier erschien dieser Mann geradezu zwei Meter hoch, und er schreckte vor diesem Koloß zurück.

»Ziehen Sie ihr was an. Etwas Warmes«, befahl Valjean, und Madame Thénardier drängte Cosette in ein anderes Zimmer. Nach ein paar Minuten kam sie mit dem Mädchen zurück. Es trug einen Umhang mit Kapuze, aus dem Thénardiers Töchter herausgewachsen waren; aber für Cosette war er auch zu kurz. Ihre Beine waren immer noch bloß, und an den Füßen trug sie die alten Holzschuhe.

»Strümpfe«, schnauzte Valjean kurz. »Wollstrümpfe. Und feste Stiefel. Gute.« Verschwunden war sein mildes Gebaren; vor den Thénardiers stand jetzt eine furchterregende Gestalt von strenger Autorität.

Madame Thénardier wollte wegen der Kosten protestieren, überlegte es sich aber anders. Sie führte Cosette wieder hinaus und kam mit ihr zurück, diesmal trug sie warme Stricksocken und ein Paar von Eponines Stiefeln, nicht die besten, versteht sich, aber kräftige und taugliche.

Jean Valjean sah Cosette von oben bis unten an und schien zufrieden. »Komm«, sagte er nur und streckte dem Mädchen die Hand hin.

Cosette zögerte, schaute von Monsieur Thénardier zu Jean Valjean und wieder zurück. In den Augen des Wirts sah sie nur Grausamkeit und Haß; in den Augen des Fremden war etwas, das sie nicht kannte, das sie in ihrer Erinnerung nie gesehen hatte. Freundlichkeit. Der einzige Mensch, der ihr je Liebe gegeben oder ihr Freundlichkeit entgegengebracht hatte, war ihre Mutter Fantine, und die hatte Cosette schon lange vergessen. Staunend kam sie zu Jean Valjean und legte ihre kleine Hand in seine große, sie verließen zusammen das Gasthaus und gingen in die kühle Nacht.

Gegen Morgengrauen erreichte Inspektor Javert mit zwei Gendarmen das Gasthaus. Er hatte vier Stunden im Sattel gesessen. Sein ramponierter Körper war steif von der Reise; seine Rippen und Schultern schmerzten, und in seinem Kopf hämmerte es unter dem Verband. Dennoch hatte er nur eines im Sinn: die Verhaftung von Jean Valjean.

Schroff klärte er die Thénardiers über den Fall auf: wie gefährlich der Flüchtling sei und wie unerläßlich es sei, daß er wieder ergriffen würde, bevor er außer Reichweite floh.

»Haben Sie ihn gesehen?« fragte er die Thénardiers.

Der Wirt nickte langsam mit dem Kopf. Er hatte das Boot verpaßt. Nicht einmal, sondern zweimal. Wenn er nur geahnt hätte, daß dieser große Mann ein Flüchtling war, auf der Flucht, hätte er es schon verstanden, diese fette Brieftasche zu leeren. Mehr noch, wahrscheinlich gab es eine großzügige Belohnung für die Ergreifung des Flüchtlings, und er hatte ihn hier einfach hinausspazieren lassen. Dies mußte wirklich Thénardiers Unglückstag sein.

»Wo ist er?« Javerts Gesicht war nahe dem von Thénardier. Hier brach Madame Thénardier in Tränen aus.

»Er hat unsere geliebte Cosette entführt!« jammerte sie. Ihr Kummer war echt, auch wenn die Tränen nicht wegen des Verlustes des Kindes vergossen wurden, sondern wegen des Verlustes der Francs.

»Sie sind zu Fuß nach Paris aufgebrochen«, informierte der Wirt bedrückt den Inspektor. »Sie können noch nicht sehr weit gekommen sein.«

Paris. Ich wußte, es war Paris.

Javert gab einen schroffen Befehl und die Gendarmen stiegen wieder auf ihre Pferde. Javert unterdrückte ein schmerzliches Stöhnen und schwang sich auch in den Sattel. Es waren nur zwei Stunden bis Paris. Er mußte die Stadt vor Jean Valjean erreichen, dann könnte er Sperren errichten. Denn wenn Valjean es schaffte, nach Paris hereinzukommen, konnte er ihn dort für immer verlieren.

Paris, so wußte Javert, war ein gigantischer Hexenkessel, in dem Männer und Frauen aus allen Ständen und Schichten in einer Ober- und Unterwelt zusammenkamen. Es wäre ein Leichtes für Jean Valjean, in diesem widerlichen Kessel unterzutauchen. Aber Valjean reiste mit einem ernsthaften Handicap. Er hatte ein Kind bei sich, das es ihm beträchtlich erschweren würde, voranzukommen und sich zu verstecken. Das Mitleid würde ihn schließlich doch zu Fall bringen.

XIX

PARIS

Die beiden, der Mann und das Kind, waren auf ihrem Weg nach Paris schon Stunden durch die Nacht gelaufen. Sie hielten sich von den Straßen fern – das war zu gefährlich – und trotteten durch den Wald, parallel zur Hauptstraße. Der Himmel war finster, kein Mond schien und Myriaden von Sternen blieben hinter den jagenden Wolken verborgen. Es war schwer, sich einen Weg durch den dichten Wuchs von Bäumen und Büschen zu bahnen. Valjean befürchtete, daß sie ohne leitende Sterne oder den Mond vom Weg abkommen und sich verlaufen würden.

Endlich sagte ihm eine Rotfärbung im Osten, daß der Tag anbrach und daß sie sich tatsächlich immer noch in der richtigen Richtung bewegten. Als die Sonne aufstieg, ließ die Kühle ein wenig nach, aber Jean Valjean wußte, daß sie mit dem Tageslicht auch größere Gefahr liefen, von verfolgenden Gendarmen entdeckt zu werden.

Das Geräusch von Pferdehufen auf der Straße nach Paris ließen Valjean und das Kind tiefer in den Wald laufen, wo sie sich hinter einem Baum versteckten. Sie beobachteten nervös, wie drei Reiter an ihnen vorbeipreschten. Valjean erkannte sie. Zwei Gendarme aus Montreuil mit Javert an ihrer Spitze. Sie ritten in Richtung Paris. Valjean legte Cosette die Hand auf den Mund, damit sie nicht schreien konnte, und nahm sie erst wieder weg, als die Hufschläge in der Ferne erstorben waren.

Die beiden schleppten sich weiter, stolperten über Baumwurzeln und wurden von Zweigen zerkratzt.

»Müssen wir immer noch im Wald laufen?« fragte Cosette klagend. Sie zitterte vor Kälte, selbst in ihren Wollstrümpfen und ihrem Umhang. Ihre Füße schmerzten, weil sie es nicht gewohnt war, Stiefel zu tragen, und diese waren zu groß für ihre Füße. Aber sie hielt sich sehr stark an Valjeans Hand fest und umklammerte ihre zerlumpte Puppe mit der anderen Hand. Sie war ihr einziger Besitz.

»Ja, das müssen wir. Bist du müde?« Valjean sah auf das Kind herab.

»Nein, Monsieur, mir geht's gut.« Die Worte waren mutig, aber weit entfernt davon, wahr zu sein; Cosette war sehr müde.

»Nenn mich nicht ›Monsieur‹, Cosette«, sagte Valjean ruhig. »Die Leute denken sonst, wir sind Fremde.«

»Wie soll ich Sie nennen, Monsieur?« fragte das kleine Mädchen.

»Du nennst mich besser ›Vater‹«, erwiderte Valjean.

»Aber Sie sind nicht mein Vater, Monsieur, oder?« Cosettes Stimme war so schwach, daß Valjean sie betroffen ansah. Ihre Kräfte ließen nach, und sie war offensichtlich erschöpft. Ihre ganzen spärlichen Reserven an Energie hatte sie bei ihrem schweren nächtlichen Gang durch den Wald aufgebraucht.

»Willst du auf meinen Schultern reiten?« Cosette sah sich um, entzückt über ihre neue Perspektive.

»Ich kann bis zu den Zweigen reichen«, verkündete sie jubelnd.

Ihr Vergnügen war ansteckend. Valjean mußte lächeln. »Du bist die größte Dame in ganz Frankreich«, erklärte er.

»Ich bin die Königin von Frankreich«, lachte Cosette.

»Das ist wahr, du bist die Königin, du bist die Königin von Frankreich«, lachte Valjean zurück. Und er schritt weiter, schneller jetzt, wo Cosette nicht mehr laufen mußte.

Die Schranke von Monceaux war immer ein belebter Eingang in die Stadt Paris, aber die Straßensperre, die von den Gendarmen errichtet worden war, machte ihn noch geschäftiger, und die Wartezeiten verlängerten sich. Die Schranke war eine Mauer, groß wie ein Gebäude, die diesen Teil der Stadt absperrte. In die Mauer war eine Bresche geschlagen, ein gewölbter Eingang mit einem schmiedeeisernen Tor. Vor dem

Tor stand eine Schlange von Bauern mit ihren Karren, die darauf warteten, ihre Produkte, Geflügel und Fleischwaren, in der Stadt zu verkaufen. Neben dem Tor stand ein beheiztes Schilderhaus, in dem zwei schlampig uniformierte Gendarmen für gewöhnlich faul herumhingen, sich wärmten und kaum einen Blick auf die Papiere derer warfen, die Einlaß nach Paris begehrten. Es war eine Zeit, in der kein ehrlicher Mann ohne seine amtlichen Papiere durch Frankreich reiste, nicht einmal von einer Stadt zur andern.

Aber heute waren Gleichgültigkeit und schlampige Untätigkeit der Pariser Torwächter wie weggeblasen. Unter den scharfen Augen von Inspektor Javert legten sie eine forsche, militärische Betriebsamkeit an den Tag, als sie die Ausweise in allen Einzelheiten kontrollierten.

Die Bauern liefen herum und beschwerten sich, während Inspektor Javerts Männer ihre Papiere überprüften und ihre Karren inspizierten, auf der Suche nach dem flüchtigen Jean Valjean. Javert hatte die Schranke von Monceaux ausgewählt als den wahrscheinlichsten Eingang, durch den Valjean kommen mußte, wenn man auf der Straße aus Richtung Montfermeil kam. Obgleich er Valjeans Beschreibung an jedem Portal und Torhäuschen und an jeder Brücke der Stadt in Umlauf gebracht hatte, stand er an diesem Posten selber seinen Mann.

Er mußte Jean Valjean aufhalten, bevor der Flüchtling sich in Paris in Sicherheit bringen konnte und verschwand. Wenn er erst einmal in der Stadt war, war es sehr schwer, ihn wieder aufzustöbern.

»Halten Sie Ihre Papiere bereit und zeigen Sie sie vor, wenn Sie an der Reihe sind«, rief einer der Gendarmen aus.

Ein Bauer wühlte in seinem Kittel, um seinen Ausweis zu suchen. »Wach schon auf! Wir sind hier in Paris. Vergeud' keine Zeit hier!« schnauzte ein anderer Gendarm ihn ungeduldig an.

Jean Valjean kauerte sich nieder und beobachtete die Aktion einige hundert Meter entfernt. Er und Cosette waren den ganzen Tag unterwegs gewesen und erreichten die Stadtmauer eine Stunde vor Sonnenuntergang, mehr als einen Tag, nachdem sie Montfermeil verlassen hatten. Valjean hatte Cosette die größte Strecke auf seinen Armen oder auf seiner Schulter getragen.

Er hätte wissen müssen, daß Javert diesen Eingang überwachen würde. Kein Zweifel, jeder Eingang nach Paris war von der Gendarmerie besetzt. Aber Javert sei verflucht, daß er ausgerechnet diesen Eingang bewachte.

Cosette saß auf Valjeans Schultern, hatte ihren Arm um seinen Hals gelegt und schlief fest. Sie umklammerte immer noch ihre geliebte Lumpenpuppe. Nun ja, ganz offensichtlich konnte Valjean nicht durch die Schranke von Monceaux. Er mußte einen anderen Weg finden, um in die Stadt zu kommen.

Das würde nicht einfach sein. Auf der anderen Seite der Schranke, der Stadtseite, lagen parallel zur Mauer und in unterschiedlichen Entfernungen Straßen und Häuser, alle überfüllt mit Menschen. Wenn ein Mensch wirklich gelenkig war, könnte er die Mauer erklimmen; die Steine waren unregelmäßig und boten hier und da einen Halt für die Füße. Es war nicht ganz unmöglich, die Mauer zu ersteigen.

Aber wie auf der Stadtseite wieder herunterkommen? Direkt unter der Mauerkante auf der anderen Seite war eine Reihe scharfer Eisenpiken eingeschlagen, die es jedem unmöglich machten, an der Stadtseite der Mauer herunterzuklettern oder zu springen. Dieses System scharfer Piken hielt jeden wirkungsvoll davon ab, über die Mauer in die Stadt zu kommen.

Es gab nur einen einzigen Weg: Man mußte von der Mauerkante auf eines der anliegenden Häuserdächer hinüberspringen und dann herabklettern. Es war ein gefährliches Unterfangen, weil die nächsten Häuser einige Meter entfernt lagen, und die Lücke zwischen Mauer und Dach verlangte einen Springer mit kräftigen Beinen, der keine Angst hatte. Eine falsche Bewegung und er würde aufgespießt werden.

Valjean zog eine Pariser Straßenkarte hervor und studierte sie. Es mußte einen Weg hinein geben und er wollte ihn finden. Plötzlich fiel sein Blick auf einen Straßennamen, der ihm vertraut war. Und die Straße lag nicht weit von der Schranke entfernt. Wenn er nur die Rue Petit-Picpus erreichen könnte...

Auf der Straße hielt ein Fiaker, der von zwei braunen Pferden gezogen wurde. Javert rannte zu ihm hinüber. Sechs Gendarmen kletterten heraus und salutierten, aber Inspektor Javert war mehr an dem Beamten interessiert, der aus dem Gefährt stieg.

»Noch kein Glück?« fragte der stellvertretende Präfekt Chabouillet.

»Er war zu Fuß«, erwiderte Javert. »Und das kleine Mädchen wird ihn aufgehalten haben.«

»Nun ja, Javert«, sagte der vorgesetzte Beamte, »Sie haben gesagt, er sei Valjean, und wir haben Sie ignoriert. An Stelle einer Entschuldigung habe ich den Präfekten gebeten, Sie nach Paris zu versetzen. Sie sollen mein Stellvertreter werden.«

Eine Woge des Stolzes durchströmte den Inspektor. Er war wieder auf dem Weg nach oben. Diese Beförderung war ihm eine große Genugtuung. Es verdroß Javert maßlos, daß er nicht im Gerichtssaal von Arras gewesen war, als Monsieur le maire aufgestanden war und gestanden hatte, Jean Valjean zu sein. Das wäre wirklich einer der Höhepunkte seines Lebens gewesen. Aber jetzt, wo er in die Präfektur von Paris berufen wurde, würde ihm Valjean nicht noch einmal entkommen. Seine Wiederergreifung würde für Javert höchste Priorität haben.

»Monsieur, ich fühle mich geehrt. Vielen Dank.«

»Unterdessen«, fuhr Chabouillet fort und wies auf die sechs Gendarmen, die angetreten waren, um ihre Befehle entgegenzunehmen, »stehen Ihnen diese Männer zur Verfügung, um Valjean dingfest zu machen. Auch wenn ich nicht glaube, daß Sie sie benötigen. Valjean glaubt, er hat Sie abgeschüttelt. Der erscheint hier an der Schranke frech wie ein Rohrspatz.«

»Kann sein, daß er recht hat«, dachte Javert. Und doch beunruhigte ihn etwas. Er konnte sich nicht so richtig vorstellen, daß der Valjean, den er kannte, einfach so einem Haufen Polizisten in die Arme laufen und versuchen würde, sich in die Stadt zu stehlen. Das wäre vollkommene Idiotie. Und Jean Valjean war kein Idiot.

Währenddessen krochen Jean Valjean und Cosette, fünfzig Meter von der Schranke entfernt, am Fuß der Mauer entlang. Der Abend war hereingebrochen und die einzige Beleuchtung kam von den Gaslampen, die an jeder Ecke angegangen waren. Valjean suchte nach einer Lücke zwischen der Mauer und den Häusern auf der anderen Seite, die schmal genug war, um auf eines der Dächer springen zu können. Das Haus müßte sehr nah an der Mauer stehen.

Aber Cosette blieb hinter ihm zurück, hielt ihn auf. »Warte hier«, sagte er zu ihr.

»Laß mich nicht allein!« schrie Cosette schrill. Valjean ließ sich wieder neben sie fallen und hob einen Finger an seine Lippen. »Du mußt ruhig sein«, flüsterte er. »Ich will nur nachsehen. Ich verlasse dich nicht.«

Aber das Kind war nicht beruhigt. »Warum müssen wir über die Mauer klettern?«

»Madame Thénardier verfolgt uns.«

Allein die Erwähnung dieses schrecklichen Namens zeigte sofortige Wirkung. »Wirklich?« fragte Cosette mit zitternder Stimme erschreckt.

»Ja«, nickte Valjean ernsthaft. »Wir müssen ganz heimlich da rein, sonst holt uns Madame Thénardier.« Während sich Cosette am Fuß der Mauer hinhockte, kletterte Valjean schnell die Mauer hinauf, kauerte sich auf die Mauerkante und suchte die umliegenden Häuser ab. Über die eisernen Piken zu kommen war sehr schwer; sie waren scharf genug, um einen großen Mann aufzuspießen, und für ein kleines Kind waren sie eine noch viel größere Gefahr.

Javert schimpfte ungeduldig, als er an der Schranke auf Valjean wartete. Dieses Geschäft, jeden Gemüsewagen und Bauernkarren zu kontrollieren, dauerte einfach zu lange. Außerdem wuchsen seine Zweifel. Und dann, blitzartig, kam ihm die Erleuchtung.

»Das wird er nie! Natürlich wird er das nie!« schrie er plötzlich.

»Wie bitte, Javert? Was wird er nicht?« fragte Chabouillet.

Aber Javert richtete seine Aufmerksamkeit auf die sechs Polizisten, die ihm unterstellt waren. »Ich möchte, daß drei Männer die Mauer in jeder Richtung abgehen«, befahl er. »Kontrolliert, ob es eine Lücke gibt, um auf ein Dach zu springen. Los!«

»Ich verstehe nicht«, sagte der stellvertretende Präfekt.

»Er hat keine Papiere, Monsieur«, erklärte Javert seinem Vorgesetzten. »Durch das Tor kann er nicht kommen. Irgendwie weiß er, daß die Häuser nahe an der Mauer stehen. Er hat vor, hinüber zu springen.«

Chabouillet blickte skeptisch. »Mit einem kleinen Mädchen?«

Javert nickte grimmig. »Er würde lieber sterben, als sich der Justiz stellen.« Er hatte recht; er war sich dessen sicher. Valjean würde versuchen, von der Mauer auf ein Dach zu springen. Inspektor Javert kannte Jean Valjean bestens, fast wie einen Blutsbruder. Er war selber Zeuge der enormen körperlichen Kraft dieses Mannes geworden. Er hatte einen schweren Wagen fast eigenhändig von dem alten Fauchelevent hochgehoben. Javert verstand die Gedankengänge dieses Mannes, als wäre er in Valjeans Kopf und könnte mit Valjeans Augen sehen.

»Folge mir nach, Cosette«, rief Valjean leise. Tief gebückt kletterte er auf die Mauer, und das Kind unter ihm versuchte Schritt zu halten. Er suchte nach einem Haus, das nicht zu weit von der Mauer entfernt und dessen Dach auf gleicher Höhe war.

Inspektor Javert suchte nach genau derselben Stelle. Er hatte das Schilderhäuschen verlassen und ging von Straße zu Straße. Javert berechnete mit dem Auge die Entfernung zwischen den Häusern und der Mauer. Es kam keins in Frage. Valjean mochte vielleicht tollkühn sein, aber er war auch schlau. Er würde das Dach sehr sorgfältig auswählen.

Schließlich fand Javert ein älteres Haus, das schon mehrere hundert Jahre alt sein mußte. Es stand einen oder zwei Meter näher an der Mauer als die anderen. Eine gute Möglichkeit für Valjean. Javert pfiff einen Gendarmen heran und befahl ihm, die Stelle zu bewachen.

Oben auf der Mauer hielt Valjean Ausschau. Unter ihm lief Javert immer noch von Straße zu Straße und versuchte, noch andere Häuser ausfindig zu machen, die passen könnten. Er wollte an jedem Haus einen Posten aufstellen.

Valjean traf schließlich seine Wahl. Er war erschöpft, fast an der Grenze seiner körperlichen Möglichkeiten, aber das Dach, das er sich ausgesucht hatte, war nur etwas über einen Meter von der Mauer entfernt. Jetzt oder nie. Er ließ sich zu Cosette herab. »Hände um meinen Hals. Halt dich fest.«

Während Cosette ihn umklammerte, kletterte er wieder die Mauer hinauf. Er nahm das Mädchen in seine Arme, versuchte sich zum Sprung aufzurichten, aber das Gewicht des Kindes ließ ihn schwanken. Die erschrockene Cosette schrie laut auf.

Sofort hockte Valjean sich hin und schüttelte das Kind heftig. »Sei still! Du bringst uns um!« flüsterte er eindringlich. Sein Gesicht war rot vor Wut. Cosette schrie noch lauter.

Valjean kämpfte um Selbstbeherrschung; er würde es sich nicht erlauben, in den Valjean der Galeerenjahre zurückzufallen. War er nicht ein Mensch? Und stand dieses Kind nicht unter seinem Schutz?

»Es ist schon gut. Tut mir leid«, flüsterte er, seine Finger streichelten sanft Cosettes Wangen und wischten eine Träne weg. »Wir dürfen kein Geräusch machen, sonst hört Madame Thénardier uns. Verstanden? So, stell dich jetzt auf meine Schulter. Ich halt deine Hände.«

Cosette nahm, immer noch schnüffelnd, eine unsichere Stellung auf Valjeans Schultern ein und hielt sich an seinen Händen fest. Er verschob seine Hand auf ihre Hüfte und Cosette kreischte vor Schrecken.

»Ich hab dich«, flüsterte er ihr zu. »Ich halte dich. Du mußt springen. Ich zähle bis drei und geb dir einen Stoß. Aber du mußt springen.«

Cosette stand auf Valjeans Schultern und starrte auf die Lücke. Der eine Meter schien wie eine gewaltige Entfernung, eine tiefe Kluft. Die düstere Nacht schreckte sie ebenfalls. Sie schüttelte den Kopf, unfähig, sich zu bewegen.

»Cosette, ich werde dir eine Puppe kaufen«, bot Valjean ihr an, um sie zu locken. »Spring jetzt!« Cosette schüttelte noch fester den Kopf. Nein. Nein, nein, nein. Sie war wie gelähmt vor Angst.

»Ich kauf dir Schokolade«, versprach Valjean verzweifelt. »Ich kauf dir jeden Tag Schokolade. Aber du mußt springen.«

Nein, unmöglich. Das Kind stand in panischer Angst wie angenagelt; es konnte sich nicht bewegen. Die einzige Lösung, die Valjean noch blieb, war, daß er zuerst sprang und versuchte, sie auf irgendeine andere Art herunterzuholen. Er hatte keine Zeit zu verlieren. Ohne zu zögern stürzte er sich über die Spalte. Er landete sicher auf dem Dach gegenüber und drehte sich um, um nach Cosette zu sehen.

Unter ihnen hatte Javert gerade dasselbe Haus erreicht, das Valjean ausgesucht hatte. Auch für ihn kam es für einen Sprung in Betracht und er pfiff noch einen Gendarmen herbei.

Als das Mädchen sah, wie Valjean auf dem Dach landete, rief es »Vater!«

»Schh«, warnte Valjean und drückte die Finger auf seine Lippen.

»Aber du hast mir gesagt, ich soll ›Vater‹ zu dir sagen«, rief Cosette unschuldig.

»Schhhhhh!« Lieber Gott, mach, daß sie still ist. Er mußte sie ja noch von der Mauerkante kriegen.

Unten auf der Straße spitzte Javert seine Ohren. Hatte er Stimmen gehört? Er sah hoch und der Gendarm sah ebenso hoch, aber in der Nachtfinsternis war nichts zu erkennen. Dennoch gingen sie sehr langsam weiter und hielten ein wachsames Auge auf alles, was sich bewegte.

Valjean mußte schnell handeln, um Cosette auf das Dach herüberzubringen, bevor sie in Panik von der Mauer fiel. Er grub seine Zehen in den Rand des Dachkranzes, zog seine Jacke aus und umwickelte jede Hand mit einem der Ärmel. Er hob seine Arme hoch, streckte den Stoff zwischen ihnen, so daß er sich wie ein Zelt oder Segel bauschte. Er zögerte, dann warf er sich nach vorne. Einen Augenblick schwebte er völlig frei, weder auf dem Dach noch auf der Mauer, die Straße unter ihm. Dann erreichten seine Hände die Mauerpiken gegenüber.

Während Cosette entsetzt zurückwich, verfingen sich seine Jackenärmel an den scharfen Spitzen der Piken, und Valjean schwebte quer über der Spalte, die Füße noch auf dem Dach, die Jacke in den Piken verfangen. In dieser gefährlichen Position hörte Valjean plötzlich unter sich Geräusche, und er sah hinab.

Javert! Valjean sah Inspektor Javert und den Gendarmen auf der Straße unter sich, keine fünfzehn Meter entfernt. Sie standen mit dem Rücken zu ihm, aber wie lange noch? Valjean wandte sich in panischer Angst zurück. Dann hörte er ein anderes, noch gräßlicheres Geräusch. Die Jacke riß. Wenn sie sich von der Pike losriß, würde Valjean auf die Straße fallen, direkt vor Javerts Füße. Wenn ihn das nicht umbringen würde, würde man ihn lebenslänglich auf die Galeeren schicken. In jedem Fall bliebe Cosette zurück. Was sollte aus dem Kind werden?

Er durfte nicht fallen. Zuviel stand auf dem Spiel. Langsam schob Valjean seine rechte Hand aus dem Ärmel und griff nach der unteren Biegung der Pike. Er packte sie und hielt sich fest, dann schob er die andere Hand aus seinem Ärmel, griff nach einer anderen Pike und hielt sich fest. Jean Valjean war jetzt eine menschliche Brücke, schwebte zwischen der Mauer und dem Dach.

»Lauf über mich«, flüsterte er Cosette eindringlich zu. »Beeil dich.«

Immer noch völlig erschreckt, umklammerte das Kind fest Valjean. Es bewegte sich sehr langsam, kroch über Valjeans Kopf, seinen Nacken, dann über seinen Rücken...

Unter ihnen hörte Javert ein seltsames Geräusch und sah hoch. Über ihm, zwischen der Wand und dem nächsten Haus, sah er einen seltsamen Schatten, ein langsam sich bewegendes groteskes Bild. Valjeans Augen trafen sich mit denen Javerts, und der erstarrte vor Schrecken. Es war alles aus!

Aber Javert wandte sich wieder ab, ohne etwas erkannt zu haben. Der Schatten, den er gesehen hatte, besaß im Dunkel der Nacht keine menschliche Form, kein menschliches Gesicht, keine Augen. Aber nur ein paar Sekunden später klärte sich das Bild wie von selbst. Ein Mann, ein großer Mann – Jean Valjean? Ein Mann schwebte über ihm und ein Kind kroch über ihn, um auf das Dach zu kommen... er war es! Sie hatten ihn gefunden.

»Valjean!« rief Javert und zog seine Pistole aus dem Halfter. Cosette war jetzt herübergekrochen, sicher auf dem Dach.

»Keine Bewegung!« schrie Javert und zielte auf ihn.

Als Reaktion stieß sich Valjean mit den Füßen ab und hing fest an den Piken. Der Inspektor feuerte und schoß daneben. Jetzt richtete auch der Gendarm eine Waffe auf Valjean.

Während die Kugeln um ihn herum schwirrten, zog sich Jean Valjean auf die Mauer, drückte sich zwischen die Piken, dabei schnitt er sich sein linkes Bein auf. Er spürte das Blut spritzen. Über die Lücke hinweg beobachtete Cosette ihn ängstlich, ihre großen Augen waren aufgerissen vor Angst. Noch ein Schuß, Valjean duckte sich. Er konnte hier nicht bleiben, an die Mauer genagelt wie eine Zielscheibe. Jeden Augenblick konnte eine Kugel ihr Ziel finden und ihn töten. Er mußte hier weg, er mußte das Wagnis auf sich nehmen.

Er stellte sich hin und setzte mit einem Sprung über die Spalte. Mit einem dumpfen Geräusch landete er auf dem Dach neben Cosette. Sein verletztes Bein knickte ein. Valjean unterdrückte ein schmerzliches Stöhnen, er wollte das Kind nicht beunruhigen.

Er nahm ihre kleine Hand in seine und umklammerte sie fest. Von der Straße hörte man Inspektor Javert vor Wut und Frustration brüllen, und er schoß erneut. Aber wieder ging die Kugel daneben. Jean Valjean und Cosette liefen über die Dächer von Paris in die Nacht, in die Sicherheit.

XX

DAS PETIT-PICPUS KLOSTER

Sobald Inspektor Javert Alarm ausgelöst hatte, kamen die anderen fünf Gendarmen gerannt, gefolgt vom stellvertretenden Präfekten Chabouillet. Der Inspektor hatte sie so verteilt, daß die Männer die Seitenstraßen entlang liefen, die parallel zu dem Haus lagen, auf dem Javert Valjean hatte verschwinden sehen. Er mußte irgendwo in der Nähe vom Dach herunterkommen. Und mit einem verletzten Bein und einem Kind dabei konnte er nicht sehr schnell vorankommen. Die Suche führte die Polizisten in eine leere Sackgasse, an deren Ende eine hohe Ziegelmauer stand, vielleicht fünf Meter hoch und mindestens vierzig Zentimeter dick.

Frustriert über die Sackgasse, machten Chabouillet und die Gendarmen wieder kehrt, um einen anderen Weg auszuprobieren. Aber Inspektor Javert folgte ihnen nicht; er blieb, wo er war, seine Augen suchten emsig die Mauer und die Gegend darum und darüber ab. Etwas ließ ihm keine Ruhe. Daß Valjean eine solche offensichtlich unmögliche Flucht über diese hohe Mauer versucht hatte, kam ihm einfach unglaublich vor. Valjean würde sich vorstellen, daß die entmutigte Polizei von der Fährte ablassen würde, um woanders zu suchen, wie Chabouillet es gerade tat. Eine schwierige Aufgabe, über eine solche Mauer zu kommen, aber für einen Flüchtling wäre es die Mühe wert.

»Was ist auf der anderen Seite dieser Mauer?« fragte Javert. »Ein Kloster«, antwortete Chabouillet, »das Kloster von Petit-Picpus.« Gerade, als der stellvertretende Präfekt diese Worte sprach, kletterte Jean Valjean mit Cosette in seinen Armen eine große Ulme herab und ließ sich vom niedrigsten Ast in den Garten fallen. Er fiel schwer auf sein verletztes Bein, aber außer einem scharfen, schmerzhaften Stich war er nicht weiter verletzt.

»Können wir jetzt ausruhen?« fragte Cosette wehleidig. »Madame Thénardier kann die Mauer nicht hochklettern.«

Außer Atem, konnte Valjean nur nicken. Javert kann sie auch nicht hochklettern, dachte er.

Aber Inspektor Javert war weit davon entfernt, die Idee mit dem Kloster aufzugeben. Er führte Chabouillet und seine Polizisten zum Vordertor, das verschlossen war. Javert wollte das Kloster und sein Gelände durchsuchen. Er hatte den Verdacht, daß Jean Valjean sich hier irgendwo in der Gegend aufhalten mußte.

Der stellvertretende Präfekt Chabouillet war nicht seiner Meinung. Das Kloster von Petit-Picpus war groß und mächtig; seit vielen Generationen wurden die Töchter der einflußreichsten Familien in Paris hier unterrichtet. Die Schwestern selber kamen aus bekannten Familien, und die Mutter Oberin stammte aus einem der vornehmsten Geschlechter Frankreichs. Es ginge nicht an, die Mutter Oberin mit der Durchsuchung ihrer Gebäude durch uniformierte Männer zu verärgern oder zu beleidigen.

»Bis wir nicht alles andere durchkämmt haben, können wir es nicht wagen, darum zu bitten«, erklärte er Javert.

»Aber es ist zu ihrem Schutz«, protestierte Javert. Je mehr er von der Suche entmutigt war, um so mehr war er davon überzeugt, daß sich Valjean irgendwo im Gebäude oder auf dem Gelände versteckte.

»Javert, dies ist ein strenger, religiöser Orden. Den Nonnen ist nicht erlaubt, einen Mann anzusehen und noch weniger, mit ihm zu sprechen.«

»Aber Sie sagten, es sei auch ein Internat für Mädchen. Sie müssen beschützt werden –«

Chabouillet blickte finster. »Die Mädchen sind Töchter der Aristokratie, deren Eltern Ihnen die Füße küssen würden, wenn Sie recht haben, und die Sie guillotinieren würden, wenn Sie unrecht haben.« Javert stöhnte frustiert. »Monsieur, ich weiß, daß er da drin ist«, wandte er ein.

»Erlauben Sie mir nur –«

»Ich werde doch nicht ein Gebäude voller Nonnen aufwecken, die vor Männern eine fürchterliche Angst haben, und ihre Betten durchsuchen«, sagte Chabouillet fest.

»Ich habe eine andere Idee«, beharrte Javert. »Was wäre, wenn ich der Mutter Oberin einen Brief schreiben würde, in dem ich ihr die Umstände und den Ernst der Situation erkläre und sie um ihre Zusammenarbeit bei der Durchsuchung bitte? Nur ein Brief, mehr nicht. Was kann das schaden?«

Chabouillet ließ sich das einen Augenblick durch den Kopf gehen, wog seine Besorgnis gegen sein Vertrauen in Inspektor Javerts Instinkte als Polizist ab. Aber Javert hatte recht; was konnte ein Brief für einen Schaden anrichten. Widerwillig gab er seine Einwilligung.

Im hinteren Klostergarten befand sich ein kleines Häuschen, wo das Faktotum wohnte. Der alte Fauchelevent lag im Tiefschlaf, als Jean Valjean in das Häuschen kroch. Der alte Mann wachte bei dem Geräusch auf und fuhr hoch.

Fauchelevent spähte in die Dunkelheit und sah eine kleine Gestalt in Kindergröße. Neben ihr humpelte ein riesiger Mann auf das Bett zu. Fauchelevent roch Valjeans Schweiß und den scharfen Geruch von Valjeans Blut. Er erstarrte, unfähig, sich zu bewegen.

»Was?!« rief der alte Mann vor Schrecken. »Wer sind Sie?«

Valjean klemmte seine Hand über den Mund des alten Mannes, um seine Schreie zu ersticken. Er beugte sich nah vor. »Jetzt stecke ich unter dem Karren fest, Fauchelevent«, flüsterte er ihm ins Ohr.

Der Polizeitrupp näherte sich dem verschlossenen Vordertor des Klosters. Der Portier öffnete sein Guckloch, schaute hindurch und erlaubte Inspektor Javert, sein Schreiben auszuhändigen, das er über das Gelände zum Kloster trug, während die Polizisten vor dem Tor warteten. Als er zurückkam, erlaubte der Portier den Beamten, durch den Toreingang einzutreten und sich der Klostertür zu nähern.

Als die Mutter Oberin Inspektor Javerts Schreiben las, kam sie zur Vordertür. Es war eine eisenbeschlagene Tür aus dickem Holz, und in der Mitte, in Augenhöhe, war ein Gitter aus Eisenstangen, die so dick waren, daß man kein Gesicht durch das Gitter erkennen konnte. Javert konnte das Rascheln der schweren Nonnenröcke hören, aber er konnte durch das Gitter nichts erkennen. Dann hörte er das metallische Rasseln des Gitters, das aufgeschoben wurde, und das Geräusch einer Frauenstimme, tief und ernst. Die Frau selbst blieb ungesehen hinter der schweren Metallarbeit.

»Ihr Schreiben ist gelesen worden, Inspektor. Wir verstehen und schätzen Ihre Sorge. Aber eine Durchsuchung unseres Geländes, unserer Schule oder unseres Klosters ist unmöglich.«

Der Bescheid der Mutter Oberin war endgültig, und Javert verließ der Mut, aber er wollte noch nicht ganz aufgeben. »Wenn Sie alle Nonnen, alle Schwestern und Schulmädchen in der Kapelle versammeln würden, könnten meine Männer alles andere durchsuchen, und Sie wären nicht mehr in Gefahr –« erklärte er fieberhaft, »– Ich meine nicht Gefahr, weil meine Männer gefährlich sind –«

»Wir haben keine Angst vor Männern, Inspektor«, sagte die Stimme durch das Gitter. »Wir sind hier, um Christus anzubeten. Wir leben nicht in Angst, wir leben in der Liebe.«

Javert wischte die Rüge beiseite. »Ja, ja, natürlich. Aber Sie haben womöglich – und ich bin überzeugt, es ist so – einen schweren Verbrecher in Ihrem Kloster, der sich unter Ihren Schafen versteckt. Ich kann Sie von hier draußen nicht beschützen.«

»Wir danken Ihnen, Inspektor, für Ihre Besorgnis«, erwiderte die Mutter Oberin kühl. »Aber wir verlassen uns, wie wir es immer tun, auf den Schutz Gottes.«

Das Eisengitter rasselte zu, das letzte Wort des Klosters. Javerts Fäuste ballten sich vor Wut und Frustration. Valjean war irgendwie da drin; er hätte einen Eid darauf geschworen. Und dennoch war er so weit aus Javerts Reichweite, als wäre er auf dem Mond. Er wandte sich ab und hörte, wie hinter ihm auch das Guckloch wieder zuging, das das Kloster vor der Welt verschloß.

Am folgenden Morgen schlief Cosette, in eine warme Decke gewickelt, immer noch tief auf Fauchelevents Bett. Valjean saß müde neben dem Bett und beobachtete sie aufmerksam, so aufmerksam, wie er ihre sterbende Mutter an ihrem Bett beobachtet hatte. Fauchelevent kam ruhig herein.

»Ich habe der Mutter Oberin gesagt, daß Sie mein Bruder sind, und Sie sind der neue Gärtner«, sagte er.

Jean Valjean war froh, Fauchelevents Worte zu hören. Dies war der Ort, nach dem er gesucht hatte, den er auf seiner Pariser Straßenkarte gesehen hatte. Es war das Petit-Picpus Kloster, dasselbe Kloster, das der Bischof so wohltätig unterstützt hatte, und dem er selber so großzügige Spenden aus Montreuil hatte zukommen lassen. Hier hatten die Schwestern Fauchelevent als Mitglied ihrer Familie aufgenommen und ihm in ihrer Barmherzigkeit erlaubt, sich auszuruhen und zu gesunden.

Valjean war froh, vor allen anderen Orten hier zu sein. Er glaubte, daß es die Hand Gottes gewesen sein mußte, die ihn hier in das Petit-Picpus Kloster gebracht hatte, daß es ihm bestimmt war, hier Zuflucht für sich und sein kleines Mädchen zu finden. Er hatte das Gefühl, daß er für seine Güte, die er Fauchelevent hatte zukommen lassen, jetzt belohnt wurde, indem er ihn hier bei sich aufnahm. Valjean wußte jedoch auch, daß er vor der Mutter Oberin oder den anderen Schwestern nie seine wahre Identität enthüllen durfte; es würde sie gefährden und sie in moralische Verlegenheit bringen.

Valjean nickte ruhig. »Danke, Fauchelevent«, erwiderte er. »Gut. Und können Sie es morgen einrichten, daß das Mädchen hier zur Schule geht? Ich zahle dafür.«

»Ja«, nickte der alte Mann, »wenn Sie zahlen können, wird es schon gehen.« Er schaute neugierig auf das schlafende Kind. »Wer ist sie?«

»Sie ist eine Waise«, sagte Valjean weich. Er sah auf Cosette herab. »Sie wird jetzt bei mir bleiben«, fügte er hinzu und bekräftigte stärker denn je die Verpflichtung, die er gegenüber Fantine und jetzt gegenüber Cosette eingegangen war. Das Kind schlief weiter.

»Ein Jammer«, sagte der alte Fauchelevent in leisem Ton.

»Was?« flüsterte Valjean.

Die beiden Männer standen im hinteren Teil der Klosterkirche und schauten hinter einer Säule der schönen Zeremonie zu, bei der vier Novizinnen ihr Gelübde ablegten. Die jungen Frauen waren als Bräute gekleidet, ganz in Weiß, mit Blumen und Schleiern. Als die Chorstimmen der Schwestern zur Deckenwölbung emporstiegen, wurden die hübschen Mädchen Christus vermählt, jedes empfing ein einfaches, goldenes Hochzeitsband als Zeichen seiner lebenslangen Verpflichtung.

»Ich dachte an nächstes Jahr, wenn Cosette an der Reihe ist«, erwiderte Fauchelevent. »Ein Jammer.«

Valjean schaute instinktiv zu den hohen Kirchenbänken, in denen Cosette, die jetzt sechzehn Jahre alt und sehr schön war, mit ihren Klassenkameradinnen stand und der Zeremonie beiwohnte.

»Es ist ein Jammer, sich Christus zu widmen?« fragte Valjean.

»Eine schöne Nonne ist eine tragische Verschwendung«, sagte Fauchelevent mit einem Achselzucken. »Na ja, selbst wenn Cosette hier hängenbleibt, können zumindest Sie sich die Welt ansehen.«

Valjean antwortete nicht. Er war hier im Kloster genauso ein Gefangener wie Cosette es innerhalb dieser Mauern als Nonne sein würde. Die Welt war für ihn verloren. Aber er vermißte sie nicht; er war zufrieden damit, den Rest seines Lebens in einem Kloster zu verbringen.

»Oder Paris, auf jeden Fall«, fuhr Fauchelevent fort. »Sind Sie nicht neugierig? Sie sind... wie viele Jahre nicht draußen gewesen?«

»Fast zehn«, antwortete Valjean leise. Laut sagte er, »Die Welt ändert sich nie, Bruder.«

»Sie ändert sich schon«, erklarte Fauchelevent. »Sie sollten sich das selbst ansehen. Sie wären überrascht.«

Es war wahr; die Politik Frankreichs machte eine weitere, radikale Änderung durch. Überall gab es Unruhen, wütende Arbeiter revoltierten täglich gegen die wachsende Arbeitslosigkeit, die Bourgeoisie und König Louis Philippe. Paris war das Zentrum der Unruhen, Arbeiter und Studenten bildeten eine Allianz unter roten Fahnen. Aber ein politischer Wechsel war für Valjean weniger von Interesse. Er spürte noch nach zehn Jahren innerhalb dieser Wände die schwer lastende, bedrohliche Anwesenheit Inspektor Javerts irgendwo da draußen. Javert wartete nur darauf, sich auf ihn zu stürzen.

Aber der Inspektor hatte in diesen Zeiten sehr wenig Gedanken für Jean Valjean übrig. Seine Feinde waren jetzt die Revolutionäre, insbesondere die undankbaren, jungen Studenten, die zum Aufstand aufriefen, gegen die Autorität rebellierten und die Arbeiter zum Streik anstifteten. Sie droschen Phrasen und benutzten abgedroschene Versprechungen wie Gleichheit für alle. Als ob es je so etwas geben könnte!

Heutzutage trieb sich Javert in den Gassen und billigen Cafés herum, in denen sich die revolutionären Studenten versammelten. Stumm sammelte er seine Beweise, machte Listen von Zeugen in seinem kleinen, schwarzen Notizbuch und sammelte Namen, die ihm seine bezahlten Informanten hinterbrachten. Bald wäre er imstande, offiziell gegen sie vorzugehen.

Jean Valjean ging schweigend zum Tor des Pförtners. Er sah Cosette auf Zehenspitzen, wie sie durch das Guckloch auf das Leben draußen starrte, als wäre sie eine Zuschauerin bei einem Theaterstück. Es war ihre Lieblingsbeschäftigung in ihren wenigen freien Stunden; sie tat es heimlich, weil sie wußte, daß die Nonnen sehr verärgert über sie wären, wenn sie herausfänden, daß sie auf die Außenwelt spähte.

Valjean blieb einen Augenblick stehen und betrachtete stolz seine Cosette. Die letzten zehn Jahre hatte er sie mehr und mehr als seine Tochter liebgewonnen, so wie sie ihn als ihren Vater über alles liebte. Das Mädchen erinnerte sich nur noch schwach, wenn überhaupt, an das Leben bei den Thénardiers, was ganz nach Valjeans Wunsch war.

»Was siehst du da, Cosette?« fragte er schließlich.

»Oh! Du bist es, Papa«, sagte das erschrockene Mädchen. »Ich beobachte nur die Menschen, die vorbeigehen.« Sie legte ihr Auge wieder an das Guckloch. »Sieh mal die an!« rief sie. »Was für ein albernes Kleid. Willst du sehen?«

»Nein.« Er schüttelte ernst den Kopf. Die Welt interessierte ihn nicht, nicht mehr.

Cosette trat vom Guckloch weg. Ihr Gesicht war bedrückt. »Papa ...« begann sie zögernd.

Valjean sagte nichts, aber sah Cosette tief in die Augen. Offenbar wollte sie ihm etwas Wichtiges sagen.

»Ich möchte kein Gelübde ablegen, Papa«, erklärte sie schließlich, und ihre Lippen zitterten.

»Wir haben es der Mutter Oberin versprochen«, erinnerte er sie ruhig.

Sie hob ihr bekümmertes Gesicht zu ihm auf. »Mutter Oberin hat zu mir gesagt, ich müsse mit reinem Herzen zu Christus gehen, ohne Bedauern. Wenn ich mein Gelübde jetzt ablegen würde, würde ich Gott belügen. Das ist eine furchtbare Sünde, nicht wahr?«

Ohne etwas zu erwidern, betrachtete Valjean ihr hübsches, sechzehnjähriges Gesicht mit den großen Augen und der reinen Stirn. Er konnte sich so wenig vorstellen, daß Cosette »eine furchtbare Sünde« begehen könnte, wie er sich nicht vorstellen konnte, daß er wie ein Vogel fliegen könnte. Aber sie war ein normales junges Mädchen, mit der normalen Neugier eines jungen Mädchens auf die Außenwelt. Valjean wußte, was er als Sicherheit verstand, verstand sie als Gefangenschaft. Sie war jetzt zehn Jahre in dem Petit-Picpus Kloster eingeschlossen, verbrachte ihre Tage in einem Schulzimmer und ihre Nächte in einem Schlafsaal, jede Stunde am Tag beaufsichtigt von strengen Nonnen. Cosette hatte aus erster Hand keine Kenntnis von der bösen Welt da draußen. War es ein Wunder, daß sie durch die Blicke, die sie durch das Guckloch des Pförtners warf, in Verlockung geriet? War es ein Wunder, daß sie sich nach einem Hauch von Freiheit sehnte?

Wie konnte er sie dafür tadeln? Wie konnte er ihr nur sagen, was ihre wahre Situation war? Daß er ein Flüchtling war, ein Verbrecher, und sie die illegitime Tochter einer Prostituierten? Daß er nicht ihr wirklicher Vater war? Aber er war jetzt Cosettes Vater; sie hatte keinen anderen. Wer konnte Cosette denn mehr lieben als er?

Hier, in Petit-Picpus waren sie sicher, durften sie in Frieden leben. Sie genossen Schutz und die willkommene Gegenwart Gottes. Innerhalb dieser hohen Mauern hatten die Nonnen eine Zuflucht geschaffen, ein privates Universum aus Güte und Barmherzigkeit, Millionen von Meilen entfernt von den vor Menschen wimmelnden Straßen.

Und doch waren es diese Straßen, die Cosette so sehnlichst sehen wollte. »Ich möchte hier weg, bitte, Papa«, bettelte Cosette, und nicht zum erstenmal. Wenn sie nur für immer ein Kind bleiben könnte! Es war der innigste Wunsch aller Eltern seit Anbeginn der Welt.

»Mein Kind, wir sind hier sicher«, sprach Valjean durch den Schmerz hindurch, den er spürte.

»Sicher wovor, Papa?«

Mögest du das nie erfahren, meine liebste Tochter. Valjean legte seinen Arm um Cosettes schmale Schulter und zog sie nah an seine Brust. »Wir haben alles, was wir brauchen. Ich kann arbeiten. Ich kann in deiner Nähe sein. Wir haben ein gutes Leben hier.«

Cosette schmiegte sich an ihn und blickte zu dem geliebten Gesicht ihres Vaters auf. »Bitte, Papa«, bettelte sie.

Er sah in ihre klaren, flehenden Augen und seufzte tief. Er hatte seit Jahren diese Stunde gefürchtet, aber jetzt war sie da. Wie lange konnte er seine Tochter noch vor dem Rest der Menschheit verschließen? Es war nicht fair gegenüber Cosette. Bald würde sie eine Frau sein, und sie mußte die Außenwelt durch ein kleines Loch sehen, das nicht viel größer war als eine Ritze in einer Ziegelmauer.

Cosettes Neugier, das Leben kennenzulernen, war das natürliche Gefühl eines sechzehn Jahre alten Mädchens, das seit zehn Jahren abgeschirmt worden war. Die kurzen Blicke auf Männer und Frauen, die an den Klostermauern vorbeigingen, hatten sie nur noch mehr auf die Folter gespannt.

Zehn Jahre lang hatte Jean Valjean wahren Seelenfrieden gekannt. Hier, an diesem heiligen Ort, hatte er sich im Kontakt mit Gott gefühlt. Er hatte die Erde mit seinen Händen bearbeitet, sicher die natürlichste Art der Arbeit, die ein Mensch tun kann, den Jahreszeiten zu folgen, Dinge wachsen und blühen zu lassen. Das lieblichste Geräusch, das Valjean je gehört hatte, war die Musik der Klosterglocken, die die Gebetsstunden ansagten. Matutin, Komplet, None und die anderen. Und der liebliche Gesang der Schwestern, wenn sie ihre Stimmen zum Lobe von Jesus Christus erhoben.

Jean Valjeans unruhiger Geist war bei dem friedlichen Anblick der Nonnen, die ohne Hast, mit langsamem, gemessenem Schritt und mit ernsthaft zu Boden gerichtetem Blick ihren Geschäften nachgingen, zur Ruhe gekommen. Die vollen schwarzen Röcke ihrer Tracht, die aufragenden weißen Schleier, wie Wolken Gottes, die Rosenkränze, die an ihren Hüften klickten. Und die heiligen Tage – die Tage der Heiligen, Allerheiligen und besonders Ostern und Weihnachten, wenn die Erde wahrhaft von Christus gesegnet ist, sie hatten Jean Valjeans gequälter Seele Ruhe und Glück gebracht.

Jetzt war er bereit, das alles für Cosette aufzugeben, damit sie die Welt sehen konnte, von der sie so sehnlichst ein Teil werden wollte.

Valjean hatte Geld, viel Geld. Selbst die zehn Jahre von Cosettes Schulunterricht hatten seine Ressourcen nicht aufgezehrt. Sie hatten wenig Ausgaben, lebten innerhalb der Klostermauern gratis. Er konnte sich draußen ein bescheidenes, aber bequemes Leben für sich und sein Kind leisten.

Jean Valjean wußte, daß wenn er in die Welt hinausginge, er die größte Sicherheit, die er je gekannt hatte, verlassen würde. Aber er wußte auch, daß seine besten Tage hinter ihm lagen, während Cosettes Leben gerade erst begonnen hatte. Vor zehn Jahren hatte er die Verantwortung für dieses Leben übernommen. Er mußte diese Verpflichtung erfüllen, dem Mädchen alles geben, was es brauchte, um im Leben voranzukommen. Und das hieß, die Sicherheit für das Risiko einzutauschen. Nur durfte Cosette nie von diesem Risiko erfahren, auch nicht, was ihr Vater für sie geopfert hatte.

»Na schön, mein Kind«, versprach er ihr sanft, »wir werden hinausgehen. Wir werden uns die Welt gemeinsam ansehen.«

XXI
MARIUS

Seine unerbittliche Untersuchung jener begangenen Verbrechen gegen den Staat führten Inspektor Javert immer wieder in das Viertel von Saint-Antoine in Paris, eine der Hauptbrutstätten revolutionären Fiebers im Frühjahr 1832. Er hatte seine bezahlten Polizei-Informanten in allen Armutsvierteln von Paris. Zwielichtige Existenzen, die im Schatten lauerten und die, in der unschuldigen Verkleidung armer Studenten oder Arbeiter, die aus dem Boden schießenden radikalen Bewegungen unterwandern sollten, um sie auszuspionieren und ihre Mitglieder der Verhaftung und Anklage zuzuführen. In Saint-Antoine, dem revolutionärsten Stadtteil von Paris, war Javerts Informant ein Mann namens Robineaux.

Die radikalen Studenten pflegten sich in den billigen Cafés und Kneipen dieses Elendsbezirks zu versammeln. Hier, umgeben von Habenichtsen und *Les Misérables* der Elendsviertel, bildeten die jungen Revolutionäre Komitees und Organisationen mit der Absicht, ihre Kräfte zu bündeln, ihre Ideale zu bestätigen und ihre Effektivität zu maximieren. Eine der aktivsten dieser Organisationen waren die Freunde des ABC Auf Französisch wurde ABC wie »abaisse« ausgesprochen, was »unterdrückt« bedeutet. Es war ein grimmiger Witz mit einem bitteren Nachgeschmack. Innerhalb dieser Vereinigung war der radikale Geist unstillbar.

Das gemeinsame Ziel der Radikalen war eine Revolution, die die unmenschlichen und ungerechten Verhältnisse abschaffte, durch die die Wohlhabenden die Armen unterdrückten; dem gemeinen Volk Frankreichs sollten die natürlichen Menschenrechte zurückgegeben werden. Allerdings waren die Organisationen schwach, schlecht ausgerüstet und unterbesetzt, aber sie gewannen Tag für Tag mehr an Stärke, und die Polizei war bereits auf sie aufmerksam geworden.

Vor zwei Jahren hatte sich das Volk Frankreichs vereint, um gegen die Restauration und den Bourbonen-König Karl X. zu rebellieren. Aber die Revolution von 1830 scheiterte, die Monarchie wurde wieder eingesetzt, und ein weiterer Bourbone, Louis Philippe, saß jetzt auf dem Thron.

Javert ging durch eine Gasse im Herzen von Saint-Antoine und hielt Ausschau nach seinem bezahlten Informanten Robineaux. Er fand den Spitzel, der, wie ein Student gekleidet, an einem offenen Toreingang lehnte und über die Avenue starrte. Dort hielt ein junger Mann mit flammenden schwarzen Augen eine leidenschaftliche Rede vor einer Gruppe von Menschen, die ihm Beifall spendete.

Javert trat in den Schatten, so daß niemand beobachten konnte, daß die beiden Männer miteinander sprachen.

»Seh'n Sie den Mann, der da spricht? Er ist der Anführer der Freunde des ABC«, sagte der Informant aus dem Mundwinkel heraus, ohne den Kopf zu drehen. »Das ist die größte und gefährlichste der Studentengruppen. Sie wollen den König abschaffen, sie wollen das allgemeine Wahlrecht.«

»Es interessiert mich nicht, was sie wollen«, knurrte Javert aus dem Schatten. »Ich will wissen, wer sie sind.«

Weniger als fünf Minuten später fuhr ein Fiaker, ein einspänniges Taxi, vor einer Kirche im selben Bezirk von Saint-Antoine vor. In ihm saßen Jean Valjean und Cosette, beide schwarz gekleidet, bescheiden, aber nicht billig, eben wie ehrbare Mitglieder der Bourgeoisie. Cosette war jetzt achtzehn und ihr Gesicht und ihre Figur waren noch schöner geworden. Sie war sich nicht bewußt, daß sie zu einer jungen Frau herangereift war, deren Zauber sich voll entfaltete.

Jean Valjean nahm einen Lederkoffer und öffnete den Schlag. »Ich muß ein paar Papiere mit Vater Bernard durchgehen«, sagte er. »Es geht um das Programm ›Freies Essen für alle‹. Es wird nicht mehr als fünf Minuten dauern.«

»Ich warte hier«, sagte Cosette gelassen. »Es ist so schön draußen.« Sie lächelte ihren Vater unter ihrem schlichten Spitzenhäubchen an.

»Ist gut, mein Kind, aber bleib im Fiaker.«

Das Mädchen schüttelte den Kopf, verzweifelt wie üblich über die übertriebene Fürsorge ihres Vaters. Er wachte über sie wie ein Tiger über sein Junges und ließ sie selten aus seinem Blick. Sie wohnten gemeinsam in einem großen, bequemen Haus in der Rue Plumet, wurden von einer ergebenen Dienerin umsorgt und sahen sonst fast niemanden. Für die Außenwelt waren sie Monsieur und Mademoiselle Fauchelevent, wohlhabend, aber einsiedlerhaft, menschenfreundlich, aber nicht gesellig.

So, wie ihre Freiheit aussah, hätte sie auch im Kloster bleiben können, dachte Cosette.

»Ja, Papa, ich bleib sitzen«, seufzte sie. Als er gegangen war, blieb sie noch kurz sitzen und klopfte mit ihrem Fuß vor Langeweile. Die Sonne schien warm und nur ein paar sanfte Wolken trieben am Himmel. Cosette besaß die ganze Energie einer Achtzehnjährigen, und sie wünschte sich aus der Kutsche heraus, würde lieber den Tag genießen und nicht wie ein Paket in diesem stickigen Fiaker sitzen.

Plötzlich hörte sie die lauten Stimmen Beifall rufender Menschen. Cosette starrte aus der Kutsche. Sie konnte die Stimmen der Menge klar hören, aber sie kamen um die Ecke. Sie konnte nichts sehen. Dann hörte sie die einzelne Stimme eines Mannes. Sie klang lauter, wie wenn er eine Rede hielt, aber sie konnte die Worte nicht verstehen. Cosette stieg aus dem Fiaker. »Ich bin gleich zurück«, sagte sie zu dem Kutscher. »Warten Sie bitte.«

Die Neugier lockte sie, um die Ecke zu gehen. Auf der anderen Seite der Straße sah sie eine Gruppe von Männern und Frauen und in ihrer Mitte einen großen, dunkelhaarigen jungen Mann, der auf einer Holzkiste stand und zu ihnen sprach. Seine Stimme war leidenschaftlich, und seine Augen blitzten vor revolutionärem Eifer.

»Alles in unserem Land ist ein Verbrechen«, sagte er mit erhobenen Händen und geballten Fäusten. »Seine Meinung zu sagen ist ein Verbrechen. Arm zu sein ist ein Verbrechen. Arm zu sein ist das schlimmste Verbrechen. Und wenn man diese Verbrechen begeht, kommt man lebenslang ins Gefängnis. Unsere Regierung kennt kein Erbarmen. Kein Mitleid. Kein Vergeben.«

»Und sie hat keine Arbeit für uns!« rief ein Mann in der groben Kleidung eines Steinmetzen.

»Das ist wahr«, rief der Redner zurück. »Und es gibt keine Arbeit. Und weil es keine Arbeit gibt, sterben unsere Kinder vor Hunger. Sie sterben vor Hunger, und wir können sie nicht ernähren. Wir können sie nicht vor dem Fieber schützen...«

Cosette bewegte sich am äußeren Rand der Gruppe, ihre ganze Aufmerksamkeit galt nur dem jungen Mann. Sie war fasziniert von seiner Schönheit und von seinem starken Gefühl. Er besaß eine Art von Charisma, dem das Mädchen vorher nie begegnet war.

Er war groß und ziemlich dünn, mit hohlen Wangen und vollen, sinnlichen Lippen. Sein dichtes Haar konnte einen Haarschnitt vertragen, es fiel auf seinen abgewetzten Kragen und ihm vorne in die Augen. Diese Augen waren sein bemerkenswertestes Kennzeichen – sehr dunkel, mit einem durchbohrenden, feierlichen Blick. Die Augen des jungen Mannes trafen Cosette bis in die Seele, als ob nur er sie auf dieser ganzen Welt verstehen könnte.

Seine rebellischen Worte waren Cosette fremd, aber sein Gesicht war es nicht. Ihr schien, als ob sie es jeden Tag in ihrem Leben gesehen hätte, vor ihrem geistigen Auge, auch wenn sie zu jung war, um die Bedeutung zu verstehen, die das Gesicht eines Fremden in ihren innersten Gedanken haben konnte.

Auf der anderen Straßenseite beobachtete Inspektor Javert die Demonstration und interessierte sich ebenfalls für den jungen Mann und seine Rede. »Wie heißt er?« fragte er.

»Marius. Marius Pontmercy«, antwortete der Informant Robineaux.

»Adresse?« Javert schrieb den Namen in sein Notizbuch in seiner peinlich genauen Handschrift.

»Er hat sich ein Zimmer über dem Café Musain gemietet.«

»Konzentrier dich auf ihn«, befahl er knapp und zog sich in den Schatten zurück. Er hatte keine Ahnung, daß hundert Meter entfernt sein alter Feind Jean Valjean gerade wegen einer wohltätigen Sache in eine Kirche getreten war.

Cosette schob sich durch die Menge und arbeitete sich Schritt für Schritt zu dem behelfsmäßigen Podium vor. Sie war sich gar nicht bewußt, daß sie Marius Pontmercy immer näher kam. Sie schien hilflos, wurde von irgendeinem Zauber angezogen, der von dem Gesicht und der Stimme dieses Mannes ausging.

»... Das Fieber kommt daher, weil die Menschen wie Vieh zusammengepfercht leben«, fuhr Marius mit großer Überzeugung fort. »Und wir haben kein Geld, um die Medikamente zu bezahlen. Warum? Sagt es mir? Warum sind wir machtlos, die Menschen zu retten, die wir lieben? Ihr wißt es. Ihr alle wißt es. Sagt mir, warum!«

»Der König hat gelogen!« rief eine Frau aus der Menge.

»So ist es!« rief Marius zurück. »Der König hat uns verraten. Man hat uns das Wahlrecht versprochen. Haben wir es? Dürfen wir wählen?«

»Nein!« brüllte die Menge mit einer Stimme.

Cosette ging näher heran; jetzt stand sie in der ersten Reihe, direkt vor dem Redner. Nicht nur seine zwingende Stimme, sondern auch seine Worte erreichten sie jetzt, und sie fürchtete, auch nur eine Silbe zu verpassen.

»Wo ist die Republik?« fragte Marius. »Wo ist die Republik, für die unsere Väter gestorben sind?«

»Wo?« rief die Menge zurück.

»Hier! Sie ist hier, meine Brüder.«

Marius Pontmercys Augen wanderten über die Menge und blieben plötzlich auf dem hübschen, aufmerksamen Gesicht einer gutgekleideten, jungen Frau hängen, sicherlich der untypischste Mensch, den man hier erwartet hätte. Das Mädchen beobachtete ihn, und aus ihren feinen Gesichtszügen sprach unmittelbare Faszination. Der Ausdruck von Reinheit und Güte in ihren großen Augen war so bewegend, daß er für einen Augenblick den Faden verlor. Er stockte in seiner Rede, verstummte dann. Er mußte sich mächtig anstrengen, um den Faden wiederzufinden.

»Die Republik ist hier! Hier, in unseren Beinen und Armen.« Jetzt sprach er direkt zu der schönen, jungen Frau. »Sie lebt hier, in unseren Köpfen. Aber am meisten lebt sie in unseren Herzen. In unseren Herzen sind wir die Republik!«

Die Menschen, die von den glühenden Worten des jungen Studenten begeistert waren, spendeten ihm laut Beifall. Marius freute sich und lächelte Cosette zu. Sie errötete und wandte sich ab. Aber in ihrem Inneren brannte sie darauf, zu erfahren, wer der Redner war.

Marius Pontmercy war vor zweiundzwanzig Jahren in eine Familie der oberen Mittelschicht hineingeboren worden, die in guten Verhältnissen lebte. Vom Tag seiner Geburt an hatte seine Familie gewisse Erwartungen in Marius. Man erwartete, daß er eine anständige Ausbildung an der Universität von Paris absolvierte und in dasselbe Geschäft eintrat wie sein Vater und Großvater vor ihm. Man erwartete, daß er ein Mädchen aus guter Familie heiratete, das eine kräftige Mitgift in die Ehe brachte, und die beiden sollten eine Familie gründen und Söhne produzieren, um den Namen Pontmercy fortzuführen. Es wurde auch erwartet, daß er niemals diesen Namen beflecken würde. Aber Marius Pontmercy sollte keine der Erwartungen seiner Familie erfüllen.

Auf der Universität wurde er zum Radikalen. Als er in Paris war, sah er zum erstenmal das atemberaubende Ausmaß an Ungerechtigkeiten und Heuchelei, das Frankreich in den frühen dreißiger Jahren erfaßt hatte. Menschen, die ein Geschäft oder Handwerk besaßen und bereit waren zu arbeiten, konnten keine Arbeit mehr finden. Die Frauen und Kinder mußten hungern und verhungerten oft. Sie verloren ihr Heim und waren gezwungen, in kalten Straßen und Gassen zu schlafen. Währenddessen bogen sich die Tische der Reichen unter der Last köstlicher Leckerbissen, saftiger Braten und exotischer Früchte. Bei jedem Mahl wurde Essen verschwendet; Essen, mit dem man die Armen hätte ernähren können, wurde einfach weggeschmissen.

In seiner Geschichtsvorlesung hörte Marius über die Französische Revolution, aber wenn er sich umsah, sah er nicht, daß auch nur einer der Grundsätze von »Freiheit, Gleichheit, Brüderlichkeit« irgendwo befolgt wurde. Was war aus diesen glorreichen Idealen geworden? Wo war die Republik, für die Frauen und Männer gekämpft hatten und gestorben waren? Warum waren die Grausamen und Privilegierten immer noch an der Macht? Warum saß wieder ein König auf dem Thron? Was war aus dem Stimmrecht geworden, das allen versprochen worden war? Warum hatte man die anderen Versprechungen, die man dem Volk gemacht hatte, nicht erfüllt?

Es war an ihm, das wurde ihm klar, an Marius Pontmercy und seinen Zeitgenossen, dem Volk zu helfen, die Macht zu ergreifen, die ihm durch das Recht der Natur und die Revolution von 1789 zustand. Die Studenten waren aufgerufen, Radikale zu werden, sich mit den Arbeitern und Entrechteten zu verbinden – »Les Misérables« – und die Revolution wieder herbeizuführen. Aber diesmal mußten sie damit durchkommen. Diesmal würde das Blut der Franzosen nicht umsonst vergossen. Für Marius gab es kein Zaudern; er war bereit, Blut zu vergießen, einschließlich seines eigenen.

So hatte Marius Pontmercy im Alter von einundzwanzig seinen Ursprüngen den Rücken gekehrt und war ein Mann des Volkes geworden. Er machte sich die Armut und ihre Unannehmlichkeiten mit fast heiliger Freude zu eigen. Marius gab, ohne einen Blick zurück, die Freuden der Tafelgelage auf, den Geschmack von Wein in den Weinläden, feine neue Kleider, blitzende Stiefel und ein bequemes Federbett. Er schloß sich den radikalen Studenten an. Er zog in das Saint-Antoine-Viertel zu den Ärmsten der Armen. Er aß sehr wenig, meist war es Gemüsesuppe, grobkörniges Brot und Haferbrei. Er trank nur Wasser. Wenn seine Kleidung zerlumpte, stopfte er sie ungeschickt wieder zusammen und trug sie weiter.

Marius schlug sich recht und schlecht durch, hatte kaum etwas zum Leben, er fertigte gelegentlich Übersetzungen für einen Verleger an, kommentierte Manuskripte und nahm andere kleine literarische Arbeiten an, die ihm fast nichts einbrachten. In den letzten zwölf Monaten hatte er seine Stunden nicht dem Studium von Latein, Logik und Rhetorik gewidmet, sondern er hatte versucht, die Unruhe des Volkes zu organisieren und sie in eine gerechte Wut umzuwandeln, indem er sich an das Volk wandte und dessen revolutionäre Begeisterung anstachelte. Er war einer der studentischen Organisatoren der Freunde des ABC.

Was Frauen betraf, hatte er keine Zeit für Liebesabenteuer. Er dachte so wenig an sie wie an das blutige Roastbeef, das man am Tisch seines Vaters serviert hatte. Die wahre Liebe seines Lebens war Frankreich, das Frankreich, das als idealer Staat aus der Revolution hervorgehen würde. Als er also in Cosettes klare Augen blickte, über den lärmenden Platz, konnte er sich nicht gegen sie wehren. Diese klaren Augen trafen ihn wie aus einem Hinterhalt mitten ins Herz. Sie erschien Marius wie ein Engel aus einem reineren, geläuterten Teil des Himmels. Sie inspirierte ihn. Sie war Frankreich, so hatte er sich immer die Verkörperung Frankreichs vorgestellt.

Marius beendete seine Rede und trat von der Kiste, sah nach der schönen, jungen Frau, die seine Fantasie beflügelt hatte. Männer und Frauen standen um ihn herum, Genossen und Arbeiter, die begierig darauf waren, mit ihm zu sprechen.

»Gute Worte, Bürger«, sagte der Steinmetz. »Aber ich glaube, wir brauchen mehr als Arme und Beine, meinst du nicht?«

Marius lächelte. »Wir brauchen Waffen, das steht fest.« Aber seine Augen wanderten weiter über die Menge und suchten das Mädchen. Ja, da war sie, am Rande der Menge. Sie entfernte sich. Er erhaschte noch einen Blick von ihrem schwarzen Kleid, als sie um die Ecke bog. Er mußte ihr folgen, mit ihr sprechen!

Cosette hatte sich noch nie in einer so großen Gruppe befunden. Als andere Menschen gegen sie stießen, sie beiseite drückten, verwirrte sie das und machte sie ängstlich. Plötzlich hatte sie es eilig, zu dem Fiaker und zu ihrem Vater zurückzukommen. Sie eilte zur nächsten Ecke und bog ab.

Es war nicht der Weg, den sie gekommen war; diese Gasse kam ihr fremd vor. Cosette lief die Gasse auf dem rauhen Kopfsteinpflaster entlang, bemerkte den Dreck und die Armut auf allen Seiten. Der Saum ihres Kleides wurde von den laufenden Abwässern der Straße beschmutzt. Bettler streckten ihre rissigen und blutigen Hände nach ihr aus und baten aufdringlich um Geld. Viele der Kinder waren barfuß, in Lumpen gekleidet, ausgemergelt vor Hunger. Die mitleiderregenden Kinder weckten in Cosette eine lang begrabene Erinnerung bitteren Leids und Schreckens. Die Erinnerung legte sich um sie, erschreckte sie und nötigte sie, zu fliehen.

Cosette fing an zu laufen, ihr Herz schlug schnell. Sie blickte nicht hinter sich, sah nicht den jungen Marius Pontmercy, der ihr in einiger Entfernung folgte. Außer Atem bog sie um eine andere Ecke, und da war endlich die Kirche und der Fiaker und ihr Vater, dessen Gesicht sich vor Besorgnis und Ärger verzog.

»Wo bist du gewesen? Ich habe dich gebeten, die Droschke nicht zu verlassen!« Jean Valjeans Stimme erstickte fast vor Wut und Erleichterung.

»Tut mir leid«, antwortete Cosette. »Ich wollte nur etwas Luft schnappen.«

Eine Gestalt erschien am Ende der Straße. »Wer ist das?« fragte Valjean.

Cosette sah hin. Es war der junge Mann von der Versammlung. »Ich weiß nicht«, sagte sie nervös. »Er hat eine Rede auf der Straße gehalten –«

»Komm. Wir fahren nach Hause.« Valjean nahm ihren Arm und geleitete sie in die Droschke. Als er ihr in die Droschke folgte, wandte sich Jean Valjean um und warf Marius einen finsteren Blick zu. Er entspannte sich erst, als der Fiaker sicher aus Saint-Antoine heraus war.

Marius sah der Kutsche hinterher, bis sie mit dem unbekannten Mädchen verschwand. Er drehte sich um und ging zurück ins Viertel. Er schlug den Weg zum Café Musain ein, wo er mit seinem besten Freund, Enjolras, verabredet war, einem tapferen Mann, einem weiteren Anführer der Freunde des ABC. Er versuchte, seine Gedanken wieder auf die wichtige Aufgabe der Revolution zu lenken, aber ein Paar großer Augen und eine weite Stirn unter einem Spitzenhäubchen wollten ihm nicht aus dem Kopf und schoben andere Gedanken beiseite.

Als sie wieder in dem schönen, steinernen Stadthaus in der Rue Plumet war, ging Cosette sogleich in ihr Schlafzimmer hinauf, wo sie ihr Häubchen absetzte und ihr pelzbesetztes Kleid auszog und alles in den Schrank hängte. Sie bewegte sich langsam wie in einem Traum, verloren in ihrer eigenen Vorstellungswelt.

Sie blieb vor ihrem Spiegel stehen und starrte auf ihr Spiegelbild, fast ohne es zu sehen. Verträumt löste sie die Spangen aus ihrem Haar und ließ die schwere Masse auf ihre Schultern und ihren Rücken fallen. Sie fuhr mit ihren Fingern durch die Haare und genoß die seidige Weichheit auf ihren Fingerspitzen. Im Spiegel sah sie eine junge Frau, aber sie sah auch einen jungen Mann, einen gutaussehenden, dunkeläugigen Jungen mit ernstem Gesichtsausdruck, und es war, als ob sie sich selbst durch seine Augen sah. Fand er sie schön, dieser Mann, den sie nicht einmal kannte?

Jean Valjean beobachtete auf dem oberen Korridor seine Cosette durch die halb geöffnete Tür. Er sah, daß sie ihn nicht wahrnahm, daß sie nichts wahrnahm, außer ihrem Spiegelbild. Aber Valjean erkannte an dem verzückten Ausdruck auf Cosettes Gesicht, daß sie nicht allein in ihren Gedanken war. Und er erkannte mit einem Anflug von Schmerz, daß aus dem jungen Mädchen in nur ein paar Stunden irgendwie eine junge Frau geworden war.

Einige Stunden später kehrten Marius und Enjolras, die unter ihren Jacken Waffen schmuggelten, zu ihrem heimlichen Treffpunkt hinter dem Café Musain zurück. Sie klopften wie verabredet – drei Schläge, eine Pause, zwei Schläge, eine Pause, dann ein einzelner Schlag. Die Tür wurde von einem Kameraden geöffnet, der in Wirklichkeit Robineaux war, Javerts geheimer Informant. Die Gruppe war sich seiner wahren Identität nicht bewußt, ja, sie vertrauten ihm.

Die anderen Mitglieder waren schon da und warteten auf die beiden. »Glück gehabt?« fragte Courfeyrac, der der Sohn reicher Eltern war, sich aber der Revolution verschrieben hatte. Um den Tisch herum saßen neben Courfeyrac, Grantaire, der Zyniker der Gruppe, mit seinem üblichen Glas Absinth, das halb leer war, Feuilly, ein Arbeiter, der sich selbst weitergebildet hatte; und der Leichtfuß Boussuet. Sie säuberten und reparierten ein paar alte Pistolen und versuchten sie wieder in Schuß zu bringen.

Marius und Enjolras öffneten ihre sperrigen Jacken. Sie hatten fünf Pistolen hereingeschmuggelt, die sie an ihrem Körper verborgen hatten. Die beiden Studenten luden sie auf dem Tisch neben den anderen Pistolen ab, und die Gruppe begann sie zu inspizieren.

»Vielleicht gehen wir zu schnell vor, Marius«, sagte Enjolras. Er war der Intellektuelle in der Gruppe, aber seine Neigung, jede Aktion noch einmal zu überdenken, machte Marius Pontmercy ungeduldig.

»Revolutionen sollten immer stürmisch geschehen«, erwiderte Marius beherzt. »Der Fortschritt hat keine Zeit zu verlieren.«

Enjolras schüttelte entrüstet den Kopf. »Das ist ja zum Heulen. Zwei Wochen und was haben wir? Kaum genug Pistolen für uns selbst.«

Aber Marius ließ sich nicht entmutigen. »Dann tun wir, was alle Revolutionäre immer getan haben. Wir reißen die Straßen auf und werfen mit den Pflastersteinen.«

»Toll«, sagte Enjolras mit müdem Sarkasmus. »Aber sie werden nicht mit Stöcken angreifen.«

»Es heißt«, warf Courfeyrac ein, »sie haben Truppen und Artillerie zwei Stunden vor Paris postiert.«

Enjolras schüttelte den Kopf. »Es ist zu früh.«

Das Licht der Revolution erhellte Marius' Gesicht.

»Wenn wir nicht bald etwas tun, wird keiner mehr die Kraft haben, zu kämpfen. Hört mir zu. Wir müssen organisieren. Wir müssen die Steinmetze, die Zimmerleute koordinieren. Wir müssen jederzeit bereit sein, zuzuschlagen. Denn wenn unsere Chance kommt, haben wir nicht viel Zeit.«

Die anderen nickten zustimmend und beugten sich wieder über ihre Arbeit. Draußen, am Himmel über den Straßen von Paris, bildeten sich Wolken. Rote Wolken, rot wie das Banner der Revolution, rot wie Blut.

XXII

GAVROCHE

Monsieur Fauchelevents Programm »Freies Essen für alle« erwies sich als sehr populär. Jeden Tag stellten sich mehr hungrige Leute vor den Essenszelten auf, und sie stellten sich möglichst früh am Tag auf, um sicher zu gehen, daß sie auch eine Mahlzeit bekamen. Jean Valjean erhöhte seine Essensspenden immer wieder, bis er zweimal soviel Nahrungsmittel aufbrachte wie zu Beginn des Programms.

Obwohl die Suppenküche nominell von der katholischen Kirche in Saint-Antoine verwaltet wurde, deckte Jean Valjean die ganzen Kosten aus seiner eigenen Tasche. Aber Geld und Nahrung waren nicht die einzige Sache, für die er aufkam.

Jean Valjean glaubte nicht an »kalte« Wohltätigkeiten. Er war der Überzeugung, daß lediglich Geld zu verteilen dem gleichkam, als würde man den Mitmenschen den Rücken zukehren. Man mußte die Hand auch ausstrecken, den Bedürftigen in die Augen schauen und sie als Brüder und Schwestern anerkennen.

Deshalb waren Valjean und Cosette stark in dieses Programm eingebunden. Sie gingen jeden Tag nach Saint-Antoine, um die heißen Mahlzeiten persönlich auszugeben. Jean Valjean sorgte für täglich frisches Essen, gutes Brot, viel frisches Gemüse wie Steckrüben, Kartoffeln, Zwiebeln, Grünzeug, Graupen, Karotten, auch Obst und sogar Fleisch. Er schaffte große Kessel heran, in denen die Suppen und der Eintopf gekocht wurden, und verteilte eine Kollektion flacher Tonteller und Tischbesteck aus Zinn. Wann immer er es konnte, teilte er auch warme Kleidung aus, getragene vielleicht, aber frisch gereinigt und immer noch brauchbar.

Die freie Suppenküche wurde jeden Tag, ob bei Regen oder

bei Sonnenschein, auf dem Gelände der Saint-Antoine Kirche aufgebaut, gegenüber einer Straße, die an einem Park lag. Zelte auf Metallgestellen wurden über langen Tischen errichtet.

Sobald die Morgenmesse vorüber war, bildeten die hungrigen Männer und Frauen eine lange Schlange, warteten geduldig, manchmal Stunden, bis sie an der Reihe waren. Wenn sie gegessen hatten, erwartete man von ihnen, daß sie die Teller und Löffel zum Abwaschen wieder zurückgaben. Andere Verpflichtungen gab es nicht. Bedürftigkeit und – im Falle der Kirche – Frömmigkeit waren die einzigen Voraussetzungen, die man erfüllen mußte.

Cosette und Valjean kamen jeden Tag, um zu kochen und auszuteilen. Cosette band sich eine frische, weiße Schürze vor ihr Kleid, ihr schönes Haar war unter einer Spitzenhaube hochgebunden. Auf ihrem Gesicht lag ein teilnahmsvolles Lächeln, aber ihr Herz war betrübt beim Anblick all dieser Menschen ohne Nahrung und Hoffnung. Ja, es war wunderbar, diesen Leuten eine Mahlzeit zu geben, aber eine heiße Mahlzeit war nur eines ihrer vielen drückenden Bedürfnisse. Als sie sie versorgte, schaute Cosette in die müden, ängstlichen Gesichter der Obdachlosen und spürte einen inneren Aufruhr, den sie noch nie zuvor gefühlt hatte. Marius' Worte, die er an jenem ersten Tag vom Podium gesprochen hatte, kehrten immer wieder zurück und ließen sie nicht los. Besonders diese glühende Frage, die der Staatsgewalt ins Gesicht geschleudert wurde: Warum? Warum hatte Frankreich diese Menschen im Stich gelassen, deren einziges Verbrechen es war, arm zu sein?

Die Kirche bestand darauf, daß die freien Mahlzeiten nur auf die beschränkt wurden, die die Frühmesse besucht hatten. Keine Kirche, kein Essen. Valjean konnte, als religiöser Christ, nichts daran aussetzen, daß die Priester nur die Gläubigen belohnten, obgleich ihm diese Regelung doch ein wenig zu autoritär erschien. Er fragte sich, ob Wohltätigkeiten nicht vorbehaltlos sein und jedem Menschen freistehen sollten? War es nicht das, was Christus selber gelehrt hatte? Aber Valjean sagte nichts, er wollte die Priester nicht durch unverschämte Fragen kränken.

Natürlich gab es immer eine Handvoll gewitzter Leute, die gelernt hatten, wie man das System ausschaltete. Sie schafften es, die Regeln zu umgehen, mieden die Morgenmesse, aber stellten sich trotzdem in der Schlange an, verließen sich auf ihre Unverfrorenheit, um sich an den schnüfflerischen Priestern vorbeizumogeln.

Gavroche war so einer. Er war ein verwaistes Gassenkind, obdachlos, dreckig und zerlumpt, aber fröhlich und optimistisch. Sein Alter war schwer zu bestimmen. Zehn Jahre? Elf? Gavroche wußte es selbst nicht. Er war durch das Leben auf der Straße so erfahren, als ob er fünfzig wäre. Gavroche war ein Stehaufmännchen, und oft hingen kleine, menschliche Kletten an ihm, in der Hoffnung, so zu überleben. Heute wurde er von zwei kleinen, obdachlosen Jungen begleitet, vielleicht fünf und sieben Jahre alt. Für sie war Gavroche ein Held, furchtlos und klug. Was er tatsächlich auch war.

Als die Schlange der Hungrigen weit genug vorgerückt war und Gavroche schließlich mit seinen Kletten an der Spitze stand, warf ihm der ältere Priester einen strengen Blick zu.

»Du schon wieder? Ich hab aufgepaßt. Diesmal bin ich sicher, daß du nicht in der Messe warst.«

»Ich war«, protestierte Gavroche und log das Blaue vom Himmel herab. »Ich hab mich so stark bekreuzigt, daß ich blaue Flecken habe.« Er blickte verschlagen unter seiner Kappe zum Priester hoch, um zu sehen, wie seine Worte ankamen.

Aber der finstere Priester hatte das von dem Kleinen schon zu oft gehört, um sich zum Narren machen zu lassen. Dieses erbärmliche Straßenpack gehörte ganz entschieden nicht zu den Gläubigen. »Zieh weiter«, knurrte er. »Für dich gibt's heute nichts. Verschwinde aus der Schlange.«

Sofort brachte Gavroche seinen Protest bei den höchsten Autoritäten zu Gehör – bei Valjean und Cosette. »Mademoiselle!« schrie er und winkte mit den Armen. »Sie wollen uns nicht reinlassen! Monsieur!«

Valjean wandte den Kopf. Er war in Hemdsärmeln und verteilte dampfende Suppe aus einem großen Kessel in Tonschüsseln. Als er Gavroche brüllen hörte und sah, wie der kleine Kerl ihm zuwinkte, lächelte er. Hier war einer seiner besten Kunden. »Oh, der ist in Ordnung«, sagte er zu dem Priester. »Lassen Sie ihn durch. Wir haben extra für ihn gekocht.«

Widerwillig ließ der Priester ihn durch, und die drei Jungen kamen zu Cosette, die damit beschäftigt war, Teller mit Brot und Äpfeln zu füllen, die auf Holzbrettern auf dem Tisch vor ihr gestapelt waren.

»Wie geht's dir, Gavroche?« fragte Cosette mit einem Lächeln. Dieser Straßenjunge belustigte und rührte sie.

»Mir geht's ausgezeichnet, danke«, erwiderte der Gassenjunge wie ein ausgesuchter Gentleman. »Niemand ist so freundlich und schön wie Sie, Mademoiselle.«

Cosette lachte über seine kokette Art und schüttelte den Kopf. »Gavroche, du bist ein so überzeugender Lügner, ich fürchte um deine unsterbliche Seele.«

Die Jungen hielten ihre leeren Hände hin, und Cosette füllte sie mit je einer Schüssel Suppe, Brot und Äpfeln. Sie gab noch ein Stück extra Brot hinzu, berührt von den großen, arglosen Augen der Jungen.

»Gavroche, wer sind deine kleinen Freunde?« warf Jean Valjean ein.

Das Gesicht des Jungen wurde ernsthafter. »Keine Freunde, Monsieur. Sie sind meine Babies. Ich hab sie gestern auf der Straße herumirren sehen.«

»Wer sind euere wirklichen Eltern?« fragte Valjean freundlich.

»Wissen wir nicht, Monsieur«, sagte der ältere der Jungen. »Unser Vater hat uns in den Park gebracht. Er sagte, er wolle was zu essen holen und wär gleich zurück.«

»Er ist nie gekommen«, fügte der jüngere von beiden hinzu und brach bei der Erinnerung in lautes Schluchzen aus. Sofort packte Gavroche die Nase des kleinen Jungen zwischen seine Finger und hielt sie fest und kniff die Nasenlöcher zu. Erstaunt öffnete das weinende Kind den Mund, um zu atmen, was sein Heulen sofort stoppte.

»Hör mal zu«, sagte der Gassenjunge streng. »Hör auf, zu jammern. Ich hab dir gesagt, ich paß jetzt auf dich auf, und wir werden unsern Spaß haben. Geb ich nicht einen guten Vater ab, Monsieur?« und Gavroche warf Valjean einen verstohlenen Blick zu.

Valjean betrachtete den Gassenjungen mit Respekt und Mitleid. Er bewunderte den Mut des Jungen und seinen tapferen, dreisten Blick aufs Leben. Gavroches dünne Gestalt steckte nur in zerlumpten Kniehosen und einem dünnen Hemd.

»Mit einem richtigen Mantel würdest du einen besseren Vater abgeben, Gavroche. Warte einen Augenblick –« Valjean ging weg, um zu sehen, ob er etwas Brauchbares zum Anziehen für das Kind hatte.

Sobald Valjean außer Hörweite war, beugte sich Gavroche über den Tisch zu Cosette hinüber und flüsterte: »Mein Freund läßt Sie fragen, ob Sie mit ihm einen Spaziergang im Park machen können.« Er zeigte mit dem Kopf in Richtung einer Parkbank auf der anderen Seite der Straße vor der Kirche. Cosettes Herz tanzte in ihrer Brust, sie schaute in die Richtung.

Dort saß Marius auf der Bank und lächelte ihr zu. Cosette, die starke Gefühle nicht gewohnt war, fühlte ein plötzliches Schaudern bei dem unbekannten Gefühl und zitterte in der warmen Luft. Sofort warf sie einen nervösen Blick zu ihrem Papa, der gerade mit einer dicken Wolljacke aus zweiter Hand für Gavroche zurückkam.

»Ich verstehe, Mademoiselle«, sagte der gewitzte Straßenjunge mit einem Wink. »Vielleicht macht Ihr Vater mit Ihnen einen Spaziergang durch den Park?«

Cosette nickte stumm. Sie war hin und her gerissen zwischen dem Wunsch, mit Marius zu reden, und der Angst, ihren Vater zu verärgern. Aber vor allem wollte sie Marius treffen. Bisher hatten sie noch keine Gelegenheit gehabt, ein einziges Wort miteinander zu tauschen. Sie kannte nicht einmal seinen Namen. Aber ihr jungfräuliches Herz war von seinem sinnlichen Gesicht berührt worden, von seiner bezwingenden Stimme und den edlen Gefühlen, die er so gut auszudrücken verstand.

»Bring deine Freunde morgen wieder mit, dann hab ich Jacken für sie«, versprach Valjean dem Jungen.

»Danke, Monsieur«, lachte Gavroche und zog stolz das neue Kleidungsstück an. »Ich hoffe, Sie bekommen Ihren Lohn im Himmel! Oder irgendwo, wo es lustiger zugeht!«

Gavroche winkte dem Priester boshaft zu und scheuchte seine »Babies« über die Straße zur Parkbank, wo Marius ungeduldig auf ihn wartete.

»Er ist wieder bei ihr«, sagte Marius niedergeschlagen und zeigte auf den entfernten Valjean.

»Er läßt sie nie allein«, sagte Gavroche achselzuckend.

»Er ist kein Vater, er ist ein Gefängnisaufseher«, murmelte der junge Mann finster. »He, schieb ab! Da kommen sie.«

Das Essen war vorüber; jeder, der um Essen gebeten hatte, war versorgt. Eine Gruppe von Frauen wusch die Schüsseln und Töpfe ab und brachte sie in die Kirche zur sicheren Verwahrung. Es war Zeit für Jean Valjean, Cosette nach Hause zu bringen, um dort mit ihr zu Mittag zu essen. Sie nahm seinen Arm und sie überquerten die Straße und gingen zum Taxistand, wo die Fiaker warteten.

»Wollen wir nicht einen kleinen Bummel durch den Park machen?« fragte Cosette mit zitternden Lippen.

»Und was ist mit unserem Essen?«

»Aber heute ist es so schön«, beschwatzte sie ihn. »Ich möchte noch nicht gleich nach Hause.«

Sie kamen beide der Steinbank näher, auf der Marius saß. Er blickte Cosette offen an, aber sie schenkte ihre ganze Aufmerksamkeit ihrem Vater, um ihn von der Fährte abzulenken und zu verhindern, daß er Marius sah.

»Ich fand, diese Woche waren mehr Leute da«, bemerkte sie.

»Ja«, stimmte Valjean zu. »Es werden jede Woche mehr.« Sie bedrückten ihn sehr, diese wachsende Obdachlosigkeit und hoffnungslose Armut. So großzügig sein Programm »Freies Essen für alle« auch war, es war nur ein Tropfen auf den heißen Stein. Es gab so viele Ungerechtigkeiten, die in Ordnung gebracht werden mußten.

Jetzt waren sie ganz nah bei der Bank, auf der Marius saß, und Cosette konnte nicht anders, sie sah ihn direkt an, in seine glühenden Augen, und ihre Wangen röteten sich stark. Valjean folgte ihren Blicken und erkannte den jungen Mann, der seiner Tochter nachgelaufen war. Sofort trat er zwischen Cosette und den unverschämten Burschen.

»Wir müssen gehen. Komm!« sagte er drängend.

Cosette war es gewohnt, ihrem Vater zu gehorchen. Ohne Murren ging sie auf die Droschke zu. Marius erhob sich halb aus Protest, sank dann aber frustriert auf die Bank zurück.

Keiner von ihnen bemerkte, daß der Polizeispitzel alle drei aus einem halbversteckten Türeingang sorgsam beobachtete.

Der Fiaker fuhr davon, aber Cosettes Stimmung hatte sich völlig verändert. Sie saß von Valjean so weit entfernt wie es ging und starrte mit verdrießlichem Gesicht aus dem Fenster, ohne etwas zu sehen. Von Gewissensbissen geplagt versuchte Valjean, sie aus ihrer verärgerten Stimmung herauszuholen.

»Ich kann's nicht abwarten, bis wir zu Hause sind und Toussaint uns unseren Schokoladenkuchen vorsetzt. Was meinst du, Cosette?«

Aber sie wollte nicht antworten. Ihr Herz brannte vor Entrüstung. Wie konnte er es wagen, sie wie ein kleines Mädchen zu behandeln, sie mit einem Schokoladenkuchen zu bestechen! Hielt er sie noch für ein Kind? Wußte er nicht, daß sie eine Frau war? Cosette wandte ihm ihr verärgertes Gesicht zu, und Jean Valjean las in ihm all ihre Verachtung. Es erschreckte ihn; wie lange würde er noch in der Lage sein, das Mädchen zu behalten, das er für sein geliebtes einziges Kind hielt? Er wußte, daß er Cosette zu sehr behütete, weil er sie vor der rauhen Wirklichkeit der Welt abschirmen wollte, die ihre Mutter gebrochen und umgebracht hatte. Aber er tat das alles nur zu ihrem Wohl. Valjean konnte den Gedanken, sie zu verlieren, nicht ertragen.

»Fremde können gefährlich sein«, warnte er sie, aber selbst Valjean erkannte die Schwäche seines Arguments. Es war soviel komplizierter! Cosette ließ sich nicht zu einer Antwort herab. Sie fuhren schweigend weiter.

»Nun?« fragte Javert. Er hielt sein Notizbuch in der Hand, bereit, alles zu notieren, was für die Polizei von Interesse sein könnte.

»Sie bewahren zwei Fäßchen mit Schießpulver in dem Hinterzimmer auf«, sagte Robineaux. »Aber mit den Pistolen sieht's anders aus. Sie haben nur zehn und eine funktioniert nicht.«

Javert notierte sich die Information. »Haben sie einen Plan?« Der Informant zuckte die Schultern. »Sie können sich nicht einigen, wie sie vorgehen sollen. Sie diskutieren und diskutieren, ob das Volk bereit ist, aber die Wahrheit ist, sie haben Angst.«

»Was ist ...« Javert sah prüfend in sein Notizbuch. »... Mit diesem Marius? Irgendwas über ihn?«

Robineaux grinste säuerlich. »Er ist verliebt«, sagte er verächtlich. »Aber er muß zum Park kommen, um einen Blick auf seine Angebetete zu werfen, wo sie ihr wohltätiges Werk tut. Er hat es noch nicht einmal geschafft, ein Wort mit ihr zu wechseln.«

Javert klappte sein Notizbuch zu. »Na ja, diese Dachse scheinen harmlos. Wir sollten Sie auf eine andere Gruppe ansetzen.« Er zog seinen Geldbeutel heraus und legte dem Informanten eine Münze in die Hand. Dann fiel ihm noch etwas ein. »Warum spricht sie nicht mit ihm?« fragte er den Informanten.

»Wer? Oh, das Mädchen. Ihr Vater ist immer bei ihr.«

»Warum ist ihr Vater immer bei ihr?« Es war soweit nicht von Bedeutung, aber Inspektor Javert sammelte automatisch, wie im Reflex, jede Information. Man wußte nie, wann zwei getrennte Fakten, zusammengesetzt, etwas Sinnvolles ergaben.

»Er bezahlt das freie Essen.«

Etwas an der Bemerkung stachelte seine Neugier an. »Was für ein freies Essen?«

»Ich hab's Ihnen gesagt«, beharrte der Informant.

»Nein, das haben Sie nicht. Wer bekommt das Essen?« wollte der Inspektor wissen.

»Die Armen hier. Die Kirche verteilt sie an die Gemeindemitglieder, die zur Frühmesse kommen.«

»Und der Vater des Mädchens zahlt?« Inspektor Javert hatte immer ein Mißtrauen gegen jene, die als öffentliche Wohltäter auftraten.

»Ja. Sie hilft dabei, das Essen zu verteilen. Ich weiß doch, Sie wollen, daß ich gründlich bin, deshalb hab ichs überprüft. Er steckt hinter dem Ganzen.«

Javert zückte wieder sein Notizbuch. »Wer ist der Vater?«

Der Informant schüttelte den Kopf. »Ein Herr. Ich hab nicht

viel rausgefunden. Nur seinen Namen – Fauchelevent.« Er sah, wie sich Javerts Brauen für einen Augenblick zusammenzogen. »Kennen Sie ihn?«

Irgend etwas an dem Namen ... kam ihm bekannt vor. Ein Schnipsel aus der Vergangenheit ... aber er erinnerte sich nicht. »Ich glaube nicht. Unser Revolutionär hat auch kein Wort mit dem Vater gesprochen?«

Der Informant grinste heimtückisch. »Nein. Er wirft dem Mädchen immer diese langen und gefährlichen Blicke zu. Sehr romantisch.«

»Nehme nicht an, daß er ein solcher Narr ist«, erwiderte der Inspektor. »Vielleicht ist er mehr in das Geld des Vaters verliebt.«

Jetzt verstand Robineaux den Inspektor nicht. Er kannte Marius Pontmercy als glühenden, jungen Radikalen, aber nicht als Glücksjäger.

»Nein. Bei allem gehörigen Respekt, Monsieur, ich –«

»Sie brauchen Waffen«, unterbrach Javert. »Waffen kosten Geld. Und sie brauchen reiche, weichherzige Leute, die die Revolution bezahlen. Bleiben Sie an Marius dran. Ich sehe Sie nächste Woche.«

Am folgenden Tag kehrten Cosette und ihr Papa wie gewöhnlich zur Kirche in Saint-Antoine zurück, um das Essen an die Hungernden zu verteilen. Cosette sprach wenig und hielt ihre Augen ernst zu Boden gesenkt, aber immer, wenn Valjean nicht hinsah, wanderten ihre Augen eifrig über die Parkbänke, auf der Suche nach dem jungen Mann, der sie in letzter Zeit so sehr in ihren Gedanken beschäftigte.

Endlich! Da war er, er saß auf seiner üblichen Steinbank und lächelte zu ihr herüber. Kaum sah Cosette ihren Vater das Essenszelt verlassen, um einen leeren Suppenkessel in die Kirche zu bringen, fühlte sie sich ermutigt, zurückzulächeln. Marius winkte begeistert Cosette zu und gab ihr ein Zeichen, herüberzukommen.

Das war der Augenblick, auf den sie gewartet hatte. Cosette verabschiedete sich von dem Priester und ging über die

Straße zum Park. Unter ihrem bescheidenen Kleid schlug ihr Herz dreimal so schnell, und die Handflächen ihrer zusammengepreßten Hände waren feucht. Cosette sah Marius' schöne, dunkle Augen auf ihr Gesicht gerichtet, und die Intensität seines Blicks ließ kleine Schweißtropfen auf ihrer Stirn entstehen.

Was sollte sie zu ihm sagen? Cosette war so überwältigt von dem Gedanken, tatsächlich mit ihm zu sprechen, daß sie an nichts denken konnte. Die Worte ließen sie im Stich. Aber sicher würde er als erster sprechen! Und was würde er zu ihr sagen? In ein paar Augenblicken würde sie es wissen.

Aber der Augenblick sollte jetzt noch nicht sein. Plötzlich baute sich die Gestalt von Jean Valjean vor Cosette auf. Sie hatte sich so auf Marius konzentriert, daß sie gar nicht bemerkt hatte, wie er wieder aus der Kirche gekommen und schnell auf sie zugeschritten war. Bevor sie die Bank erreichte, winkte Valjean eine Droschke herbei.

»Steig ein«, sagte er kurz angebunden.

»Aber...« stammelte eine nervöse Cosette, »können wir einen Spaziergang machen? Es ist so sonnig und mild.«

Jean Valjean schüttelte den Kopf. »Ich bin müde. Bring mich nach Hause. Du kannst mir im Garten etwas vorlesen.«

Cosette knabberte an ihrer Lippe. »Warum fährst du nicht nach Hause und legst dich hin, Papa? Ich geh ein bißchen in den Park.«

»Allein?«

Das Mädchen hob ihr Kinn. »Nun ja, ich werde eines Tages alleine gehen müssen.«

»Eines Tages. Nicht heute.« Es gab keinen Zweifel an der Endgültigkeit seiner Worte oder seines Tons.

»Ich weiß!« sagte Cosette lebhaft. »Warum setzt du dich nicht in den Fiaker und erholst dich, während ich ein paar Schritte mache?« Ihre Nervosität war nicht zu übersehen.

»Spiel nicht mit mir, Cosette!« stieß er hervor.

»Ich spiel nicht mit dir«, antwortete Cosette und senkte die Augenlider. Sie haßte es, Papa zu täuschen, aber sie hatte den jungen Mann noch gar nicht getroffen, kein Wort mit ihm gewechselt, wovon sie die ganze Zeit träumte. Es war ihr einziger Wunsch, mit ihm zu sprechen und ihm zu lauschen. War es so falsch, die Hand nach einem anderen Menschen auszustrecken? Besonders nach einem so gutaussehenden mit so faszinierenden Augen?

»Steig ein. Ich bin dein Vater«, befahl Valjean. »Willst du dich mir widersetzen?« Es war echter Zorn in seiner Stimme.

Ihr Papa hatte nie in ihrem Leben in so einem Ton mit ihr gesprochen! Ohne ein weiteres Wort oder einen Blick zurück folgte Cosette ihrem Vater in die Droschke.

Wieder eine verpaßte Gelegenheit! Mit einem Stöhnen sank Marius wieder auf die Bank. Dann sah er etwas, was ihn lächeln machte. Der junge Gavroche war unbemerkt auf das Trittbrett über der hinteren Achse des Fiakers gesprungen und fuhr mit davon, so bequem, wie sich's gerad ergab. Auf diese Weise konnte er den geheimnisvollen »Fauchelevents« bis nach Hause folgen und er konnte seinem Kumpel Marius berichten, wo sie wohnten und wo er seine Liebste finden konnte. Er grinste Marius zu und gab ihm ein freundliches Zeichen: »Daumen hoch.«

Mit großer Erleichterung grinste Marius zurück und steckte seinen eigenen Daumen in die Luft.

Und an der nächsten Ecke winkte Robineaux, der Polizeispitzel, sich eine Kutsche herbei und sagte zum Kutscher, »Folgen Sie dem Fiaker.«

XXIII

COSETTE UND MARIUS

Jean Valjean besaß in der Rue Plumet eine imponierende zweigeschossige Villa aus weißem Stein mit einem dichtbepflanzten Vorgarten. Sie lag in einer angesehenen, wohlhabenden, bürgerlichen Gegend, aber das Viertel war nicht besonders prunkvoll oder vornehm. Valjean genoß vor allem die Nähe zum Luxembourgpark, wo er und Cosette ihren täglichen Spaziergang machten.

Aber der größte Vorteil seines Zuhauses lag in seiner Zurückgezogenheit. Das Haus selber war von der Straße durch eine steinerne Gartenmauer abgesetzt, die ein verschlossenes Tor besaß. Hier und da wuchsen im Garten ein paar sehr schöne, alte Bäume mit breiten, schweren Ästen, die sehr viel Schatten und Stille spendeten.

Valjean wollte keine Aufmerksamkeit auf sich oder Cosette lenken, deshalb lebten sie gut, aber nicht luxuriös, mit nur einer Bedienerin, die sich um sie kümmerte und für sie kochte, einfach, aber reichlich.

Valjean hatte sein Geld klug angelegt, und obwohl er ein reichliches Einkommen hatte, sorgte er dafür, daß ihre Ausgaben im Rahmen blieben. Seine größte Ausgabe war die großzügige Summe, die er jeden Monat für wohltätige Zwecke bereitstellte. Er und Cosette besuchten auch die Alten, Gebrechlichen und Kranken, halfen jedem, der in Not war und gingen regelmäßig zur Messe. Jean Valjean versuchte in jeder Weise, der jungen Frau, die er wie seine Tochter hielt, ein normales, sinnvolles und glückliches Leben zu bieten.

Jean Valjean hatte Cosette nie etwas von den Geheimnissen seines und ihres Lebens enthüllt. Für Cosette war er »Papa«; sie hatte nie einen anderen Vater gekannt. Ihr Name, so glaubte Cosette, war Fauchelevent, so hatte man es ihr gesagt. Ihr alter Onkel, Papas Bruder, hatte bis zu seinem Tode vor zwei Jahren für die Schwestern im Petit-Picpus gearbeitet. Cosette schien zufrieden und stellte keine Fragen. Sie schien nur noch eine ganz schwache Erinnerung an ihr früheres, unglückliches Leben bei den Thénardiers zu haben, und an ihre Mutter erinnerte sie sich überhaupt nicht mehr. Wenn Cosette Fragen nach ihrer Mutter gestellt hatte, hatte Valjean ihr nur erzählt, daß sie tot sei. Sie schien sich damit zufrieden zu geben.

Jean Valjean hatte Cosette die einfache kleine Halskette, die Cosettes Mutter ihm auf ihrem Totenbett anvertraut hatte, noch nicht gegeben. Er hütete die Kette als sein einziges, echtes Bindeglied zu Fantine, die er geliebt hatte, wie er nie eine Frau vorher geliebt hatte. Aber Cosette die Halskette zu geben, bedeutete, die Tür zur Vergangenheit zu öffnen. Valjean müßte Cosette einiges von den Lebensumständen ihrer Mutter erzählen, und er schob diesen Tag hinaus. So hielt er es mit Cosette ein Dutzend Jahre – er schob den Zahltag immer wieder hinaus und schützte sie vor den häßlichen Geheimnissen, die sie beide umhüllten.

Cosette war sich bewußt, daß »Papa« in Wirklichkeit nicht ihr richtiger Vater war. Sie hatte einige schwache und unangenehme Erinnerungen – da war eine grausame Frau, unglaublich schwere Arbeit, eine lange Jagd durch einen unheimlichen Wald, und, schließlich, die sichere Ankunft im Kloster Petit-Picpus und der Beginn eines neuen Lebens.

Aber Cosette hatte keine Ahnung, daß sie und ihr Papa vor dem Gesetz geflüchtet waren. Er war ein so guter Mann, ein solcher Wohltäter mit soviel Mitgefühl für die leidende Menschheit, wie konnte sie sich je vorstellen, daß er früher einmal ein gewalttätiger, widerwärtiger Mensch gewesen war, der die Welt und alles auf ihr haßte? Cosette wußte, daß sie trotz ihres ganzen Wohlstands ziemlich zurückgezogen lebten, ohne Freunde, aber sie wußte nicht warum. Papa gab nie freiwillig Auskunft, und Cosette zog es vor, nicht zu fragen.

Im übrigen war ihr Leben ruhig und angenehm. Ihr Papa war die Freundlichkeit selbst und die beste nur vorstellbare Gesellschaft. Sie genoß es, die Abende mit ihm allein im Wohnzimmer zu verbringen. Manchmal las sie ihm laut vor, während er mit Vergnügen zuhörte. Zu anderen Zeiten spielte Cosette am Spinett und sang, was Jean Valjean als das größte Vergnügen in seinem Leben empfand. Eine lange Zeit hatte das Mädchen den einen Begleiter in ihrem Leben, den sie brauchte, und es fehlte ihr an nichts. Bis jetzt.

Jetzt sehnte sie sich nach etwas mehr, nach etwas wesentlich anderem, als sie bisher gewöhnt war. Cosette konnte ihre Sehnsüchte nicht einmal benennen, außer daß sie innig verbunden waren mit zwei glühenden, schwarzen Augen und einem sinnlichen Mund. Und jetzt hatte sich ihr Papa zum erstenmal gegen sie gestellt, hatte sich geweigert, ihr den kleinen Finger zu reichen. Ihre wortlosen Sehnsüchte tat er als Ungehorsam ab.

Zum erstenmal in ihrem Leben stellte Cosette jede Seite ihres Lebens in der Rue Plumet in Frage. Wer war sie wirklich? Waren sie verwandt? Was war ihre wahre Beziehung zueinander? Wie würde ihre Zukunft aussehen? An diesem Morgen hatte sie ihrem Papa mitgeteilt, daß sie eines Tages allein ihren Weg gehen müßte, und seine einzige Antwort hatte gelautet »Eines Tages. Nicht heute.« War dies die Antwort auf alles? »Eines Tages. Nicht heute.« Das konnte sie nicht hinnehmen.

Das Mädchen war nie schwierig gewesen, hatte sich nie ungebührlich betragen. Cosette erkannte die Dankesschuld an, die sie dem Mann, der sie unterstützte und beschützte, abzustatten hatte. Cosette war immer pflichtbewußt und gehorsam gewesen. Es fiel ihr leicht; Cosette war von Natur aus ein angenehmer, freundlicher und liebevoller Mensch. Sie besaß ein großes, warmes Herz und eine tiefe Quelle des Mitgefühls für andere.

Aber jetzt rührte sich ein rebellischer Geist in Cosettes Herz. Warum sollte sie nicht ein wenig ihr eigenes Leben selbst in die Hand nehmen? Wie lange würde Papa noch berechtigt sein, alle ihre Entscheidungen für sie zu treffen? Das mochte angehen, als sie sechs Jahre alt war oder zehn oder sogar vierzehn. Aber Cosette war jetzt eine Frau, achtzehn Jahre alt. Sie glaubte, daß sie jetzt reif genug sei, um für sich selbst zu bestimmen und ihren eigenen Weg in diesem Leben zu wählen. Papas unerwarteter Widerstand verwirrte sie und machte sie wütend.

Cosette war immer noch wütend, als sie aus dem Fiaker stieg. Valjean sagte nichts, als er ihr ins Haus folgte. Keiner von ihnen bemerkte, wie Gavroche schweigend von der Hinterachse ihres Fiakers sprang. Keiner bemerkte auch den zweiten Fiaker, der an der anderen Ecke hielt, oder sah den Polizeispitzel, der nach ihnen aus dem Inneren der Droschke Ausschau hielt.

Bis zum Abendessen hatte Cosettes offene Wut etwas nachgelassen, aber die Fragen, die sie aufgerührt hatte, hatten sich nicht verflüchtigt. Sie war den ganzen Tag in ihrem Zimmer geblieben, hatte nachgedacht und gebrütet, war wieder und wieder dieselben Fragen in ihrem Kopf durchgegangen. Sie fühlte sich immer noch mißmutig und bedrückt, und sie kam nur widerwillig in das von Kerzen erleuchtete Eßzimmer und setzte sich an den langen Mahagonitisch Jean Valjean gegenüber.

Ihre einzige Bedienerin, eine fünfundsechzigjährige alte Frau namens Toussaint, die unter schwerem Stottern litt, servierte ihnen ein einfaches Abendessen, das aus einer dicken Suppe und Schwarzbrot bestand. Die Bedienerin legte die Schöpfkelle wieder in die schwere Terrine. »W ... w ... war das alles?«

»Ja, danke, Toussaint.« Er ging immer sehr zartfühlend und geduldig mit dem Sprachfehler der alten Frau um. Er langte mit großem Appetit zu, löffelte seine schmackhafte Suppe und biß ein Stück Brot ab. Aber Cosette rührte lediglich mit dem Löffel in ihrer Suppe, ohne sie an den Mund zu führen.

»Du bist es nicht«, sagte sie plötzlich.

Valjean sah überrascht auf. »Ich bin was nicht?«

»Du bist nicht mein Vater.« Stirnrunzelnd sah sie über den Tisch zu ihm. Als er nichts erwiderte, fuhr sie fort. »Du hast nie gesagt, daß du es bist. Das heißt, bis du heute so wütend wurdest und dich so seltsam benahmst. Das war das erste Mal, daß du es gesagt hast. Das allererste Mal.«

Valjean kämpfte, um seinen Gleichmut zu bewahren. »Du hast recht«, sagte er ruhig, und nahm einen weiteren Löffel Suppe.

»Also ...« forderte Cosette ihn auf. »Bist du mein Vater?« Sie wartete auf eine Erwiderung.

In seinem Inneren war Aufruhr. Ihre Frage hatte er befürchtet wie nichts anderes, mehr als wenn Javert ihn entdeckt und verhaftet hätte. Wieviel konnte er enthüllen? Was konnte er ihr ungefährdet sagen, und was würde Cosettes sichere Welt in ihren Grundfesten erschüttern? Er holte tief Atem.

»Cosette«, begann er langsam, »ich habe deiner Mutter versprochen, mich um dich zu kümmern. Ich weiß, ich mache mir zuviel Sorgen, aber Fremde können gefährlich sein –«

»Ist gut! Ist gut!« unterbrach Cosette mit einem plötzlichen Ausruf.

»Cosette! Was ist los?« Valjean war betroffen; sie hatte sich nie so verhalten.

Das Gesicht des Mädchens war wütender, als Valjean es je gesehen hatte. »Ich will dies Gerede nicht mehr hören«, brach es aus ihr heraus. »Ich weiß ... es muß etwas Schmachvolles geben. Etwas mit mir.«

»Nein, mein Kind –«

»Oder mit dir. Du hast etwas Schmachvolles zu verbergen«, klagte Cosette ihn an. »Oder vielleicht wir beide. Das ist gleich. Ich darf nicht mit Leuten reden, ich darf nicht ausgehen –«

»Hör auf damit, Cosette«, rief Valjean. »Es hilft nichts –«

Aber Cosette konnte nicht mehr an sich halten. Ihre ärgerlichen Gefühle hatten sich so lange in ihr aufgestaut, und jetzt kamen die Vorwürfe nur so aus ihr herausgesprudelt. »Ich glaube, du lügst. Ich kenne das Geheimnis. Das Geheimnis ist, daß ich die ganze Zeit hier bei dir bleiben soll. Tag und Nacht. Du bist einsam und du willst, daß ich auch für immer allein bleibe, damit ich bei dir bleibe.« Sie stand auf, schleuderte ihre Serviette zu Boden und rannte aus dem Zimmer.

Cosettes wütende und verletzende Worte trafen Jean Valjean tief. Er konnte sie nicht einfach so abtun, so vorschnell und unbedacht sie auch waren. Valjean verstand den Aufruhr der Gefühle und erkannte, wie sehr sie nach etwas Freiheit dürstete. Er wußte, daß er sehr tyrannisch gewesen war, und es tat ihm leid. Cosette war auch hier eine Gefangene.

Jean Valjean hatte sie wie eine Gefangene gehalten, hatte sie verhätschelt und abgeschirmt, damit sie sich nicht an dem Gitter rieb, das sie umgab. Aber er konnte den Gedanken nicht ertragen, die Tür ihres Käfigs zu öffnen. Kleine Vögel wissen nicht genau, wann sie flügge sind. Der Himmel ist zu groß.

Er erhob sich vom Tisch und folgte Cosette in den Garten. Sie saß auf einer Marmorbank und weinte. Eine lange Weile stand Valjean da und beobachtete sie, Liebe und Gewissensbisse nagten an ihm.

»Cosette?« sagte er ruhig. Das Mädchen kämpfte um seine Selbstbeherrschung. Ihre Schluchzer ließen nach. »Cosette?« sagte Valjean wieder.

»Was?« schnüffelte sie. Aber sie wandte ihm weiter den Rücken zu.

»Du hast recht. Ich bin kein Vater. Ich will nicht ... ich will dich nur beschützen. Die Welt ist kein sicherer Ort. Glaub mir. Du bist der einzige Mensch, den ich habe. Ich weiß nicht, wie ich es sonst anstellen soll. Es tut mir leid.«

Sie hörte echten Kummer in seiner Stimme und seinen Worten, und seine Entschuldigung berührte sie tief. Cosette hatte ihren Papa immer für einen so großen, so starken und für Schmerz unempfindlichen Mann gehalten. Jetzt sah sie ihn zum erstenmal so verwundbar. Er hatte sie so oft getröstet, und jetzt war es an ihr, ihn zu trösten. Cosette griff nach Valjeans Hand. »Es ist schon gut«, sagte sie leise.

»Ich möchte ein guter Vater sein, Cosette«, flüsterte er. Cosette drehte sich zu ihm, und in dem klaren Mondlicht konnte Valjean die Tränen sehen, die auf ihren Wangen glitzerten. »Aber das bist du. Du bist mir ein guter Vater«, sagte sie zu ihm aufrichtig.

Valjean lächelte; Cosettes Eingeständnis war eine wohltuende Salbe auf die Wunden seiner Seele. »Komm, iß jetzt«, sagte er sanft.

»Ich komm gleich rein«, versprach Cosette. »In einer Minute.«

»Ist gut«, stimmte Valjean zu. »Toussaint hebt es für dich auf.« Er ging ins Haus zurück.

Cosette blieb auf der Marmorbank sitzen. Es wurde kälter,

aber sie fröstelte nicht. Sie blieb in sich versunken und kämpfte mit ihren neuen Gefühlen, die sie zu überwältigen und verschlingen drohten.

Plötzlich hörte sie ein seltsames Geräusch. Cosette öffnete die Augen und lauschte. Ja, da war es wieder. Das Geräusch schien von dem verschlossenen Tor am anderen Ende des Gartens zu kommen. Sie schaute hin und sah eine schemenhafte Gestalt am Tor und hörte eine Stimme, »Pssst!« Und ein kleiner, quadratischer, blasser Gegenstand wurde durch die Gitter geschoben.

Cosette sah sich um. Ihr Vater war ins Haus gegangen und sie war völlig allein im Garten. Sie ging schnell zum Tor. Da war er, der dunkeläugige junge Mann, nach dem sie sich sehnte, und er schob ihr einen Umschlag durch das Torgitter entgegen. Sie nahm ihn.

»Wie heißen Sie?« flüsterte Cosette.

»Marius. Und Sie?«

»Cosette.« Sie öffnete den Umschlag. Es waren viele, viele Seiten darin, alle bedeckt mit einer flüssigen Schrift.

»C... C... Cosette?« Es war Toussaint, die aus dem Haus nach ihr rief. »Ich kann I... Ihre S... S... Suppe aufwärmen.«

»Ich geh besser«, sagte Marius eilig. »Ich warte hier morgen abend.« »Ich komme, Toussaint«, rief Cosette zurück. Sie verbarg den Brief in ihrem Kleid. »Bis morgen«, flüsterte sie Marius zu. Dann drehte sie sich, fast schwindlig vor Erregung, um und rannte ins Haus zurück, und zurück blieb ein aufgeregter junger Mann, der von klaren dunklen Augen unter einer breiten, reinen Stirn und einem spitzenverzierten Häubchen träumte.

Auch wenn sie sich lammfromm an den Eßtisch setzte, waren zwei Löffel Suppe alles, was Cosette hinunterschlucken konnte. Ihre Gedanken waren bei Marius – Marius! Was für ein wunderbarer Name – und bei dem dicken Brief, den sie in ihren Röcken verborgen hatte. Sie wollte nur noch ganz schnell nach oben gehen und allein sein, nur mit der Lampe und dem Brief. Sie sehnte sich danach, jedes Wort von dem zu lesen, was er ihr zu sagen hatte.

»Ich geh ins Bett«, verkündete sie.

Valjean setzte seine Kaffeetasse ab. »Aber du hast nicht gegessen«, protestierte er milde. Er war immer noch beunruhigt ihretwegen.

Cosette kam zu Valjean um den Tisch herum und küßte ihren Papa auf die Stirn. »Ich hab keinen Hunger. Danke, Papa. Gute Nacht.«

Und sie verließ ihn und lief die Treppe hinauf mit ihrem kostbaren Brief. Jean Valjean saß noch eine lange Zeit vor seiner kalten Tasse Kaffee. Sein Herz war schwer vor Sorgen.

Marius Pontmercy war so in Aufregung, Cosette Fauchelevent getroffen und mit ihr gesprochen zu haben, wenn auch nur kurz, daß er etwas unternehmen mußte, und zwar umgehend. Nie war Marius so optimistisch gewesen. Er liebte das schönste, bezauberndste, intelligenteste Mädchen auf der Welt, und er wollte nichts mehr, als eine Welt zustande bringen, die ihrer würdig war.

Marius hatte sich seitenlang, ohne Ende, erklärt, und deshalb schien die kommende Revolution für ihn nur noch ein paar Tage entfernt zu sein. Wie konnte es anders sein, wo doch sein Blut so heiß in seinen Adern rann. Heute abend, so hoffte und betete er, würde er erfahren, wie Cosette seine Worte aufgenommen hatte, und was sie von ihm und seinen Hoffnungen auf ein zukünftiges, gemeinsames Leben hielt. Marius hatte jetzt einen zusätzlichen Anreiz, um die Welt zu verbessern, nicht nur für alle Franzosen, sondern besonders für Cosette. Würde sie ihm als kämpferische Tochter der Revolution zur Seite stehen?

Nachdem Marius Pontmercy mit Cosette gesprochen hatte, war er voller Energie. Er mußte etwas unternehmen, etwas Wichtiges tun. Angeheizt, berief er eine Sondersitzung der Freunde des ABC im Café Musain ein.

Das bevorstehende Staatsbegräbnis des Generals Lamarque, eines populären Helden der 100 Tage, wurde von den Radikalen mit schäumender Entrüstung aufgenommen. Der Mann hatte auf seiten des Volkes gekämpft, und jetzt, da er tot war, planten Regierung und Monarchie, die Gelegenheit zu nutzen und dieses Begräbnis in eine bürgerliche Propaganda-Demonstration umzumünzen. Gruppen, wie die von Marius in Saint-Antoine, planten einen Aufstand am Tage des Begräbnisses. In ganz Paris loderte das revolutionäre Feuer.

Die Freunde des ABC verbanden sich endlich mit den Arbeitern. Die Arbeiter hatten getrennte Zellen gebildet wie Gewerkschaften oder Gilden, je nach Berufssparten. Indem sie die Arbeiter in ihren Sparten anerkannten, hatten die Freunde des ABC besondere Verbindungen mit den Bergleuten, den Steinmetzen und den Zimmerleuten aufgenommen und sie in die Gruppe mit aufgenommen. Enjolras und Marius hatten den Führern der drei Arbeitergruppen Botschaften zukommen lassen, in denen sie sofortige Aktionen versprachen, wenn die Arbeiter einverstanden waren, mit ihnen zu kämpfen.

Marius ging ungeduldig im Hinterzimmer des Cafés auf und ab, während Enjolras ruhig am Tisch saß und auf die anderen wartete. Enjolras hatte immer noch Zweifel über den Zeitpunkt des geplanten Aufstands, aber Marius hatte ihn lange bearbeitet, um ihn vom richtigen Zeitpunkt zu überzeugen. Und der Zeitpunkt war jetzt. Seine Ungeduld hatte die Vorsicht seines Freundes Enjolras zermürbt. Bei ihnen befand sich ein anderer Kamerad, Inspektor Javerts Geheiminformant Robineaux. Er war immer bei ihnen; er sagte sehr wenig, aber seine Augen waren überall.

Es schien Stunden zu dauern, bis das verabredete Geheimsignal ertönte. Ein verschlüsseltes Klopfen an der Tür, das endlich die Ankunft der Arbeiter ankündigte.

Sie nahmen ohne zu grüßen ihre Plätze ein und saßen einen Augenblick schweigend da, sahen sich gegenseitig an, jeder betrachtete forschend das Gesicht des anderen, als stünde dort die Zukunft geschrieben. Schließlich ergriff einer das Wort.

»Also gut. Wir sind dabei«, sagte der Steinmetz grimmig.

»Gut«, nickte Enjolras.

»Dann machen wir jetzt unseren Plan«, sagte Marius, und sie beugten sich über den Tisch und studierten eine Straßenkarte von Paris.

Am folgenden Abend kam Jean Valjean in seinem Überzieher und mit seinem großen Hut ins Wohnzimmer. Er war überrascht, Cosette neben dem Kamin sitzen zu sehen, mit einem Buch in der Hand. »Machen wir heute nicht unseren Gang?« Ihre ruhigen Abendspaziergänge waren sehr wichtig für Valjean.

Cosette sah von ihren Seiten auf. »Nicht heute abend, Papa, ich möchte mein Buch zu Ende lesen.« Nichts auf der Welt würde sie heute abend aus dem Haus bringen, wo doch Marius versprochen hatte zurückzukommen.

»Wir haben ihn gestern abend auch ausfallen lassen«, sagte Valjean ärgerlich. »Und du bist den ganzen Tag zu Hause geblieben. Du brauchst ein bißchen Bewegung.«

Cosette schüttelte den Kopf und tat so, als unterdrückte sie ein Gähnen. »Ich bin zu müde.«

Valjean schaute sie scharf an, bemerkte, wie blaß ihre Wangen waren, wie nervös ihr Gesichtsausdruck. »Geht es dir gut?«

Cosette lächelte ihn an. »Natürlich. Ich habe mein Buch. Und Toussaint ist auch da.«

Widerwillig gab er nickend seine Zustimmung. »Gute Nacht, mein Kind.« sagte er und ging hinaus, um allein seinen Spaziergang zu machen. Er hatte keine Ahnung, daß außerhalb seines Fensters sich Ereignisse zusammenbrauten, die nicht nur sein und Cosettes Leben verändern würden, sondern den ganzen Verlauf der französischen Geschichte. Oder daß er in diese Ereignisse verwickelt werden würde.

Endlich schloß sich die Tür hinter Papa. Cosette hatte befürchtet, daß er überhaupt nicht gehen würde, daß er ihretwegen beschließen würde, zu Hause zu bleiben. Fieberhaft warf sie das Buch zur Seite. Das einzige, woran sie dachte, war Marius; Marius – Marius und sein wunderbarer, langer Brief. Auf seinen vielen Seiten erklärte er ihr immer wieder seine Liebe für sie, voller Leidenschaft und Aufrichtigkeit und unvergleichlicher Eloquenz.

Cosette hatte sich den ganzen Tag in ihr Schlafzimmer eingeschlossen und den Brief wieder und wieder gelesen, bis jedes Wort in ihr Gedächtnis eingebrannt war. Nie, so glaubte sie, hatte je einer in einem einzigen Brief eine so bewegende Liebesbeteuerung und ein Bekenntnis zur Revolution abgelegt! Seine Leidenschaften entzündeten ihre; sobald ihr Papa das Haus verlassen hatte, trieb die Ungeduld, Marius wiederzusehen, Cosette von ihrem Platz am Kamin hinaus in den Garten. Er hatte versprochen, heute abend wiederzukommen. Vielleicht wartete er schon auf sie! Und würde ihr vielleicht schon bald seine Liebe von Angesicht zu Angesicht erklären!

Mit einem Feuer, das ihre Glieder erzittern ließ, und einem Flattern in ihrem Herzen, das sie nie zuvor gespürt hatte, beeilte sich das Mädchen Cosette, ihren Liebhaber zu treffen. Sie wußte, daß dies das Ende ihrer Unschuld war, daß ihre Liebe ihre Mädchenzeit beenden und aus ihr eine Frau machen würde, und sie lief voll gespannter Ungeduld hinaus, um ihren Marius und ihr Schicksal zu umarmen.

XXIV

JAVERTS MITTEILUNG

Vor dem Haus in der Rue Plumet wartete Marius bereits im Schatten und beobachtete, wie Jean Valjean die Straße hinunterging und um eine Ecke bog. Als die Luft rein war, näherte er sich dem Gartentor der Fauchelevents. Sofort darauf erschien Cosette mit schnellen Schritten. Wortlos sperrte sie das Tor auf und bedeutete Marius schweigend, hereinzukommen und ihr zu folgen.

Cosette führte Marius zu einer großen Eiche mit einem riesigen Stamm, die neben der Gartenmauer stand. Die weit ausladenden, dicken Äste bildeten ein so schützendes Blätterdach, daß man sich wie in einer eigenen Welt vorkam. Die beiden jungen Leute traten in diesen Schutz und waren mit sich allein, die übrige Welt war ausgeschlossen. Cosette zog Marius' Brief aus ihrem Rock, hielt ihn nah an ihre Brust und blickte in Marius' schönes Gesicht.

Ah, der Brief! Sie hatte ihn gelesen! Sie hatte ihn aufbewahrt! Marius stand wie gelähmt, ängstlich, sein Herz sprach aus seinen Augen. Über ihnen raschelte das Gewölbe aus Eichenblättern in der kühlen Abendbrise eines späten Maitags. Und dann, Wunder über Wunder, beugte sich Cosette ganz nah zu ihm und küßte seine Lippen.

Es war Cosettes erster Liebeskuß, der aus der Fülle ihres jungfräulichen Herzens kam. Er war scheu und süß wie ein Schmetterling, der eine nektargefüllte Blüte mit seinen zarten Flügeln streift. Aber Cosettes kostbarer Kuß lief wie ein feuriger Strom von Marius' Lippen durch seine Adern, bis er sein Herz erreichte.

»Ich liebe dich auch«, flüsterte sie, ihre ersten Worte an ihren Geliebten ...

Mit einem leisen, sehnsüchtigen Stöhnen nahm er Cosette in seine Arme und drückte sie an sich. Sie küßten sich wieder, länger und stärker, und jeder verlor sich in der Umarmung des anderen.

Schließlich lösten sie sich und blickten sich sehnsuchtsvoll in die Augen. Keine Liebenden vor ihnen und keine nach ihnen konnten ein größeres Verlangen nacheinander haben, wie Cosette und Marius es in diesem Augenblick fühlten. »Erzähle mir alles«, hauchte Marius.

»Alles? Worüber?«

»Über dich.«

»Es gibt nichts«, erwiderte Cosette ehrlich. »Es gibt nichts zu erzählen. Ich bin ein sehr einfaches Mädchen. Ich führe ein sehr einfaches Leben. Ich bin in einem Kloster aufgewachsen, mit vielen anderen Mädchen natürlich. Mein Vater hat auch dort gelebt. Mein Vater ist ein sehr guter Mann. Ich bin mit seiner Liebe aufgewachsen... wenn du weißt, was ich meine. Seine Liebe war mein Zuhause.«

Sie zögerte, ein wenig verlegen über das, was sie als nächstes sagen würde. »Und dann... dann traf ich dich. Und du, was ist mit dir?« Cosette lächelte scheu Marius an. »Du bist ein Genie, nicht wahr?«

Der Junge warf seinen Kopf zurück und lachte herzlich. »Ein Genie? Ich bin ein armer Student. Nicht schlauer, nicht dümmer als die meisten.« Was konnte ein junger Mann dagegen haben, wenn er von einem sehr hübschen Mädchen als Genie bezeichnet wurde?

»Deine Rede war wunderbar«, sagte Cosette leise. »Ich konnte nicht atmen, während du sprachst. Ich fürchtete, mir könnte ein Wort entgehen.«

»Ja, und als ich dich sah«, antwortete Marius liebevoll, »vergaß ich, was ich sagen wollte.«

Ein weiteres Mal blickten sie sich in die Augen und tauschten Blicke der Liebe und der Leidenschaft. Ein weiteres Mal küßten sie sich, und dann wieder...

Jean Valjean verließ den Luxembourgpark und ging langsam in Gedanken versunken die Seitenstraßen seines Arrondissements entlang. Cosettes Worte wogen schwer auf seinem

Herzen. Es war ihm klar, daß ihre Vorwürfe impulsiv und allzu dramatisch waren, doch er erkannte auch die Rechtmäßigkeit ihrer Klagen. Sie wurde erwachsen; achtzehn war ein Alter, in dem junge Mädchen Frauen wurden und heirateten. So sehr Jean Valjean auch die Zeit aufhalten wollte, um Cosette für immer als Mädchen zu sehen, es ging nicht. Das lag nur in Gottes Macht, nicht in seiner. Valjean wurde klar, daß ihr altes gemeinsames Leben – die Frömmigkeit und guten Werke, Bücher, Musik, die ruhigen Abende zu Hause, ein junges Mädchen, das von seinem Papa abhing – nicht mehr ausreichen würde für Cosettes Leben.

Vielleicht war es Zeit für ihn, seinen festen Griff um Cosette zu lockern. Er konnte sie nicht ewig beschützen. So kostbar seine eigene Freiheit ihm war, für Cosette mußte sie von gleichem Wert sein. Valjean hatte gelogen, betrogen, gefälscht und gestohlen, um seine Freiheit zu gewinnen; wer weiß, was Cosette tun würde, um ihre zu gewinnen?

Valjean stand plötzlich an der Seine, ohne bemerkt zu haben, daß er so weit gegangen war. Eine Steinmauer, brusthoch, trennte ihn vom Fluß und er bummelte eine Weile am Ufer entlang. Dann blieb er stehen, lehnte sich an die Mauer und blickte hinunter zu dem dunklen Fluß, der schweigend dahinfloß, als ob das Wasser die Antworten enthielt und die Seine ihm helfen könnte, sein Problem zu lösen.

Als Jean Valjean nach Hause kam, ging er direkt nach oben in sein Schlafzimmer. Er öffnete einen Schrank, nahm ein Kästchen, um das eine Schnur gebunden war, und legte es aufs Bett. Er stand da und betrachtete es, dann löste er die Schnur und öffnete das Kästchen. In ihm lag ein abgetragenes, dreckiges Kinderkleidchen, dasselbe Kleid, das Cosette in der Nacht getragen hatte, als Valjean sie von den Thénardiers weggebracht hatte. Er hob es sehr vorsichtig heraus und legte es aufs Bett.

Das Kleid war zerrissen und voller Löcher, da, wo Cosette auf ihrer Flucht an den scharfen Zweigen hängen geblieben war. Obwohl es langsam zerfiel, war dieses kleine Kleid etwas Kostbares für Valjean, eine Erinnerung daran, woher sie kamen und was sie beide ertragen hatten, um hierher zu gelangen. Der einzige andere Gegenstand im Kästchen war eine Halskette, dieselbe Halskette, die Fantine Valjean auf ihrem Totenbett anvertraut hatte, mit der Bitte, sie ihrer Tochter als Geschenk auszuhändigen.

Jean Valjean hob die Halskette ebenso sanft aus dem Kästchen und hielt das zerbrechliche Stück in seinen riesigen Händen. Diese billige, kleine Kette verkörperte die Wahrheit über Cosettes früheres Leben. Er drehte sie immer wieder in seinen Händen und dachte an die arme, elende Fantine, wie er für sie gesorgt hatte; er dachte an Cosette und daran, wie oft er gefürchtet hatte, sie zu verlieren. Tränen traten ihm in die Augen, als er darum kämpfte, einen Entschluß zu fassen.

Sobald der Fiaker in die Rue Plumet einbog und an der Ecke hielt, lief Robineaux zum Wagen. Chefinspektor Javert wartete im Innern mit gezücktem Notizbuch, um den wöchentlichen Bericht seines Spitzels über die Besuche von Marius Pontmercy bei den Fauchelevents festzuhalten. Javert wollte sich nur unwillig von seiner Vorstellung verabschieden, daß irgendwie dieser Monsieur Fauchelevent die Radikalen finanziell unterstützen und Waffen für sie beschaffen könnte, und daß Marius Pontmercy der Waffenschieber sein könnte und die Verbindung zwischen Geld und radikalen Gruppen.

Aber Robineaux hatte den Notizen des Inspektors wenig hinzuzufügen. In den vergangenen zwei Wochen hatten sich Marius und Cosette heimlich abends getroffen, jeden Abend im Garten in der Rue Plumet. Sie hatten keine Ahnung, daß sie von Robineaux observiert wurden. Und es war eine tödlich langweilige Observation gewesen, so die Worte des Polizeispitzels.

»Diese Woche das gleiche wie letzte? Jeden Abend?« wollte Javert wissen.

»Inspektor, sie sind verliebt«, schnaubte der Informant. Dann nieste er laut. »Es ist einfach zum Kotzen. Sie läßt das Tor offen, und sie bleiben im Garten bis zum Morgengrauen. Sie bleiben sogar da draußen, wenn es regnet –«. Der Mann mußte wieder niesen und noch einmal. »Ich habe keinen Waffenlieferanten erwischt, Inspektor, aber mich hat eine Lungenentzündung erwischt.«

»Und der Vater weiß von nichts?« fragte Javert.

»Das scheint mir auch so und das überrascht mich nicht. Kommt der Vater nicht immer als letzter dahinter? Ich muß zugeben, die ganze Erfahrung hat mich desillusioniert«, wimmerte er. Er putzte sich laut mit einem dreckigen Taschentuch die Nase. »Ich habe nicht vor, Kinder zu kriegen. Schon gar nicht ne Tochter.«

Der Informant nieste wieder drei lange, herzhafte, feuchte Nieser, die ihm eine laufende Nase einbrachten. »Kann ich nicht neu eingeteilt werden? Vielleicht könnte ich ein paar nette Anarchisten unterwandern mit einem warmen Dach überm Kopf?«

»Ja, ja, ich erledige das«, stimmte Javert ungeduldig zu. »Sie sind entbunden. Nehmen Sie sich zwei Tage frei und melden Sie sich bei mir. Sie werden neu eingeteilt.«

»Danke«, sagte Robineaux dankbar. Er zögerte, dann traute er sich zu fragen, »Nur aus Neugier, Monsieur, was wollen Sie unternehmen?«

»Nach dem, was Sie gesagt haben«, antwortete Javert, »ist Monsieur Fauchelevent ein ehrbarer und wohlhabender Mann.« »Ein bißchen zu weichherzig vielleicht, aber ein Kirchgänger, liebender Vater, und so weiter...«

»Ja, absolut. Die ganze Nachbarschaft spricht gut von ihm«, nickte Robineaux zustimmend.

Javert erlaubte sich den Luxus eines leichten Lächelns. »Dann, denke ich, sollte er erfahren, daß seine Tochter von einem gefährlichen Radikalen verführt worden ist.«

Das waren herbe Worte von einem herben Mann, aber Javert hatte seine Meinung über die menschliche Rasse nicht geändert, seit er als junger Polizist auf Verbrecher und Missetäter losgelassen worden war. Er war seitdem durchaus Zeuge vieler guter Taten gewesen, aber keine war es wert, seine Meinung über seine Mitmenschen zu mildern.

Chefinspektor Javert könnte nie einen Mann wie Jean Valjean verstehen, der sich so radikal vom Verbrecher zum Menschenfreund gewandelt hatte, von einem Feind der Menschen zu deren Wohltäter.

In den Jahren, in denen Jean Valjean als Gärtner im Kloster

Petit-Picpus gearbeitet hatte, hatte er eine echte Liebe zu den Pflanzen entwickelt. In der Erde zu arbeiten, war eines seiner Hauptvergnügen; Valjean liebte es, seine Hände in den fruchtbaren Boden zu stecken. Er liebte es, mit den jungen Pflanzen umzugehen, als wären es seine Kinder, und am meisten liebte er es, zuzusehen, wie sie Früchte bekamen oder Blüten. An jedem schönen Tag, wenn er etwas Freizeit hatte, war Valjean in seinem Garten und trug die alte Gärtnerkleidung, die er vom Kloster mitgebracht hatte. Er verbrachte Stunden mit Kelle und Spaten auf den Knien und brachte neues Leben in seinen Garten in der Rue Plumet.

An diesem sonnendurchfluteten frühen Junitag kam seine Bedienerin langsam aus dem Haus und fand Valjean in einem Blumenbeet knien, wo er eine Reihe Blumen auspflanzte. Er ordnete sie sorgfältig nach Farben.

»Ah, Toussaint«, rief er fröhlich beim Anblick der alten Frau. »Machen Sie eine Pause vom Kochen und setzen Sie sich in den Garten. Was für ein glorreicher Tag!«

Aber Toussaint schüttelte den Kopf. Sie hatte hier einen wichtigen Botengang zu erledigen. »Da ... da ... da ... ist jemand, de ... de ... der Sie sprechen will«, stotterte sie.

Valjean setzte sich auf die Fersen, die Kelle in der Hand. Er streifte seine Arbeitshandschuhe ab und begann die Erde von seiner Hose zu wischen. »Wer ist es?«

»In ... In ... Inspec ...« Toussaint hatte ein Problem, das Wort herauszukriegen.

Valjean stand auf und ging auf das Haus zu, um seinen Gast zu begrüßen. »Macht nichts, ich –«

»–tor Javert«, beendete sie schließlich. »Von der Polizei.«

Valjean blieb wie angenagelt stehen. Er konnte kaum Atem holen. Javert! Hier? Das war so unerwartet, daß er kaum wußte, was er als erstes tun sollte. Er wußte nur, er mußte weglaufen, fliehen.

Im Haus ging Inspektor Javert im Wohnzimmer auf und ab und wartete auf den Herrn des Hauses, um ihm seine Aufwartung zu machen. Es war ein großes, gutmöbliertes Zimmer mit bequemen Diwans, hübschen Tischen mit Einlegearbeiten, gefälligen Ölgemälden in schweren, vergoldeten Rahmen und einem Spinett. Der Hauptakzent lag auf einem breiten Marmorsims über einem Kamin, in dem, trotz des milden Tages, ein Holzfeuer fröhlich brannte. Auf dem Sims stand ein Paar schwerer, silberner Kerzenleuchter.

Sie kamen Javert irgendwie bekannt vor, diese Kerzenleuchter. Er schlenderte hinüber, um sie näher in Augenschein zu nehmen. Javert hatte das Gefühl, als hätte er sie schon irgendwo einmal gesehen. Er versuchte sich zu erinnern, wo oder unter welchen Umständen, aber er kam nicht drauf. Sein Gedächtnis, das vor zehn Jahren noch so scharf gewesen war, war heute nicht mehr ganz so scharf, wahrscheinlich weil der wachsende politische Zwist in Paris in diesen Zeiten seine Gedanken so sehr in Anspruch nahm.

Aber wo blieb Monsieur Fauchelevent? Wie lange konnte man einen hochstehenden Polizeichefinspektor warten lassen? Die stotternde alte Frau war zur Vordertür rausgegangen. In den Garten? Javert wollte ihr nachgehen, aber bevor er die Wohnzimmertür erreichte, erschien die Bedienerin Toussaint wieder aus dem Garten. Hinter ihr sah er eine Gestalt hastig hinter dem Haus verschwinden.

»Kön... kön... könnten Sie ei... ei... einen Augenblick...?« stammelte die Bedienerin.

»Ich warte«, unterbrach Javert ungeduldig. »Wer war das?«

»Das w... wa... war –«

»Ja?«

»Ein G... Gärtner.«

Javert akzeptierte die Erklärung ohne weitere Fragen. Er hatte beobachtet, daß die Gestalt alte Arbeitskleidung trug.

Kaum hatte Jean Valjean den Namen des Polizisten gehört, ging er davon aus, daß Javert gekommen war, um ihn zu verhaften. Wie hatten die Behörden ihn gefunden? Was hatte ihn verraten? Aber was sollte das jetzt. Dies war nicht die Zeit für Spekulationen.

Mit Inspektor Javert im Haus mußte Valjean eine schnelle Entscheidung treffen. Er hatte keine Zeit zu verlieren. Aber er konnte nicht so einfach fliehen und Cosette zurücklassen, ohne ein Wort der Erklärung. Außerdem hatte er Fantine sein Wort gegeben, daß er sich um sie kümmern würde. Er konnte nie fliehen, ohne Cosette mitzunehmen; sie würden zusammen fliehen, wenn die Spur erkaltet war. Valjean würde mehrere Tage brauchen, um genügend Geld aufzutreiben, die Fahrt zu reservieren und ein Reiseziel zu bestimmen.

Selber einfach so wegzulaufen, wäre das Werk eines Augenblicks, aber mit Cosette wegzulaufen, erforderte intelligente Vorausplanung.

Nein, der beste Plan war, so zu tun, als würde er weglaufen, um Javert auf eine falsche Fährte zu locken, damit er ihn überall suchte, nur nicht in der Rue Plumet. Dafür brauchte er die sofortige Hilfe von Cosette.

Wie sicher war es für ihn, sich ihr zu offenbaren? Valjean beschloß, Cosette nur mitzuteilen, daß er fortreisen müsse, daß er unerwartet abgerufen wurde und sehr schnell weg mußte. Andererseits würde er sich hier, in diesem Haus, verstecken müssen, bis es Zeit war, die Stadt zu verlassen. Am wichtigsten war, daß der Polizei-Inspektor, der da unten wartete, nicht Verdacht schöpfte, daß »Monsieur Fauchelevent« noch im Hause war.

Valjean eilte zu Cosettes Zimmer und überraschte sie dabei, wie sie gerade einen Brief von Marius in der oberen Schublade ihrer Frisierkommode wegschließen wollte. Sie drehte sich um, nervös und schuldbewußt, aber sie sah sofort, daß er etwas anderes auf dem Herzen hatte. In wenigen Worten unterrichtete er sie, daß es Unannehmlichkeiten gab und daß sie unten vor dem Beamten mit einer Lüge für ihn einspringen müsse.

Cosette verstand überhaupt nichts. Sie hatte ihren Papa noch nie so gesehen – so durcheinander, fast in Panik. Und sie konnte schwer verstehen, daß sie heruntergehen und dem Polizei-Inspektor eine falsche Auskunft geben müsse.

»Aber warum?« fragte sie völlig verwirrt. »Warum soll ich sagen, daß du verreist bist –?«

»Cosette, ich habe keine Zeit für Erklärungen«, antwortete Valjean drängend. »Sag ihm, ich sei erst in einer Woche wieder zurück. Wenn er Fragen über deine Vergangenheit stellt, sag ihm, du habest Kopfschmerzen und entschuldige dich. Ist das klar? Keine Einzelheiten.«

»Du bist ja erschrocken«, wunderte sie sich. Valjeans Angst übertrug sich auf sie.

»Ja. Nein. Bitte ... geh schon. Versuch, nicht nervös zu sein. Das merkt er. Sei ruhig und gefaßt.«

Aber Ruhe und Gefaßtheit fielen einem achtzehnjährigen Mädchen, das keine Ahnung hatte, worum es hier eigentlich ging, nicht leicht. Cosette ging klopfenden Herzens zum Wohnzimmer hinunter und sah dort einen großen, dünnen Mann, der ganz in Schwarz gekleidet war und auf sie wartete. Er erhob sich bei ihrem Eintreten. Mit einer Verbeugung stellte er sich als Chefinspektor Javert vor, und seine tiefen, schwarzen Augen schienen Löcher in sie zu bohren und machten Cosette noch nervöser.

Beide setzten sich an einen kleinen Tisch und saßen sich gegenüber. Mit trockenen Lippen stammelte Cosette die Geschichte, die ihr Vater ihr aufgetragen hatte. Javert saß da, ohne zu sprechen, schien aber genau zuzuhören.

»... Also, verstehen Sie, mein Vater hat Frau Toussaint angewiesen, daß sie sagen soll, er wäre ausgegangen, wenn er auf einer seiner Reisen ist, damit niemand weiß, daß nur zwei hilflose Frauen allein im Haus sind. Ist es nicht lächerlich, daß sie sich selbst bei Ihnen gesorgt hat, einem Polizei-Inspektor?«

»Wann wird er zurückkommen?« fragte Javert. Er hatte kaum zugehört, was ihm das Mädchen erzählt hatte, er sah auf sie herab wie auf ein besseres Flittchen. Aber er hatte begriffen, daß Monsieur Fauchelevent gegenwärtig nicht in Paris war.

»Oh ... in einer Woche. Schwer zu sagen«, erwiderte Cosette nervös.

Javert zog sein Notizbuch aus der Tasche und begann zu schreiben. »Ich werde ihm eine Mitteilung hinterlassen. Haben Sie einen Umschlag?«

»Ja, hier.« Cosette wühlte in einer Schublade und zog einen Umschlag hervor. Javert faltete den Zettel und versiegelte den Umschlag, drehte ihn um, um ihn zu adressieren. »Fauchelevent«, grübelte er. »Ich kannte einen Fauchelevent. Wo kommt Ihre Familie her?«

Cosette erstarrte. »Äh ... von hier ... Paris.

»Paris? Wahrscheinlich kein Verwandter.« Er überreichte ihr den versiegelten Umschlag. »Diese Mitteilung ist allein für die Augen Ihres Vaters bestimmt.« Eine leichte Ironie bemächtigte sich seiner, obwohl sich an seiner äußeren, eisigen Haltung nichts änderte.

Cosette nahm die Mitteilung mit zitternden Fingern entgegen. Javert bemerkte ihre Nervosität, führte sie aber auf ihre eigenen Schuldgefühle zurück. Das war ein Mädchen, das sich auf eine verbotene Liebschaft hinter dem Rücken ihres Vaters eingelassen hatte. Kein Wunder, daß sie nervös aussah. Er verbeugte sich förmlich und nahm Abschied.

Cosette machte sich langsam auf den Weg nach oben in ihr Schlafzimmer, wo Valjean auf sie wartete. Sein Blick sah sie fragend an, und Cosette erzählte ihm, daß Javert die Lüge geschluckt hatte und gegangen war. Sie händigte ihm die Mitteilung aus, und Valjean wandte sich ab, um sie zu öffnen und zu lesen.

Cosette zitterte. »Was für ein schrecklicher Mensch! Woher kennst du ihn. Er hat kein Gefühl in den Augen.«

Plötzlich fuhr Valjean herum, sein Gesicht war fast dunkelrot vor Schmerz, und er warf ihr den Brief ins Gesicht. »Was soll das bedeuten?« schrie er wütend. »›Ihre Tochter ist von einem gefährlichen Radikalen mit Namen Marius Pontmercy verführt worden. Sie treffen sich jeden Abend in Ihrem Garten.‹«

»Lüg mich nicht an!« Valjean brachte sein Gesicht nah an Cosettes. Seine Augen waren dunkel vor Wut. »Hast du dich dieser ... Person hingegeben?«

Zorn erfaßte das Mädchen. »Warum soll ich dir das sagen?« schrie sie aufsässig.

Ihre Aufsässigkeit ließ Valjean ausholen und er schlug sie mitten ins Gesicht. »Ist das wahr? Jeden Abend? Du triffst ihn jeden Abend?«

Cosette warf ihren Kopf zurück und hielt ihm ihr Kinn hin, während sie seinem Blick standhielt. »Na los. Schlag mich. Soll ich es dir deshalb sagen? Damit du mich schlagen kannst?«

Der Anblick seiner Hand, die sich auf ihrer brennenden

Wange abgedrückt hatte, das Blitzen ihrer mutigen Augen brachten Valjean wieder zur Vernunft. Er senkte die Hand und als er sprach, tat er es ruhig, jedoch mit gleichem Nachdruck. »Sag mir die Wahrheit, Cosette.«

Jetzt war es an Cosette, entrüstet zu sein. »Wie kannst du es wagen, mich nach der Wahrheit zu fragen, wenn du mir nur Lügen erzählst. Warum bringt dich ein Polizist so aus dem Häuschen? Wer ist er? Wer bist du?«

Jean Valjean durchschaute jetzt alles. Nicht er war von der Polizei observiert worden. Javert hatte keine Ahnung von der wahren Identität von Monsieur Fauchelevent. Es war dieser Marius Pontmercy, der verdammte Radikale, der ihm Cosette geraubt hatte. Und der die Polizei und Inspektor Javert völlig ahnungslos direkt in die Rue Plumet geführt hatte. Während er seine Falle für Marius Pontmercy aufstellte, hatte Javert Jean Valjean gleich mitgefangen.

»Du verstehst nicht«, seufzte er. »Du hast mich zugrunde gerichtet. Du hast uns zugrunde gerichtet.«

»Du hast recht!« schrie Cosette. »Ich verstehe nichts. Wie soll ich denn auch? Du willst mir die Wahrheit nicht sagen. Was ist es? Wer bist du?«

Aber Valjean konnte nur den Kopf schütteln. Er brachte es nicht über sich, die Worte auszusprechen, noch nicht.

»Also gut«, sagte Cosette, jetzt ruhiger. »Ich will dich nicht anlügen. Ja, es ist wahr. Ich liebe Marius. Ich schäme mich nicht. Ich habe nur einen Winkel im Garten, wo ich mit ihm zusammen sein kann, aber dieser Winkel gehört mir! Er ist mein Leben. Wird uns das zugrunde richten? Mein Leben?«

Jean Valjean sank auf Cosettes Bett, seine Augen waren leer, seine Lippen zitterten. »Ja«, sagte er verzweifelt, »dein Leben ist mein Ende.«

Wie vor den Kopf gestoßen streckte Cosette wortlos ihre Hände nach ihrem Papa aus. Wenn sie nur verstehen könnte! Alles änderte sich so plötzlich. Was war mit ihnen geschehen, und warum?

Valjean vergrub den Kopf in seinen Händen. »Ich kann mich vor mir selber nicht verstecken«, sagte er mit leiser Stimme. »Aber ich will die Wahrheit nicht durch deine Augen sehen.«

Was immer jetzt aus ihnen werden würde, so wußte Valjean doch, daß sein Leben und Cosettes nie mehr dasselbe sein würde. Die Sicherheit und Geborgenheit, in der sie gelebt hatten, war für immer erschüttert.

XXV

LAMARQUES BEGRÄBNIS

Am Abend des 4. Juni 1832 trafen sich die Freunde des ABC wie üblich im Hinterzimmer des Café Musain in Saint-Antoine. Aber es handelte sich nicht um ein übliches Treffen. Man war in Hochstimmung, und eine große Vorahnung versetzte die Versammlung in fieberhafte Erregung.

Am 5. Juni, morgen also, sollte das Staatsbegräbnis von General Lamarque stattfinden, und die Stadt Paris war ein Pulverfaß, das jederzeit explodieren konnte. Überall in der Stadt kamen die radikalen Gruppen zusammen, um ihre Strategie für diesen Tag zu planen. Jede radikale Gruppe sollte unabhängig von der anderen handeln, doch mit vereinten Kräften, damit der Eindruck entstand, es handelte sich um eine große Armee des kleinen Mannes. Falls sie Waffen anwenden müßten, würden sie es tun, und zwar ohne Zögern. Keiner in Marius' Gruppe wußte, wie der nächste Tag ausgehen würde. Würden einige von ihnen im Kampf gegen den rechten Flügel sterben? Oder sie alle? Keiner? Ganz gleich wie es ausgehen würde, die Freunde des ABC waren rückhaltlos verpflichtet, zu kämpfen.

Das einfache Volk Frankreichs war aufgebracht, daß Krone und herrschende Klassen, geschützt vom Militär, versuchten, ihnen ihren Volkshelden Lamarque wegzunehmen und ihn als einen der ihren zu begraben. Lamarque hatte immer auf der Seite der Linken gestanden, ein starker Befürworter der Freiheit und Menschenrechte für jedermann.

Als großer Soldat, als einer von Napoleons Marschällen, als ein Anhänger des verehrten Kaisers Bonaparte, als Verteidiger der Republik, war General Lamarque nie eine Puppe der Bourbonen gewesen. Die Arbeiter betrauerten seinen Tod bitter, und ihre Bitterkeit wurde noch durch den beleidigenden

Pomp seines geplanten Begräbnisses gesteigert. Was für ein Recht hatten die herrschenden Klassen überhaupt, Lamarque zu beerdigen? Er gehörte den Massen.

Da man Unruhen erwartete, hatte die Nationalgarde in der Stadt zwanzigtausend bewaffnete Soldaten aufmarschieren lassen, inklusive schwerer Artillerie. Zehntausend dieser Truppen sollten den Leichenzug von Lamarques Haus, die Strecke des Faubourg Saint-Antoine entlang bis zum Louvre eskortieren, wo der Sarg mit dem Leichnam bis zur Bestattung aufgebahrt werden sollte. Der Rest der Truppen, schwer bewaffnet und kampfbereit, sollte um die Stadt herum aufgestellt werden und sich auf die heiklen Punkte konzentrieren.

Das Volk erwartete ebenfalls Ärger und bewaffnete sich mit allem, was ihm in die Finger kam. Die Männer, die Waffen besaßen oder sich welche besorgen konnten, trugen sie verborgen unter ihren Mänteln oder ihren Arbeiterkitteln. Andere schliffen ihre Küchenmesser, Schaufeln, Werkzeuge und andere Geräte zu groben Waffen. Wenn die Garde den Kampf wollte, würde sie ihn kriegen!

Fieberhaft machten sich Männer und Frauen in den Tagen und Nächten vor der Beisetzung überall in der Stadt an die Arbeit, um Kugeln zu gießen; sie schmolzen Bleigegenstände zu Schrotkugeln ein, stellten Metallgehäuse her, füllten sie mit Pulver und versiegelten sie mit Wachs. Munition war knapp und kostbar, aber die Straßen waren voller Pflastersteine, die aufgebrochen und mit tödlicher Genauigkeit von den Barrikaden geschleudert werden konnten. Wirksame Waffen, gratis zum Mitnehmen.

Barrikaden wurden überall in der Stadt an den Punkten in den Arbeiterbezirken errichtet, an denen der Leichenzug vorbeikam. Die Revolutionäre benutzten alles, was sie auftreiben konnten – Holzkarren, Baumäste, Gemüsestände von den Marktplätzen, Gerümpel, alles wurde aufgestapelt, um grobe, schützende Barrieren zwischen ihnen und dem Militär zu bilden.

Als die Sitzung der Freunde des ABC vorüber war, marschierten die Mitglieder durch die Hintertür des Café Musain in das Gäßchen dahinter. Sie waren aufgewühlt und voller Spannung – morgen würde ein großer Tag sein, der größte in ihrem

Leben! Morgen würden sie es den Arrivierten des rechten Flügels heimzahlen, die ihnen einen Volkshelden geraubt hatten!

Marius löste sich von der Gruppe und winkte seinen Freunden zum Abschied zu. In der Nacht aller Nächte mußte er seine Cosette sehen, um mit ihr seine fieberhafte Freude am Vorabend der Revolution zu teilen.

»Marius, nicht heute abend!« protestierte Enjolras, als er sah, daß sich Marius Pontmercy von den anderen verabschiedete. »Wir brauchen dich, um die Aktion für morgen zu planen.«

»Um die Aktion morgen? Morgen, mein Freund, haben wir keine Aktion. Wir haben eine Revolution«, rief Marius heiter.

»Wir können diese Beleidigung nicht tolerieren«, schaltete Courfeyrac sich ein. »Wir können dem König nicht erlauben, Lamarque als seinen Helden zu bestatten.«

»Lamarque gehört dem Volk«, stimmte Enjolras zu.

»Ich verspreche«, sagte Marius, »ich bin in einer Stunde zurück. Alle Anführer sollen sich hier bereithalten.«

Aber Enjolras hielt Marius an der Jacke fest. »Marius! Alles ist bereit! Jeder ist heiß. Aber du mußt die Führung übernehmen.«

»Sag ihnen, es ist soweit«, antwortete Marius und befreite sich aus dem Griff seines Freundes. »Ich geb dir mein Wort. Morgen hat unser Leiden ein Ende.«

»Diesmal müssen wir es wollen!« sagte Enjolras leidenschaftlich.

»Ich will es! Ihr auch?«

»Ja!« schrien sie alle.

»Lang lebe die Republik!« jubelte Marius.

»Lang lebe die Republik!« riefen die anderen zurück.

»Wir planen unsere Taktik, wenn ich zurück bin. Wenn diese Schweine versuchen, Lamarque zu bestatten, werden wir sie dafür bestatten.« Mit diesem Versprechen verließ Marius die Gruppe, aber der kleine Gavroche, der plötzlich aus dem Nichts auftauchte, versperrte ihm den Weg.

»Marius, hast du meine Kinder gesehen?« fragte das Kind. Sein kleines Gesicht sah ganz betroffen aus.

»Jetzt nicht –«, Marius schob Gavroche beiseite, begierig zu Cosette zu kommen, aber der Junge folgte ihm. »Hast du meine Jungs gesehen?« wiederholte er und holte Marius Pontmercy ein.

»Nein. Hast du sie verloren?«

Gavroche zog eine Pistole aus seinem Hosenbund und zeigte sie Marius.

»Ich mußte einkaufen gehen«, grinste er stolz.

Zwischen Mai und Juni 1832 bemerkte die Obrigkeit erstmals, wie weitverbreitet und schwerwiegend die politischen Unruhen waren und wie kurz man vor einem revolutionären Ausbruch stand. Man begann Arbeiter und Studenten ernstzunehmen, die man bis jetzt nur als Störenfriede abgetan hatte. Die französische Nationalgarde wurde mobilisiert und in Alarmbereitschaft versetzt, und ihre Truppen warteten auf die Befehle zum Abmarsch.

Das geplante Staatsbegräbnis von General Lamarque am 5. Juni, das jetzt, obwohl er im fortgeschrittenen Alter und aus natürlichen Gründen gestorben war, einem mythischen Märtyrerhelden der Linken galt, wurde zum offensichtlichen Brennpunkt radikalen Zorns. Die Stadt Paris brannte vor Wut; vielleicht würde sie morgen wirklich brennen. Die Garde empfing ihre Befehle; von den vierundfünfzigtausend aktiven Männern waren vierundzwanzigtausend allein in Paris eingesetzt. Der Rest war in den nahen Vororten stationiert, bereit, einzugreifen oder zu marschieren.

Den ganzen 4. Juni über wurden im zentralen Marktviertel von Les Halles siebenundzwanzig Barrikaden errichtet, um die kämpfenden Männer zu schützen. Andere Barrikaden schossen überall an der Strecke des Leichenzugs aus dem Boden. Die Stadt kauerte sich nieder, angespannt, ängstlich, abwartend, wie ein Tier auf dem Bauernhof, wenn Gewitterwolken am Horizont erscheinen und der Geruch von Blitzen in der Luft liegt. Es schien nichts zu geben, was diesen unvermeidlichen Kampf aufhalten konnte.

Im Hauptquartier der Nationalgarde waren die beiden

höchstrangigen Beamten der Polizeipräfektur, Chabouillet und Javert, dabei, dem Gardegeneral und einem Dutzend seiner militärischen Befehlshaber Instruktionen zu geben. Mit ihrer überlegenen Kenntnis der Pariser Straßen und Gassen und ihrem Netz von bezahlten Informanten hatte die Polizei eine sichere Kontrolle über das, was sie morgen erwartete.

»Es sind vierundzwanzigtausend Soldaten in der Stadt«, sagte der General. »Sie können durch weitere dreißigtausend in zwei Tagen verstärkt werden. Die Frage, Präfekt, ist, wo glauben Ihre Informanten, müssen sie als erstes einschreiten?«

Javerts Augenbrauen zogen sich angespannt zusammen. Er fuhr mit seinem Zeigefinger über eine große Karte von Paris, um seine Information zu illustrieren. »Lamarques Leichenzug wird durch den Faubourg Saint-Antoine kommen. Die Steinmetze und Zimmerleute streiken schon die ganze Woche, also sind sie bis zu den Zähnen bewaffnet, und sie werden dort losschlagen. Les Halles wird die Hochburg sein. Und dann ziehen sie zum Arsenal am rechten Ufer.«

»Ausgezeichnet, danke«, erwiderte der General. »Das gibt uns ein klares Bild. Nun ja, wir werden sie nicht um jeden Meter bekämpfen.« Er wandte sich zu seinen Befehlshabern. »Kavallerie, auf dem Platz Louis XIV. will ich vier berittene Schwadronen. Stadtgarde – Sie übernehmen das Quartier Latin. Dragoner? Hier.« Der General klopfte scharf auf die Karte, um zu zeigen, wo er jedes Regiment eingesetzt haben wollte. »Die Zwölfte leichte Infanterie – ich wünsche sie zwischen der Bastille und dem Greve. Wir schützen den Louvre mit Artillerie. Wir werden sie umzingeln.«

»Und dann sind sie am Ende«, sagte Javert, halb zu sich selbst. Diesen verdammten Radikalen würde morgen, auf ihren kostbaren Barrikaden, strenge Gerechtigkeit widerfahren.

Javert kehrte ins Polizeipräsidium zurück, um seine eigenen Pläne zu machen und sich mit seinen Informanten zu treffen.

»Inspektor, wo soll ich mich morgen aufhalten? Soll ich ins Café Musain zurückgehen?« fragte Robineaux.

»Nein, nein, nicht so weit«, erwiderte Javert. »Mischen Sie

sich unter die Leute im Antoine und sehen Sie, wohin es Sie treibt.«

»Ist gut –«, aber bevor Robineaux sich davonmachen konnte, hielt ihn Javert auf.

»Fauchelevent, der weichherzige gute Mensch. Hast du etwas über ihn herausgefunden?«

»Sicher«, antwortete der Informant. »Er stammt aus Montreuil. Geboren und aufgewachsen. Fauchelevent und seine Tochter Cosette haben dort bis vor zehn Jahren gelebt.«

»Cosette?« Unbewußt hob Inspektor Javert in plötzlicher Erregung seine Stimme. Montreuil und Cosette, eine Verbindung war hergestellt. Er packte Robineaux mit beiden Armen. »Sie haben nicht gesagt, daß sie Cosette heißt!«

»Sie haben mich nicht gefragt«, zuckte Robineaux mit den Schultern. »Inspektor, ich bin froh, mit Ihnen zu reden. Es ist nicht nötig, mich hier festzuhalten.«

Aber Javert war nicht zum Scherzen zumute. Seine Augen bohrten sich in Robineaux' dünnes Gesicht. »Beschreiben Sie ihn mir. Denken Sie sorgfältig nach. Seien Sie genau. Und beschreiben Sie ihn mir.«

Robineaux erzählte ihm alles, was er über den Mann namens Fauchelevent erfahren hatte, ebenso gab er ihm eine genaue körperliche Beschreibung des großen, kraftvoll gebauten Burschen. Javert hörte konzentriert zu, sagte nichts. Aber eine diebische Freude stieg in seinem finsteren Herzen auf. Mit einem Mal verlor die drohende Revolution ihre Bedeutung. Sie verblaßte neben der Möglichkeit, nach all diesen Jahren Jean Valjean festzunehmen.

Inspektor Javerts alte Besessenheit in bezug auf den Flüchtling Valjean war noch nicht gestorben; sie hatte nur all die Jahre in ihm geschlummert. Bis jetzt, wo sie wieder aufzublühen begann.

Marius fing an zu laufen, als das Haus in der Rue Plumet in Sicht kam. Wie üblich lief er zum Gartentor und blickte gespannt zum Haus und wartete auf das Erscheinen seiner geliebten Cosette. Aber heute abend war kein Licht im Haus, kein schwacher Schein von den Öllampen, der durch die Vorhänge der Fenster fiel. Als Marius seine Hand an das Tor legte, gab es nach und ging zu seiner Überraschung auf.

Was zum Teufel –? Marius lief in den Garten und kam bis ans Haus. Er starrte durch die unteren Fenster. Dunkel, alles dunkel. Das Haus schien leer zu sein. Er konnte es nicht glauben. Wie konnte das sein?

»Cosette?« rief er mit einem flauen Gefühl im Magen. »Cosette!«

Seine einzige Antwort war Schweigen. Das große Haus war leer, dunkel, stumm, ein feindliches Wesen, das auf der Lauer lag. Verwirrt wich er zurück, stieß gegen die Gartenmauer und fiel zu Boden, mit dem Rücken gegen die Steine. Verzweiflung überkam ihn. Wo war Cosette? Wie konnte er sie finden? Er sah zu ihrem Baum hinüber, ihrer geliebten Eiche, die ihre Liebe beschützt hatte wie ein eheliches Dach über ihren Köpfen.

Plötzlich glaubte Marius etwas am Baumstamm zu erkennen. Er kam näher und sah genauer hin. Ja, da in der Rinde war etwas in großer Eile eingekratzt, war eine Adresse eingeschnitzt: 18, Rue de l'Ouest. Gott sei Dank! Sie hatte ihn nicht vergessen.

Als er Robineaux' Beschreibung von »Monsieur Fauchelevent« lauschte, schloß Javert seine Augen, eine nützliche Eigenart von ihm, die unwesentliche Wahrnehmungen nicht durchließ und es ihm erlaubte, seine geistigen Kräfte zu sammeln. Er stellte sich den beschriebenen Mann vor – sehr groß, gutaussehend, große Hände, mächtige Schultern. Er kannte diesen Mann. Dann blitzten unaufgefordert zwei silberne Kerzenleuchter in seinem Gedächtnis auf. Wo hatte er sie gesehen? Wann?

Und plötzlich paßte alles zusammen. Fauchelevent. Cosette. Montreuil. Silberne Kerzenleuchter. Er sah vor seinen Augen ein kleines Zimmer in einem kleinen Haus, das sich sehr von dem Haus in der Rue Plumet unterschied. Auf dem Kaminsims standen zwei Kerzenleuchter, ihr Wert war unangebracht in dieser bescheidenen Umgebung. Ja, das Silber hatte

Jean Valjean in Montreuil gehört! Gleichzeitig sah er vor seinem geistigen Auge einen schweren Karren, unter dem ein stöhnender alter Mann lag, der von einem Paar kräftiger Schultern und der Stärke eines einzigen Mannes aus seiner Lage befreit wurde. Javert erinnerte sich an alles. Der Name des alten Mannes war Fauchelevent! Und das Kind, über das die sterbende Hure so geheult hatte, war Cosette!

Alles lief auf eine Person hinaus! Jean Valjean! Dieser »Monsieur Fauchelevent« konnte kein anderer sein als Jean Valjean, der Flüchtling. Javert fühlte, wie sein Herz anschwoll, sein Puls raste. Etwas Besseres konnte er sich nicht vorstellen. Er hatte ein Polizeinetz über einen kleinen Fisch gezogen, Marius Pontmercy, und hatte einen Wal gefangen!

Eilig erteilte er Befehle, und vier seiner besten und bewährtesten Gendarmen begleiteten ihn zur Rue Plumet, wo sie auf Robineaux trafen. Schon als sie sich dem Fauchelevent-Haus näherten, hatte Javert plötzlich das Gefühl, daß es zu spät war. Das Haus würde leer sein und der Vogel ausgeflogen. Dieser »Gärtner«, den er hatte weglaufen sehen – ein großer Mann. Und die Lügengeschichte, die ihm das Mädchen aufgetischt hatte – er hatte alles geschluckt. Javert fühlte einen kurzen Ärger über Cosette und über Valjean in sich aufsteigen. Und über sich selbst, daß er sich nicht die Mühe gemacht hatte, sie auszufragen.

Sorgfältig durchsuchten die Gendarmen das ganze Haus, oben und unten. Sie konnten keine Hinweise auf das Verschwinden der Familie Fauchelevent finden.

»Nichts, rein gar nichts«, berichtete Robineaux niedergeschlagen, als er in den Garten kam, wo ein eisiger, schweigender Javert wartete. »Rein wie leergefegt. Er ist schnell.«

»Ja, das ist er«, nickte Javert. »Aber ich weiß schon, wie wir ihn kriegen.« Javert hatte das Haus von »Monsieur Fauchelevent« observieren lassen, um Marius Pontmercy auf der Fährte zu bleiben; jetzt würde er Marius als Köder benutzen, um Jean Valjean zur Strecke zu bringen.

Wohin immer das Mädchen gegangen war, der Narr von einem Jungen würde ihr mit Sicherheit folgen. Tatsächlich hatte Marius Pontmercy Cosette schon in ihrem neuen Quartier in der Rue L'Ouest ausfindig gemacht. Sie hatte Stunden am Fenster ihres Schlafzimmers gesessen, durch die Fensterläden gespäht und nach ihm Ausschau gehalten. Als sie sah, wie sich Marius dem Haus näherte, öffnete sie überglücklich den Fensterladen.

Als er sie sah, winkte er überschwenglich. Cosette legte einen Finger an ihre Lippen und hieß ihn schweigen. Sie zeigte auf die schmale Gasse in der Nähe. Dann schlich sie sich geräuschlos die Treppe hinunter und trat hinaus, um ihn zu treffen.

Dieses Treffen hatte Jean Valjean streng verboten. Cosette durfte niemanden sehen oder sprechen, vor allem nicht Marius Pontmercy. Valjean sah in Marius in mancher Hinsicht eine Bedrohung. Er hatte Pläne für seine Flucht mit Cosette gemacht, aber sie durften sich einfach nicht sehen lassen, bis er seine Pläne in die Tat umsetzen konnte.

Marius war tief bestürzt und ärgerlich, als er hörte, wie wenig Cosette ihm mitteilen konnte. Das einzige, was sie ihm mit Kummer erfüllter Stimme sagen konnte, war, daß ihr Vater Frankreich verlassen würde und sie mit ihm gehen mußte.

»Warum? Um Himmels willen, warum?« fragte er.

Cosette wandte sich gequält ab. »Er muß das Land verlassen und ich muß mit ihm gehen«, sagte sie in leisem Ton. »Es ist doch ganz gleich, warum.«

»Es ist überhaupt nicht gleich«, protestierte Marius. »Cosette, was ist los?«

»Sein Leben steht auf dem Spiel«, sagte sie hilflos.

»Sein Leben? Wieso?« fragte Marius. Es ergab keinen Sinn.

»Es ist ganz gleich, warum oder wieso«, sagte Cosette, die den Grund selber nicht richtig kannte. Sie wandte ihr Gesicht zu Marius und sie sah seine Offenheit und seine tiefe Traurigkeit. »Ich war eine Waise. Er hat mich gerettet. Er hat mir alles gegeben, was ich habe. Ich muß tun, was immer er von mir verlangt. Mehr gibt es nicht zu sagen.«

Marius wandte ärgerlich sein Gesicht ab. »Du vertraust mir nicht«, sagte er grollend.

»Doch.«

»Und offensichtlich liebst du mich nicht.«

»Doch«, antwortete Cosette mit einem Lächeln. Dann küßte sie ihn und schlang ihre Arme um seinen Hals. Marius nahm ihre schmeichelnden Zärtlichkeiten nur unwillig auf. Er war immer noch gekränkt von dem, was er als mangelnde Offenheit bei Cosette verstand. Er hatte das Gefühl, daß sie ihm nicht genügend glaubte, um sich ihm anzuvertrauen.

»Ich liebe dich über alles, Marius«, erklärte das Mädchen. »Wie kannst du sagen, ich liebe dich nicht. Es geht nicht um mein Geheimnis, das nicht verraten werden darf. Es geht um seines. Hör zu – Ich weiß, was wir tun können. Wir werden mit ihm reden. Er wird Verständnis haben. Er hat sicher nichts dagegen, daß du mit nach England kommst.«

»England?« schrie Marius verblüfft. »Cosette, bist du verrückt? Du weißt, ich kann das nicht. Morgen werden wir kämpfen! Wir sind dabei, die Republik wieder einzusetzen! Ich kann nicht weglaufen!«

Die Lage schien hoffnungslos, die Möglichkeit einer Lösung war nicht in Sicht. Cosette konnte nicht in Paris bleiben; Marius würde Paris nicht verlassen. Was sollten sie tun? Was würde aus ihnen werden? Cosettes Gesicht verzog sich. »Oh, Marius«, stöhnte sie.

Marius ballte die Fäuste und sein Kiefermuskel zitterte vor Wut. Er haßte diesen Mann, der ihm seine Cosette wegnehmen wollte. Monsieur Fauchelevent war ein wirklicher Tyrann! Warum? Warum nach England? Und warum jetzt?

»Liebst du mich?« fragte Cosette und kämpfte gegen ihre Tränen an.

»Ja, verdammt nochmal!« schrie Marius mit knirschenden Zähnen. »Ich liebe dich! Liebst du mich?«

Jetzt war es an Cosette, ärgerlich zu werden. Warum machte Marius nicht die geringste Anstrengung, Verständnis aufzubringen? »Ich sagte dir doch: ich liebe dich über alles.«

»Wie kannst du mich dann verlassen?« Es war fast ein Wehklagen, ein Schrei, der tief aus dem Inneren von Marius Pontmercy kam. Cosette verlor ihren Kampf um Selbstbeherrschung und brach in Tränen aus.

»Oh, Gott! Kannst du nicht verstehen?« schluchzte sie. »Er braucht mich jetzt. Er hat sich um mich gekümmert, und jetzt braucht er mich!«

Cosettes Tränen trafen Marius schwer. Er konnte es nicht ertragen, seinen Liebling so unglücklich zu sehen. Ihm wurde bewußt, daß sein eigener Zorn Cosettes Jammer noch verstärkt hatte, und er holte tief Luft. »Wann reist du ab?« fragte er ruhig.

»Er ist sich nicht sicher«, sagte Cosette mühsam durch die Tränen hindurch. »Morgen kann keiner Paris verlassen wegen General Lamarques Begräbnis. Er sagte, wir fahren vielleicht am Tag darauf.»

Marius nickte dumpf. »Ich bin morgen abend hier. Wenn ich morgen noch lebe.« Es war grausam und kindisch, das zu sagen, und er wußte es, aber er konnte nicht anders. Marius wollte von Cosette etwas von dem Mitgefühl, das sie ihrem Vater zuteil werden ließ.

»Bitte, sprich nicht so!« bat Cosette, und ihre Tränen flossen wieder. Ihr Herz zerbrach in ihrer Brust; sie war zwischen beiden Männern, die sie liebte und brauchte, hin und her gerissen. Was, wenn ihrem Papa etwas Schreckliches zustoßen würde, und sie wäre nicht an seiner Seite, um ihm zu helfen? Was, wenn Marius verletzt oder im Kampf getötet würde, und sie hätte ihm ihren Rücken zugekehrt. Sie konnte keinen dieser niederschmetternden Gedanken ertragen.

Marius gab nach. Er legte tröstend seine Arme um sie. »Natürlich werde ich da sein«, murmelte er in ihr dunkles Haar und küßte ihre Ohrläppchen. »Keine Sorge. Und versprichst du mir, mich morgen hier zu treffen?«

Statt Worten hielt Cosette ihrem Geliebten als Antwort ihr Gesicht hin und küßte ihn leidenschaftlich auf den Mund. Für ein paar Minuten standen die beiden jungen Leute aneinandergedrückt da, verloren in der Gegenwart, ihren Schmerz und ihre Ängste für eine kurze Weile vergessend.

XXVI

AUF DIE BARRIKADEN

Der Morgen des 5. Juni 1832 brachte Regen, vermischt mit Sonnenschein, und hektische, wilde Gerüchte, vermischt mit sehr wenigen Fakten. Menschen säumten die ganze Strecke des Leichenzuges, und als der Morgen voranschritt, kamen mehr und mehr Menschen, bis die Menschenmenge zu einer riesigen Volksmasse wurde. Tausende von Studenten und Arbeitern rückten an und glühten vor revolutionärem Eifer. Die Ladenbesitzer versperrten ihre Türen und machten ihre Läden dicht, fürchteten Zerstörungen und Plünderungen, wenn die Massen aufsässig wurden. Im Stadtkern, um den Faubourg Saint-Antoine, drängte sich die Arbeiterschaft von Paris. Viele waren aus Protest gegen das Begräbnis gekommen; viele waren wegen des Spektakels eines Staatsbegräbnisses und der Militärschau gekommen. Einige wollten beim Beginn der Revolution dabei sein; diese letzte Gruppe war die lautstärkste.

Aber sie hatten alle eines gemeinsam. Sie warteten auf das Erscheinen des düsteren Leichenzugs und auf General Lamarques Leichnam.

Woran die Zuschauer am meisten interessiert waren, war der Aufmarsch der Regierungstruppen. Radikale Späher meldeten, daß bei den Hallen, am Weinmarkt, eine Schwadron von Dragonern einsatzbereit war. Auf dem Hof des Louvre stand überall Artillerie. Im Quartier Latin und am Jardin des Plantes waren Truppen auf jeder Straße verteilt. Weitere Bataillone waren entlang der Strecke stationiert. Aber inzwischen war die Nachricht von Mund zu Mund gegangen, daß sich die Zahl der französischen Truppen von anfänglich Zwanzigtausend auf eine Armee von der Größe der Armeen Napoleons und Wellingtons zusammen erhöht hatte.

Gerüchte verbreiteten sich an jeder Ecke; ein beliebtes war, daß das Militär plante, das Begräbnis als Vorwand für ein Massaker am Volk zu benutzen. Sie würden das Feuer eröffnen, ohne Rücksicht auf Frauen und Kinder. Ein anderes verbreitetes Gerücht ging um, daß die Radikalen planten, Lamarques Leichnam zu entführen und ihn heimlich mitten in der Nacht zu begraben. Sie würden den Leichnam vom Louvre umleiten und ihn statt dessen zum Trauergottesdienst in das Pantheon bringen. Wie sie den Leichnam unter den Augen von zehntausend bewaffneten Soldaten klauen wollten, konnte keiner sagen.

Cosette stand mit ihrem Papa an dem halbgeschlossenen Fensterladen des Wohnzimmers in der Rue de L'Ouest und beobachtete die Männer und Frauen, die außerhalb ihres Verstecks zum Faubourg Saint-Antoine strömten. Sie hatte noch nie so viele wütende und brüllende Menschen gesehen. Sie alle sahen so angespannt, so entschlossen aus, daß es sie mit beklemmender Ehrfurcht erfüllte.

»Es ist unheimlich, Papa. Warum sind sie deswegen so wütend?«

Valjean drehte sich vom Fenster weg und sah zu Cosette herab. »Lamarque war ein Held, der für die Republik gekämpft hat«, erklärte er.

»Und warum gibt ihm dann der König ein Staatsbegräbnis?« wollte das Mädchen wissen.

»Er versucht, Lamarque als seinen Helden zu vereinnahmen. Es ist eine Lüge. Es ist eine absichtliche Beleidigung. Deshalb sind sie wütend.« Er warf einen letzten Blick auf das Gewimmel in den Straßen unter ihm, dann schloß er langsam die Fensterläden und verriegelte sie sorgfältig.

Zwei Bataillone der Nationalgarde eskortierten den blumenbeladenen Katafalk, als er seinen feierlichen Weg durch die Straßen und Boulevards von Paris nahm. Sie trugen Musketen, die Läufe rückwärts gewandt; die Trommeln klangen dumpf, und um die Pferdehufe waren schwarze Lappen gebunden, so daß sie nur ein gespenstisches klop-klop auf dem Pflaster hinterließen. Der Leichenwagen selbst wurde gezogen von stattlich aussehenden gleichgroßen jungen Männern in tadelloser Uniform, deren Stiefel und Knöpfe glänzten, daß es blendete. Sie wurden begleitet von einer Ehrengarde in schwarzer Trauerkleidung.

Direkt hinter dem Leichenwagen marschierten die Offiziere des Invalidenhauses, Lorbeerreiser in den Händen in Erinnerung an die traditionelle Krone, die Apollo den Helden der klassischen Antike verliehen hatte. Hinter ihnen kamen Truppen der Kavallerie, ihnen voran berittene Trompeter, gefolgt von Tausenden von Soldaten, die im Gleichschritt marschierten.

Vor dem Leichenwagen schritt feierlich ein Kordon von Priestern, die große Kreuze trugen, flankiert von Ministranten in ihren weißen Spitzenchorröcken. Das Begräbnis glich den Triumphzügen des kaiserlichen Roms und sollte die gleiche Wirkung auf die breite Masse haben, wie die alten Triumphzüge sie einst gehabt hatten, indem sie die monumentale Macht der herrschenden Klasse unterstrichen und die unteren Klassen daran erinnerten, wer etwas zu sagen hatte.

Hinter den Soldaten marschierten die offiziellen zivilen Gruppen in einem Durcheinander von Trikoloren, Vertretern der Universitäten und der Spitäler, der Theater- und Operntruppen, der Handwerkergilden und anderer etablierter Organisationen.

Das gemeine Volk drängte sich an den Rändern der Boulevards und hatte sich auf den Balkonen und an den Fenstern entlang der Strecke eingefunden. Die jüngeren, flinkeren Zuschauer waren auf Bäume geklettert und saßen in den Ästen oder standen auf den Dächern in der Nähe, um einen Blick auf die Prozession zu bekommen. Viele winkten mit der rot-weiß-blauen Trikolore Frankreichs, aber noch mehr trugen die herausfordernden blutroten Banner der Revolution. Gegen das Grau des trüben Himmels boten die Fahnen ein schmuckes Bild.

Als der Zug in feierlicher Prozession durch die Straßen zog, begleiteten ihn Rufe aus der Menge.

»Lang lebe die Republik!«

»Lamarque gehört dem Volk!«

Paris hielt kollektiv den Atem an. Etwas würde passieren, etwas Historisches; es war nur eine Frage, wo und wann es ausbrechen würde.

Diese Fragen wurden an der Esplanade an der Austerlitzbrücke beantwortet. Dort kam die Prozession zum Stillstand, eine Meile hinter den Priestern und dem Katafalk. Es war ein geplanter Halt, um dem großen Soldaten und Staatsmann Lafayette zu erlauben, persönlich Abschied von General Lamarque zu nehmen. Es sollte ein feierlicher, historischer Augenblick sein.

Aber bevor es dazu kam, ritt ein einzelner, schwarzer Reiter mit einer roten Fahne im Galopp direkt auf den Leichenwagen zu. Er umkreiste den Katafalk, schwenkte seine rote Fahne, wandte sich dann der Menge zu und hielt, als Zeichen des Widerstands, sein Banner hoch.

»Lamarque ins Pantheon!« schrie das Volk. Sie hoben ihre geballten Fäuste als Zeichen ihrer Solidarität.

Die Dragoner schossen nicht; sie hatten keinen Befehl, zu schießen; der Pöbel war bedrohlich und die Soldaten sehr jung. Plötzlich schoß eine Gruppe von jungen Leuten hervor mit Marius Pontmercy an der Spitze. Sie versuchten sich selbst vor den Leichenwagen zu spannen. Die Dragoner wurden zersprengt.

»Zum Pantheon!« rief Marius.

»Zum Pantheon!« brüllten die Zuschauer.

Aber jetzt erhielt die Kavallerie, erfahrenere, altgediente Soldaten, den Befehl, anzugreifen. Die berittenen Soldaten galoppierten auf die jungen Leute zu. Als sie angriffen, zückten die Kavalleristen ihre Säbel. Die Menge brüllte vor Haß und Trotz. Einige Männer warfen Steine; andere liefen weg. Die Kavallerie begann auf die Zuschauer einzuschlagen, während die Dragoner sich in disziplinierter Reihe aufstellten und mit ihren Musketen zielten. Schüsse fielen. Ein Mann fiel. Das Töten hatte begonnen.

Die Menge bestand nur noch aus einer Gruppe wütender Zivilisten und aufsässiger Radikaler. »Zu den Waffen! Auf die Barrikaden!« schrien die Aufständischen und zeigten die geballte Faust.

Es war das Signal, auf das ganz Paris gewartet hatte.

Enjolras und Marius rasten zurück nach Saint-Antoine. Dort begannen sie, gemeinsam mit Grantaire, Courfeyrac,

Feuilly und den anderen Mitgliedern des ABC, und unterstützt von zwanzig weiteren Männern, ihre eigene Barrikade außerhalb des Café Musain zu errichten. Grantaire und Feuilly zogen Eisenstangen aus den Fenstern des Cafés, während Enjolras mit ein paar Freunden die Pflastersteine aus der Straße lösten, um sie als Geschosse zu benutzen. Gavroche und Bahorel drehten einen Karren mit zwei Fässern Kalk um; zwei Frauen zogen eine Matratze darüber.

Die Barrikade nahm Form an. Courfeyrac und Marius liefen zu einem von Pferden gezogenen Fuhrwerk, das die Straße heraufkam. Sie zwangen die Fahrgäste auszusteigen und spannten die Pferde aus. Dann rollten sie das Fuhrwerk zur Barrikade hinüber und kippten es mit einiger Anstrengung um. Es stürzte auf die Brustwehr und stellte den letzten Schutz zwischen den Radikalen und den Soldaten her.

»Die Republik!« schrie Marius.

»Die Republik!« brüllten die anderen glücklich zurück. Hinter der soliden Festung, die sie sich gebaut hatten, fühlten sie sich unverwundbar.

Chefinspektor Javert, der die Kleidung eines gewöhnlichen Arbeiters trug, trat in das Büro seines Vorgesetzten, des Polizeipräfekten Chabouillet. Das Büro war heute wie ein Bienenstock; Gendarmen und Angestellte liefen mit Befehlen und Depeschen herein und heraus. Paris stand kurz davor, in Flammen aufzugehen, es war die Aufgabe der Polizei, die Übersicht zu bewahren und Seite an Seite mit dem Militär zu arbeiten.

»Javert, Ihre Information war Gold wert«, begann Chabouillet ohne Feierlichkeit, »aber die Idioten von der Stadtgarde haben Ihren Rat mit dem Arsenal ignoriert und sie haben –« Er brach ab, als er zum erstenmal bemerkte, was sein stellvertretender Kommandeur da trug. »Javert, was haben Sie denn da an?«

»Ich gehe inkognito«, antwortete er grimmig. «Ich habe eine Fährte, Monsieur, die Fährte eines Mannes, der... sehr gefährlich ist. Ich möchte die Aufgabe keinem Untergebenen überlassen. Es wird eine wichtige Festnahme, Monsieur, die wichtigste in meiner Laufbahn.« Seine Augen leuchteten vor Erwartung.

Chabouillet wurde von Javerts Erregung ein wenig angesteckt. »Soso! Wer ist es?«

»Das möchte ich lieber nicht sagen, bis ich ihn habe«, antwortete Javert ausweichend. Ihm war sehr wohl bewußt, daß sein Präfekt negativ reagieren würde, wenn er hörte, daß Javert hinter einem alten Feind her war, während ganz Paris kurz vor der Explosion stand.

Der Präfekt sah seinen Chefinspektor ernst an. »Seien Sie vorsichtig, Javert. Wir haben die Straßen nicht unter Kontrolle. Noch nicht.«

Ein frostiges Lächeln überzog Javerts eisige Gesichtszüge. »Ich kontrolliere sie, Monsieur.«

Im Haus in der Rue de l'Ouest stand Cosette an ihrem Fenster und hielt ängstlich Ausschau nach einem Zeichen von Marius. Es war schon spät und es war nichts von ihm zu sehen. Ihre eigene Straße war völlig ruhig; alle Fensterläden der Häuser und die Läden waren geschlossen, und die Familien hatten sich entweder in ihren Gebäuden verkrochen oder waren bereits aus der Stadt geflohen. Keiner in der Nachbarschaft war mehr unterwegs.

Alle Straßen in Paris waren leer, mit Ausnahme der Soldaten und der Radikalen auf den Barrikaden und langen Schlangen von Flüchtlingen, Männern und Frauen, die mit ihrer ganzen Habe vor den Kämpfen wegliefen. In Richtung der Markthallen stieg eine Rauchsäule in den Himmel und verdunkelte fast den Sonnenuntergang. Cosette hörte ab und zu Schusse.

Wo war Marius? Lebte er? Oder, Gott behute, lag er irgendwo tot oder war er verwundet und schrie in seinem Schmerz nach Cosette. Nicht zu wissen, was im Herzen der Stadt geschah, war dem Mädchen schrecklich. Sie wandte sich nicht vom Fenster ab, als ihr Vater mit einem leeren Koffer in ihr Schlafzimmer kam und unbeholfen ihre Kleider einzupacken begann. Er war gerade von einem Erkundungsgang ihrer Fluchtroute zurückgekehrt.

»Sobald es dunkel ist, gehen wir durch die Schranke. Hunderte sind auf der Flucht«, erzählte Valjean ihr. »Die Gendarmen kümmern sich nicht darum, wer die Stadt verläßt. Die kontrollieren nur die Leute, die hereinkommen. Deshalb ist es die perfekte Gelegenheit, aus Paris herauszukommen.« Er sah Cosette scharf an, aber sie verließ ihre Stellung am Fenster nicht. Sie sah aus wie eine Alabasterstatue; so weiß und still war sie.

Valjean blickte auf das Durcheinander, das er im Koffer angerichtet hatte. »Ich bin nicht sehr gut im Packen, könntest du helfen?« Cosette schenkte ihm keine Beachtung. Valjean sah, wie aufgeregt sie war. Er hörte mit dem Packen auf.

»Wie schlimm sind die Kämpfe?« fragte Cosette.

»Ich bin nicht in ihre Nähe gekommen. Ich bin die andere Richtung gegangen.«

Sie wandte sich vom Fenster ab und stand ihrem Papa gegenüber. »Aber was sagen die Leute?« Sie ließ nicht locker.

Valjean schüttelte den Kopf. »Keiner weiß so richtig, was geschieht«, sagte er ernst. »Die Straßen sind voll von Experten. Und sie sagen alle etwas anderes. Und ganz gleich, was die Wahrheit ist, es werden heute nacht viele Menschen sterben.«

Menschen werden heute nacht sterben. Cosette sagte nichts, aber Tränen rannen ihre Wangen herunter. Sein Herz schmerzte ihn, als er ihren offensichtlichen Kummer sah, und er trat zu ihr. Er wollte sie umarmen, aber Cosette wandte ihr Gesicht ab und sah wieder aus dem Fenster. Valjean stand neben ihr und fühlte sich hilflos, seine Arme baumelten an ihm herunter.

»Ist ... ist es zu gefährlich für uns, bis morgen zu warten?« fragte Cosette.

Valjean verstand sofort. Sie wollte jetzt nicht weg, ohne zu wissen, was aus ihrem Liebhaber geworden war. »Ist er auf den Barrikaden?«

Cosette nickte und biß auf ihre Lippe. »Ich hab versprochen, zu warten. Auch wenn er nicht kommen kann, muß ich warten –«. Sie brach plötzlich in Tränen aus. Jean Valjean nahm sie in seine Arme und tätschelte ihre zuckenden Schultern. Ihr ganzer schlanker Körper zitterte.

»Tut es so weh?« fragte er sanft.

»Es tut mir leid, es tut mir leid«, schluchzte Cosette. »Ich weiß, du verstehst es nicht. Ich kenne ihn erst seit ein paar Wochen, das denkst du. Er ist nicht viel mehr als ein Fremder. Ich bin nur ein dummes Mädchen.« Sie hob ihr tränenüberströmtes Gesicht zu ihm auf und sah ihn ernst an. »Aber so denke ich nicht. Ich denke, er ist ich, und heute nacht stirbt er da draußen.«

Er litt selber Qualen und wiegte seine untröstliche Cosette in seinen Armen. »Ich verstehe«, sagte er zärtlich zu ihr. »Ich verstehe es.«

In den Jahren mit Cosette hatte Valjean das einzige wirkliche Glück seines Lebens erlebt. Kein Vater konnte seine Tochter so lieben, wie er Cosette geliebt hatte. Jetzt hatte er sie verloren, ganz gleich, was geschah. Ob Marius lebte oder tot war, Cosette gehörte ihm. Sie war für Valjean verloren, würde nie wieder sein kleines Mädchen sein. So verstand er ihre Gefühle, jemanden zu verlieren, nur zu gut.

Und doch, als die beiden einander tröstend umarmten, lag ein Schimmer Hoffnung in ihnen beiden. In Valjean, daß Marius nicht auftauchen würde, bevor er Cosette von hier wegbringen konnte und die Flucht zu einem guten Ende brachte. In Cosette, daß Marius lebte und es ihm gut ging und er bald bei ihr sein würde.

In Saint-Antoine hatte Marius keine Zeit, jetzt an Cosette zu denken, sondern nur an Frankreich, an Gerechtigkeit und Gleichheit und an den bevorstehenden Kampf. Die Barrikade war errichtet, etwa dreißig Mann hatten sie besetzt, unter ihnen Marius, Enjolras und die anderen ABC-Anhänger. Hochgestimmt bereiteten sie sich auf die angreifenden Soldaten vor. Beseelt von ihrem Idealismus, verspürten sie keine Angst.

Einige Männer und Frauen waren damit beschäftigt, sich mit Munition zu versorgen. Patronen waren absolute Mangelware. Ein riesiger Kessel wurde im Café Musain aufgestellt, um Blei zu schmelzen. Einige von ihnen gossen das geschmolzene Metall in Kugelformen, während andere das Pulver aus einem Fäßchen in die abgekühlten Patronen füllten.

Unter den Leuten, die in der behelfsmäßigen Waffenfabrik arbeiteten, war ein dunkler Mann mit Luchsaugen, der gewöhnliche Arbeiterkleidung trug. Es war Javert, untergetaucht als Revolutionär.

Der Abend brach herein. Marius zündete eine Kerze an und trug sie auf die Barrikade. Er stellte sie neben ihre Fahne. Die Männer, jung und alt, spähten über die Barrikade auf die Straße und warteten auf die Soldaten; die Straße selber war zum Niemandsland geworden. Sie balancierten am Rande einer anderen Zukunft und sie wußten es. Keiner von ihnen hatte je dem Tod ins Auge geblickt, und schon gar nicht hatten sie blutende, sterbende Menschen gesehen mit verstümmelten Gliedern und herausgerissenen Eingeweiden. Deshalb waren die jungen Männer in Hochstimmung und hatten das Gefühl, daß nichts ihnen etwas anhaben konnte. Die auf seiten der Engel mußten zwangsläufig siegen.

Diejenigen unter ihnen, die älter waren und mehr vom Leben gesehen hatten, hatten weniger romantische Vorstellungen. Sie waren vielleicht glühend in ihrem Glauben: Dulce et decorum est pro patria mori. Das waren Worte des Dichters Horaz, »Es ist süß und richtig, für das Vaterland zu sterben.«

Plötzlich hörten sie aus der Entfernung eine hohe, durchdringende Stimme, die Stimme eines Jungen, die eine Parodie auf das Zeitalter der Aufklärung sang:

Sie sind häßlich in Nanterre
Das ist die Schuld von Voltaire.
Und dumm in Palaiseau
Nur wegen diesem Rousseau.

Es war der junge Gavroche, der auf der Straße auf sie zugestürzt kam, sich immer wieder in die Eingänge duckend, um keine Zielscheibe abzugeben. Er kletterte halb auf die Barrikade, warf eine Muskete hinüber und sprang ihr nach.

»Gib mir meine Muskete«, forderte er von Enjolras.

»Wo hast du sie her?«

Gavroche tippte sich mit dem kleinen Finger an die Nase. »Die von der Nationalgarde sollten keine Nickerchen machen. Ich brauch ne Kugel.«

Marius schüttelte den Kopf. »Wir haben nur dreißig Patronen. Sie stellen gerade neue her.«

»Ich krieg eine, ja?«

»Gavroche, du bist ein Junge«, protestierte Marius.

»Und du bist ein Student«, erwiderte das Kind frech.

»Übrigens, du hast uns nichts erzählt«, erinnerte Enjolras ihn.

Gavroche gab seine Information weiter. Es war nicht so schwer, sie sich zu holen. Keiner nimmt je von einem Kind Notiz; ein kleiner Junge kommt überall hin, wo ein Erwachsener nicht hin kommt, findet Sachen heraus, kommt mit Informationen zurück, stiehlt eine Muskete. Ein Kind, das seine Augen und Ohren intelligent zu gebrauchen weiß, kann von großem Wert für eine Revolution sein. »Sie kommen mit einer Kanone.«

»Einer Kanone?« fragte Enjolras ungläubig.

»Mit einer kleinen Kanone. Mit einer Kartätsche.« Gavroche besah sich die Barrikade selbstzufrieden. »Die kommt gegen unser gewaltiges Meisterwerk nicht an. Kann ich jetzt eine Kugel haben?«

»Wie viele sind sie?« fragte Marius.

Gavroche rümpfte seine kleine Nase. »Zu viele. Ich krieg meine Kugel. Sie müssen gleich hier sein. Was soll ich denn tun? Auf sie spucken?«

Er hüpfte von der Brustwehr herunter und lief ins Café, ins Hinterzimmer, wo die Munitionshersteller schwer bei der Arbeit waren. Dort bat Gavroche um eine der neu gegossenen Kugeln und erhielt sie.

Grantaire saß mit einem Mann an einem Tisch, den der Junge zuvor noch nie gesehen hatte, ein Mann mit einem kalten Gesicht und mit Luchsaugen. »Haben sich meine Babies blicken lassen?« fragte der Junge.

»Nein. Wie können sie sich jetzt blicken lassen? Die Straßen sind alle abgeriegelt.«

Gavroche blinzelte wissend. »Oh, wenn ihr nach hinten rausgeht, über eine oder zwei Schutzwehren klettert, führt ne Straße weg von den Kämpfen.«

»Da kommen sie!« schrie Enjolras auf der Barrikade, und

jeder im Café Musain kam heraus und sah, wie sich die uniformierten Truppen am anderen Ende des Niemandslands vorarbeiteten. Sie stellten eine Kanone auf, brachten sie in Stellung, luden sie und machten sie schußbereit.

Gavroche kletterte auf die Barrikade zurück, aber Javert blieb bei dem Café, seine Augen waren nur auf Marius Pontmercy gerichtet. Dieser Marius war seine Fahrkarte zu Jean Valjean.

»Sie laden!« schrie Enjolras. »Alle in Deckung!«

Plötzlich durchfuhr die Luft ein lautes Dröhnen, als die Kanone sich entlud. Ein Kartätschengeschoß schlug in die Matratze und in das Fuhrwerk ein wie ein Hagelregen. Als der Rauch sich verzogen hatte, schauten sich die Aufständischen um und zählten ab, ob alle noch da waren. Sie waren noch vollzählig. Keiner war verletzt.

»Nichts!« frohlockte Grantaire. »Es ist nichts passiert!«

Ein weiteres hohles Dröhnen kam von der Kanone, ein weiterer Kartätschenhagel traf die Barrikade. Und wieder hatten die Kugeln keine Wirkung, und die Radikalen brachen in Jubelrufe aus. Sie jubelten immer noch und freuten sich, als ein gleichmäßiges Trommeln aus kurzer Entfernung an ihre Ohren drang. Das Trommeln wurde lauter.

»Sie kommen«, flüsterte Feuilly, als eine Formation der Nationalgarde um die Ecke kam und auf sie zu marschierte. Ihren Musketen waren scharfe Bajonette aufgepflanzt.

Die Revolutionäre hielten in ihrem Jubel inne und starrten auf die Soldaten, die näher und näher kamen. Jetzt wurde den jungen Radikalen zum erstenmal klar, daß sie in einem richtigen Krieg kämpften.

XXVII

JAVERTS GEFANGENNAHME

»Spart euch eure Kugeln auf!« rief Marius. »Schießt erst, wenn ihr sie riechen könnt! Nehmt eure Stellungen ein. Jeder Schuß muß sitzen! Auf die Revolution!«

Jetzt waren die Soldaten weniger als sechs Meter entfernt und marschierten auf die Radikalen zu, ohne aus dem Schritt zu kommen. Sie waren so nahe, daß die Rebellen ihre Gesichtszüge unter den Krempen ihrer Käppis ausmachen konnten. Die Soldaten nahmen ihre Musketen von den Schultern, zielten und feuerten.

Ein halbes Dutzend der Rebellen fiel kopfüber auf die Barrikade, verwundet oder getötet. Aber die anderen auf der Brustwehr erwiderten tapfer das Feuer, und die erste Reihe der Soldaten fiel zu Boden, als wären sie Spielzeugsoldaten, die ein Kind umgestoßen hatte.

Plötzlich trat eine unheimliche Stille ein. Beide Gruppen – Soldaten und Revolutionäre – starrten auf die Leichen am Boden und auf der Barrikade. Eine schreckliche Wahrheit wurde ihnen klar, daß Menschen einander töten konnten, daß für ein Ideal zu sterben nur Tod bedeutete, nicht Romantik. Für die meisten von ihnen, junge Männer auf beiden Seiten, war es ihre erste harte Kriegslektion.

Aber der Kampf mußte weitergehen. Ein alter Mann auf der Barrikade warf seine leere Muskete zu Boden. Die Kugeln waren ihm ausgegangen, aber nicht sein Mut. Er ergriff die Fahne auf der Barrikade, zog sie heraus und schwenkte sie, das Banner flatterte im Abendwind, sein weißes Haar wehte um seinen Kopf wie sein eigenes Banner.

»Lang lebe die Republik!« rief er.

Eine Schußsalve ertönte. Der alte Mann taumelte und stürzte tödlich getroffen zu Boden, sein Körper wurde förmlich von Kugeln zerrissen. Sein Tod war für die Soldaten ein Zeichen, die Barrikade zu stürmen. Sie schritten über ihre Toten und begannen mit aufgepflanzten Bajonetten auf die Barrikade zu klettern, bereit zum Kampf Mann gegen Mann.

Das erste Gefecht im Kampf um Saint-Antoine war in vollem Gang. Den Rebellen war fast die ganze Munition ausgegangen; und denen, die noch ein oder zwei Kugeln hatten, fehlte die Zeit, um nachzuladen. Bei der ersten Attacke durchbohrte einer der Soldaten Courfeyrac mit seinem Bajonett. Der junge Mann starb, seine Eingeweide traten heraus, Blut schoß aus seinem Mund. Der kleine Gavroche hob seine Muskete und zielte auf einen sehr großen Soldaten, der auf ihn zu kam. Er zog den Abzug und nichts geschah; die gestohlene Muskete war zu alt, der Schuß ging nicht los. Der Soldat hob sein Bajonett, um es ihm ins Herz zu stoßen; der Junge war ein paar Zentimeter vom Tod entfernt und starrte wie gebannt auf die verhängnisvolle Bajonettspitze, die seiner dünnen Brust immer näher kam.

Plötzlich taumelte der große Soldat. Ein riesiges Loch wuchs aus seiner Stirn. Die Augen des Mannes wurden glasig und er fiel rückwärts zu Boden. Gavroche sah sich nach seinem Retter um und sah Marius, der ihn angrinste. Der dankbare kleine Kerl grinste zurück und gab Marius ein Zeichen, »Daumen nach oben«.

Jetzt schwärmten die Soldaten über die ganze Barrikade, überwältigten die Männer und trieben sie herunter. Marius sprang zu Boden und lief zum Café Musain. Er schnappte sich ein Fäßchen Pulver und trug es zur Brustwehr zurück, wich einem Soldaten aus, der ihn mit seinem Bajonett aufspießen wollte. Das Fäßchen war schwer und machte das Klettern mühselig, aber Marius schaffte es, nach oben zu kommen. Er schnappte sich die Fackel und hielt sie über das Fäßchen. Unlöschbares Feuer brannte in seinen Augen.

»Ich jage die Barrikade in die Luft!« schrie er. »Verschwindet, oder ich jage alle in die Luft!«

Die Soldaten erstarrten; sie sahen, daß es Marius todernst war. Sie wagten nicht, auf ihn zu schießen; getroffen würde er sicher die Fackel fallen lassen und das Pulver würde explodieren. Wenn die Gardesoldaten nicht sofort die Barrikade aufgäben, würden sie so in Stücke gerissen, daß ihre eigene Mutter sie nicht wiedererkennen könnte. Einer der Soldaten sprang von der Barrikade und lief weg.

»Haltet eure Stellungen, Männer!« befahl der Gardeleutnant. Aber sein Befehl war umsonst. Keiner seiner Männer war erpicht darauf, in Stücke zu fliegen.

Marius Pontmercy senkte die Fackel, bis sie gefährlich nahe über dem Pulverfaß war. Als sie das sahen, brachen sie auseinander, kletterten die Brustwehr herab, trampelten bei ihrem überstürzten Rückzug übereinander. Einen Augenblick befand sich Marius allein auf der Barrikade und beobachtete, wie sich die Gardisten im Laufschritt ins Niemandsland zurückzogen.

Marius arbeitete sich zum Leichnam des alten Mannes vor und hob ihn auf seine Arme. Als er ihn von der Barrikade trug, kamen andere Rebellen hinzu und hoben ihre gefallenen Kameraden auf. Marius legte ihn auf einen langen Tisch. Die Leichname seiner Mitrebellen wurden neben ihn gelegt. Einen langen Augenblick schauten die Lebenden düster in die Gesichter der Toten – ihrer Freunde, ihrer Mitstreiter.

Als Marius auf das tote Gesicht seines alten Kameraden Courfeyrac blickte, auf die starren Augen und den offenen Kiefer, und die klaffende Wunde in seinem Bauch sah, füllten Tränen seine Augen, und etwas von dem Feuer verließ ihn. Aber nicht für lange. Innerhalb von Sekunden machte ihn der Tod seines Freundes wütender denn je und noch entschlossener, der Revolution zum Sieg zu verhelfen. Trauern konnte man noch, wenn die Schlacht gewonnen war.

»Wir machen besser noch mehr Kugeln«, sagte Grantaire, und die anderen stimmten zu. Es mochte vielleicht eine Verschnaufpause in diesem Kampf sein, aber keiner der Radikalen glaubte auch nur einen Augenblick, daß die Gardisten beim nächsten Mal nicht in noch größerer Stärke zurückkehren würden.

»Wir haben wenig Zeit«, bemerkte Enjolras. »Aber so schnell kommen sie nicht zurück.« Er sah, wie sich der grimmig dreinschauende Marius zur Tür bewegte. »Marius? Du gehst? Jetzt?«

Der junge Mann drehte sich um, sein Gesicht nahm einen schuldbewußten Ausdruck an. »Eine Stunde. Ich bin nur eine Stunde weg.« Er öffnete die Tür und ging auf eine Lücke in der Schutzwehr zu.

Als die Tür zur Gasse aufging, fiel sein Blick auf die beiden kleinen obdachlosen Jungen, deren sich Gavroche angenommen hatte. Sie saßen aneinandergekauert auf der Straße, völlig verstört von der Schießerei. »Da seid ihr ja! Kommt zu Papa, Jungs!« schrie Gavroche erleichtert. Er öffnete seine Arme, und die Kinder rannten zu ihm und umarmten ihn erfreut. Obgleich ihr Altersunterschied nur gering war, betrachteten sie Gavroche als ihren einzigen Papa.

»Los, kommt, Brüder. Richten wir die Barrikade wieder!« rief Enjolras.

Sie liefen zur Brustwehr, um sie auszubessern. Bei dem ganzen Treiben sah keiner, wie Javert sich an Gavroche und den Kindern vorbeischlich und in die Gasse trat, um Marius zu folgen.

Im Haus in der Rue de l'Ouest hatte Cosette ihren Posten am Fenster nicht verlassen. Toussaint bat sie, zum Essen zu kommen, aber sie lehnte ab. Selbst als die alte Dienerin ihr ein verlockendes Mahl auf einem Tablett brachte, wollte sie das Fenster nicht einmal für einen Bissen verlassen.

Mit jedem Augenblick, der ihr Marius nicht zurückbrachte, sank ihr Mut. Sie sah rotglühende Feuer am Nachthimmel; das ganze Zentrum von Paris schien in Flammen zu stehen. Wo war in all dieser Feuersbrunst Marius? Lebend? Tot? In ihrem Innersten glaubte Cosette ganz stark, daß Marius zu ihr zurückkehren würde. Ihre Liebe war zu groß, als daß sie zerbrochen werden konnte, nicht einmal mit Gewehren; nichts konnte sie auseinanderbringen.

Auf einmal kam ein Kiesel durch die Luft geflogen und traf die Fensterscheibe. Cosette sprang erschreckt auf. War es möglich? Sie öffnete hastig das Fenster und rief gespannt in die Dunkelheit. »Marius?«

Eine Hand winkte aus einem Hauseingang auf der anderen Straßenseite.

»Marius! Ich wußte, du würdest kommen!« Sie lief aus ihrem Schlafzimmer zur Haustür. »Ich wußte, daß du noch am Leben bist! Ich wußte es! Ganz gleich, wie weit du weg warst, wenn sie dein Herz zum Stillstand bringen, würde meines brechen!« Sie breitete ihre Arme weit aus, um ihren Liebsten zu umarmen.

Aber bevor sie aus der Haustür war, fuhr plötzlich eine große, kräftige Hand heraus und bedeckte ihren Mund. Cosette sah sich herumgerissen, ihre Arme hielt man von hinten fest. Sie war in der Falle, eine Gefangene, unfähig, sich zu bewegen.

»Waren diese Worte etwa nicht für mich gedacht, Cosette?« zischte Inspektor Javert ihr ins Ohr. »Lieben Sie nicht das Gesetz? Es liebt Sie. Es beschützt Sie. Das Gesetz beschützt Sie vor Verbrechern wie...

Der Polizist stieß Cosette grob durch den Eingang. »... Diesem Abschaum!«

Cosette schrie. Da war Marius, er lag auf dem Boden, seine Hände waren auf dem Rücken gefesselt, sein Mund war geknebelt. Es war Javert gewesen, der sie mit seinem Winken getäuscht hatte.

Javert trat hinter ihr vor und verstärkte seinen Griff und drückte sie grausam: »Wo ist er? Wo ist Ihr Papa?«

Das Mädchen schüttelte nur stumm den Kopf.

»Arme Cosette«, grinste Javert. »Hat er Ihnen nicht erzählt, daß er ein gewöhnlicher Dieb war? Hat er Ihnen nicht erzählt, wer Sie sind? Hat er Ihnen nicht erzählt, daß Sie ein Bastard sind?«

Cosette keuchte und ihre Augen weiteten sich.

»Hat er Ihnen nicht erzählt, daß Ihre Mutter eine Hure war?« Chefinspektor Javert genoß diesen Augenblick. Er hatte lange darauf gewartet, mehr als zehn Jahre.

»Jetzt sagen Sie schon, wo ist Valjean?«

»Lassen Sie sie los!« Es war ein Brüllen reinster Wut, wie das eines Tigers, dessen Junges bedroht wird. Jean Valjean erschien plötzlich direkt hinter Javert und hielt eine gespannte Pistole an den Kopf des Polizisten.

Javert ließ Cosette los. Sie stürzte zu Marius und kniete neben ihn, nahm ihm den Knebel aus dem Mund und löste den Strick um seine Handgelenke.

»Ich habe Sie gefunden«, sagte Javert mit grimmiger Genugtuung. Die Pistole, die auf seinen Kopf gerichtet war, schien ihn nicht zu stören.

»Meinen Glückwunsch«, erwiderte Valjean ironisch. Zu Marius sagte er, »Gib mir den Strick.«

Er reichte Marius die Pistole und nahm ihm den Strick ab. »Wer ist er? Ein Informant?« fragte Marius.

»Ein Polizist.«

»Ich bin das Gesetz, Valjean«, sagte Javert kalt. Er zuckte nicht mit der Wimper, als Jean Valjean ihm die Hände fesselte. Mit einem Blick auf Marius fügte er hinzu, »Ich bin Chefinspektor Javert und Sie sind ein Verräter.«

Marius drückte den Lauf der Pistole an seine Schläfe. »Halt's Maul. Ich werde dich der Volksgerichtsbarkeit übergeben.«

Zur Erwiderung lachte Javert verächtlich. Seine Reaktion war klar; »Volksgerichtsbarkeit« würde bedeutungslos sein, wenn alle Mitglieder des ABC tot waren, was nur eine Sache von Stunden war.

Marius mißverstand Javerts Verhalten nicht. »Wenn wir sterben, stirbst du mit uns.« Marius stieß Javert vor sich her auf die Straße. Er würde ihn als Gefangenen der Revolution mit zurück nach Saint-Antoine nehmen.

»Marius!« schrie Cosette niedergeschmettert. Er konnte sie nicht verlassen! Nicht so schnell!

Beim Geräusch ihrer Stimme drehte sich der Junge um. »Auf Wiedersehen, Cosette.« Ihre Augen trafen sich, und sie tauschten einen langen, schmerzlichen Blick voller Sehnsucht und Verlangen. »Ich liebe dich.«

»Ich liebe dich«, flüsterte sie zurück, und dann waren Marius und Javert weg.

Cosette ließ sich fassungslos gegen den Türrahmen fallen. Sie konnte nicht glauben, daß er gegangen war, womöglich für immer. Selbst wenn er die Kämpfe überleben sollte, wie sollte er sie je wiederfinden? Sie würden bald fortgehen. Gerade jetzt waren Toussaint und Valjean dabei, ihre Habe auf einen Karren zu laden. In nur wenigen Stunden würden alle drei auf einem Schiff nach England sein. Ohne Marius. Sie starrte dumpf auf die Feuer am Himmel und wußte, daß irgendwo mittendrin ihr Liebster jede Minute sein Leben aufs Spiel setzte. Irgendeine Kugel der Soldaten konnte sein Herz treffen. Nein, es war zuviel! Sie konnte nicht denken, sie konnte nur fühlen.

Jean Valjean kam langsam zu Cosette hinüber. Es lastete jetzt auf ihm, daß er Marius so leicht mit Javert hatte weggehen lassen. Das Leiden seiner Tochter brach ihm das Herz. »Wir sind soweit.«

Cosette wandte ihr Gesicht zu ihm. Alles, was Valjean sah, waren nur ihre Augen, groß, starrend, verzweifelt. »Er ist gekommen, um Lebwohl zu sagen«, war alles, was sie sagen konnte.

Valjean faßte einen Entschluß. Er drehte sich zu Toussaint um und gab ihr Anweisungen. »Bring sie in unser altes Haus.« Toussaint nickte und nahm die Zügel auf. Valjean schloß Cosette in die Arme und umarmte sie liebevoll, küßte sie auf die Stirn. »Es wird alles gut. Ich verspreche es«, flüsterte er. Dann hob er sie auf und setzte sie auf den Karren. Er schlug dem Pferd auf die Flanken, und der Karren setzte sich in Bewegung.

Cosette schaute erschreckt. Kam Papa denn nicht mit ihr? Plötzlich verstand sie. Er wollte nach Saint-Antoine gehen, um ihr Marius zurückzubringen. Sie würden sich in der Rue Plumet treffen. Papa brachte sich ihretwegen in Lebensgefahr.

Das Mädchen drehte sich auf dem Karren um, streckte seine Arme nach dem Mann aus, der für sie ihr Vater war. Aber er war schon fort, lief auf die Barrikaden und die Schlachtfeuer zu.

Als er Saint-Antoine erreichte, fand er die Rebellen in reger Geschäftigkeit, obwohl sich die Gardisten in zurückgezogener Position am Ende der Straße hinter dem Niemandsland befanden. Die Barrikade war neu errichtet worden, mit zusätzlichem Material, das man auf den Straßen und Gassen um das Café Musain herum gefunden hatte. Im Café selber sah Valjean die Toten, die man auf Tischen aufgebahrt hatte, und die Verwundeten, die von ihren Kameraden versorgt wurden.

Chefinspektor Javert war ebenfalls im Café, geknebelt und an Händen und Füßen an einen Balken gebunden. An einem Tisch saß, halb betrunken, Grantaire, und neben ihm der kleine Gavroche. Als das Kind ihn sah, brach es in ein strahlendes Lächeln aus.

»Monsieur!« schrie er. »Schön, Sie zu sehen.«

»Hallo, Gavroche«, begrüßte ihn Valjean. Er blickte zu Javert und war unfähig, seine Augen von ihm zu lassen. Der Junge bemerkte, wie der Polizist und Monsieur sich fixierten, und begann zu erklären.

»Chefinspektor Javert. Können Sie das glauben? Wenn wir eine Kugel übrig haben, werden wir ihn erschießen. Oh, da fällt mir was ein ...« Und schon rannte der Junge hinaus.

Jean Valjean verließ das Café Musain und kehrte zur Barrikade zurück. Er sah Marius oben drauf, wie er Anweisungen gab, das neue, schützende Material anzubringen. »Was machen Sie hier?« fragte Marius stirnrunzelnd. »Wo ist Cosette?«

»Wartet auf Sie in dem Garten, in dem Sie sich verliebt haben«, antwortete Valjean. »Gehen Sie zu ihr.«

»Ich kann nicht. Nicht jetzt. Sie wissen, daß ich nicht kann.« Das Gesicht des Jungen sah gequält, aber entschlossen aus.

»Ich kämpfe an Ihrer Stelle«, bot Valjean an. »Gehen Sie zu ihr. Sie ist Ihre Zukunft.«

Marius schüttelte seinen dunklen Kopf. »Wenn wir hier nicht gewinnen, hat keiner von uns eine Zukunft.«

»Sie haben die Liebe«, antwortete Valjean ruhig. »Das ist die einzige Zukunft, die Gott uns gibt.«

Plötzlich hörte man das Knallen einer einzelnen Kugel. Und sie hörten Enjolras rufen, »Gavroche! Komm zurück!«

Valjean und Marius kletterten die Barrikade hinauf, kauerten sich neben Gavroches obdachlose Jungen und spähten auf die Straße. Sie sahen den kleinen Gavroche neben einem toten Gardisten knien, ganz nah bei der feindlichen Stellung. Er leerte die Patronentasche des Soldaten und warf die Kugeln in einen kleinen Korb. Um ihn herum, auf den Dächern, waren mindestens drei Scharfschützen, die auf ihn feuerten. Eine zweite Kugel schwirrte heran und schlug in den Körper des toten Gardisten.

Gavroche kicherte. »Können ihn nicht zweimal umbringen.« Weitere Schützen zielten auf das Kind. Als er die Kugeln in seinen Korb warf, begann Gavroche zu singen:

»Ich bin kein Richter, bedaure sehr
Das ist die Schuld von Herrn Voltaire.«

Eine Salve aus allen Richtungen folgte. Gavroche nahm seinen Korb auf und lief geduckt, im Zickzacklauf auf die Barrikade zu, während die Kugeln um ihn herum schwirrten.

»Ich bin wie ein Spatz so froh,
Und das nur wegen dem Herrn Rousseau.«

Er war jetzt ganz nah an der Brustwehr und hatte schon fast die sichere Barrikade und seine bewaffneten Kameraden erreicht. Auf dem Dach des Café Musain, nur ein paar Meter entfernt, zielte Robineaux, der Informant mit seiner Muskete.

»Ich freu mich so sehr
Dank dem Herrn Voltaire,
Doch werde ich nicht froh
Wegen dem Herrn Rousseau.«

Robineaux zog den Abzug. Gavroche richtete sich auf, wurde nach hinten gerissen und fiel tot vor die Barrikade. Sein Korb mit den kostbaren Patronen fiel aus seiner Hand, die Kugeln verstreuten sich über der Straße und waren jetzt nutzlos.

»Papa!« schrie der ältere der obdachlosen Jungen, und die zwei Kinder schluchzten laut und umarmten sich.

Die anderen verstummten, bis ins Mark getroffen. Gavroche, frech, unverschämt, fröhlich, großherzig, mutig, gehörte ihnen allen. Jeder war stolz auf ihn. Sein Tod war der größte Schlag, der die Freunde des ABC bisher getroffen hatte.

Enjolras schaute sich um. Er hatte den Schuß, der Gavroche tötete, gehört und wußte, daß er aus einer anderen Richtung als die der Scharfschützen gekommen war. Er blickte auf das

Dach des Café Musain und sah Robineaux, der sich gerade wegduckte. Robineaux, ein Verräter, ein Kindesmörder! Enjolras rannte ins Café und raste die Treppe hinauf.

Marius sprang von der Barrikade und schlich vorsichtig zu dem Leichnam von Gavroche, um ihn zu bergen. Auf dem Dach hob Robineaux wieder seine Muskete und zielte auf Marius, aber er spürte, daß sich außerhalb seines Blickwinkels hinter ihm etwas bewegte. Er drehte sich um, eine gespannte Pistole war zwischen seine Augen gerichtet, und Enjolras grinste ihn wütend an.

Marius erreichte den Leichnam von Gavroche und hob den Jungen auf seine Arme. Er wog so wenig; Gavroche war immer hungrig. Einen Augenblick hielt er den Leichnam hoch wie eine trotzige rote Fahne, dann hörte er einen Schuß über sich. Er drehte sich um und sah, wie der tote Robineaux vom Dach fiel.

Marius trug Gavroche an den zwanzig Männern, die auf der Barrikade noch übriggeblieben waren, vorbei, so daß jeder seiner Kameraden den toten Jungen sehen konnte. Dann brachte er den Leichnam in das Café Musain und bahrte ihn feierlich neben seinen gefallenen Freunden auf. Um ihn herum waren Verwundete und Sterbende. Zeuge alldessen war der gefesselte und geknebelte, jedoch verächtlich blickende Javert, der beim Anblick des toten Kindes keine Gefühlsregung zeigte. Valjean folgte ruhig Marius.

Enjolras gesellte sich zu ihnen und erklärte Marius, laut genug, daß Javert es hören konnte, daß Robineaux ein Polizei-Informant war, ein Verräter und jetzt eine Leiche. Sollte der Bastard Javert doch wissen, daß sie einen seiner Leute aufgestöbert und eliminiert hatten. Die anderen Aufständischen, die tief getroffen waren vom Tode Gavroches, versammelten sich um den Pfahl, an den Javert gebunden war. Sie wollten Blutrache. Auge um Auge. Einer von ihnen setzte Javert eine Pistole an die Stirn.

»Stolz auf dein Werk?« knurrte der Rebell.

»Du kommst als nächster dran«, drohte ein anderer Rebell. Javert zuckte weder noch zeigte er Angst. War das gespielte Tapferkeit? Nur teilweise. Tatsächlich hatte er keine Angst;

Chefinspektor Javert kannte keine Todesangst. Tod und Leben waren gleich; er sah keinen Unterschied. Da er nie das Leben genossen hatte, hatte er nichts dagegen, es zu verlassen. Solange er seine Pflicht getan hatte.

Marius sprach zu Valjean mit gedämpfter Stimme. »Ich bleibe.«

Valjean nickte; er verstand. Das Kind Gavroche war auch sein Freund gewesen. Viele Male hatte der belustigte »Monsieur Fauchelevent« dem schelmischen Jungen, der schlau die nötige Morgenmesse umging, Schüsseln mit heißer Suppe gereicht, und der Junge nahm sie mit einem Zwinkern entgegen. Valjean hatte gesehen, wie liebevoll er sich um die obdachlosen kleinen Kinder kümmerte, auf die er bei seinen täglichen Abenteuern gestoßen war. Er hatte sie ernährt, warme Kleidung für sie gestohlen, ihnen ein schützendes, wenn auch bescheidenes Dach über ihrem Kopf verschafft. Messe oder nicht Messe, der kleine Gavroche war, was ein wahrer Christ sein sollte. Er hätte nie so jung sterben dürfen.

Und jetzt das Geräusch von Trommeln und marschierenden Stiefeln.

»Sie kommen wieder«, schrie Enjolras. »Auf die Barrikaden!«

Als die Radikalen aus dem Café liefen, legte Valjean Marius die Hand auf den Arm. Er zeigte auf Javert, dem immer noch von einem Rebellen die Pistole zwischen die Augen gehalten wurde. »Eine Bitte. Lassen Sie mich ihn töten.«

Marius dachte einen Augenblick nach. Dann erinnerte er sich an Valjeans tiefe Liebe zu Cosette und an Javerts Grausamkeit gegenüber dem Mädchen. Er nahm seinem Kameraden die Pistole ab und bot sie Jean Valjean mit einer höflichen Verbeugung. »Seien Sie mein Gast.«

Jetzt mußte Javert sterben, und zwar von den Händen Jean Valjeans. Eine bittere Ironie.

XXVIII

DIE KLOAKEN VON PARIS

Jean Valjean schnitt Chefinspektor Javert von seinem Pfosten los, ließ seine Hände jedoch gefesselt und seinen Mund geknebelt. Er führte den gefesselten Javert zur Hintertür des Cafés und auf die Gasse hinaus. Es war ein nichtssagender Ort; der Boden war sehr uneben, weil die ABC-Leute viele Pflastersteine herausgerissen hatten, um sie als Geschosse zu benutzen. Die Straße war voller Löcher, groß genug, um darüber zu fallen. Die Schutzwehr war zerbrochen, es gab nur noch einen engen Durchlaß zwischen den Gebäuden, durch den sich ein schlanker Mensch drücken konnte.

Valjean stieß Javert gegen die Schutzwehr und steckte die Pistole in seine Tasche. Er schnitt seinem Feind den Knebel ab. Jetzt hielt er nur noch ein Messer in seiner Hand.

»Ein Messer?« fragte Javert verächtlich und äugte auf die Waffe. »Sie haben recht. Paßt besser zu Ihnen.«

Valjean hielt das scharfe Messer an Javerts Kehle. »Warum, Javert?« fragte er ärgerlich. »Warum konnten Sie mich nicht in Ruhe lassen? Ich bin nichts! Ich bin niemand!«

»Ja, das ist wahr«, stimmte Javert zu. »Sie sind Schnee von gestern. Sie wären keine eindrucksvolle Verhaftung gewesen. Ich verstehe eines nicht«, fügte er in leisem Ton hinzu. »Ich verstehe nicht, wie Sie es geschafft haben, mich zu schlagen.«

»Ich versuche nicht, Sie zu schlagen, Javert! Ich will in Frieden leben.« Aber Valjean wußte, daß Javert es nie verstehen würde. In Frieden zu leben war jenseits des Verständnisses dieses Mannes. Wie der Begriff von Vergebung und Erbarmen.

Eine Schußsalve erreichte ihre Ohren. Die Kämpfe auf den Barrikaden hatten wieder begonnen.

Javert lächelte seinen Feind kalt an. »Bringen Sie's schon hinter sich. Ihre Freunde brauchen Sie.«

Zur Erwiderung drehte Valjean den Inspektor herum und befreite seine Hände von den Fesseln.

»Was haben Sie vor?« fragte der Polizist.

»Da entlang. Durch die Schutzwehr. Da sind Sie sicher.«

»Sie haben vor, mir in den Rücken zu schießen?« fragte Javert mißtrauisch.

»Ich lasse Sie gehen«, sagte Valjean einfach. Ein plötzliches Aufjubeln kam von der Brustwehr. Er lauschte und ein Lächeln glitt über sein Gesicht. »Sie haben sie wieder gehalten«, sagte er zu Javert. »Sie sollten sich beeilen. Sie werden kein Erbarmen haben«, riet er.

Zum erstenmal schien Javert bewegt. Nein, er war viel mehr verwirrt als bewegt. Das war nicht recht. So durften sich die Dinge nicht entwickeln. Das war nicht das Verhalten eines Verbrechers, und Jean Valjean war ein Verbrecher. »Mir wäre lieber, Sie täten das nicht«, sagte er zu Valjean. »Sie sollten mich töten.«

»Was?« Valjean sah ihn ungläubig an, aber Javert meinte es völlig ernst.

»Das ist ... das ergäbe einen Sinn.« Der erregte Polizeibeamte hatte Mühe, sich zu erklären. »Ich werde nicht aufhören. Verstehen Sie? Ich werde Sie nicht in Ruhe lassen. Sie sollten dem ein Ende machen. Los. Ziehen Sie Ihre Pistole. Ziehen Sie sie und erschießen Sie mich.«

Jean Valjean zog die Pistole aus seiner Tasche und spannte den Hahn. Dann richtete er die Pistole gen Himmel und drückte den Abzug. Eine laute Explosion ertönte. Die Rebellen, die dies hörten, mußten annehmen, Valjean hätte Javert exekutiert.

»Sie sind tot, Javert«, sagte Valjean und ging durch die Gassentür ins Café zurück. Er war bereit, sich an dem Kampf zu beteiligen. Die Revolution war jetzt auch seine geworden.

Einen Augenblick starrte Chefinspektor Javert ihm nach, dann drehte er sich um, drückte sich durch das Loch in der Schutzwehr und verschwand außer Sicht.

Die Kämpfe gingen die ganze Nacht hindurch weiter, wenn auch in sporadischen Ausbrüchen. Jede Seite fügte dem Feind

Verluste zu, es war schwer zu erkennen, was für Gewinne jede Seite machte. Die Barrikade stand immer noch, obwohl im Verlaufe der Nacht mehr und mehr ihrer Patrioten getötet wurden oder im Sterben lagen oder verwundet im Café Musain auf den Tod warteten, stöhnend, schreiend, damit er sie erlöse.

Glaubten die Rebellen, sie könnten gegen uniformierte, gutausgebildete und gutgenährte Truppen gewinnen, die zudem genug Munition besaßen, um immer wieder loszufeuern? Glaubten die Gardisten, sie könnten ein so enggeknüpftes Band von Brüdern, deren Ideale sie, wenn nötig, mit ins Grab nehmen würden, besiegen? Sie konnten sie töten, natürlich; die Truppen waren den Rebellen ungefähr zehn zu eins überlegen, aber sie konnten ihren Geist nicht zerstören.

Während die belagerten Aufständischen die ganze Nacht kämpften, wurde es für sie immer klarer, daß eine Niederlage unvermeidbar war; sie waren zahlenmäßig und waffenmäßig unterlegen; Kugeln waren so knapp wie Rubine, und auch die Stapel von Pflastersteinen schwanden schnell dahin.

Doch die Rebellen ignorierten die Todesgefahr. Sie waren von Liebe durchdrungen – von Liebe zu ihrem Land, Liebe zu ihren Kameraden, Liebe zu ihren Familien, die sie nie wiedersehen würden. Sie fühlten sich irgendwie unsterblich; sie würden als Helden sterben und ewig als Helden in den Herzen der französischen Arbeiterklasse leben.

Die Regierungstruppen griffen während der langen Nacht immer wieder an. Die Rebellen schafften es, den Feind abzuwehren, denn ihre Barrikade war praktisch uneinnehmbar. Aber jeder neue Angriff ließ mehr Tote und Verwundete auf der Barrikade zurück. Die Zahl der Aufständischen, die ohnehin klein war, verringerte sich bei jeder Attacke.

Als der Morgen graute, man schrieb den 6. Juni 1832, hatte der Kampf um Saint-Antoine ein Patt erreicht. Die Truppen hatten ihre Toten auf der Straße liegen lassen, sie waren nicht bereit, ihr Leben aufs Spiel zu setzen, um sie zurückzuholen. Aber sie hatten die meisten der Verwundeten geborgen. Das Niemandsland war übersät mit steif werdenden Soldatenleichen.

Auf der Barrikade waren die wenigen verbliebenen Rebellen

– unter ihnen Marius Pontmercy und Jean Valjean – erschöpft und benommen, jenseits von Angst, jenseits von Hoffnung. Aber sie waren nicht entmutigt, auch wenn sie damit rechnen mußten, heute zu sterben, vielleicht schon in der nächsten Stunde. Jedermann wollte, daß sein Tod zählte. Die Ideale, für die sie kämpften, waren zum Mittelpunkt ihres Lebens geworden und wichtiger für sie als das bloße Weiterleben.

Das Rumpeln schwerer Räder drang an ihre Ohren, und die Revolutionäre spähten durch das Frühlicht. Zwei schwere Artilleriegeschütze, begleitet von zwei Munitionswagen, wurden in Stellung gerollt, hinter ihnen erschien ein volles Armeeregiment. Die Rebellen wußten, daß sie dem Tod ins Auge sahen. Das mußte mit Sicherheit das Ende sein.

Als er sah, wie die Kanonen geladen wurden, brüllte Marius einen Befehl. »Runter! Jetzt! Haut ab!«

Die ersten Kanonen wurden abgefeuert, ihre Geschosse trafen die Barrikade im toten Punkt. Überall flogen menschliche Körper. Marius und Valjean konnten sich nach unten retten, aber eine zweite Explosion riß die Mitte weit auf; der Aufprall warf Valjean zu Boden. Schwere Kopfsteine und Eisenstangen stürzten auf Marius' Kopf und schlugen ihn bewußtlos.

Rauchwolken stiegen auf, verdeckten Marius und Valjean und verbargen sie vor dem Blick des Feindes. Mit seinen riesigen, mächtigen Händen begann Jean Valjean, den Schutt von Marius wegzuräumen, in der verzweifelten Hoffnung, daß er noch lebte. Ja, er war bewußtlos, aber er atmete noch. Marius' Bein war verletzt und blutig. Valjean hob ihn hoch auf seine Schultern und trug ihn im Schutz des Rauches ins Café Musain.

In die Barrikade war eine Bresche geschlagen. Im Schutz des Rauchs strömten die Regierungstruppen durch die Lücke und umzingelten die wenigen übriggebliebenen Rebellen, unter ihnen Grantaire und Enjolras.

Chefinspektor Javert, jetzt wieder in Uniform und begleitet von drei Gendarmen, folgte den Soldaten. Er sah kalt zu, wie sich die letzten Verbliebenen der ABC-Freunde an der Mauer aufstellen mußten.

»Lang lebe die Republik!« rief Enjolras, bevor die Kugeln

des Erschießungskommandos ein Loch in seinen Körper rissen und er zu Boden fiel, mit ihm seine Träume des Aufstandes von 1832.

»Kannst du gehen?« fragte Valjean Marius leise. »Wir müssen hier raus. Die Soldaten werden gleich hier sein.« Marius war zu benommen, um zu antworten, aber als Valjean ihn zu Boden legte und sein verletztes Bein die Erde berührte, stöhnte er laut vor Schmerz.

Marius konnte nicht laufen, soviel war klar. Er mußte getragen werden. Valjean hob ihn wieder hoch und brachte den jungen Mann auf seinem Rücken durch die Hintertür auf die Gasse. Wo sollte er ihn hinbringen? Durch das Loch in der Schutzwehr konnten sie es nicht schaffen, und selbst wenn, würden die Soldaten sie leicht schnappen. Valjean suchte nach einem anderen Ausweg, drehte sich hierhin und dorthin.

Dann fiel sein Blick auf die Rinnsteine der Gasse. Jemand hatte dort eine große Anzahl von Pflastersteinen weggeholt, um sie für die Barrikade zu benutzen. Dabei hatte er das große, rechteckige Gitter freigelegt, das auf der Öffnung lag, die ins Abwässersystem führte.

Javert folgte den Soldaten ins Café, seine Augen strichen über die Toten und Verwundeten und waren auf der Suche nach Valjean. Er war nicht da. Ohne zu zögern führte er seine Männer durch die Hintertür auf die Gasse. Valjean mußte diesen Weg genommen haben.

Aber als er in der Gasse war, zögerte Javert. Er hatte Jean Valjean zuvor unterschätzt, und er wollte denselben Fehler nicht noch einmal machen.

»Muß diesen Weg gegangen sein«, sagte einer der Gendarmen und spähte durch das Loch in der Schutzwehr.

Aber Javert war sich nicht so sicher. Jean Valjean wußte, daß Javert diesen Weg kannte; warum sollte er ihn nehmen? Nein, es mußte noch einen anderen Fluchtweg geben, einen, der nicht so naheliegend war.

»Sie zwei«, sagte er zu den anderen Gendarmen, »kontrollieren Sie vorne und berichten Sie mir, wenn man ihn geschnappt hat.« Die zwei verschwanden durch das Loch in der Schutzwehr. Javert blickte sich um, dann nach oben. Er erinnerte sich, wie Valjean vor zehn Jahren in die Stadt gekommen war, über die Dächer. Würde er denselben Trick wieder versuchen, um hier rauszukommen?

»Überprüfen wir das Dach.«

Als er sich umwandte, um zum Café zu gehen, stieß Javerts Fuß gegen einen Pflasterstein. Der Stein, der gelöst worden war, rollte an den Bordstein und blieb auf dem Abwässergitter liegen. Das Gitter gab sofort nach und der Stein fiel mit einem lauten Platscher in die Abwässer.

Das Gitter war abgenommen worden und nur leicht wieder zurückgelegt. Instinktiv wußte Chefinspektor Javert, daß dies der Fluchtweg war, für den sich Jean Valjean entschieden hatte.

In vielen Teilen von Paris war das Abwässersystem überaltert und, im Jahre 1832, dringend reparaturbedürftig. In späteren Jahren wurde es um das Zehnfache ausgeweitet und modernisiert, und der Schmutz wurde zurückgehalten, aber als Jean Valjean mit Marius Pontmercy in seinen Tiefen verschwand, war es ein Fluß, viele Meilen lang, aus Abfall und Abwässern. Aus jedem Teil von Paris kamen Abzweigungen, in denen menschlicher Abfall und anderes verfaulende Zeug herumschwamm und in die Hauptabwässerkanäle mündeten. Es war ein gigantisches, mit Abwässern gefülltes Labyrinth. Aus diesem Grunde hatte Valjean angenommen, daß Inspektor Javert nie darauf kommen würde, daß er es als Fluchtweg benutzen würde.

Der Gestank der Abwässer war unbeschreiblich. Es war, als hätte die Hölle sich aufgetan und spuckte den Gestank der Verdammnis aus. Selbst die Ziegelsteinwände schwitzten einen dreckigen Gestank aus. Atmen war ein Problem für Valjean; und den hilflosen, immer noch bewußtlosen Marius Pontmercy auf seinen Schultern zu tragen, war sogar ein noch größeres Problem. Er kam nur langsam an dem engen Rand des Flusses mit seiner Abwasserbrühe voran.

Bei der nächsten Gabelung, wo die Abzweigungen weiteren Schmutz in den Hauptkanal spuckten, richtete Valjean sich auf und schaute durch das Gitter über sich. Er konnte die Gardisten und Armeetruppen über sich herumlaufen sehen. Bei dieser Gabelung konnte er die Kloake nicht verlassen. Sie mußten weiterlaufen.

Hinter ihm stöhnte Marius. Er kam zu sich. Valjean ließ den jungen Mann von seinen Schultern gleiten und lehnte ihn gegen die Mauer. Das Geräusch kratzender Füße ließ ihn einen Schrei ausstoßen. Aber es waren nur ein paar Ratten, die auf der Kante vorbeihuschten, sie fühlten sich in dieser Umgebung zu Hause.

Marius, der Valjeans Schrei hörte, wurde völlig wach. Das erste, was ihn traf, war der ekelhafte Gestank. »Wo... Was...? Sind wir...?«

»Ruhe!« befahl Valjean. »Ja, wir sind... Du bist genau da, wo du vermutest.« Er sah plötzlich ein Licht hinter sich, das die Wände absuchte. Jemand folgte ihnen.

Bei der Gabelung führten zwei dunkle Durchgänge weg vom Zentrum. »Welchen Weg? Hast du eine Ahnung?« fragte Valjean Marius. Aber der Junge kannte sich nicht aus.

Eine Stimme rief plötzlich aus der Dunkelheit hinter ihnen. »Valjean! Es ist aus! Ergeben Sie sich!« Jean Valjean erkannte die Stimme von Chefinspektor Javert.

Sie hatten keine Zeit zu verlieren; sie mußten sich für einen Fluchtweg entscheiden. Valjean setzte seinen Fuß in einen der Durchgänge und rutschte in dem Matsch aus. Dann versuchte er es in die andere Richtung. »Der führt hinauf«, sagte er zu Marius. »Der andere hinab.«

»Hinab geht's zur Seine«, antwortete Marius. Der Tunnel, der zur Seine führte, trug die größte Abfallast. Außerdem hatte der Fluß dort keine Kante, auf der man laufen konnte. Sie müßten durch das stinkende Abwasser waten.

Valjean nickte, hob Marius wieder auf seinen Rücken und ging in den Tunnel, der hinab führte.

»Nicht hinab!« protestierte Marius. »Wir ertrinken in der Scheiße!»

»Na ja«, sagte Valjean, »die Scheiße mag uns töten, aber es ist der Weg nach Hause.« Er tauchte, mit Marius auf dem Rücken, in die pechschwarze Finsternis ein.

Nicht weit hinter ihnen schleppte sich Javert durch die Kloake, zusammen mit einem unglücklichen Gendarmen.

Beide Männer trugen Laternen, die ihnen den Weg leuchteten. Sie kamen an die Gabelung und sahen die beiden Durchgänge, vor denen Valjean gestanden hatte. Der Gendarm zeigte hoffnungsvoll auf den Tunnel hinauf, auf den Tunnel mit dem Flußrand.

»Hier entlang?«

Javert schüttelte den Kopf und trat vom Rand in den Tunnel zur Seine. »Leider«, sagte er sarkastisch, »ist er etwas schlauer.«

Tiefer und tiefer trug Jean Valjean Marius in die Finsternis. Der dreckige Schlamm vom Tunnelboden ging ihm bis zu den Schenkeln und erschwerte es ihm, voranzukommen. Jeder Schritt war eine qualvolle Arbeit.

»Du kannst mich nicht den ganzen Weg tragen«, protestierte Marius. »Setz mich ab.«

»Du kannst nicht laufen«, sagte Valjean grob. Seine Worte kamen keuchend; es wurde schwerer für ihn, Luft zu bekommen. Plötzlich gab es ein furchtbares Ächzen und ein scharfes Knacken von zerbrechendem Holz, und der alte, verrottete Tunnelboden barst unter Valjeans Füßen und zog sie beide bis zum Hals in einen Abwässerteich.

»Der Boden sackt ein!« keuchte Valjean.

»Laß mich los. Ich bin zu schwer«, protestierte Marius wieder, aber Jean Valjean beachtete ihn nicht.

»Die Seiten halten. Ich breite meine Beine aus, ich werde meine Füße verkeilen. Halt deinen Kopf oben.«

Valjean hob Marius höher, nahm einen tiefen Atemzug und, bevor Marius weiter protestieren konnte, sank er in den Schlamm. Die dreckigen Abwässer rannen ihm über Mund und Nase und gingen ihm bis zu den Augen. Während er weiterkroch, verkeilte er seine Füße an den Tunnelseiten und hielt mit aller Kraft den Atem an. Valjean arbeitete sich immer tiefer in der Dunkelheit voran. Nach mehr als einer Minute tauchte er wieder auf, schnappte nach Luft und nahm einen weiteren Atemzug. Dann tauchte er wieder unter.

»Valjean!« rief Javert von irgendwoher hinter ihm. »Dort geht es nicht weiter!«

Die zwei Polizisten hatten die Stelle erreicht, wo der Boden unter Valjean nachgegeben hatte. Ihre Laternen zeigten ihnen, daß der Schlamm hier tiefer floß und es schwieriger war, hindurchzukommen.

Aber das Licht der Polizeilaternen durchbohrte die Schwärze des Tunnels, da, wo Valjean sich vorankämpfte, und zeigte ihm, daß es dort einen engen Abflußtunnel gab, nicht breiter als ein großes Abflußrohr, zehn oder fünfzehn Zentimeter zu seiner Rechten, in Augenhöhe. Er kam mit einem Ruck hoch, keuchte schwer nach Luft und bewegte sich darauf zu.

»Folgen Sie ihm!« befahl Javert.

»Wie bitte, Monsieur?« fragte der entsetzte Gendarm mit sinkendem Mut.

»Tun Sie, was er tut. Verkeilen Sie Ihre Füße an den Seiten. Na los! Das ist ein Befehl!«

Der Gendarm bekämpfte seine Übelkeit, ließ sich ins tiefe Abwasser hinunter und arbeitete sich langsam vor. Inzwischen hatte sich Valjean zu dem Abflußtunnel vorgetastet und brachte Marius in eine Stellung, die es ihm erlaubte, von seinem Rücken in den Abflußtunnel zu klettern. Dies war ein langsamer Prozeß und kostete Marius fast alle noch verbliebene Kraft. Valjean befürchtete, daß Javert und seine Männer bei ihm sein würden, bevor Marius in Sicherheit war. Aber schließlich war Marius in der Lage, sich in den Tunnel zu ziehen, wo er zusammenbrach.

Sowie er den jungen Mann sicher im Innern des Tunnels wußte, begann Valjean etwas Merkwürdiges. Er hielt sich fest am Rand des Abflußtunnels fest, hüpfte hoch und runter, tauchte aus dem Abwasser auf und tauchte wieder ein.

Spring hoch, nimm einen tiefen Atemzug, tauch wieder mit aller deiner Kraft. Wieder und wieder.

Zu spät verstand Javert, was Valjean vorhatte. Er sprang auf dem verrotteten Boden herum, drückte mit seinem ganzen Gewicht auf das alte Holz. Der Boden ächzte unter ihm. Der Körper des Gendarmen zitterte in dem Abwasser, und er spürte, wie der Boden nachgab.

Plötzlich krachte der Boden und brach zusammen. Einen Augenblick sah es aus, als ob der junge Gendarm weggespült und in den Abwässern ertrinken würde. Aber Javert packte seine Hand und zog ihn in Sicherheit. Die beiden waren abgeschnitten und konnten nicht weiter.

Was Valjean betraf, so warf er sich hinter Marius Pontmercy in den Abflußtunnel und verschwand aus der Sicht.

Stöhnend kroch Marius auf dem Bauch durch den Tunnel. Es war ein schweres Stück Arbeit und ein harter Weg. Aber immerhin waren sie aus dem Abwasserkanal heraus. Hinter ihm kroch Valjean. Für einen Mann seiner Größe, vor allem mit so breiten Schultern, war dieser kleinere Tunnel ein noch schwereres Stück. Er war völlig erschöpft; der körperliche Tribut, den er durch die Beschwernisse in dieser Kloake und durch das Gewicht von Marius Pontmercy auf seinem Rücken zollen mußte, hatte ihn in weniger als einer Stunde um Jahre altern lassen. Auch waren seine Beine und Füße geschwollen, verletzt und entzündet. Sich durch den Tunnel mit verkeilten Füßen zu arbeiten, das Auf- und Abspringen auf verrotteten Brettern, das Gewicht eines anderen Menschen zu tragen, während er sich durch die Kloake schleppte – das alles hatte Jean Valjean völlig erschöpft.

»Kannst du etwas sehen?« keuchte er.

»Nein«, sagte Marius über seine Schulter. »Es könnte eine Sackgasse sein.« Er stöhnte und hörte auf zu kriechen. »Ich... ich... fühl mich nicht gut...«

»Soll ich dich schieben?« fragte Valjean.

Aber es kam keine Antwort. Marius war in Ohnmacht gefallen, blockierte den Durchgang. Valjean faßte Marius' Schenkel und begann seinen Körper nach vorne zu schieben. Es war ein sehr langsames Vorankommen – er schob Marius Pontmercy ein paar Zentimeter, kroch selber vor, schob Marius wieder, kroch wieder vor. Es war eine fürchterlich harte Arbeit, und Valjean keuchte und hechelte, um etwas Luft in seine Lungen zu bekommen. Er hatte keine Ahnung, wohin der Tunnel führte oder ob er überhaupt irgendwohin führte. Vielleicht waren sie hier in einer Falle. Vielleicht würden sie hier sterben. Marius an seinen Wunden und Valjean vor Hunger und Erschöpfung. Es war so dunkel, er konnte nichts sehen.

Jean Valjean wußte nur, daß er nicht zurückgehen würde.

Schließlich und endlich kam das Ende in Sicht. Der Abflußtunnel erreichte den Haupttunnel, die Abwässer endeten in der Seine, und ein großer Abwässerzugang führte zur Außenwelt. Unglaublich, sie hatten es geschafft.

Valjean stieß Marius die letzten Zentimeter vor und folgte ihm. Er konnte die Luft über sich riechen und auch den Geruch der Seine, der willkommenste Duft der Welt, dachte er. Er gab Marius einen letzten Stoß und der Junge verschwand plötzlich. Er hörte einen dumpfen Aufschlag. Er folgte ihm. Er kroch aus dem Tunnel und fand sich plötzlich an der freien Luft, aber ohne Halt. Er stürzte schwer. Valjean fand sich auf dem Boden neben Marius wieder, der immer noch bewußtlos war. Oder war er tot? Sie waren auf Straßenhöhe, und da war ein Tor, das auf die Straße darunter und zur Seine führte.

Benommen von seiner Tortur rappelte sich Valjean wieder auf und beugte sich über Marius, um zu sehen, ob der Junge noch atmete.

»Lebt er noch?« fragte Chefinspektor Javert, der neben dem Tor stand und mit seiner Pistole auf Valjeans Herz zielte.

XXIX

DAS ENDE DES WEGES

»Er lebt, aber er ist ziemlich schlimm verletzt«, erwiderte Valjean ohne Überraschung. Irgendwie, tief in seinem Inneren, hatte er schon gewußt, daß dieser Augenblick unvermeidlich kommen mußte, wenn die Jagd endlich vorüber war und er seinem Verfolger gegenüberstand, seiner unversöhnlichen Nemesis. Jean Valjean war am Ende des Weges angelangt.

Chefinspektor Javert stand außerhalb des Straßentors. Hinter ihm konnte Valjean das Rauschen der Seine hören, die hier rasch vorbeifloß. Javert lehnte an einem Polizeifiaker, aber seine gezogene Pistole zeigte unmißverständlich, daß er in keiner Weise entspannt war. Bei ihm stand ein durchgeweichter und unglücklicher Gendarm, offensichtlich der Mann, der die elende Aufgabe hatte, Jean Valjean durch die Kloake von Paris zu jagen. Auf eine Geste des Inspektors hin half der Gendarm Valjean dabei, Marius zu dem Fiaker zu tragen und ihn hineinzulegen.

»Er braucht einen Arzt«, sagte Valjean. Da sich Javert nicht rührte oder etwas erwiderte, humpelte Valjean auf seinen verletzten Beinen zum Polizei-Inspektor hinüber, der den Lauf der Pistole hob, um sich zu schützen.

»Um ihn für das Erschießungskommando gesund zu pflegen?« fragte Javert mit höhnischem Lächeln.

»In ein paar Tagen gibt es eine Amnestie«, erklärte Jean Valjean. Javert nickte; es war der übliche Brauch, andernfalls müßte die Hälfte aller Pariser Männer nach jedem kleineren Aufstand erschossen werden. »Ich bin es, den Sie wollen«, fügte er spitz hinzu.

Javert nickte wieder; das war ganz sicher wahr. Dies war der Augenblick, für den er gelebt hatte. Sechzehn Jahre lang hatte sich Inspektor Javert über die Tatsache geärgert, daß er im Fall Jean Valjean versagt hatte. Der Gesetzesbrecher war immer noch auf freiem Fuß, und der Fall war immer noch nicht abgeschlossen. Jetzt war die Jagd zu Ende. Auch Javert war am Ende des Weges angelangt.

»Verhaften Sie mich und lassen Sie ihn gehen«, sagte Valjean ruhig.

Ein sarkastisches Lächeln erschien auf Javerts Gesicht und seine Augen glitzerten. »In Cosettes liebende Arme?« fragte er spöttisch, aber Valjean nickte in vollem Ernst: »ja«. »Das ist alles, worum es Ihnen geht?« Ein weiteres Nicken kam von Valjean.

»Sie haben mich gefangen, das wollten Sie doch.« Es war ein stillschweigender Handel. Laß Marius gehen, und Jean Valjean würde nicht wieder versuchen, ihm zu entkommen. Es würde alles zu einem Ende kommen, hier und jetzt.

Javert dachte einen Augenblick nach, dann gab er dem Gendarmen ein Zeichen, herüberzukommen. »Lassen Sie ihn den Jungen dahin bringen, wohin er will«, befahl er. »Dann bringen Sie ihn mir wieder.«

Als der Fiaker vor dem Tor in der Rue Plumet vorfuhr, kam die alte Toussaint herausgerannt, ihr Gesicht voller Sorge. Aufgeregt stammelnd folgte sie ihrem Herrn und dem Gendarmen nach oben in eines der Schlafzimmer, wo die Männer Marius aufs Bett legten.

Da war er, sein Gesicht wächsern, sein dunkles Haar auf dem Kissen ausgebreitet. Da war er, Marius Pontmercy, der letzte und einzige Verbliebene der Freunde des ABC, der letzte und einzige Überlebende des Rebellenkampfes um Saint-Antoine. Was hatte seine Revolution gebracht? Sie hatte weniger als zwei Tage gedauert. Viele Männer waren für die Elenden von Frankreich gestorben. Was würde die Geschichte über sie sagen? Würden zukünftige Zeitalter sich dieser Männer und Jungen erinnern und ihnen dankbar sein für das Opfer? Würden sie Teil der Begeisterung für eine neue, erfolgreichere Rebellion sein?

Cosette kam sofort hereingelaufen. Als sie Marius sah, völlig blutig, verdreckt und mit ganz blassem Gesicht, während sich seine Brust kaum bewegte, stieß sie einen kleinen Schrei aus und kniete verzweifelt neben dem Bett nieder. »Ist er tot? Er sieht tot aus!«

»Er wird leben«, versicherte Valjean ihr. »Toussaint, holen Sie einen Arzt. Hier ist Geld. Versprechen Sie ihm mehr. Versprechen Sie ihm, was er will.« Er wandte seine Aufmerksamkeit Cosette zu. »Verliere jetzt nicht den Kopf«, sagte er zu ihr. »Du mußt dich um ihn kümmern, bis sie mit dem Arzt zurückkommt.«

Cosette beugte sich nah über Marius, ihr Ohr auf seiner Brust. »Er atmet. Und sein Herz ist stark«, sagte sie, tief erleichtert.

Valjean sah lange und ernst das Mädchen an. »Du weißt, was du zu tun hast, Cosette? Ich habe dir alles gesagt. Du kümmerst dich um ihn, und ihr werdet ein glückliches Leben haben.« Er reichte tief in seine Tasche und händigte ihr etwas aus. »Hier, ich habe versprochen, dir dies zu geben.«

Cosette nahm den Gegenstand mit Verwunderung in die Hand. Es war eine süße, einfache, kleine Halskette. Sie sah Valjean an, ihr Gesicht ein Fragezeichen.

»Sie gehörte deiner Mutter«, sagte er sanft zu ihr. »Ich habe sie geliebt. Sie war eine gute Frau, Cosette.« Jean Valjeans Gesicht wurde weich bei der Erinnerung an die geliebte Fantine; plötzlich sah er viel jünger und weniger von Sorgen gezeichnet aus.

Cosette sah von der Halskette in ihrer Hand auf und sah, wie ihr Papa zur Tür zurückwich, wo der Gendarm wartete. Plötzlich verstand sie alles. Papa hatte ihr Marius zurückgebracht und gab ihr seinen Segen zu ihrer Vereinigung; er hatte ihr das letzte Geschenk ihrer Mutter gegeben; jetzt würde Cosette sicher und geschützt sein. All das hatte Jean Valjean nur für sie getan. Cosette wurde klar, daß er zurückgehen würde, um sich der Polizei zu stellen. Mit einem Verzweiflungsschrei lief sie zu ihm hin.

»Nein, Papa!«

Aber Valjean war schon an der Tür, wo der Gendarm auf ihn wartete. »Wir haben eine Vereinbarung«, sagte er ruhig zu ihr. »Ich muß gehen. Versprich mir, glücklich zu sein.«

»Nicht so, Papa, nicht so«, weinte Cosette und warf sich ihm in die Arme. Sie hatte eine Liebe gewonnen, aber eine andere verloren, und beide waren ihr gleich kostbar.

Jean Valjean schloß seine geliebte Tochter in die Arme, umarmte sie und küßte sie auf die Stirn. »Es ist gut so, mein Liebes. Ich habe etwas gestohlen. Das habe ich. Ich habe mir das Glück mit dir gestohlen. Es macht mir nichts, dafür zu zahlen. Geh zu ihm ...« Er stieß Cosette sanft fort, auf das Bett zu, auf dem Marius verwundet lag. »Er ist jetzt dein Leben.« Und bevor sie sich zu ihm umdrehen konnte, war er fort.

Chefinspektor Javert saß auf einer kleinen Mauer am Uferrand, da, wo Valjean ihn verlassen hatte. Er kritzelte etwas in sein Notizbuch, sein ewiges Notizbuch, sein Begleiter von früh bis spät. Ganz in der Nähe floß die Seine vorbei, ihr Wasser schäumte. Die Flußströmung war hier besonders stark und wurde von vielen Kanälen mit Abwässern gespeist. Als der Fiaker mit dem Polizeibeamten und Jean Valjean vorfuhr, riß Javert sorgfältig zwei Seiten aus dem Buch.

»Hier«, und der Inspektor händigte die Seiten dem Gendarmen aus, »dies ist eine wichtige Notiz für den Präfekten. Eine Liste von Verbesserungen bei der Polizei. Sorgen Sie dafür, daß er diese Seiten vor dem Frühstück bekommt.«

»Soll ich zurückkommen, Monsieur?«

Javert zog seine Pistole aus ihrem Halfter und zeigte auf Valjean. »Nein. Nehmen Sie den Fiaker. Ich geh mit ihm zu dem Wachlokal bei den Archiven.«

Als der Beamte davongefahren war, zog Javert ein Paar Handschellen heraus, die mit einer Kette verbunden waren. »Ihre Hände!« Wortlos hielt Valjean sie ihm entgegen.

»Ich bin froh, daß ich Zeit für mich selbst hatte«, fuhr Javert fort. »Ich mußte darüber nachdenken, was Sie verdienen. Sie sind ein schwieriger Fall.« Er schloß die eisernen Schellen um Valjeans Handgelenke und schob die andere Handschelle in seine linke Hand, während er die Pistole immer noch in seiner rechten auf Valjean gerichtet hielt. Jetzt war Valjean völlig sein Gefangener, in Handschellen und hilflos.

Inspektor Javert zog Jean Valjean an der Kette über die niedrige Mauer am Flußufer. Er kletterte auf die Mauer und zerrte an Valjeans Handschellen. Alarmiert leistete Valjean Widerstand, drückte seine Füße fest gegen den Boden.

»Kommen Sie rauf«, befahl Javert eisig.

»Wollen Sie mich da mit reinnehmen?« fragte Valjean argwöhnisch.

Er ahnte, was passieren würde. Javert beabsichtigte, ihn in das kalte Wasser des trüben Flusses zu stoßen. Mit den Händen in Handschellen würde Jean Valjean es nicht lange machen. Er würde ertrinken, und seine Akte wäre geschlossen ohne weitere Verhöre. Oder vielleicht würde Javert ihn erst erschießen und sich dann seines Leichnams in der Seine entledigen. Wie auch immer, Jean Valjean würde einfach verschwinden, und keiner würde etwas von seinem Schicksal erfahren. Es wäre so, als hätte er nie existiert.

»Sie sind mein Gefangener!« schnauzte Javert. »Tun Sie, was ich sage.« Seine Stimme ging in die Höhe und versagte. »Sie werden nie ... Sie verstehen nicht die Bedeutung des Gesetzes.« Dann faßte er sich wieder. »Ich habe Ihnen einen Befehl gegeben. Gehorchen Sie.«

Valjean konnte nichts tun. Er war Javerts Gefangener, seine Hände waren gebunden. Seine geschwollenen Beine schmerzten, er kletterte auf die niedrige Mauer. Unter sich konnte er den vorbeischäumenden Fluß sehen und hören.

»Warum haben Sie mich nicht getötet?« fragte Javert. Die Frage hatte ihn gequält, seit Jean Valjean ihn in der Gasse hinter dem Café Musain freigelassen hatte.

»Ich habe nicht das Recht, Sie zu töten«, antwortete Valjean ruhig.

»Aber Sie hassen mich.«

»Ich hasse Sie nicht.«

Unglaublich. Unmöglich. Nicht zu hassen? »Sie müssen es«, protestierte Javert.

»Ich tue es nicht«, antwortete Valjean ruhig. »Ich fühle gar nichts.« Er war ehrlich. Über die Jahre war er zornig auf Javert gewesen, hatte sich über ihn geärgert, aber er hatte ihn nie gehaßt. Um zu hassen, mußte man richten können, und nur Gott konnte über eines Menschen Herz richten.

»Nun ja, Sie haben in mir ein Gefühl erzeugt ... ich mag das nicht.« Dumpf starrte Javert in das schäumende Wasser, dann sah er wieder Valjean an. »Sie wollen nicht zurück auf die Galeeren, hab ich recht?«

Das war's, dachte Jean Valjean. Hier lag seine Wahl; Javert bot ihm die Galeere oder den Fluß. Wortlos schüttelte er den Kopf. Nein, den Tod zog er der Galeere vor. Valjean fand sich damit ab zu sterben und hoffte auf den Himmel.

Als er in den Fluß starrte, erinnerte sich Valjean an das Gesicht von Fantine, das er geliebt und verloren hatte. Vielleicht würden sie sich wieder treffen. Er dachte an den Liebling seines Herzens, Cosette, und war froh, daß er das Instrument gewesen war, durch das sie mit Marius zusammenfinden konnte. Sie waren jung; sie würden ihn vergessen; sie würden glücklich sein. Sie würden heiraten, vielleicht Kinder haben.

»Dann werden wir einmal einer Meinung sein«, sagte Javert kalt. »Ich werde Ihnen die Galeere ersparen, Valjean.« Er zog mit einem Ruck an der Handschellenkette und zog Valjean zu sich heran. »Es ist ein Jammer, daß die Regeln mir nicht erlauben, barmherzig zu sein. Ich habe bis heute nicht eine einzige Regel gebrochen...«

Plötzlich, mit einer einzigen, schnellen Bewegung, riß er die Handschellen von Valjeans Handgelenken.

»Sie sind frei«, sagte er und stieß Jean Valjean so stark, daß der das Gleichgewicht verlor und auf die Straße fiel. Er drehte sich erstaunt um und sah, wie Javert sich die Handschellen um seine eigenen Handgelenke legte und sich der schäumenden Seine zuwandte.

Zum erstenmal erlaubte Javert es sich, Gefühl in seinem Gesicht zu zeigen. Es war Bitterkeit, vermischt mit Bestürzung. Der Polizist hatte sechzehn Jahre seinen Feind verfolgt. Javert hatte immer geglaubt, daß er Valjean in- und auswendig kannte, daß er verstand, wie der Kopf dieses Mannes arbeitete, und daß Valjean im Grunde genau derselbe Verbrecher geblieben war, den er von der Galeere kannte. Aber Valjean hatte ihn eines Besseren belehrt. Er war nicht der Mann, für den Javert ihn hielt. Er hatte sich geändert, zutiefst geändert. Wie konnte das sein? Sich ändern, das kam in dem Lexikon von Chefinspektor Javert nicht vor. Sein Charakter war in seiner Kindheit geprägt worden, vor mehr als fünfundvierzig Jahren. Er hatte sein ganzes Leben die Pflicht geliebt, aber am Ende stieß ihn die Pflicht zurück zugunsten der Liebe.

So hatte am Ende Jean Valjean Inspektor Javert geschlagen. Es blieb ihm nichts übrig, als dies zu akzeptieren: Javert sprang ohne irgendeinen Schrei von der Mauer in den Fluß. Das Wasser schlug über ihm zusammen, während es ihn fortspülte, aber Javert kämpfte nicht dagegen an.

Schockiert stürzte Valjean an den Uferrand, um gerade noch zu sehen, wie Javert im starken Strom verschwand. Er schaute noch eine lange Zeit auf den Fluß, aber von Inspektor Javert war nichts mehr zu sehen. Es war, als ob er nie gelebt hätte.

Jean Valjean wandte sich schließlich ab. Seine Beine schmerzten sehr und seine Füße waren geschwollen. Es war ein langer Gang in die Rue Plumet, in sein Heim, zu Cosette und ihrem Marius, zu seiner Tochter und seinem Sohn, aber Valjean dachte nicht einmal daran. Glück durchfloß sein Herz, und er humpelte dahin, ohne an den Schmerz zu denken. Die lange, ermüdende Qual war vorüber. Er war frei.

Wie Valjean war Frankreich geschunden und übel zugerichtet. In diesen letzten zwei Tagen hatten beide tiefe Veränderungen erlebt. Aber Frankreich würde sich wieder erholen; Paris würde wieder aufgebaut. Die nächste Revolution würde stärker, würde wirksamer sein. Aber erst einmal gab es für die Überlebenden eines: Freiheit.

STAB- UND BESETZUNGSLISTE

Valjean	Liam Neeson
Javert	Geoffrey Rush
Fantine	Uma Thurman
Cosette	Claire Danes
Marius	Hans Matheson
Captain Beauvais	Reine Brynolfsson
Bishof Myriel	Peter Vaughn

Regie:	Bille August
Drehbuch:	Rafael Yglesias
Musik:	Gabriel Yared
Produzenten:	Sarah Radclyffe James Gorman

Eine Produktion von Mandalay Entertainment.
ImVerleih der Constantin Film, München.
Kinostart: 24. Dezember 1998

Joseph Conrad

Amy Foster

Eine Erzählung

Tim Willocks

›Amy Foster - Im Meer der Gefühle‹

Das Drehbuch

Deutsch von Jürgen Fischer

Band 14189

›Amy Foster‹, im Jahre 1901 erstmals publiziert, erzählt die erschütternde Liebesgeschichte zwischen Amy Foster, einer jungen Magd, und dem polnischen Auswanderer Yanko. Dessen Schiff auf der Reise nach Amerika an den Klippen der südenglischen Küste zerschellt, und er als einziger Überlebender geborgen wird. Gegen den Argwohn der Dorfbewohner heiraten die beiden. Die Geburt eines Sohnes scheint alle Zweifler eines Besseren zu belehren, aber dann erkrankt Yanko schwer, und die Geschichte nimmt einen tragischen Ausgang. Eine erschütternde und zugleich romantische Liebesgeschichte, über die Kraft der Liebe und des Herzens.

Fischer Taschenbuch Verlag

fi 105 / 8

Virginia Woolf

Mrs Dalloway

Das Buch zum Film

Aus dem Englischen von Walter Boehlich

Band 14002

Clarissa Dalloway, Gattin eines Parlamentsabgeordneten, wird eine große Abendgesellschaft in ihrem Haus im vornehmen Stadtteil Westminster geben. Sie macht Besorgungen, trifft Vorbereitungen, empfängt Gäste, wird allen konventionellen Ansprüchen gerecht. Dabei überläßt sie sich Erinnerungen und Gedanken. In den Empfindungen, Assoziationen und Visionen spiegeln sich Vergangenheit und Gegenwart, Leben und Erleben. »Sie fühlte sich sehr jung; gleichzeitig unaussprechlich betagt. Sie schnitt wie ein Messer durch alles; war gleichzeitig außerhalb und sah zu. Sie hatte eine nicht endende Empfindung, während sie die Droschken beobachtete, draußen zu sein, draußen, weit draußen auf See, und allein; sie hatte immer das Gefühl, es sei sehr gefährlich, auch nur einen Tag zu leben.«

Fischer Taschenbuch Verlag

fi 4000 / 7

Jane Smiley

Tausend Morgen

Roman

Das Buch zum Film

Aus dem Amerikanischen von Hannah Harders

Band 12412

Dies ist King Lear in Iowa. In ihrer modernen Version des alten Mythos wendet sich Jane Smiley dem Thema der Undankbarkeit der Töchter unter umgekehrten Vorzeichen zu. Sie enthüllt einen Zorn der Töchter, der in der Tat von Shakespeare stammen könnte. Gewalt, Inzest und Verrat, die lange unter der Oberfläche geschwelt haben, brechen auf: »Das eine, was wahrscheinlich keine Familie ertragen konnte, war, daß die Dinge ans Tageslicht kamen.« Jane Smileys »kraftvoller Roman« (*Time Magazine*) mit seinen genau gezeichneten Gestalten und seiner dichten, tempogeladenen Komposition ist eine unwiderstehliche, schöpferische Umsetzung einer der großen Fabeln der Weltliteratur.

Fischer Taschenbuch Verlag

fi 109 / 7

Arthur Miller

Hexenjagd

Das Buch zum Film

Aus dem Amerikanischen von Christiane von Wahlert

Band 13731

1692 – Hexenjagd in Salem, Massachusetts. In der kleinen Stadt bricht eine allgemeine Verfolgungshysterie aus, angefacht von der Gier nach Vergeltung und Zerstörung. Die junge Abigail, in ihrer erbarmungslosen Liebe zu einem verheirateten Mann, kennt keine Gnade. Arthur Miller schrieb das Drehbuch zu diesem faszinierenden Film, der mit Winona Ryder, Daniel Day-Lewis, Paul Scofield und Joan Allen von Nicholas Hynter verfilmt wurde. Neben dem Drehbuch und vielen beeindruckenden Filmfotos, enthält der Band auch ein Essay des Regisseurs über die Arbeit am Film.

Fischer Taschenbuch Verlag

fi 2015 / 5